桐华

云中歌

贰

浮生梦

CS 湖南文艺出版社
HUNAN LITERATURE AND ART PUBLISHING HOUSE
博集天卷
CS-BOOKY

有女同车，颜如舜华。
将翱将翔，佩玉琼琚。
彼美孟姜，洵美且都。

有女同行，颜如舜英。
将翱将翔，佩玉将将。
彼美孟姜，德音不忘。

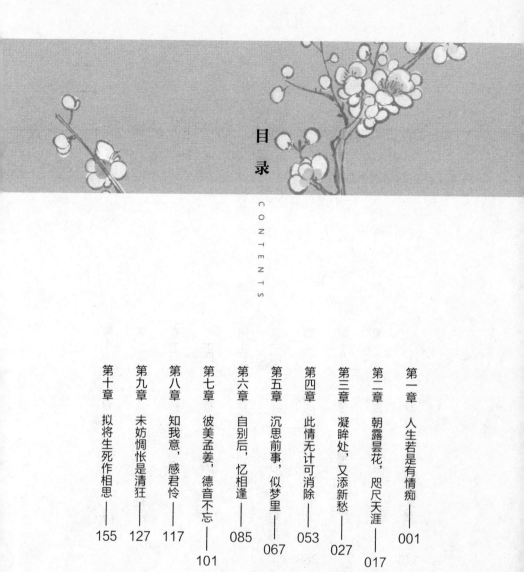

目 录

C O N T E N T S

第一章　人生若是有情痴——001

第二章　朝露昙花，咫尺天涯——017

第三章　凝眸处，又添新愁——027

第四章　此情无计可消除——053

第五章　沉思前事，似梦里——067

第六章　自别后，忆相逢——085

第七章　彼美孟姜，德音不忘——101

第八章　知我意，感君怜——117

第九章　未妨惆怅是清狂——127

第十章　拟将生死作相思——155

目 录

CONTENTS

第十一章 与君诺，比翼今生 —— 177

第十二章 伊人却在，灯火阑珊处 —— 189

第十三章 长袖折腰殿前舞 —— 205

第十四章 馨香盈室花不语 —— 229

第十五章 月将沉，争忍不相寻 —— 245

第十六章 换我心，为你心，始知相忆深 —— 267

第十七章 花间泪，两处沉吟各自知 —— 289

第十八章 恩恩怨怨哪堪说 —— 303

第十九章 深知身在情长在 —— 323

第二十章 结发为夫妻，恩爱两不疑 —— 345

云歌被宦官拖放到一旁。

拖动的人动作粗鲁，触动了伤口，她痛极反清醒了几分。

隐约听到一个人吩咐准备马匹用具，设法不露痕迹地把她押送到地牢，拿什么口供。

不知道是因为疼痛，还是大火，她眼前的整个世界都是红灿灿的。

在纷乱模糊的人影中，她看到一抹影子，疏离地站在一片火红的世界中。

四周滚烫纷扰，他却冷淡安静。

风吹动着他的衣袍，他的腰间……那枚玉佩……若隐若现……随着火光跳跃……飞舞而动的龙……

因为失血，云歌的脑子早就不清楚。

她只是下意识地挣扎着向那抹影子爬去。

努力地伸手，想去握住那块玉佩，血迹在地上蜿蜒开去……

距离那么遥远，她的力量又那么渺小。

努力再努力，挣扎再挣扎……

拼尽了全身的力量，在老天眼中不过是几寸的距离。

宦官们正在仔细检查尸身，希望可以搜查到证明刺客身份的物品，然后按照于安的命令把检查过的尸体扔到火中焚化。

于安劝了刘弗陵几次上车先行，这里留几个宦官善后就行，可刘弗陵只是望着大火出神。

在通天的火焰下，于安只觉刘弗陵看似平淡的神情下透着一股凄楚。

他无法了解刘弗陵此时的心思，也完全不明白为什么刘弗陵之前要急匆匆地执意赶去长安，如今却又在这里驻足不前。以刘弗陵的心性，如果说是被几个刺客吓唬住了，根本不可能。

再三琢磨不透，于安也不敢再吭声，只一声不发地站在刘弗陵身后。

大风吹起了他的袍角，云歌嘴里喃喃低叫："陵……陵……"

她用了所有能用的力气，以为叫得很大声，可在呼呼的风声中，只是细碎的呜咽。

听到窸窸窣窣声，于安一低头，看到一个满是鲜血和泥土的黑影正伸着手，向他们爬来，似乎想握住刘弗陵的袍角。

他大吃一惊，立即赶了几步上前，脚上用了一点巧力，将云歌踢出去，"一群混账东西，办事如此拖拉，还不赶紧……"

云歌一阵撕心裂肺的疼痛。

在身子翻滚间，她终于看清了那抹影子的面容。

那双眼睛……那双眼睛……

只觉心如被利箭所穿，竟比胸口的伤口更痛。

还未及明白自己的心为何这么痛，人就昏死了过去。

刘弗陵望着大火静站了好半晌，缓缓转身。

于安看刘弗陵上了马车，刚想吩咐继续行路，却听到刘弗陵没有任何温度的声音："掉头回温泉宫。"

于安怔了一下，立即吩咐："起驾回骊山。"

可刚行了一段，刘弗陵又说："掉头去长安。"

于安立即吩咐掉头。

结果才走了盏茶的工夫，刘弗陵敲了敲窗口，命停车。

于安静静等了好久，刘弗陵仍然没有出声，似乎有什么事情难以决断。

于安第一次见刘弗陵如此，猜不出原因，只能试探地问："陛下，要掉转马车回骊山吗？"

刘弗陵猛地掀开车帘，跳下了马车。

随手点了一个身形和自己有几分像的宦官："你扮作朕的样子回骊山，于安，你陪朕进长安，其余人护着马车回骊山。"

于安大惊，想开口劝诫，被刘弗陵的眼锋一扫，身子一个哆嗦，嘴巴赶忙闭上。犹豫了下，却仍然跪下，哀求刘弗陵即使要去长安，也多带几个人。

刘弗陵一面翻身上马，一面说："虚则实之，实则虚之，没有人会想到，朕会如此轻率。刚才的刺客应该不是冲着杀朕而来，现今的局势，你根本不必担心朕的安危，倒是朕该担心你的安危，走吧！"

于安对刘弗陵的话似懂非懂，骑马行了好一会儿，才猛然惊觉，陛下的反反复复竟然都是因为那个还没有见面的竹公子。

陛下担心自己的反常行动会让竹公子陷入险境，所以想回去，可又不能割舍，所以才有了刚才的失常之举。

———— ❧ ————

外面风吹得凶，可七里香的老板常叔睡得十分香甜。

梦到自己怀中抱着一块金砖，四周都是黄灿灿的金子，一品居的老板在给他当伙计，他正疯狂地仰天长笑，却突然被人摇醒。

以为是自己的小妾，一边不高兴地嘟囔着，一边伸手去摸，摸到的手，骨节粗大，又冷如冰块，立即一个哆嗦惊醒。

虽然榻前立着的人很可怕，可不知道为什么，常叔的注意力全放在了窗前站着的另一人身上。

只是一抹清淡的影子，可即使在暗夜中，也如明珠般让人不能忽视。

常叔本来惊怕得要叫，声音却一下就消在口中。

天下间有一种人，不言不动，已经可以让人敬畏，更可以让人心安。

来者深夜不请自到，情理上讲"非盗即匪"。可因为那个影子，常叔并不担心自己的生命。

榻前的人似乎十分不满常叔对自己的忽视，手轻轻一抖，剑刃搁在了常叔的脖子上。

常叔只觉一股凉意冲头，终于将视线移到了榻前的人身上。

来人斗篷遮着面目，冷冷地盯着他，"既非要钱，也非要命，我问一句，你答一句。"

常叔眨巴了下眼睛。

来人将剑移开几分，"竹公子是男是女？"

"女子，虽然外面都以为是男子，其实是个小姑娘。"

"真名叫什么？"

"云歌，白云的云，歌声的歌，她如此告诉我的，是不是真名，小的也不清楚。"

常叔似看到那个窗前的颀长影子摇晃了一下。

拿剑逼着他的人没有再问话，屋子内一片死寂。

好久后。

一把清冷的声音响起："她……她……可好？"

声音中压抑了太多东西，简单的两个字"可好"，沉重得一如人生，如度过了千百年岁月：漫长、艰辛、痛苦、渴盼、欣喜……

早就习惯看人眼色行事的常叔这次却分辨不出这个人的感情，该往好里答还是往坏里答才能更取悦来人？

正踌躇间，榻前的人阴恻恻地说："实话实说。"

"云歌她很好。两位大爷若要找云歌，出门后往左拐，一直走，有两家紧挨着的院子，大一点的是刘病已家，小的就是云歌家了。"

刘弗陵默默转身出了门。

于安拿剑敲了敲常叔的头，"好好睡觉，只是做了一场梦。"

常叔拼命点头。

于安撤剑的刹那，人已经飘到门外，身法迅疾如鬼魅。

常叔不能相信地揉了揉眼睛，哆嗦着缩回被子，闭着眼睛喃喃说："噩梦，噩梦，都是噩梦。"

来时一路都是疾驰，此时人如愿寻到，刘弗陵反倒一步步慢走着。

在他貌似淡然的神情中，透着似悲似喜。

于安本来想提醒他，天快亮了，他们应该抓紧时间，可感觉到刘弗陵的异样，他选择了沉默地陪着刘弗陵，也一步步慢走着。

"于安，老天究竟在想什么？我竟然已经吃过她做的菜，你当时还建议我召她进宫，可我……"可我就是因为心生了知音之感，因为敬重做菜的人，所以反倒只想让她自由自在。还有甘泉宫，居然是我下令将她赶出了甘泉宫，难怪于安后来怎么查探，都查不出是谁在唱歌。

刘弗陵的语声断在口中。

于安没有想到多年后，会冷不丁再次听到刘弗陵的"我"字，心中只觉得酸涩，对他的问题却实在不知道该如何回答。

当陛下还不是陛下时，私下里都是"我、我"的，一旦想搞什么鬼把戏，就一脸哀求地叫他"于哥哥"，耍着无赖地逼他一块儿去捣蛋。吓得他拼命磕头求"殿下，不要叫了，被人听到了，十个奴才也不够杀"。

为了让殿下不叫"哥哥"，就只能一切都答应他。

后来就……就变成"朕"了。

一个字就让母子死别，天地顿换。

一切的温暖都消失，只余下了一把冰冷的龙椅。

虽然华贵，却一点不舒服，而且摇摇欲坠，随时会摔死人。

"她在长安已经一年多了。在公主府中，我们只是一墙之隔，甘泉宫中，我们也不过几步之遥。在这个不大却也不小的长安城里，我们究竟错过了多少次？"刘弗陵喑哑的语声与其说是质问，不如说是深深的无奈。

于安不能回答。

此时已经明白云歌就是陛下从十二岁起就在等的人。

已经知道云歌在陛下心中占据的位置。

这么多年，一日日，一月月，一年年下来，他将一切都看在眼内，没有人比他更明白陛下的等待，也没有人比他更明白陛下的坚持。

白日里，不管在上官桀、霍光处受了多大委屈，只要站在神明台上，眺望着星空时，一切都会平复。

因为降低赋税、减轻刑罚触动了豪族高门的利益，改革的推行步履维艰，可不管遇见多大的阻力，只要赏完星星，就又会坚定不移地走下去。

因为上官桀、霍光的安排，陛下十三岁时，被逼立了不到六岁的上官小妹为皇后。

可大汉朝的天子，因为一句诺言，居然到现在还未和皇后同房，也未曾有过任何女人。

二十一岁的年纪，不要说妻妾成群，就是孩子都应该不小了。

若是平常百姓家，孩子已经可以放牛、割猪草；若是豪门大家，孩子已经可以射箭、骑马，甚至可以和兄弟斗心机了。

因为关系到社稷存亡，天家历来最重子裔，先皇十二岁就有了第一个女人，其他皇子到了十四五岁，即使没有娶正室，也都会有侍妾，甚至庶出的儿女。

可陛下到如今竟然连侍寝的女人都没有过。

陛下无法对抗所有人，无法对抗命运，可他用自己的方式坚守着自己的诺言。

于安挤了半天，才挤出一句："老天这不是让陛下找到了吗？好事多磨，只要找到就好，以后一切都会好的。"

刘弗陵的唇边慢慢露出一丝笑，虽还透着苦涩，却是真正的欣喜，"你说得对，我找到她了。"

说到后一句，刘弗陵的脚步顿然加快。

于安也不禁觉得步子轻快起来。

到了常叔指点的房子前，于安刚想上前拍门。

刘弗陵拦住了他，"我自己去敲门。"却在门前站了好一会儿，都没有动。

于安轻声笑说："陛下若情怯了，奴才来。"

刘弗陵自嘲一笑，这才开始敲门。

————— ∞ —————

因为心中有事，许平君一个晚上只打了几个盹。

身旁的刘病已似乎也有很多心事，一直不停地翻身。

虽然很轻，可因为许平君只是装睡，他每一次的辗转，许平君都知道。

直到后半夜，刘病已才入睡。

许平君却再躺不下去，索性悄悄披衣起来，开始干活。

正在给鸡剁吃的，忽听到隔壁的敲门声。

她忙放下刀，走到院子门口细听。

敲门声并不大，似怕惊吓了屋内的人，只是让人刚能听见的声音，却一直固执地响着，时间久到即使傻子也知道屋内不可能有人，可敲门声还一直响着，似乎没有人应门，这个声音会永远响下去。

许平君瞅了眼屋内，只能拉开了门，轻轻地把院门掩好后，压着声音问："你们找谁？"

刘弗陵的拳顿在门板前，于安上前作了个揖，"夫人，我们找云歌姑娘。"

云歌在长安城内认识的人，许平君也都认识，此时却是两个完全陌生的人，"你们认识云歌？"

于安赔着笑说："我家公子认识云歌，请问云歌姑娘去哪里了？"

许平君只看到刘弗陵的一个侧影，可只一个侧影也是气宇不凡的，让许平君凛然生敬，遂决定实话实说："云歌已经离开长安了。"

刘弗陵猛然转身，盯向许平君："你说什么？"

许平君只觉对方目光如电，不怒自威，心中一惊，趔趔趄趄倒退几步，人靠在了门板上，"云歌昨日夜里离开的长安，她说想家了，所以……"

许平君张着嘴，说不出来话。

刚才被此人的气势震慑，没敢细看。此时才发觉他的眼神虽和病已截然不同，可那双眼睛却……有六七分像。

于安等着许平君的"所以"，可许平君只是瞪着刘弗陵看，他忙走了几步，挡住许平君的视线，"云姑娘说过什么时候回来吗？"

许平君回过神来，摇摇头。

于安不甘心地又问："夫人可知道云姑娘的家在何处？"

许平君又摇摇头，"她家的人似乎都爱游历，各处都有房产，我只知道这次她去的是西域。"

刘弗陵一个转身就跳上马，如同飞箭一般射了出去。

于安也立即上马，紧追而去。

许平君愣愣看着刘弗陵消失的方向。

回屋时，刘病已正准备起身，一边穿衣服，一边问："这么早就有人来？"

许平君低着头，忙着手中的活，"王家嫂子来借火绒。"

从天色朦胧，一直追到天色透亮，只闻马蹄迅疾的声音。

风渐渐停了，阳光分外的好，可于安却觉得比昨日夜里还冷。

如果是昨日就走的，现在哪里追得上？

陛下又如何不明白？

两边的树影飞一般地掠过。

一路疾驰，早已经跑出长安。

日头开始西移，可刘弗陵依旧一个劲地打马。

一个老头背着柴，晃晃悠悠地从山上下来。

因为耳朵不灵光，没有听见马蹄声，自顾埋着头就走到了路中间。

等刘弗陵一个转弯间，猛然发现他，已是凶险万分。

老头吓得呆愣在当地。

幸亏刘弗陵座下是汗血宝马，最后一刹那，硬是在刘弗陵的勒令下，生生提起前蹄，于安旋身将老头拽了开去。

老头子毫发未损，只背上的柴散了一地。

老头子腿软了一阵子，忙着去收拾地上的柴火。

刘弗陵跳下马帮老头整理柴火，但从没有干过，根本不能明白如何用一根麻绳，就能让大小不一、弯曲不同的柴紧紧地收拢在一起。

老头子气鼓鼓地瞪了眼刘弗陵："看你这样子就是不会干活的人，别再给我添乱了。"

刘弗陵尴尬地停下了手脚，看向于安，于安立即半躬着身子小声地说："自小师傅没教过这个，我也不会。"

两个人只能站在一旁，看一个风烛残年的老头子干活，唯一能做的就是把掉得远的柴火捡过来，递给老头。

为了少点尴尬，于安没话找话地问老头："老人家，你这么大年纪了，怎么还要一个人出来拣柴？儿女不孝顺吗？"

　　老头哼了一声："饱汉子不知饿汉饥！你养着我吗？朝廷的赋税不用交吗？儿子一天到晚也没闲着，做父母的当然能帮一把是一把。真到了做不动的那一天，就盼着阎王爷早收人，别拖累了他们。"

　　于安在宫中一人之下，千人之上，就是霍光见了他，也十分客气，今日却被一个村夫老头一通抢白，讪讪得再不敢说话。

　　老头子收拾好干柴要走，于安掏了些钱出来奉上，算作惊吓一场的赔罪。老头子却没有全要，只拣了几枚零钱，还十分不好意思，"给孙子买点零嘴。"佝偻着腰离去，"看你们不是坏人，下次骑马看着点路。"

　　于安见惯了贪得无厌的人，而且多是腰缠万贯、依然变着法子敛财的人，或者身居高位，却还想要更多权势的人，今日一个贫穷的老头却只取点滴就缩手而回，于安不禁呆呆地看着老头的背影。

　　一会儿后，于安才回过神来，"陛下，还要继续追吗？"

　　刘弗陵望着老头消失的方向，沉默地摇了下头，翻身上马，向骊山方向行去。

　　云歌，不管我有多想，我终是不能任性地随你而去。我有我的子民，我有我的责任。

　　于安心中的石头终于落地，不禁长吁了口气，"陛下放心，奴才会命人去追查。云歌姑娘再快，也快不过朝廷的关卡。"

———— ✦ ————

　　孟珏强压下心中的纷杂烦躁，一大早就去求见刘弗陵。想商议完正事后尽快去找云歌。

　　虽然不知道云歌如何知道了他和霍成君的事情，可看她的样子，肯定是知道了，因为只有此事才能让她如此决绝。

从清早等到中午，从中午等到下午。

左等不见，右等不见，孟珏心中不禁十分不悦。

可对方是大汉朝的皇帝，而他现在要借助对方，不能不等。

直到晚膳时分，刘弗陵才出现。

面容透着疲惫，眉间锁着落寞，整个人难言的憔悴。

一进来，未等孟珏跪拜，就对孟珏说："朕有些重要的事情耽搁了。"

话虽然说得清淡，可语气间是毋庸置疑的真诚。

孟珏心中的不悦散去几分。

一面行礼，一面微笑着说："草民刚到时，已经有人告知草民，早则上午，晚则晚上，陛下才能接见草民，所以不算多等。"

刘弗陵淡淡点了点头，命孟珏坐，开门见山地问："有什么是霍光不能给你的？你要朕给你什么？"

孟珏微怔了下，笑道："草民想要陛下保全草民性命。"

"霍光会给你什么罪名？"

孟珏说："谋反。霍大人手中有草民和燕王、上官桀往来的证据。"

刘弗陵盯了会儿孟珏，淡淡问："霍成君有什么不好？听闻她容貌出众。霍光对她十分偏爱，想来性格也有独到之处。"

孟珏一笑，"草民不但不是一个清高的人，而且是一个很追求权势的人，可即使是权势，我也不习惯接受别人强加给我的事情，我若想要会自己去拿。"

刘弗陵听到"强加"二字，心中触动，"你既然来见朕，肯定已经想好对策。"

"是，如果霍大人举荐草民为官，草民想求陛下封草民为谏议大夫。"

刘弗陵垂目想了一瞬，站起了身，"朕答应你。你以后有事，如果不方便来见朕，可以找于安。"

孟珏起身恭送刘弗陵："谢陛下信任。"

于安随在刘弗陵身后，行了一段路，实在没有忍住，问道：“陛下，奴才愚钝。霍光性格谨慎，在没有完全信任孟珏前，肯定不会给他重要官职，可也绝对比谏议大夫强。我朝的官职基本沿袭先秦体制，先秦并无谏议大夫的官职，此官职是先帝晚年所设，一直未真正编入百官体制中，孟珏要的这个官职似乎不是有权势欲望的人会想要的，陛下真能相信他？”

刘弗陵说：“一、谏议大夫官职虽低，可父皇当年对全天下颁布‘罪己诏’时，曾说过设置谏议大夫的目的乃‘百官之外，万民之内。有阙必规，有违必谏。朝廷得失无不察，天下利病无不言’。孟珏是冲着先帝的这句话而去，也是要用此让霍光不敢再轻易动他；二、如今长安城内重要官位的任命都要经过霍光的手，真是重要的官职，霍光肯定不会轻易答应，孟珏对长安城的形势看得很透彻，不想为难朕这个皇帝。”

于安琢磨了会儿，似有所悟，喜悦地对刘弗陵说：“难怪霍光对孟珏是不能用之，就只能杀之，孟珏确是人才！昔越王勾践得了范蠡，就收复了越国，陛下如今……贺喜陛下！”

刘弗陵知道于安极力想让他开心几分，可他却……

打了几分精神，唇角微抿了抿，算做了个笑，看了眼于安，淡淡说：“书没有读好，就不要乱作比，‘飞鸟尽，良弓藏；狡兔死，走狗烹；敌国灭，谋臣忘；功盖天下者不赏，声名震主者身败’，越王勾践可不是什么好君王。”

于安一惊，立即就要跪倒：“奴才该死！陛下当然……”

“行了，别动不动就跪，你不累，朕还累，传膳去吧！”

于安笑着行了个半跪礼，转身吩咐小宦官备膳。

虽然没有胃口，但因为一天没吃东西，晚上又有许多奏章要看，刘弗陵本想强迫自己吃一些。

可是看到一道道端上来的菜肴，想起公主府中那个人诗为菜的人。回忆着自己解谜品肴时与做菜人心意相通而笑的感觉，便觉心沉如铅，勉强动了几筷子，再吃不下，匆匆起身去了书房。

边境军费开支，北旱南涝，减赋税的贯彻执行，刑罚更改的探讨，官员之间的互相弹劾，藩王动静，各个州府的地方官政绩，贤良们议论朝事的文章……

一份份奏章批阅完，已过了二更。

于安打着灯笼服侍刘弗陵回寝宫。

一出殿门，抬头间，才发觉是个繁星满天的夜晚。

不知道是不是因为昨夜刮了一夜的风，今晚的天空干净到一丝云也没有。

天清透如墨蓝水晶，颗颗星辰也是分外亮。

刘弗陵不禁停住了脚步，半仰头看着瑰丽的星空。

于安暗叹了口气。

一如往日，静静退后几步，隐入黑暗，给刘弗陵留下一片真正只属于他的时间和空间。

很久后，于安再次回来，想要劝刘弗陵休息时，听到刘弗陵声音细碎，似在说话。

听仔细了，才辨出是在吟诗，反反复复只是那几个句子，"行行重行行，与君生别离。相去万余里，各在天一涯；道路阻且长，会面安可知……相去日已远，衣带日已缓……思君令人老，岁月忽已晚……"

于安故意放重了脚步，声音立即消失。

刘弗陵转身，提步向寝宫行去。

小宦官在前面打着灯笼，于安跟在后面。

"陛下，奴才已经命人仔细查访长安到西域的所有关卡。"

刘弗陵轻轻"嗯"了一声，"务必小心。"

"奴才明白。还有……奴才无能，那个抓获的刺客因为伤得很重，一直高烧不退，昏迷不醒，所以还没有拿到口供，从她身上搜出的东西只有几个空荷包，没有线索去查身份，奴才担心刺客挨不过这几日，线索只怕就断了……"

刘弗陵淡淡说："实在拿不到就算了。昨夜的情形下，能掌握到朕的行踪，又有能力短时间调集人手行刺朕的，只有一个人，但他却不是真的想要朕的命。不到绝路，现在的形势，他不敢轻举妄动。昨日的行刺更有可能是一种试探。于安，你固然要保护朕，可现在更要注意自己的安全。一个人若想控制一只飞鸟，他最需要做的是剪去飞鸟的每一根飞羽，让飞鸟失去飞翔的能力。而你对朕而言，比飞羽对飞鸟更重要。"

于安脚步乱了一下，声音有些暗哑，"陛下放心，奴才会一直服侍陛下，将来还要服侍皇子皇孙，帮他们训练称意的奴才……"

刘弗陵的目光暗淡下来。

于安明白说错了话，立即闭上了嘴巴。

经过偏殿一角，几个值夜的宦官缩在屋檐下小声聊天。

刘弗陵隐隐听到几句"……好笑……眼睛疼……都当是毒药……只是一些古怪的调料……"

话语声、低低的笑声阵阵传来。

刘弗陵脑中如闪过一道电光，全身骤僵。

幼时，云歌拿调料撒军官眼睛。

昨日晚上那个辛辣刺激却一点毒都没有的烟雾。

那个女子说云歌昨日夜里离开长安……昨日夜里？

过去、现在的事情交杂在脑中，纷纷纭纭。

于安以为刘弗陵对宦官笑闹不悦，立即跪下："陛下，奴才调教手下不力，一定会……"

刘弗陵一字一顿地问："于安，昨日夜里的烟雾是调料？"

于安愣了下，命小宦官将聊天的宦官七喜叫过来问话。

来的宦官正是昨日夜里追孟珏和云歌的人，"回禀陛下，因为后来起了大火，没有灰烬可查，奴才们也不能确定那些刺激的烟雾是什么。后来香气扑鼻的烟雾倒的确是毒药，而且是用药高手配出的毒药。"

刘弗陵问："你们刚才说的调料是怎么回事？"

"回陛下，一个刺客拿了一堆乱七八糟的调料撒我们，嚷嚷着是毒药，所以奴才们私下里开玩笑说只怕先头的烟雾也是调料所制。"

刘弗陵身子踉跄，扶住了身侧的玉石栏杆，声音喑哑到透出绝望："那个拿调料撒你们的刺客有……有没有……被……杀死？"

从刘弗陵的异常反应，于安明白了几分，脸色煞白，一脚踢到七喜身上，"这些事情为什么没有禀告我？"

七喜忍着疼，急急说："奴才没当这是什么重要事情，那些刺客都用斗篷遮得严严实实，黑夜里，又有浓烟，当时还一直流泪，奴才分不清谁是谁，也没有看清是谁丢我们调料。"

于安喝道："滚下去！"

他从怀里掏出几个荷包递给刘弗陵，声音抖着："陛……陛下，听负责审口供的下属回报，那个关在地牢里的刺客是……是个女子。奴才真是蠢材，看到荷包上的刺绣都压根儿没有往那方面想，虽的确很难把云歌姑娘和刺客联系起来，可……奴才真是蠢材！"于安"啪啪"甩了自己两个耳光，"陛下，云歌姑娘只怕在地牢里。"

刘弗陵拿过荷包，瞟到一个荷包上精工绣着朵朵逍遥的白云，心骤然一缩。

把荷包凑到鼻端闻了下，各种调料的味道。

有几个女子贴身携带的荷包不装香料，反倒装着调料？他紧紧攥着荷包，哑着声音说："你还在等什么？"

于安再不敢迟疑，立即在前面跑着领路。

为了防止犯人逃跑，通向地牢的楼梯修得十分狭窄蜿蜒。

因在地下，终年不见阳光，通风又不好，潮湿阴冷的地牢内弥漫着一股酸腐的味道。

刘弗陵每走一步都只觉心一缩。

云歌，云歌，我竟然把你关在了这样的地方！

竟然是我让你重伤？！

从昨夜到现在，整整一天，任由你躺在这里等待死亡！

刘弗陵……你究竟在做什么？！

于安近乎无力地说："因为想拿口供，命大夫来看过，处理过伤口，关在最好的牢房里，还专门拿了毡垫……"

于安越解释，越没有力气。当看到"最好"的牢房里，受着"特殊"照顾的人时，立即闭上了嘴巴。

一条粗甸毡里裹着一个毫无生气的女子。

乌发散乱地拖在泥中，面容惨白，连嘴唇都没有一丝血色。

刘弗陵跪在她身旁，冰冷的手拂上她的面颊。

滚烫的面容……不是……不是冰冷……

幸亏不是冰冷……

可竟然是滚烫……

云歌？云歌？

摸过她的脖子间，虽没有找到发绳，可那个竹哨却是旧识。

刘弗陵大恸，将云歌小心翼翼地拥入怀中，一如小时候。

云歌一只脚的鞋子已被鲜血浸透，而另一只脚的鞋子不知去了何处，只一截满是污泥的纤足掩在稻草中。

刘弗陵用袖去擦，血色泥污却怎么都擦不干净。

天山雪驼上，小女孩笑靥如花。

雪白的纤足，半趿着珍珠绣鞋，在绿罗裙下一荡一荡。

他握着竹哨的手紧紧握成拳头。

太过用力，竹哨嵌进手掌中，指缝间透出了血色。

云歌！云歌！

九年后，我们居然是这样重逢了！

第二章
朝露昙花，
咫尺天涯

院中的槐树依然浓荫可蔽日。

厨房中，一个个整齐摆放着的陶罐里，还有她没有用完的调料。

案头的书籍半开。

榻旁的蜡烛还剩一半。

只是那个笑说着喜欢槐荫茂密的人，喜欢做菜的人，为了他遍寻书籍寻找良方的人，却已经不在了。

蜡烛的前一半陪伴着他们灯下的嬉笑，它的明亮温暖中荡漾着他们的温暖。

而后一半，此时，正映照出墙壁上一个孤单的影子，它的明亮温暖，似乎只是为了讽刺现在一屋的安静冷清。

"孟大哥，仍没有云歌的消息吗？"许平君怯生生地立在门口。

孟珏凝视着跳动的烛火，没有说话。

许平君手扶着门，静静站了好久，"孟大哥，对不起，我应该留住云歌。"

孟珏轻叹了一声，终于侧头看向许平君："平君，你有身孕，回去休息吧！"

许平君没有离去，反倒走进了屋中，嘴唇翕合，想说什么，却说不出来，眼中慢慢有了泪意。

孟珏看着她，目中原本的清冷渐渐杂了几分怜惜，指了指坐榻，示意她坐。

"平君，虽然没有一点云歌的消息，但我并不担心找不到她。她也许是因为难过，还在外面散心，又肯定不想再见我，所以藏匿了行踪，但她迟早会回家。只要她回家，我就一定能找到她。"

许平君释然了几分，"原来孟大哥知道云歌的家和亲人？那可太好了。"

孟珏看着许平君，"平君，你和云歌认识已非一日两日，可你怎么还那么糊涂？"

"我当时……当时只是觉得云歌回了家，也许可以少伤心一些。"许平君咬住了唇。

孟珏唇角微扬，似乎在笑，实际上没有任何笑意，"我知道你心里紧张刘病已，而云歌自从认识病已，就对他与众不同，很多事情上对病已近乎言听计从。可云歌既然当年未和你争，现在即使我伤了她的心，她又怎么会再去和你分享刘病已？你小看了云歌，更小看了自己，枉云歌将你视作姐姐。"

许平君藏在暗处的心思和恐惧被孟珏一语道破，眼泪一下全涌了出来。

这几日，孟珏和病已都忙着寻找云歌。病已对她和以往一样体贴，孟珏却对她十分冷淡。她并不怕孟珏的冷淡，虽然不知道为什么，可她凭直觉感觉出孟珏也许怪她，但绝对没有气她，甚至他还能理解她。她反倒对病已的体贴忐忑不安。

眼前的男子有优雅高贵的举止，有可敌国的财富，温和下深藏的是疏狂傲慢，不管是藩王还是霍光都不能令他折腰。

可本该是高高在上的人，却奇怪地拥有和她一样的灵魂，一种来自社会底层的阴暗和自私，以及为了卑微心愿而不惜付出所有的挣扎。

她知道她的感觉十分荒谬，孟珏怎么可能和她一样？可她就是如此觉得，甚至从认识他的第一天起，就有这种想法。

她藏在暗中的那些私心，那些不光明的想法，在他面前似乎都没有什么不对，都是十分正常的心愿和做法。

"孟大哥，我……我就是怕。云歌聪明美丽，人又好，可她越是好，我越是怕。病已写的字，我不认识，可云歌认识；病已吟出的诗赋，我听不懂，可云歌听得懂；病已笑摆的围棋，我根本不解，可云歌知道如何回应病已的嘲笑，她只随手下了一子，病已就拊掌大笑。而病已……我从来都猜不透他的心思，成婚前是，现在也是。有时候，我甚至连他究竟是高兴还是不高兴都看不出来。就拿这几日来说，我宁可他对我发脾气，怪我为什么知道云歌要走，既不告诉他，也没有尽力挽留云歌。可他什么都不说，连一句重话都没有，对我依然如往常一样好。怕我累着，每日做饭洗衣都是他干，怕我在家里气闷，带我出去散步，甚至说我最近笑得太少，讲笑话逗我笑，好像我们的生活中，云歌根本没有存在过，她的走对我们没有丝毫影响。孟大哥，我真的不明白病已的心思。我越不懂，越没底，就越害怕。我是个什么都没有的人，父亲有和没有差不了多少，母亲根本不喜欢我，在这世上，我全部的所有只是病已……我知道我不应该，可是我……我必须要守着我唯一所有的东西。孟大哥……对不起……我必须要守着……"

许平君边说边哭，说到后来，又是委屈又是抱歉，还有心事倾诉出来的释然，索性不管不顾地哭了起来，眼泪落得又急又密。

孟珏从榻上拿了条绢帕递给许平君，语声温和，"我明白。你做得没有什么不对。每个人都有权利，也都应该尽力守护自己的幸福。"

许平君没有想到最应该因为云歌怪她的人，竟然对她没有丝毫怨怪，"孟大哥，我……"

心里越发难受，手中握着帕子，眼泪落得更急。

"平君，你虽然聪明，可你差了一点识人之明，眼界又局限于市井中，心胸不够开阔，所以你的聪明终落了下乘，只是小聪明。若是个一般男子，你的能力足够应付，可病已不是一般的男人，你的自以为是也许有一天会害了你。"

许平君慢慢停止了哭泣，怔怔地望着孟珏。忽想起云歌临走前和她说过的那句话，"孟大哥，云歌在走前，和我说过一句话，她说感情就像用手去握水，如果我太用力，攥得越紧，最后握紧的拳头中一滴水都不会剩下。我以为她是在说自己，原来……原来她是说我？！"

孟珏的神情一黯。

许平君慢慢体会出云歌话中的意思和对她的担心。

刹那间，满心的后悔和难过，眼泪又涌了出来，"孟大哥，云歌，云歌她和你一样，已经看透我的心思。她那么急着走，固然是因为生了大哥的气，可也是因为……因为我。"

孟珏淡淡笑着，没有说话，显然没有否认许平君的话。

对云歌而言，世间万物，再宝贵都不过是过眼云烟，只有情义才是她心中的珍宝，也才能留住她。

短短一日间，她发现自己失去了爱情，又紧接着发现拥有的友情也在猜忌中摇摇欲碎。那长安城还有什么可留恋？

毅然决然地转身离去，既是逃避开失望的爱情，也是尽可能保存剩下的两份友情。

那一夜间，云歌的心会如何痛？

那个曾经不染尘埃的世外精灵，已经不可能再轻盈地翩翩起舞……

也许她选择飞入长安，本就是个错误。

院中槐树的阴影下，静站了很久的刘病已，轻轻转身，隐入了院外的夜色中。

屋内的对话虽只听到一小半，但他们所谈的内容，他早已大致猜到。

出乎意料的是平君竟然和孟珏如此亲近？

他们两人从什么时候就有了这份投契？

许平君依旧低着头哭泣。

孟珏对她的气早已全部消散，此时只剩怜惜，"平君，你想守护你的幸福，可你的守护方法对吗？现在碰到的是云歌，她会让你，可如果有一日，病已碰到一个女子，也聪明美丽，懂得一切云歌懂得的东西，她却不让你，你该如何？”

许平君嘴唇翕动："我……我……她……不会……"却没有一句完整的话。她想说，那么好的女子不属于她和病已的世界，可是云歌怎么进入了他们的世界？孟珏又怎么认识了他们？她想说，病已不会抛弃她，可病已难道会因为云歌就抛弃她吗？她又为何，每次看到云歌和病已说着她不能理解的话时就那么难受？

半晌后，许平君擦去了眼泪，抬头凝视着孟珏，轻声问："孟大哥，你说我该怎么办？"

孟珏赞赏地笑了："你总想用手去抓住离你很远的东西，为什么不尝试一下自己走得更近一些再伸手呢？"

许平君皱眉思索："走得更近一些？"

"你说云歌能看懂病已写的字，你看不懂。难道你不能学着去看懂吗？可以问病已，可以问云歌，一天只学十个字，一年就是三千六百五十个字了。你说你听不懂病已说的话，云歌却能听懂，你为什么听不懂呢？听不懂的话，可以问云歌，这次听不懂，弄懂了，下次就可以听懂了。云歌书架上的书，如果你要看，她肯定会很乐意给你讲解。琴棋书画，你幼时不能学是因为没有钱请人教，可现在你周围都是免费的先生，你若真因为这些自卑，为什么不可以努力把你的自卑抹去呢？"

许平君心内震动，她从没有如此想过！

她只顾着羡慕嫉妒云歌所拥有的，只顾着猜度刘病已的心思，却从没有想过自己，她总是暗自怨云歌，怨病已，殊不知一切的一切，她才是错得最多的一个。

"孟大哥，我懂了。我如果因为这些，觉得自己和病已不是一个世界的人，那么我应该做的是努力让自己进入病已的世界，而不是想方设法把他拖进我的世界，或者阻止别人进入他的世界。"许平君只觉得眼前豁然开朗。

原来似陷在一口井中，知道外面另有一个天地，可自己的天却只有井口那么大。

羡慕外面的天地，不满意自己的黑暗世界，却不知道该怎么办。时间越久，只觉得自己的天地越发黑暗，那井越发的深，原本光明的人也渐渐变得阴暗。

她何尝没有痛恨过自己有负云歌对她的一片心意呢？她又怎么没有怀念过刚认识云歌时的坦诚明快呢？

她蹲在井底，想抓住自己的光明，可每一次的挣扎跳跃，都不是跳出井口，而是一次又一次地落下，在污泥里陷得更深。

现在，她已经知道如何爬上井口，走到外面那个天地的方法，虽然会很慢，可是她不怕，她会努力地、慢慢地顺着孟珏指点给她的梯子，走出她的阴暗。

孟珏道："如果你想学任何东西，都可以来找我，我虽没有时间，可三月她们会很乐意教你。"

许平君起身向孟珏行礼："大哥，谢谢你。"孟珏本要扶她，但听到许平君将"孟"字丢掉，叫的是"大哥"，心中倒是莫名地一暖，手就又缩了回来，任由许平君行了一礼。

许平君离去后，屋内只剩他一个人。孟珏随手拿起一卷书想分散一下心神，却看到云歌在旁边的批注，她的批注很奇怪，只是图案，如果喜欢就是一个笑眯眯的太阳，如果不喜欢就是一朵耷拉着的花。

孟珏看着那个神采飞扬的太阳，眼前闪过烈火浓烟中，云歌凄楚的眼神，猛然用力把书册合上。

云歌，你现在在哪里？

————— ❦ —————

长安城，大司马府。

霍氏已经掌控了未央宫的侍卫，但侍卫只负责守护宫廷门户，并不能在宫廷内随意走动，所以霍氏对刘弗陵日常的一举一动都不能及时掌握。要想及时得到刘弗陵的一切消息，必须安排宦官和宫女到御前侍奉，可宫廷总管于安是先帝任命，在宫内根基深厚，又对刘弗陵死忠，所以御前竟没有一个霍氏的人。

霍禹几次试探逼迫，都被于安不落痕迹地化解了，恼怒下，决定来个硬碰硬，看看这个阉人能有多大能耐。

趁刘弗陵不在长安，身在骊山，霍禹命霍山精心挑选一批刺客，去刺杀于安。只要杀了于安，日后宫廷内的一切都会好办，安排宦官宫女也会随他们的心意。

却不料派出的好手一去不回，连尸身都找不到。而他在骊山见到于安时，于安一根汗毛都未掉，笑容依旧是那副阴恻恻的样子，他这才明白为什么连父亲都对这个阉人一直存着几分忌惮，也才真正理解父亲一再说的那句话："先皇不会挑一个庸人放在如此重要的位置上。"

霍禹在父荫庇护下，自小到大一帆风顺，几曾吃过如此的暗亏？气得肺都要炸了，却只能在霍山和霍云面前大骂。

霍云劝道："大哥，这事是我们擅自行动，未和叔叔商量过，所以就此揭过，以后都不要再提了。不然让叔叔知道，只怕罚我们跪祠堂都是轻的。"

霍山不服，"难道就让这个阉人继续在那里得意？我们送进宫的人，除了上官丫头的椒房宫他不怎么插手，其余哪个没有被他使阴招？这次折损了我多少好手？就白白折损了？"

霍云瞪了眼霍山，"二哥，你就少给大哥添堵了！这些好手也不算白折损，至少我们知道了于安这帮宦官的实力，知己知彼，方能百战百胜。等到日后想铲除他们时，心里有底。"又对霍禹苦劝，"大哥，君子报仇十年不晚，叔叔为了收拾上官桀，隐忍了多少年？"

霍禹明白霍云说的全在理，若让父亲知道这事，只怕他更倒霉，这口气只能暂且吞下去，点点头，"云弟说得有理，这事就当没有发生过，以后谁都不许再提。于安……"霍禹重重冷哼了一声，"你以后千万不要落在我手里！”

———— ∞ ————

“煎熬”二字，为何底下是火形，于安第一次真正明白。

这几日，陛下不就是如同在火上慢慢地烤着吗？每时每刻都是煎熬。

那个昏迷不醒的人就是那把火，把陛下的痛苦自责汇聚成汤，烧得越来越烫，越来越浓。

如果那个人永远醒不来，这锅天下最苦的汤滚沸时，陛下会怎么样？

于安打了激灵，不敢再想。对自己喃喃说："会醒来的。我们有大汉最好的大夫，有最好的药，一定会醒来。"

看见张太医出来，于安立即迎了上去，"张太医？"

张太医先给于安行礼，张太医的父亲就曾在太医院任职，父子二人脾气都很耿直，话语间常得罪权贵，刘弗陵却很欣赏张太医这一句是一句的脾气，于安自也不敢轻慢，忙伸手扶起了张太医。

张太医道："伤得太重，又耽误了医治时间。在下医术有限，药石的效力已做到极致，现在只能听天由命了。"

于安听到后，知道张太医刚才对刘弗陵肯定也是这话，心沉了下去，不禁长叹口气，对神色黯然的张太医摆了摆手，"张太医家学渊源，医术已经是太医院的翘楚，这事……唉！不是你的错，是我的错。"

张太医也是重重叹了口气，"世人都以为天下医术最高超的人是太医院的大夫，其实根本不是。风尘中多有藏龙卧虎之辈，在下听父亲提起过，很多年前，长安城内有一个人的医术可以说'扁鹊再生'，我们和此人比不过都是沽名钓誉之徒。若他能给云姑娘看病，也许情形会大不一样。"

于安眼睛一亮，"那个人如今在哪里？我派人去请。"

张太医摇摇头，"若在下知道他在哪里，早就求陛下派人去请了，身为医者，却不能救人，那种无力感……唉！听父亲说，那个人很多年前就离开了长安，早已不知去向。只希望他能收个有天分的徒弟，万万不要让一身医术失传，否则不仅是医界的损失，也是天下百姓的损失。"

于安失望之色尽显。张太医行了个礼后，脚步沉重地离去。

于安想进屋去宽解一下刘弗陵，刚到门口，就听到屋内传出了箫音。

隔着珠帘望去，榻上的女子乌发玉颜，榻侧的男子眉清目朗。此时男子正坐在女子身侧，为她吹箫。

刘弗陵的箫音如他的人，清淡冷漠。

只是这一次的箫音和往日略有不同，清冷下流淌着思念多年的情愫。

于安转身退出了屋子。

珠帘内的世界只属于他们，是刘弗陵等待了九年的相聚。

刘弗陵看到云歌紧蹙着的眉头，在他的箫声中有几分舒解，心中略微好过。

一曲终了，他俯在云歌耳边，轻声说："云歌，我知道你不是一无所知。你一定可以醒来，我会一直在这里等你。你答应过要来见我，你不能食言……"

"陵……哥哥……"

刘弗陵的心骤然大跳，心头狂喜，立即侧头看向云歌，紧接着却发觉那只是云歌昏迷中的一句胡话，人依旧是昏迷未醒。

一瞬的失望后，心中又慢慢透出喜悦，还有丝丝缕缕的心酸。

云歌仍旧记得他，念着他。

明知道云歌听不见，那句"陵哥哥"也不是特意叫他，可他依旧极其郑重地握住云歌的手，答应了一声："云歌，我在这里。"

云歌的眉头又蹙了起来，似乎很痛苦。

刘弗陵忙查看了下她的伤口，"伤口又疼了吗？"

云歌的眉目间似乎凝聚了很多的难受，唇在微动，刘弗陵忙俯到她的嘴边倾听。

"孟……孟……"

"陵……"

"坏……石……头……"

"孟……"

一声声近乎听不清楚的低喃，也似没有任何意义。

刘弗陵却在一声又一声的低喃中，心渐渐发冷，向着一个没有光亮的深渊沉了下去。

也许是刘弗陵箫声中的情意挽留，也许是云歌自己的求生意志，云歌的病情渐渐缓和，烧也退了下来。

云歌睁眼的刹那，隐约觉得有一人在俯身看她，恍惚中只觉又是心痛又是身痛，无意识地叫了声："珏，我好痛！"就像两人正好时，什么委屈和不高兴都可以和他抱怨。

话出口，立即想起孟珏已经不是她的孟珏了，心狠狠一抽，待看清眼前的人，云歌如遭雷击，只觉一瞬间，她的世界全部错乱。

刘弗陵装作没有听见前面的字，柔声说："再忍一忍，我已经让大夫下了镇痛药，等药效发散出来，就会好一些。"

云歌呆呆凝视着他，刘弗陵也看着她。

他的幽黑双眸中隐藏了太多东西，只需轻轻一捅，她就能全部读懂，但她不能。

她的视线猛地移开，缓缓下移，看向他的腰间。

没有玉佩，她心中一松。

刘弗陵从于安手中拿过玉佩，递到她面前，"我很少戴它。"

她怔怔看着玉佩，眼中有惊悸，有恐惧，还有绝望。

刘弗陵一直静静等待。

很久后，云歌扭过了头，眼睛看着屋子一角，很冷淡、很客气地说："素昧平生，多谢公子救命大恩。"

刘弗陵手中的玉佩掉到了地上，"当啷"一声脆响。

他眼内只余一片死寂的漆黑。

她的身子轻轻颤了下。

金色的阳光从窗户洒入，照在榻前的两人身上。

脉脉的温暖将男子和女子的身形勾勒。

屋内，却只有连温暖的阳光都会窒息的寂静。

她的眼睛依旧死死盯着墙角，很清淡地说："公子若没有事情，可否让奴家歇息？"

他站起，十分平静地说："姑娘重伤刚醒，还需好好休息，在下就不打扰了。万事都勿往心上去，养好身体才最重要。"作揖行了一礼，出屋而去。

她只觉心中空落落，脑内白茫茫。

似乎再往前一小步，就会摔下一个万劫不复的悬崖，她只能拼命后退，一遍遍告诉自己，她的陵哥哥是刘大哥，和许姐姐已成婚。

绝对，绝对，绝对不会有错！

绝对不会有错！

———— ∞ ————

云歌还不能行动，为了镇痛，药石里添了不少安神的药，每日里昏昏沉沉，醒一段时间，又睡大半日。

醒转时也不说话，人只怔怔出神。

于安问云歌想要什么，想吃什么，她也像是没有听见，一句话不肯说，什么表情都没有。

若不是知道云歌肯定会说话，于安定会把她当成哑巴。

云歌只想把自己封闭起来，不想去接触外面的世界。她只想躲在她的墙角里，绝不想往前走。

云歌沉默，刘弗陵也是沉默。

都在沉默中消瘦，都在沉默中憔悴。

两个近在咫尺的人，却好像远隔天涯。

刘弗陵又来看过云歌两次，可云歌每次都只盯着墙角，一眼不看他，说话十分客气有礼，可那种客气礼貌只会让人觉得她的冷淡和疏远。

刘弗陵每来一次，云歌的病势就会反复。

有一次甚至又发了高烧，搞得张太医完全不明白，病情明明已经稳定，怎么会突然恶化？

从那后，刘弗陵再没来看过云歌，彻底消失在云歌面前。

只有侍女抹茶与云歌日日相伴，于安偶尔过来查看一下她的饮食起居。

那个搅翻了她世界的人好似从未存在，云歌也一遍遍告诉自己，没有错，一切都没有错！

她总在昏睡中忆起，梦中的碎片十分清晰。

深夜时，会听到隐隐约约的箫声，绵长的思念如春雨，落无声，却有情。

她在梦里的碎片中，似乎是欣悦的，有大漠的骄阳，有叽叽喳喳的故事，有嘻嘻哈哈的笑。

可她会在醒来后努力忘记。

清醒的时分，全是痛苦，各种各样的痛苦，根本不能细思，她只能什么都不想，什么都忘记。

一日午后，药力刚退。

第三章
凝眸处，又添新愁

云歌似睡似醒间，半睁开眼，看到一抹淡淡的影子投在碧纱窗上。
她立即闭上了眼睛，告诉自己什么都没有看见，也什么都不知道。

中午的太阳，正是最烈。
那抹影子一直未消失，她也一动不敢动。
听到于安细碎的说话声，那抹影子低低吩咐了句什么，终于消失。
她紧悬着的心才稍松，接着却有想哭的感觉。
她一边告诉自己，没有道理，怎么能胡乱哭？那只是个好心搭救了她的陌生人，一边却有泪印到了枕上。

从此后，每个中午，云歌人躺在榻上，虽然刚吃过药，本该最瞌睡，神思却总是格外清醒。
每个中午，他都会拣她吃过药的时分来看她，也都只是隔着碧纱窗，静静地站在院中，从未踏入屋内。
悄无声息地来，又悄无声息地走。
有时时间长，有时时间短。
屋内，屋外，这一站就是两个月。

一日晚上。
抹茶服侍云歌用过药后，云歌指了指屋中的藤椅，又指了指院内的紫藤架。
抹茶以为她想出去坐，忙说："小姐，不可以呢！你伤得重，还要再养一段时间，才好下地。"
云歌摇了摇头，再指了指藤椅，
抹茶终于会意，虽不明白云歌想做什么，仍依言把藤椅搬到紫藤架下摆好。
云歌隔窗看了眼外面，又合目睡了。

第二日。
刘弗陵来时，听屋内安静一如往日。他仍旧顶着烈日，立在了碧纱窗下，静静陪着她。

即使她不想见他，可知道她在窗内安稳地睡着，知道她离他如此近，再非不知距离的遥远，他才能心安。

于安来请刘弗陵回去时，看到藤架下的藤椅，皱了眉头。

抹茶立即惶恐地低声说："不是奴婢躲懒没收拾，是小姐特意吩咐放在这里的。"

刘弗陵已经快要走出院子，听到回话，脚步立即停住，视线投向窗内，好似要穿透碧纱窗，看清楚里面的人。

于安惊喜地问："小姐说话了？"

抹茶摇摇头。

于安不知道刘弗陵和云歌究竟怎么回事，不敢深问，不过既然是云歌吩咐的，他自不敢命抹茶收了藤椅，遂只摆摆手让抹茶下去。

于安对刘弗陵低声说："陛下，七喜来禀奏，霍光大人已经在上头的大殿等了一阵子了。"

刘弗陵没有理会于安的话，反倒回身走到藤架下，一言不发地在藤椅上坐了下来。

于安又是着急，又是不解，刚想问要不要让人传话命霍光回去。

刘弗陵却只坐了一瞬，就又起身，匆匆离去。

于安看得越发糊涂，只能揉着额头，恨爹娘少生了两个脑袋。

━━━━ ∞ ━━━━

云歌的伤好得极慢，一半是因为伤势的确重，一半却是心病。

等勉强能下地时，已是深秋。

在榻上躺了两个月，云歌早已经躺得整副骨架都痒，好不容易等到大夫说可以下地，立即就想出屋走走。

抹茶想搀扶云歌，她推开了抹茶，自己扶着墙根慢慢而行。

她一直不知道自己在哪里，也不知道自己怎么会在这里，这些事情在她骤然颠倒的世界里根本不算什么。

云歌沿着墙慢慢走出了院子。不远的一段路，却出了一头的汗。

太久没有走路，她实在讨厌软绵绵的自己。她还想顺着台阶再往上爬一段路，却已是力尽，腿下一软就要跌倒，身后的人忙扶住了她。

云歌本以为是抹茶，一回头，看见的却是刘弗陵，身子立即僵硬。

她急急地想挣脱他。

因为剑气伤到了肺，此时一急，不但用不上力，反倒剧烈地咳嗽起来。

刘弗陵一手扶着她，一手替她轻顺着气。

她想让他走，话到了嘴边，看到那双幽深的眸子，紧抿的唇角，她只觉心中酸痛，根本什么都说不出来。

她推开了他的手，就势坐在了台阶上。

把头埋在了膝盖上，不想再看，也不想再感知。

好像这样，她的世界就会如常。

刘弗陵默默坐着，眺望着下方金黄灿烂的树林，好似自言自语地说："看到前面的树叶了吗？让人想起大漠的色彩。我每年都会在这里住一段时间，有空闲时，最喜欢待的地方就是这里，白天可以赏秋景，晚上可以看夜空。这么多年，别的事情没有什么长进，对星象却很有研究，东宫苍龙——角木蛟、亢金龙、氐土貉、房日兔……"

云歌的眼泪一滴滴落在裙上。

东宫苍龙、北宫玄武、西宫白虎、南宫朱雀，还有角、亢、氐、房、心、尾、箕、斗、牛、女、虚、危、室、壁、奎、娄、胃、昴、毕、觜、参……

她也全都研究过，翻着书，再对着星空找，日日看下来，竟比那些熟悉天象星斗的算命先生懂得还多。

她知道他会知道，也会懂得。

她知道"君心似我心"，却没有做到"定不负君意"。

她现在何来颜面见他？

刘弗陵抬起了云歌的头，替她把眼泪擦去，"云歌，你我真素昧平生吗？你真要我以后都称呼你'小姐''姑娘'吗？"

云歌只是无声地落泪，眼中充满痛苦和迷茫。

刘弗陵不舍得再逼她，"我送你回去吧！"

虽然吃了有助睡眠的药，云歌却一直睡不着，半夜里听到隐约的箫声，吹的是十分熟悉的曲子。

原来一切都不是梦！

云歌辗转反侧了半晌，还是披了衣服起来。

于安看到一个人躲躲藏藏地隐身到暗处，骤然大怒。温泉宫都有人敢窥伺陛下？

待到跟前，发现是云歌。于安摇头叹气，转身想走，却又转了回去，"云小姐，奴才有几句话说。"

云歌一惊，转身发现是刘弗陵的贴身随从，她没有说话，只默默站着。

于安踟蹰了下，还是决定豁出去了，开始把刘弗陵这些年的日常生活像报账一样报给云歌听：

少爷一直等着持发绳的人；

少爷爱看星星；

少爷偏爱绿色；

深夜里，少爷睡不着时，就会吹箫，可翻来覆去却只是一首曲子……

一口气竟然说了半个多时辰，等他说完，云歌早已是泪流满面。

于安清了清嗓子，"云小姐，你这整日不说话算怎么一回事情？不管你心里怎么想，你总应该给少爷讲清楚。奴才的话说完了，奴才告退。"

刘弗陵倚着栏杆，默默看着满天繁星。

听到身后动静，以为是于安，却半天没听到说话请安，一回头，看到云歌正俏生生地立在长廊下。

刘弗陵忙走了几步，把身上的披风解下，披到了她身上，"怎么还没有睡？这里风大，我送你回屋。"

她拽住了他的衣袖，示意他止步。

云歌靠着栏杆坐下，侧头望着远处，将她在长安的经历淡淡道来：

"发绳被娘亲拿走了，我已经到长安一年多。来长安前，我还一直犯愁没了信物，该如何寻找陵哥哥，却没有想到第一日就碰见了陵哥哥……"

刘弗陵听到有人和他长相相似，还有一块一模一样的玉佩，心中剧震，但让他更伤痛的是天意弄人。

云歌淡淡地讲述着她又遇见了另外一个人，表情淡漠，好似讲着别人的故事。她不愿意提起那个人的名字，只简单地用一个"他"字，从相遇到别离，三言两语就交代过，可她扶着栏杆的手，攥得紧紧，脸色也是煞白。

"……他是流水无情，我空做了落花有意。既然我已经违约，你也不必再遵守诺言。我的伤已经快好，也到我该告辞的时候了。"

刘弗陵扳着云歌的肩头，让她看着他，"你没有违约，这只是……只是阴差阳错。云歌，如果你现在幸福，我会把珍珠鞋还给你，当年盟约一笔勾销。不过你已经决定斩断过去的事情，那我不想把珍珠鞋还给你。我不要你现在答应什么，但是希望你给我们一些时间，我只要一年。如果一年后，你还想走，我会把珍珠鞋还给你。"

云歌再难维持自己的淡漠，眼内珠泪滚滚，她猛然偏过了头。

她宁愿他骂她，宁愿他质问她既有盟约，怎么可以背约？宁愿他大怒，生气她的负心。

可他只是这样看着她，面容平静，语气清淡，似乎没有任何情绪流露，可那暗影沉沉的眼睛内是心疼，是苦涩。

刘弗陵用衣袖替云歌把泪拭去，"不要迎风落泪，太伤身子。"

他微微一笑，语气刻意地放轻快，"云歌，至少也该把未讲完的故事讲完，这都九年了，别的小狼，儿子孙子都一大堆了，我们的那只小狼却还在被你打屁股，打了九年，什么气也该消了，只是可怜了小狼……"

云歌扑哧一声，破涕为笑，可笑还未及展开，眼泪又落了下来。

云歌不再拒绝见刘弗陵，只是两人之间的话依旧不多。

刘弗陵本就是话少的人，云歌却是因为身心皆伤，很多时候不愿意说话。

常常两人共在一屋，却半日都不说一句话。

有时候时间久了，守在外面的于安和抹茶甚至会怀疑，屋子内真有两个人？

虽沉默的时间很多，可两人自有自己的相处方式。

刘弗陵帮云歌找了琴，又寻了一大卷奇闻异志，两人抚一段琴，看一会儿奇闻传说。看到滑稽好笑处，她会微抿着唇笑，他会凝视着她，眼中也盛了笑意。

刘弗陵对云歌若对朋友，既不提起过去，也不提起未来，既未刻意亲近，也未刻意保持距离。

他的淡然态度影响了她，她面对他时，紧张愧疚渐去，本性中的疏朗闲适渐渐显露。

两人本就比常人多了一分默契，常常一言未说，对方已能知道自己的心意，此时相处日久，又慢慢地生了很多随意。

刘弗陵把宫里能找到的菜谱都命人搬了来，让云歌闲时看着玩。

有不少绝谱异方，还有一些讲述食材的相生相克，却多是只言片语，未成体系，云歌看得心神意动时，往往跺足叹气。

刘弗陵鼓励她提笔写食谱。

自古"君子远庖厨"，文人墨客不会愿意提笔去记录厨房里的事情，而厨师又不会写文章，难得云歌二者皆会，不如写一份食谱，记录下当代的饮食烹饪，为后来人留一份资料，省的以后的人也边看边叹气。

云歌豪气盈胸，决定从现在开始就整理笔记，为日后写食谱传世做准备。

刘弗陵却不许她动笔，只让她做好记号。

他处理完公事后，会帮她把看中的菜谱仔细地誊抄下来。

有些远古探讨食材使用的文章传说太多，文字又晦涩难解，他会帮她一一注释，把出处都写明，方便她日后寻根究底。

刘弗陵写得一手好字，字字都可以拓下，供后人临摹。

满幅小篆，仿如龙游九天，看得云歌忍不住击节赞叹："传说李斯的一手小篆让荀子看后，三月不知肉味，当即决定破格收他做学生。荀子若还在世，肯定也非收你做学生不可，不过他若知道你用这么好的字来给我写菜谱，定要骂我无知妇人。"

刘弗陵的博闻强识也让云歌惊叹，他的脑袋好像把所有书都装在里面，任何一个典故，不管如何生僻，他都不用翻书，看一眼就能想到出自何处，甚至哪一章哪一节。

云歌的身体渐好，身上的萎靡之气也渐去，静极思动，常常刻意刁难刘弗陵。

刘弗陵不在时，她就东翻西找，寻了一些稀奇古怪的字句来考刘弗陵，从诸子百家到诗赋，从典故到谜语。

刚开始，刘弗陵提笔就给出答案，到后来，需要思索一会儿，时间有长有短，但也都能说出答案。

只要刘弗陵答对，云歌就算输，需给他弹一首他指定的曲子。

日日下来，云歌本来极糟糕的琴艺，突飞猛进，云歌也从音乐中窥得了一个被她疏忽的世界。

云歌若赢了，刘弗陵就需做一件她指定的事情，只是云歌到现在都没有机会行使她的权利。

云歌日日输，输得一点脾气都没有，绞尽脑汁地想了又想，恍然大悟，这些书都是他命人搬来给她的，既然是他的书，那他自然都看过，如此相斗，她当然赢不了，要想赢，只能跳出这些书。

跳出这些书？

说说容易，云歌想着堆满几个屋子的书，脸色如土。

刘弗陵进屋后，看到云歌歪在榻上翻书，听到他进屋，眼睛抬都未抬，很专心致志的样子。

丫头抹茶却是眉梢难掩兴奋，站在门侧，随时待命的样子。

于安刚想帮刘弗陵净手，刘弗陵摆了摆手，让他下去，径直走到桌旁，拿起云歌出的题目。

"天上有，地上无；口中有，眼中无；文中有，武中无；山中有，平地无。打人名。"

话语直白浅显，却不好答。

刘弗陵凝神思索，先典故，再拆字，到化形，竟无一人合这句的意思。

刘弗陵想着不如放弃，让云歌赢一次。云歌生性好动，这个游戏是怕她闷，所以才不让她赢，好让她继续刁难着玩。

却在放下绢帛的刹那，恍然大悟，他是钻入固定思路了，谁规定"打人名"就是一个古人或者名人？就是书册上的名字？

这一个谜面，含了两个人的名字，云歌却故意不说清楚。

虽然云歌这个谜题出得有些无赖，不过就对他们两人而言，也勉强说得过去。手指从她所写的字上抚过，眼中有了笑意。

抬眼看到她唇角偷掩着的狡慧笑意，他心中一荡，放下了绢帛。

"我猜不出。"

云歌立即丢了书籍，拍手大笑，"抹茶。"

抹茶忙搬了炭炉、茶釜进来，显然主仆两人早已商量好。

云歌笑吟吟地对刘弗陵说："我口渴了，麻烦陵公子煮杯茶给我。"

立在帘子外的于安也带了笑意，陛下自小聪慧过人，所学广博，神童之名绝非白得，吟诗作赋、吹曲弹琴，陛下都是信手拈来，可这烹茶嘛……

有得看了！

刘弗陵很平静地蹲下，很平静地盯着炭炉，很平静地研究着。

云歌等了半晌，看他只盯着炭炉看，十分纳闷，"这个炉子怎么了？不好吗？"

刘弗陵平静地说："我正在想这个东西怎样才能有火。如果你口渴，还是先喝点水，我大概需要一点时间才能弄清楚。"

他的表情太过坦然平静，让云歌想笑反倒笑不出来，云歌怔了下说，"我教你，不过只负责口头指点。你要亲手煮来给我喝，不然我就白赢了。下一次赢你还不知道什么时候呢！"

刘弗陵微笑："肯定会让你喝到口。"

一个说，一个做，于安和抹茶在帘子外闷笑得肠子都要断掉。

毕竟有几个人能看到堂堂一朝天子，捋着袖子，手忙脚乱地生火、汲水、烹茶？

好不容易，茶煮好了，刘弗陵端了一杯给云歌，云歌喝了一口，顿了一瞬，才勉强咽了下去，微笑着问："你放了多少茶？"

"你说水冒如蟹眼小泡时放茶，我看罐子里茶不多，就都放了进去。放错了吗？"

于安和抹茶都是身子一抖，一罐子都放进去了？陛下以为他在煮粥吗？

　　于安有些心疼地暗叹，那可是武夷山的贡茶，一年总共才只有四两三钱，这壶茶实在是很贵重！

　　贵重是极贵重了，可那个味道……

　　于安此时忽地对云歌的微笑有了几分别的感触，也开始真正对云歌有了好感。

　　起先坐得远，没有留意。云歌此时才看到刘弗陵的手有烫伤，脸侧有几抹黑迹，云歌的笑意慢慢都化成了酸涩，几口把杯中的茶尽数喝下，"不错，不错。"

　　云歌看刘弗陵想给自己倒，忙一把抢过茶壶，顺手拿了三个杯子，恰好斟了三杯。

　　自己先拿了一杯，"于安，抹茶，难得你家少爷煮茶，你们也尝尝。"

　　于安和抹茶面面相觑，云歌眉毛轻扬，笑眯眯地盯向他们，"你们笑了那么久，也该口渴了。"

　　于安立即快步而进，抱着壮士断腕的心，咕咚咕咚一口气喝下。

　　抹茶握着茶杯，喝了一口，嘴里已经苦得连舌头都麻木了，脸上却要笑得像朵花，"谢谢小姐赐茶，奴婢到外面慢慢喝。"

　　云歌的反应固然机敏，可刘弗陵自小到大，整日里相处的哪个不是心机深沉的人？

　　心中明白，面色未动，只深深地看着云歌。

　　看云歌面色怡然地品着茶。

　　他想要拿过云歌手中的杯子，云歌不肯放，他索性强握着云歌的手，把剩下的半杯喝了。

　　云歌愣愣看着他，他淡淡一笑："从今往后，有我在，不会让你独自一人吃苦。"

　　云歌心中一酸，装作没有听懂他的话，抽了一块绢帕给他，强笑着说："你脸上有炭痕。"

刘弗陵用帕子擦了几下后，还有几点地方没有擦去，云歌看得着急，自己拿了帕子替他擦，缩手时，刘弗陵却轻轻握住了云歌的手，云歌身子僵硬，低着头，把手缓缓抽出，"我有些累了。"

刘弗陵脸色一黯，起身道："那你先休息一会儿，晚膳晚点用也可以。"

云歌低着头没有说话，听到脚步声渐渐远去，她突然站起，叫了声："抹茶。"

抹茶忙进来，听吩咐。

"你去和于安说一声，说陵哥哥的手被烫了。"

抹茶点了下头，一溜烟地出了门。

云歌的身体渐渐好利落，只是那一剑伤得太重，虽有名医良药，还是留下了咳嗽的病根。

刘弗陵神伤，暗中命太医院所有太医都去好好研究治咳嗽的药方，有成者重赏。

云歌自己倒不在乎，"命能保住已经万幸，只是偶尔咳嗽几声，不要紧。"

山中无日月，时光如水一般流过。

云歌受伤时是夏末，等病全好已经冬初。

她尽力克制自己不去想那个人，白日里还好，她可以努力给自己找事情，可夜深人静时，却总无法不难过。

想着他如今也该和霍家小姐举案齐眉了，说着那和自己无关，可是当日风中他绾着她的头发所说的"绾发结同心"却总会突然跳到脑中，如今他应该替霍家小姐绾发插簪了吧。

庆幸的是，她对他的恨意淡了许多。

恨的滋味像是中了传说中的苗疆蛊毒，无数虫子日日啃噬着你的心，是痛中之痛。

云歌不喜欢恨人的感觉。

他负了她，她却负了陵哥哥。

山盟海誓犹在耳，却经不起世间的风吹雨打。

她经不住他的诱惑，他经不住世间权力的诱惑，所以她恨不起他，若要恨，她该恨的是自己，恨自己未带眼识人，恨自己太过自以为是。

看到刘弗陵进来，对着一炉熏香发呆的云歌急急跳起，刘弗陵眼睛一暗。

云歌知道自己想掩饰，反倒落了痕迹，何况她想瞒他也太难，索性不再刻意做欢颜，只静静看着他。

刘弗陵走到她面前，凝视了她会儿，忽地轻轻叹了口气，把她揽进了怀中，"怎么才能让你笑颜依旧？如果只需烽火戏诸侯，那倒简单。"

云歌本想推开他，可听到他那低沉的声音，声声都压得她心酸，她忽然无力，头靠在他肩头，只是想落泪。

如果有些事情从没有发生过，她和他现在该有多快乐？

刘弗陵静静拥了她会儿，忽地说："你昨日不是说养病养得人要闷出病来了吗？我陪你下山去散散心，你想去吗？"

云歌想了想，点点头。

于安听到刘弗陵要去山下玩，忙去安排人手，刘弗陵却不许，于安无奈下只能让人乔装改扮后，暗中跟随。

云歌一直不知道自己究竟身在何处，下山时才发现她住的地方很偏僻，深隐在山峰层林间，要行一段路才到主山道，从主山道向上看，隐隐有一片屋宇连绵的楼台。

"这是哪里？"

刘弗陵沉默了一瞬，才说："骊山。"

云歌对汉朝皇帝的各处行宫并不知道，所以也未多想，只心中暗叹了口气，原来离长安还很近。

第三章
凝眸处，又添新愁

他们来得很巧，正是赶集日。街上熙来攘往，热闹非凡。

今年是个丰收年，赋税又真正降了下来，盐铁等关乎日常民生的物品价格也比往年有了下降。街上来来往往的人都神情祥和，买过家里必需的生活物品，还有余钱给妻子买朵绢花，给孩子买些零嘴。商贩们的生意好，心头眉头也是舒展，打招呼间问起彼此的近况，多有笑语。

云歌微笑："和我刚来汉朝时，气象已是不同，这个皇帝是个好皇帝，霍光也很好。"

刘弗陵第一次逛长安城郊的市集，看着人来人往，听着高声喧哗，和日常的深宫气象极是不同。

虽然喧闹纷杂，他却喜欢这种烟火气息。

因为正常，所以温暖。

两人常被人潮挤散，刘弗陵怕丢了云歌，索性握住了云歌的手，牵着她，在街道上胡乱走。

他们两人倒是随性，只是苦了于安，一双眼睛已经观了八方，还觉得不够用，可看到刘弗陵眉梢眼角隐带的温暖，他又觉得一切都值得。

看到广场上一群人围得密密实实，云歌立即拽着刘弗陵挤了过去，只听到前面的人一会儿大笑，一会儿惊叹，听得人十分好奇。

"模样长得真是惹人怜！"

"看这小不点的样子！"

"这两个是兄弟吧？"

"看着像，不知道是不是双生兄弟？"

"父母呢？他们怎么单独跑到这里玩？不知道有没有吃过东西。"

云歌转悠了一圈，仍旧进不去，视线扫到他们身后亦步亦趋的于安，计上心头，"于安，你想不想挤进去看看？"

在刘弗陵的视线注视下，于安敢说不？他只能皮笑肉不笑地说："想。"

云歌笑眯眯地说："我有一个法子，很管用，你就大叫'里面的是我侄子'，众人肯定给你让路。"

于安神情一松，还好，不算刁难。他运了口气，中气十足地吼道："让一让，让一让，里面的是我侄子。"

外面的人根本不知道里面是什么，听到喊得急迫，纷纷都让了路，里面的人却是惊讶，也让了路。

"让一让，让一让，里面的是我侄……"看到人群内的东西，于安的话咽在口中，差点没给呛死。

四周一片静默。

众人都默默地看着于安，表情各异。

只见两只长得一模一样的小猴子正在场中戏耍，此时人群突然安静下来，它们好似十分奇怪，挠着头，大眼睛骨碌碌地转，一条细长的尾巴在背后摇来晃去。

云歌强忍着笑，赶紧把刘弗陵拽开几步，和于安划清界限，小声地说："我们不认识他的。"

片刻后，人群发出爆笑。

两只小猴子也来了劲，吱吱尖叫，又翻跟斗，又抓屁股，兴高采烈。

有人笑着高声说："不知道哪里跑来两只小猴子，我们正想着如果不管他们，大冬天的只怕要饿死，既然娃他叔来了，那就好办！麻烦娃他叔把他们领回家。"

于安脸色一阵白一阵红，云歌笑得直打跌。

刘弗陵怕她又开始咳嗽，忙轻拍着她的背，对于安吩咐："于大哥，把它们带回去，等大一些放生到山中，也是于大哥的一件善事。"

于安愕然看向刘弗陵，很多年后的第一次直视。

刘弗陵扶着身边的绿衣女子，面上虽没有什么表情，眼中却是笑意轻漾。此时的他不再独自一人高高在上，不再没有喜怒，他只是一个宠着身边女子的平常男人。

于安眼眶一酸，低下头，应了声"是"。

于安虽收留了猴子，却一直板着脸，云歌和他说话，他只嘴里"嗯嗯哼哼"，好像十分恭敬，却不拿正腔回答。

云歌向刘弗陵求救，刘弗陵拿了食物喂猴子，对云歌说："自己闯的祸自己去收拾。"

云歌赶在于安身边，赔小心："于大哥，我也不知道里面是两只小猴子呀！我以为是谁家走失的孩子。于大哥，给猴子做叔叔也挺好呀！你看这两只猴子多可爱！"

于安瓮声瓮气地说："那么可爱，也不见姑娘说那是你侄子。"

云歌笑："别说是我侄子，就是我儿子也可以！我娘是狼养育大，算来我的外婆是狼，有个猴子儿子也很好……"

于安恼中也被云歌气出笑，"你亲都没成，就儿子、儿子挂在嘴边，不害臊吗？儿子他爹呢？"

于安话刚说完，就想到云歌是娘，他是叔叔，陛下可刚叫过他大哥，那陛下不就成了两只猴子的……

又是想笑，又是不敢笑，忍得十分辛苦。

云歌知道自己说错了话，偷偷瞅了眼刘弗陵，刘弗陵也正好看向她，两人视线撞了个正着。

他似笑非笑，几分打趣，云歌立即臊了个满面通红。

云歌跺了下脚，扭身就走："你们两个合起来戏弄我！"

刘弗陵忙吩咐于安照顾好猴子，自己去追云歌，不想云歌走了不远，又一个急转身，匆匆往回跑，脸色十分难看，刘弗陵握住她的胳膊，"怎么了？"

云歌没有回答，牵着他慌不择路地跑进一家店。

是一家出售陶器的店，宽敞的院子里摆放着大大小小的陶器皿，有巨大的水缸，不大不小的米缸，还有小一点的腌菜坛子。

云歌左右环顾了一圈，根本没有可躲避的地方，听到外面传来的叫声，急切间，顾不得那么多，拽着刘弗陵跳进了一个大水缸中。

水缸虽大，可容纳了两个人后也是拥挤不堪，云歌和刘弗陵面对面，好似紧紧拥抱着彼此，十分亲密。

云歌轻声说："我急糊涂了，他们又不认识你，我怎么拉着你也躲了起来？"

刘弗陵没有太多表情，眼中却有苦涩。

刘病已听到手下的兄弟说看见一个像云歌的女子，立即叫了孟珏，匆匆赶来。的确看到一个相似的身形，但他们还未走到近前，就看到那个身影在拥挤的人群中几晃后，消失不见。

寻了几个月，孟珏已经动用了所有能动用的消息网，从大汉到西域，可没有云歌半点消息，她就好像突然从人间蒸发，没有留下一丝痕迹。

他甚至连那夜厮杀的两方是谁，都查不出来。

他从刚开始的笃定，到现在的担心，他开始想那一夜云歌究竟有没有逃脱？是不是发生了意外？她究竟是生是死？

担心恐惧折磨得他日日不能安睡。

寻了一大圈，却找不到要找的人。两人站在陶器店外，都是黯然。

刘病已叹了口气说："也许认错人了。"

孟珏沉默了会儿，蓦然一掌拍碎了身侧做招牌的瓦缸，"一定是她。"

躲在水缸内的云歌，身子不禁轻轻一抖。

刘弗陵忙伸臂拥住她，好像要替云歌把一切伤害都挡开。

店堂内打瞌睡的伙计听到动静，出来探看，见人打碎了货物，刚想大骂，可被孟珏的森寒视线盯了一下，竟是一句话都说不出来。

孟珏扔了片金叶给他："没你什么事，滚回去睡你的觉。"

伙计收起金叶，立即一溜小跑，跑回店堂，直接缩到柜台下，闭上了眼睛。

孟珏对刘病已说："她是在这附近不见的，命人把附近的几家店铺都搜一遍。"说完，孟珏亲自开始查看陶器店，不管大缸小缸，都是一掌拍下，将缸震成粉碎。

云歌一点都不明白他在想什么，利用她的是他，出入霍府的是他，想攀上权势顶峰的人是他，和霍成君拥抱亲昵的还是他，他既然要霍成君，为什么还要找她？难不成他还以为她能与霍成君共侍一夫？

刘弗陵看云歌脸色苍白，知道孟珏在她心中还是十分重要。正因为仍然在乎，所以才害怕面对，害怕自己的还在乎，害怕自己会情不自禁。

听到陶器碎裂的声音渐渐向他们的方向转来，刘弗陵附在云歌耳边说："你若不想见他，我去替你把他挡走。"

云歌摇摇头。

孟珏外表看着是温润君子，性格实际上十分桀骜，现在他连那层君子的外衣都不用了，可见今日不翻遍了这附近，不找到她，他不会善罢甘休。陵哥哥只是个普通人，不懂一点功夫，哪里挡得住孟珏？

云歌忽地抓住了刘弗陵的手，"你帮我圆个谎，做我的夫君，好不好？我和他说我们已经定亲了，让他别再来找我……"

刘弗陵眼中带了几分酸楚，温和地打断了云歌的话，"云歌，我们本就是有盟约的未婚夫妻。"

云歌语涩，不错，他们早就是交换过信物，有过盟誓的……夫……妻！

云歌抓着刘弗陵的手变得无力，慢慢滑落，刘弗陵却用力握住了她。

脚步声渐走渐近，云歌心中零乱如麻，害怕伤痛恨怨，羞愧温暖酸涩，全挤涨在胸间，撕着她，扯着她，一颗心就要四分五裂，只有握着她的那只手，坚定地护着她。

她用力握住了刘弗陵的手，朝他一笑，虽未及完全展开就已消失，可她的眼神不再慌乱无措。

云歌听到身旁的缸应声而碎，知道下一个就是他们藏身的水缸了，深吸了口气，鼓起全身的勇气等着面对孟珏。

孟珏举起手掌，正要挥下，忽然听到一人笑叫道："这不是孟大人吗？"

孟珏顿了下，缓缓回身，负着手也笑道："于……"

于安忙摆了摆手，"都在外面，不用那么多礼了。我痴长你几岁，孟大人若不嫌弃，就叫我一声于兄吧！"

孟珏笑着作揖，"恭敬不如从命，于兄怎么在这里？"

于安笑着说："出来办些私事，经过这里时，看到孟大人在敲缸，一时好奇就进来看一眼，孟大人若有什么事情需要帮忙，尽管说话。"

孟珏笑着向外行去，"没什么大事，此店的伙计惹人眼烦，一时之气。难得于大哥到外面一趟，若有时间，容小弟做个东道，喝几杯。"

孟珏和于安一边谈笑，一边出了店门。

他们前脚刚走，立即有宦官进来接刘弗陵和云歌，护送着他们从后门上了马车，返回骊山。

云歌脑中思绪纷杂，于安和孟珏认识，而孟珏对于安显然很忌惮，对于安的客气程度不下对霍光，可于安不过是陵哥哥的管家。

云歌沉默地坐着，刘弗陵也一直沉默，只听到马蹄敲着山路的嘚嘚声。

回到别院住处，刘弗陵让所有人都退下去，"云歌，你有什么想问我的吗？"

云歌拿着簪子有一下、没一下地拨动着烛火，眉尖微蹙，"我以前觉得只要我对人好，人也一定会对我好，我以诚待人，人自然也以诚待我，可后来知道不是的，这世上的人心很复杂，有欺骗、有猜忌、有背叛、有伤害。我不会去骗人，但我现在不再轻易相信任何人，可……"云歌抬眼看向刘弗陵，"陵哥哥，我相信你。如果连你也骗我，我还能相信谁？我只想知道真实的一切，你告诉我。"

刘弗陵静静凝视着云歌。

云歌又看到了熟悉的暗影沉沉，里面翻卷着万千无奈。

云歌心酸，她是想要他高兴的，从小到大都是，"陵哥哥，你若不想说，就算了，等日后……"

刘弗陵摇了摇头，"我的名字是三个字，并非两个字，刘陵二字中间还要加一个'弗'。"

云歌正在挑烛火的簪子跌落，打灭了烛火，屋内骤然陷入黑暗。

云歌无意识地喃喃重复："刘弗陵，刘弗陵……陵哥哥，你……你和汉朝的皇帝同名呢！"

刘弗陵坐到云歌身侧，去握云歌的手，入手冰凉，"云歌，不管我的身份是什么，我仍然是我，我是你的陵哥哥。"

云歌只觉得这个世界怎么那么混乱，陵哥哥怎么会是皇帝？怎么可能？

"陵哥哥，你不是皇帝，对不对？"

她眼巴巴地瞅着他，唯一企盼的答案显然是"不是"。

刘弗陵不能面对云歌的双眸，他去抱她，不顾她的挣扎，把她用力抱在了怀里，"云歌，我就是我，过去、现在、将来，我都是你的陵哥哥。"

云歌打着刘弗陵的胸膛，想推开他。

刘弗陵紧紧抱着她，不管她如何打，就是不让她挣脱。

云歌打了一会儿，终是大哭了出来，"我不喜欢皇帝，不喜欢！你别做这个皇帝，好不好？现在这样不是很好吗？在山里盖一个房子，就我们清清静静地生活，你不是喜欢读地志奇闻吗？现在的地志多不全，我们可以亲身去各处游历，搜集各地风土气候传说，还有食物，你写一本地志奇闻书，我写一本食谱……"

刘弗陵把云歌的头紧紧按在他的肩头，眼中是深入心髓的无力和无奈，只一遍遍在云歌耳边说："对不起，对不起……"

因为他的身份，他的生命中已经有太多无可奈何，所以他一直尽量避免再因为自己的身份而制造他人生命中的无可奈何。

他在吃过竹公子的菜后，不想因为他是皇帝就选择理所当然的拥有，不想因为自己的一个决定就让竹公子无可奈何。

可是他正在让云歌无可奈何，这本是他最不想的事情，却又是一个无可奈何。

———⚭———

已是万籁俱静，云歌却忽地从榻上坐了起来，轻轻穿好衣服。

环顾屋内，并没有什么属于她的东西，转身刚要走，忽又回身，将桌上刘弗陵为她誊写的笔记装进了怀里。

云歌从窗户翻出了屋子，一路小跑，跑着跑着，却又停了下来，回身看向他的住处。

那里灯熄烛灭，一片黑沉，想来他正在睡梦中。

她想了那么多年，又找了那么久的陵哥哥，竟真和她想象的一模一样，她可以什么都不用说，他就知道她所想的一切，可是他为什么会是皇帝？

他是皇帝，难道就不是她的陵哥哥了吗？

云歌不想回答自己的问题，说她怯懦也好，说她自私也罢，她如今只想先躲开一切。

自从受伤后，她的脑袋就好似没有真正清醒过，一个惊讶还未完全接受，另一个惊讶就又来临，她现在只想远离所有的人和事。

终于下定了决心离开，一转身，却发现，不知道何时，刘弗陵已经静静立在她的身后。

黑沉沉的夜，他的眼睛也是黑沉沉的，看不清楚里面的任何东西。

云歌怔怔地看着刘弗陵，良久后，猛地埋下头，想从他身侧走过。

"云歌。"刘弗陵拿着一个东西，递到她面前。

云歌一瞥间，心中剧震，脚步再也迈不出去。

一只小小的葱绿绣鞋躺在刘弗陵的掌心，鞋面上一颗龙眼大的珍珠，正在星光下散发着柔和的光。

云歌痴痴地伸手拿过，入手犹有余温，想来他一直贴身收藏。

"好，我在长安等你。"

"拉钩，上吊，一百年，不许变！"

"你知道女子送绣鞋给男子是什么意思吗？"

"我收下了。云歌，你也一定要记住！"

"以星辰为盟，绝无悔改。"

……

那夜也如今夜，星辰满天。

同样的星空下，站着同样的人。

如此星辰，如此夜，不正是她想过无数次的吗？

只是为什么……为什么会如此苦涩？

刘弗陵的视线落在云歌手中的绣鞋上，"云歌，我只要一年时间。等待了九年，至少请给我一段时间去听你讲故事。九年里想必你又去过不少地方，我只想知道和了解你所做过的事情。也给我一个机会，让我告诉你我在这九年里做了什么，难道你一点都不关心吗？"

"我……"

云歌语滞。怎么可能不关心，不想知道？无数次躺在屋顶上看星星时，会想陵哥哥在做什么。甚至特意把自己在某一天，某一个时辰，做什么都记下来，想等到将来重逢时问陵哥哥，看他在那一天，那个时辰，在做什么，有没有想过她？还有那些已经积攒了多年的话……

刘弗陵从云歌手中把绣鞋拿了回去，"只要一年时间，一年后你若还想走，我一定将珍珠绣鞋还你，我与你之间再无任何约定。但是现在，我要你履行你当年的誓言。"

云歌忽地侧着脑袋笑起来，"陵哥哥，你真聪明。谁叫我当年是个小笨蛋，大了又是个大笨蛋？好！一年之约。"转身向屋子行去，

"一年后的今日，我走时，就不用你相送了。"

刘弗陵负手而立，手中紧握着绣鞋，望着云歌的身影慢慢走入屋子。

她已经进屋很久后，他依然立在原地。

微抬了头，看向星空。

夜幕低垂，星辰密布，恒久的美丽。

如此星辰，如此夜。

一辆装饰华丽的马车，从未央宫驶出。

车内坐着汉朝皇后——上官小妹。

上官小妹不到六岁就进宫，这是她第一次走出长安城里的重重宫殿。

她从小就被教导一举一动都要符合皇后的身份，要温婉端庄华贵，要笑容亲切，却又不能笑得太过。可是现在，她无法克制自己的兴奋，忍不住地咧着嘴笑。

皇帝大哥竟然派人来接她去温泉宫，她就要见到他了。

虽然身在后宫，可她隐约明白祖父、外祖父和皇帝之间的矛盾。

她知道自己是祖父和外祖父强塞给皇帝的，她甚至能从皇帝周围太监的眼睛中看到厌恶和提防。可是最该讨厌她的皇帝却从没有对她说过一句冷语，甚至还吩咐于安要保护她的安全。

他总是隔着一段距离，似乎没有任何温度地淡淡看着她。他从不走近她，她也从不敢走近他，可她能感受到他疏离淡然下的理解。

在整个皇宫中，也许只有他明白她的痛苦，明白她也痛恨皇后这个位置，她所渴望的哪里是什么母仪天下？她甚至想，如果不是因为皇后这个位置，当她只唤他"大哥"，而非"皇帝大哥"时，他会待她不同。

祖父死后，宫里的人一边幸灾乐祸于上官氏的覆灭，一边又因为外祖父霍光，对她更加畏惧。她知道自己在他们的心中，未免凉薄。

她对外祖父十分亲昵，亲昵到似乎完全忘记了祖父、父亲、母亲、兄弟因何而死。

可这难道不正是在皇家生存的法则吗？要学会忘记，学会假装一切都十分正常。

何况她相信，霍氏的结局一定不会比上官氏好，她一定要活着，活着等待那一天的来临，她要亲眼看见霍氏的结局。

当她能光明正大地祭拜父母时，她会细细描述给他们听，让他们黄泉之下安心。

上官小妹一直从帘子缝里向外看，当看到车舆未沿着主山道向上，直去温泉宫，反拐到侧路上，忙挑起帘子问："怎么回事？不是去见陛下吗？"

太监七喜声音平平地回道："陛下在山中的一处别院。"

上官小妹不解，这些别院应该是给侍卫或者太监住的地方，皇帝怎么住这里？但知道这些太监不会给她任何关于刘弗陵的消息，只能放下帘子。

几重不大不小的院落，没有富丽堂皇，却清幽雅致，很像她起先在路旁看到的普通民居。

上官小妹突然觉得自己的一身华服、时兴发髻都十分不妥当。出门前，花费了大功夫，精心修饰了很久，可在这里，她只觉得格格不入。

七喜领着她走到后园，指了指前面的屋子，对上官小妹说："皇后娘娘，陛下就在里面，奴才就领路到这儿了。"说完，行了个礼，未等上官小妹发话，就自走了。

上官小妹举目望去：几树白梅开得正好，疏落间离，横于窗前。

一男一女临窗而坐，执子对弈。其时，已近黄昏，夕阳斜斜洒在窗前，轻薄如蝉翼的光晕流动中，梅影扶疏，人影婉约，仿如画境。

上官小妹不能举步，怔怔看了许久，直到于安在她身前轻轻咳嗽了几声，她才惊醒。

于安向她行礼，她忙让于安起身，终是没有沉住气地问："那个女子是谁？"

于安笑着说："陛下命人接娘娘来，就是想让云姑娘见一下娘娘。"

于安没有用"拜见"二字，而且说的是让云姑娘见一下她，而非她这个皇后见一下云姑娘。于安早已是宫中的精怪，他绝不可能因为一时口误而如此僭越。

上官小妹心中剧震，盯向于安。

于安虽微微低了头，却没有回避上官小妹的视线，满脸带着笑意。

上官小妹点了点头，"多谢于总管提点，本宫明白了。"

上官小妹进屋后，欲向刘弗陵行礼，刘弗陵招手让她过去，指着她想要说话，却看着他对面的女子，踌躇不能出口。

上官小妹的心又往下沉了沉，以皇帝之尊，竟然连介绍她的身份都会如此为难。

云歌看到一个华妆打扮的小姑娘进来，随口问刘弗陵："你有客人？"

看到刘弗陵的神色，再仔细看了眼小姑娘的装扮，约莫十二三岁的年纪，心中蓦然明白，强笑了笑，起身向上官小妹行礼，"民女云歌见过皇后娘娘。"

刘弗陵握住了云歌的胳膊，没有让她的礼行下去，"小妹不到六岁，就搬到宫里来住，我待她如妹，你不用对她多礼……"

上官小妹娇笑着拍手，"皇帝大哥派人来接我玩，我还想着，不就是一座山，比长安城多了些树，能有什么好玩的？没想到有这么漂亮的一个姐姐。姐姐可别和那些人学，明明个子比我高，可总喜欢把自己弄得矮半截，让我都不好意思和她们多说话，也不知道我有多闷！"

小妹本就个子娇小，此时语态天真，一脸欣喜，更显人小，四分顽皮六分可爱，将三人的尴尬化解了不少。

云歌知道刘弗陵怕她总想着离开，所以直接让小妹来，向她表明心迹。其实她不是不理解，于安言里言外、明示暗示说了不少当年的事情。她知道他当年处境艰难，明白他的无能为力，也很清楚这么多年来，他一个女人都没有，所以年近二十一岁，都还没有子嗣。可每当她想到他是皇帝，还有一个皇后时，却总会觉得心里很怪。

云歌见小妹一直站着，向她指了指自己刚坐过的地方，"皇后，请坐。"

小妹瞟了眼刘弗陵，笑着坐下。即使六岁那年加封皇后大礼时，他也没有坐过她的身侧，这竟然是第一次她和他对面而坐。

小妹对云歌说："我叫上官小妹，云姐姐可以叫我小妹。"

刘弗陵向小妹点头笑了下，上官小妹心中有辨不清的滋味，只茫然地想，原来他除了清淡的表情，也是会笑的。

刘弗陵想把站在榻侧的云歌拉坐到自己身侧，云歌挣着想躲开。一向顺她心意的刘弗陵这次却无论如何不肯顺着她，硬是不许她站在下首，非要她坐到自己身旁。一个拉，一个躲，两人都十分固执，拉扯间，云歌的身子歪歪扭扭地晃荡。

两人正较劲，云歌看到小妹眼睛忽闪忽闪地盯着他们，顿觉不好意思，只能顺着刘弗陵的力道，坐到了他身侧。

刘弗陵对小妹说："你来得正好，今日你云姐姐下棋下输了，过会儿要下厨做菜。她的手艺，你吃过后，只怕就不会再想吃宫里的饭菜了。"

云歌不满："做菜就做菜，干吗说我输棋？都没有下完，胜负还难定呢！"

小妹看向棋盘，棋才刚到中盘，说输赢是有些过早，可从现在的棋局，推断起先的落子，可以看出黑子在好几处都故意露了破绽给白子，显然是想让白子赢，白子却因为心不够狠，总是错失良机。白子、黑子实力相差太远，的确不用再下，也知道最后结果。

云歌看小妹低头盯着棋盘看，"看样子小妹的棋力不俗呢！从已落的棋子推断前面的落子格局比预测以后的落子更难。"

小妹忙抬起头笑："在宫里学过一些，不过用来消磨时光的，并不真懂。陛下，的确如云姐姐所言，这棋才到中盘，说输赢太早了。"

刘弗陵侧头凝视着云歌，温和地问："要继续下完吗？"

云歌摇摇头："不想玩了。"偷眼瞅到小妹正看向窗外的梅花，小声说："我知道是你赢，你想吃什么？听于安说你喜欢吃鱼，你喜欢吃什么味道的鱼？我做给你。"

刘弗陵想了一瞬，也是低声说："我想吃'思君令人老'。"

云歌脸红，"这是什么菜？我不会做。"说着就出了屋子。

没想到，刘弗陵也跟了出来，陪着她向厨房行去，"你都做给别人吃过了，怎么不肯做给我吃？"

云歌愣了下，才想起公主府的事情，心中震荡，"你吃过了？你全都猜对了？那个重赏是你封给我的？"

刘弗陵含笑点头。

云歌突然间觉得无限心酸，刘弗陵眼中也有同样的神情。

他们究竟是无缘，还是有缘？若说无缘，她的心意，他都懂，他的心意，她也都懂。他和她，虽一个偏静，一个偏动，却喜好相同，心性也相近；若说有缘，她和他却无数次阴差阳错。现在更因为他的身份，生生地隔出了一条天堑。

刘弗陵明白云歌心中所想，说道："以前的事情是无可奈何，以后的事情，我们自己决定。"

云歌低下了头，以后的事情？

刘弗陵叹了一口气，他的身份带给云歌的困扰太大，而他只能选择强留住她。他是在赌博，赌他可以用一年时间留住云歌的心。可是他真的能吗？

一年的时光说短很短，说长却也很长，总不能日日愁云惨淡。何况她总归是要离开的，更应该珍惜相聚的日子。云歌抬头而笑，语气轻快地说："我还有一件事情没和你算账，等冰化了，定要把你推到冷水里泡几个时辰。"

刘弗陵莫名其妙，"什么账？"

想到当日霍府，两人一个桥上，一个桥下，云歌九分心酸，一分好笑："以后想算账时，再告诉你。"

--- ❧ ---

时间一晃而过，从云歌受伤到现在，刘弗陵在温泉宫已住了小半年。

此事不能说未有先例，刘彻晚年就经年累月地住在温泉宫，可刘弗陵正值盛年，多少显得有些反常。而且年关将近，他还要主持庆典、祭拜天地，祈求来年五谷丰登、国泰民安，所以只能回长安。

本想把云歌留在骊山，可想着众人迟早会知道，那迟就不如早了。更重要的是他根本没有把握，一年后云歌是否会愿意留下，而他们两人分别的时间已太长。久别重逢，他实在不愿意别离，所以哄着云歌跟他回了长安。

云歌随刘弗陵回宫，如何安置云歌让于安十分犯愁。

未央宫中，除皇帝起居的宣室殿外，后宫诸殿中，椒房殿最合他心意，不过上官皇后在住。别的殿要么太远，要么太简陋，要么太不安全。

于安想来想去，偌大的汉朝皇宫，先皇时期曾住过佳丽三千的宫殿竟然没有一处能让云歌住。

正在犯愁，刘弗陵已拿定主意，命他在宣室殿给云歌安排住处。

于安虽觉得十分不合礼仪，但这是目前最安全、最妥当的做法，再说刘弗陵都已经决定，于安只能睁着眼睛说瞎话，说云歌是宣室殿的宫女。

只是一个简单的回宫，只是一个小小的宫女，却让整个朝堂都震动。

皇帝年龄不小，却膝下犹空。皇子是所有人都关注的事情，这牵扯到未来几十年朝堂权力的格局，是一盘新棋重新落棋的时机。但刘弗陵一直对女色很冷淡，没有选过妃嫔，没有临幸过任何宫女，再加上霍氏和上官氏的威慑，众人的心也就淡了，安心等着刘弗陵和上官皇后圆房，等着有霍氏和上官氏血脉的皇子出生。

可事情在等待中又渐渐有了转机。

按说女子十一二岁就可以圆房，却迟迟未和上官皇后圆房，百官已经悄悄议论了很久，琢磨着皇帝对上官氏和霍氏究竟是个什么态度。众人还没有琢磨清楚，一夕之间，上官家灭族，唯剩流着一半霍氏血液的皇后上官小妹。

霍光独揽大权后，对外孙女小妹十分宽厚，小妹也和霍光很亲昵，霍光几次暗示刘弗陵是时候考虑子嗣，刘弗陵却仍然未和上官小妹圆房。

如今刘弗陵突然带一个女子入宫，众人的心思不免活络起来，想着虽然现在霍光一人之下，万人之上，可将来谁家荣耀还是未定之数。只是目前霍光大权在握，众人也不敢轻易得罪，遂抱着看好戏的心态，等着看霍光如何反应，等着看那个女子是什么结果。

———— ✺ ————

于安怕云歌初到陌生的地方，住得不开心，特意给她安排了一个熟人照顾她起居。

云歌看到太监富裕时，两人都是又吃惊，又开心。

所谓"患难见人心"。当日，富裕在广陵王桀犬的利齿下，拼死保护云歌和许平君，云歌一直感记在心。而云歌面对凶狠桀犬的那句"许姐姐，你带富裕先走"也让富裕一直铭记在心。

富裕自小就知道自己是奴才命，不过是一件随时可以用坏丢弃的玩意儿，不值钱！甚至不如公主府里养的珍禽异兽。那些珍禽异兽若有个闪失，他们都是要抵命的。

那是第一次，他发现竟然有人会把他当作一个正常的人。

人人都以为他是因为对公主的忠心，在桀犬即将咬到云歌时，用自己的身躯拼死护住了云歌，却不知道他只是因为云姐姐和许姐姐把他看作了一个"人"。

她们两人在危险面前，没有把他当玩意儿一样丢掉，而是把他的性命看得和自己的一样重要。他只是要用"人"的尊严和良心回报她们的高看。

富裕不懂什么"士为知己者死"的大道理，可在他卑微的灵魂中有着人最简单、也最宝贵的良心。

那次"立功"后，公主感于他的"忠心"，特意将他推荐到了宫中，算是对他的嘉奖，并且叮嘱他尽心做，在公主府的支持下，日后做一个掌事太监都很有可能。

富裕心中很明白公主的"嘉奖"，公主需要忠心的人在宫里替她查探事情，传递消息。但不管公主是否是真正嘉奖他，他依旧很感激公主的安排，因为如果没有公主的安排，他现在肯定已经死了。

在上官桀、桑弘羊的谋反案中，公主府中服侍公主的太监、宫女全被赐死，他因为早被送入宫中，侥幸躲过了一劫。

因为他不是于公公培养的亲信，公主的势力又已烟消云散，富裕在宫中并不受重用，只在一个小殿里打着杂。前两日于公公命人来吩咐他收拾干净，穿戴整齐，随时准备到宣室殿听候吩咐，他还纳闷，到宣室殿前当差可是宫内所有太监、宫女的梦想，于公公怎么会突然把这么好的差事给他？不会另有玄机吧？

今日来时，富裕心里忐忑不安，七上八下，不料却看到了竹姐姐，又知道以后要服侍的人就是竹姐姐，富裕的心不但落到实处，还觉得老天是不是太厚待他了？晚上回去要给老天好好磕几个头。

云歌刚进宫，一切都正新鲜，在富裕和抹茶的陪伴下，云歌觉得

皇宫也不是那么可怕，反而十分有趣。不说别的，就各个宫殿的布置都够她赏玩很久。

温室殿以椒和泥涂抹墙壁，整个墙壁温暖芳香。柱子用的是香桂，榻前放的是火齐屏风，挂的是鸿羽帐，让人入室就觉温暖，不愧"温室"之名。

清凉殿用寒玉铺地，画石为床，紫琉璃做帐，室内陈设都是水晶所制，果然"中夏含霜，夏居清凉"。

……

一个个宫殿玩下来，云歌最喜欢消磨时光的地方除了宣室殿，就是天禄阁和石渠阁，天禄阁是"藏秘书，处贤才"之地，石渠阁是"藏入关所得秦之书籍"之地。

刘弗陵在前殿接见百官、处理政事时，云歌常常在天禄阁和石渠阁内消磨整天。

今日，好几位大臣都请求单独见皇帝，温室殿内是刚送走一位，又迎来一位。

目送霍光走出殿门，刘弗陵微有些倦意，于安忙吩咐殿外的田千秋候着，让刘弗陵休息一会儿。

刘弗陵喝了一口酽茶，眼中带了几分暖意，"云歌在哪里？"

于安给熏炉续了一把玉髓香，笑着回道："在天禄阁。"

七喜忙笑着说："云姑娘真是好学，奴才从没有见过这么喜欢做学问的闺秀，真正一位才女，和陛下……"

于安瞅了七喜一眼，七喜立即闭嘴，心中却是困惑，挖空心思让陛下高兴，这不是师傅教的吗？不是做奴才的本分吗？难道他说错了？惶惶不安地观察着刘弗陵的脸色，虽然没有笑意，但很温和，想来没什么大错，方放了半颗心。

做学问？刘弗陵想着云歌整天翻来翻去看的东西，脑袋就疼。

她自从知道宫内藏着"秘书""秘史"之后，立即兴趣大发，她自己看不说，回来后还要和他探讨。

"秦始皇究竟是不是吕不韦的儿子？"

"赵姬是喜欢秦王多一些，还是吕不韦多一些？"

"黄帝和炎女究竟什么关系，炎女和蚩尤又是什么关系？炎女为什么不帮蚩尤，要帮黄帝？若炎女真是黄帝的女儿，她立了大功后，为什么黄帝未嘉奖她，反倒把她囚禁了？你觉得炎女会不会恨黄帝？"

一朝朝腥风血雨的改朝换代、争霸天下，到了她那里，全都变成了小儿女的情怀。

不知道她这会儿又在看什么？

刘弗陵出了会儿神，刚才因霍光而生的疲惫不知不觉中淡去，

正想命于安宣田千秋觐见，突然有太监在帘外探了下脑袋，于安出去了一瞬，回来时阴沉着脸向刘弗陵低低回禀。

刘弗陵听完后，沉默了一瞬，淡淡说："宣田千秋进来吧！"

于安一怔，陛下这是不管的意思吗？低头应道："奴才遵旨。"

云歌正在看一册记录公子扶苏起居、游历的书，其中还收录了一些扶苏公子的诗文，云歌读得思绪幽然。

想公子明月前世，流水今生，最终却是自刎于天下的结局，不禁长叹："公子山中人兮，皇家误君！"

忽觉得身后站着一人，她未语先笑："你忙完了？快帮我看看这首诗何解，像是公子的情诗呢！不知是写给何家女子……"

回头时，对上的却是孟珏带着质问和不能相信的冰冷视线，"真是你！"

云歌的笑冻结在脸上，身子也是一缩。

别后半载，他看着清减了不少，也许因为瘦了，眉目间少了几分往日的温润，多了几分棱角分明的冷厉。

云歌定定看着他，身子一动不能动，也一句话说不出来，只有心口如被针扎，不徐不缓，只是一下一下，慢慢却狠狠地戳进去。那伤口看不见血，甚至连痕迹都难觅，可里面是溃烂的疼，胸肺也被带得

隐隐疼起来，突然就俯着身子，开始咳嗽。

因为一直调理得当，她很久没有如此剧烈咳嗽过，但这一通咳嗽却让她清醒过来，一面咳嗽，一面起身要走。

不过刚行了两步，身子被孟珏一拽，带进了他怀中，他一手在她背部各个穴位游走，一手握着她的一只手，察看她脉象。

一会儿后，孟珏的面色缓和了几分，眼中藏着深深的自责，"我不知道你竟受了这么多苦楚。我现在接你回去，总会想出法子治好你的病。"

孟珏的手法很管用，云歌的咳嗽渐低，胸中好过了不少，但还有些身软，她伸手想推开孟珏，却没有任何力道。

孟珏伸指描摹着她的脸颊，"病已已经做了父亲，平君生了个儿子，你不想去看看吗？"

云歌所有的动作都停住，过了会儿，她恍惚地微笑："那很好。"

孟珏笑说："我这个未来的姑父已经封了孩子满月钱，你这个做姑姑的却还没有任何表示。"

云歌苦笑："孟珏，我是我，你是你。你的簪子我已经还给你了，不管你娶霍家小姐，还是王家小姐，都和我没有关系。"

孟珏温和地说："云歌，虽然那段日子出入霍府有些频繁，有不少流言，但我从没有打算娶霍成君，也从没有对霍成君说过我要娶她。"

云歌冷笑："对呀！你没有打算娶！那是谁与她搂搂抱抱？是谁和她那么亲昵？如果你没有打算娶她，还如此对她，比你想娶她更令人齿冷。是不是每个女子在你心中都只有可利用、不可利用之分？"

孟珏未料到云歌亲眼看见过他和霍成君在一起，脸色变得苍白，"云歌，我有我不得已的原因。"

云歌说："孟珏，你和我看重的东西不一样，行事也不一样。你去追寻你想要的东西，我们之间……之间就当什么都没……"

孟珏蓦然用力抬起云歌的下巴，在她的唇上咬了下，阻止了云歌想说的话，"云歌，不管你怎么想我，我却从不是背誓之人，我很少许诺言，但我既然对你许过诺言，就绝不会违背，我会娶你，你就是我想要的。"

云歌的下巴被他掐得硬生生地疼，"你想要的太多，可人只有两只手。霍成君现在对你更有用，而我……我的利用价值没有多少了。"

孟珏愣住，"谁告诉你我在利用你？"

"我见过侯伯伯了，他说你该叫我师姐。"云歌仍在勉强地笑，声音却带着哭腔，"我虽有些笨，毕竟不是傻子！初入长安，是谁偷了我的荷包？一曲高洁的《采薇》底下有多少阴暗的心思？那个金银花簪子是为了我，还是为了长安城的千万财富？我不知道我父母和你义父有多深的渊源，可他们多年不见，仍对故人情重的宝贵恩义，却成了你手中可以随意利用的廉价东西。风叔叔和你义父想来都不愿涉足汉朝权力争斗，你和他们却不一样，他们根本不放心把那么多钱财交给你，所以我成了你棋盘上的一枚棋子。现在你至少已经如了一半的意，风叔叔已经将汉朝内的所有产业都交给你了，有钱财铺路，再加上霍府的权势，你不管想要什么都可以大展手脚，还请阁下不要再急着谋夺你义父在西域的产业，不要让你义父伤心，也顺便放过我。"

孟珏身子僵硬，无法出言解释，因为这些全是事实！

他目光沉沉地凝视着云歌，眼睛如宝石般美丽、璀璨，汇聚的却是荒漠般的悲凉、苍茫。

他的目光让云歌胸口疼痛，又想咳嗽，她紧紧摁住自己的胸口，像是把所有的情绪都死死地摁进去。

云歌抽手想走，孟珏却紧握着她的手腕，不肯松开。

她一个指头、一个指头，慢慢却坚决地掰开了孟珏的手。孟珏眼中流转着隐隐的请求，云歌却只看到浓重的墨黑。

还剩一根指头时，她猛地一抽手，急急逃离了他。

出阁楼时，看到陪伴她的抹茶和富裕都昏迷不醒，难怪他可以静静站在她身后。

云歌心惊，孟珏竟然胆大狂妄至此，这里可是皇宫！

温室殿外已经没有等候的臣子，往常这时，刘弗陵会移驾到天禄阁或者石渠阁，去接云歌。可今日，他只是命于安把奏章拿了出来，开始批阅奏章。

　　于安虽知道暗处有人守护，只要云歌出声叫人，就会有人出现，不会有什么大事发生，心内仍十二分着急。

　　本该最着急的人倒是气定神闲。

　　于安心叹，难怪都说"皇帝不急，急死太监"。不是太监性子浮，而是皇帝的心思太深。不说别的，只一点就不妥，云歌身份虽还没有过明，可也不能任由臣子去私会。

　　于安听到远处细碎的脚步声传来，神色一松。

　　不一会儿，听到小太监在外面小声说："只陛下在。"

　　刘弗陵立即扔下了笔，眼中骤亮。

　　于安唇角抽了抽，想笑又忍住，原来陛下也不是那么镇静。

　　云歌小步跑着进来，脸颊绯红，没有理会于安在，就去握刘弗陵的手，仿似茫茫红尘中，想握住一点心安，另一只手仍紧紧按在自己心口，像是要按住许多不该涌出来的东西。

　　她朝刘弗陵笑了笑，想要说话，还未张口，又开始咳嗽，挣得脸色苍白中越发红艳。刘弗陵看得心疼，忙说："什么都不要说，我什么都明白。你既不想见他，我以后不会允许他再出现在你面前。不要说话，慢慢呼气，再吸气……"

　　于安立即吩咐小太监去传张太医。

刘病已拎着两只老母鸡，推门而进，人未到，声先到，"平君，晚上给你煨只老母鸡。"

孟珏正坐在摇篮边上逗小孩，看到他兴冲冲的样子，笑嘲道："真是有儿万事足的人，说话都比别人多了两分力气。"

许平君接过鸡，嘴里埋怨，心里却是甜，"月子已经坐完，不用再大补了，天天这么吃，富人都吃成穷人了。"

刘病已看孟珏唇边虽含着笑，可眉间却有几分化不开的黯然，对许平君使了个眼色，许平君忙把孩子背到背上，去了厨房。

刘病已一边舀水洗手，一边说："今日我在集市上听到了你和霍成君的风言风语，听说你陪她去逛胭脂铺，惹得一堆小媳妇跑去看热闹。你心里究竟怎么想？你若还和霍成君往来，即使找到了云歌，她也绝不会理你。你不会以为云歌愿意做妾吧？"

孟珏静静地盯着刘病已。

刘病已被他看得头皮发麻，笑问道："你怎么这么盯着我？"

孟珏问："病已，我问你一些事情，你要实话实说。"

刘病已看孟珏神色郑重，想了一瞬，应道："你问吧！"

"你幼时可收过一个女孩子的绣鞋？"

刘病已呆了下，哈哈大笑起来，"我还以为你的问题是什么天下兴亡的大事，竟然就这个？没有！"

"你肯定？不会忘记吗？"

刘病已摇头而笑："小时候，东躲西藏的，是走过不少地方，也遇见过不少人，可绝没有收过女孩子的绣鞋。"

孟珏垂目叹气。

云歌糊涂，他竟然也如此糊涂！竟然忘记有一个人长得和刘病已有一点相像。刘弗陵八岁就登基，贵为一国之君，出宫行一次猎动静都很大，何况远赴西域？

实在想不到他会去西域，更想不到云歌心中念念不忘的少时故交是刘弗陵，而非刘病已。

刘病已纳闷地问："孟珏，你的表情怎么如此古怪？难道还巴望着我收到过女子的绣鞋不成？"

孟珏的微笑下有苦涩："我的确希望收到绣鞋的人是你。"

可是，不是刘病已，而是刘弗陵。

霍成君告诉他刘弗陵带进宫的女子是云歌时，他推测那个晚上马车里的人也许就是刘弗陵。可他怎么都想不通，云歌为什么会随在刘弗陵身边？

云歌或者被刘弗陵当刺客所抓，或者被刘弗陵所救，不管哪种可能，云歌都不可能跟随刘弗陵住到宫中，现在却一切都很合理了。

云歌对一个错认的刘病已都已经非同一般，如今她遇到了心中真正的人，又怎么可能让对方难过失望？

想到公主府中，刘弗陵品菜的一幕，孟珏只觉心中全是寒意。

孟珏起身离去。

刘病已说："孟珏，你还没有回答我，你究竟想如何？你若再和霍成君牵扯不清，我不想再帮你寻云歌了。"

孟珏头未回地说："我已经找到云歌，你不用再找了。我和霍光的事情，这几日就会给你们一个交代。"

刘病已吃惊地问："你已经找到云歌？她在哪里？"

孟珏没有回答他的问题，自拉门而去。

几个月前，很多官员和百姓还不知道孟珏是谁，今日之后，孟珏的名字会如霍光的名字一般，为人熟知。

　　一个月前，霍光举荐孟珏，请刘弗陵为孟珏册封官职，并呈报了几个官职空缺供刘弗陵选择。刘弗陵却随口封了孟珏一个百官之外的官职：谏议大夫。

　　众人都幸灾乐祸，知道这位孟公子和霍家小姐走得极近，刘弗陵如此做，霍光心中的不痛快可想而知。

　　也有见过孟珏的良官贤臣，感叹一个大好人才却因为君臣暗争要被闲置了。

　　可不料，今日朝堂上，就是这位百官之外的谏议大夫，霍光亲口举荐的孟珏竟然洋洋洒洒罗列了霍光二十余条罪状。

　　身居高位，虽修了自身，却未齐家。此为罪一。

　　霍府家奴冯子都仗势欺人，强霸卖酒胡女。此为罪二。

　　霍夫人的亲戚依仗霍府权势，压抬粮价，低收，高卖，欺行霸市，谋取暴利。此为罪三。

　　王氏管家与官员争道，不仅不按法规民与官让路，反教唆手下当街殴打朝廷官员。此为罪四。

　　……

　　都是些说重要，朝堂内官员一个转身就会想不起来的罪行，也许仔细找找，家家都能找出一两件来。可说不重要吧，民间百姓专吃这一套，几乎每一条都触到了百姓的心尖上。

　　百姓怕什么？他们可不会管你什么人做大司马，什么人做大将军，他们只怕官员以权欺人、以权谋私、以权愚民。

　　孟珏为民利益，不畏强权、刚正不阿的形象随着他弹劾霍光的奏折传遍了朝堂内外、长安城的街头巷尾。

百姓交口相庆，出了一个真正的好官，是个真关心他们的青天老爷。

卖酒胡姬重得自由，又开始当垆卖酒。

买酒的人排成了长队，既是买酒，也是听故事。一个是流落异乡刚守寡的美貌少妇，一个是依仗大将军大司马权势欺人的恶霸，故事可谓有声有色。

有人酒兴之余，将胡姬的故事写成了诗赋，很快就在酒楼茶肆间传唱开。

今有霍家奴，姓冯名子都。依倚将军势，调笑酒家胡。
胡姬年十五，春日独当垆。长裾连理带，广袖合欢襦。
头上蓝田玉，耳后大秦珠。两鬟何窈窕，一世良所无。
一鬟五百万，两鬟千万余。不意金吾子，娉婷过我庐。
银鞍何煜爚，翠盖空踟蹰。就我求清酒，丝绳提玉壶。
就我求珍肴，金盘脍鲤鱼。贻我青铜镜，结我红罗裾。
不惜红罗裂，何论轻贱躯！男儿爱后妇，女子重前夫。
人生有新故，贵贱不相逾。多谢金吾子，私爱徒区区。
……

偶有见过孟珏的人，在讲完胡姬的受辱后，又会浓墨重彩地讲述孟珏的言行，因为他的刚正凛然，才有胡姬的自由。

还有人回忆起当年霍府宴请贤良时，孟珏的机智才气，翩翩风姿。

谁家少年足风流？

孟珏出众的容貌，无懈可击的言行，傲视权贵的铮铮铁骨让他成了无数长安香闺的梦里人。

在歌女温软的歌声中，在满楼红袖招的风月场中，孟珏的名声伴随着歌中的故事传唱出了长安，甚至传到域外。

霍府，书房。

霍禹一脸的气急败坏："'今有霍家奴，姓冯名子都。依倚将军势，调笑酒家胡。'爹，你看看！这个孟珏把我们霍府玩弄于股掌间，是可忍，孰不可忍！我看那些酒楼传唱的诡计也都是他一手策划，他还真以为有个皇帝护着，我们霍家就拿他没有办法了吗？哼！"

霍光神情淡淡，读完全诗后，微笑赞道："铺陈得当，收放自如，好诗。"

霍禹愣住："爹？"

霍光看着他叹了口气，摇头道："你若有孟珏一半的智谋，我又怎会如此想要这个女婿？"

霍禹不禁握紧了拳，心内激愤，嘴里却不敢反驳霍光的话。

霍山道："伯伯，侄儿有办法可以不露痕迹地除去孟珏，只是妹妹那里……"

霍光打断了霍山的话，眼内全是讥讽，"除掉孟珏？你们是打算明枪？还是暗箭？明枪，孟珏是谏议大夫，先皇口谕'百官之外'，他的生死就是皇帝都不能随便定，何况现在又有皇帝暗中帮助，你的枪再快，皇帝不许你刺出去，你能做什么？暗箭，现在全天下都知道孟珏得罪了霍氏，他若不明不白地死了，霍家'谋害忠良'这个奸臣逆贼的名声也就背定了。皇帝怕的就是我们不犯错。我们若先失了民心，在民间恶贯满盈，毁的是家族的基石。基石不存，庙堂之上何以立足？"

霍山、霍云听得愣愣，心中虽是不服，却再无一句话可说。

霍禹气道："这也不能，那也不能，难道我们什么都不能做吗？"

霍光肃容道："当然有可做的。第一件事情就是把你们各自的府邸都好好整饬一番，下次若再有这些荒唐事情发生，谁的奴才，我就办谁。"

霍禹、霍山、霍云彼此看了一眼，都低下了头，口服心不服地应："是。"

"第二，"霍光点了点桌上的诗，"这么好文采的人居然闲置民间，是我这个大司马的失职，你们去把此人寻了来，好好款待，委以重用，使人尽其才。"

霍禹不肯说话，霍山和霍云应道："侄儿一定照办。"

"第三，以后朝堂上见了孟珏，能有多客气就有多客气，若让我看见你们闹事，轻则家法伺候，重则国律处置。"

三人都不吭声，霍光失望的目光从三人身上掠过，猛地拍桌斥道："霍禹？"

霍禹看到父亲的目光，一个寒战，立即站起，畏惧地应道："儿子明白。"

霍山和霍云也赶忙站起来，行礼说："侄儿也明白。"

霍光看着他们三人，面容露了几丝疲惫，长叹了口气，挥了挥手让他们下去。

三人出来时，恰碰见霍成君。霍成君给三个哥哥行礼，霍禹冷哼一声："你的好眼光！"寒着脸，甩袖而去。

霍山、霍云对霍成君打了个哈哈，也匆匆离去。

霍成君眼中有了泪光，紧咬着唇，才没有落下。

轻轻推开屋门，只看父亲正闭目养神，清癯的面容下藏着疲惫。

几日间，父亲的白发似又多了几根，已经微白的两鬓让父亲看起来比实际年龄苍老许多。

成君心中歉疚、酸楚、悲伤都有，放轻了脚步，走到父亲身后，帮父亲揉着太阳穴。

霍光没有睁开眼睛，只笑着叫了声："成君？"

成君应道："爹爹若累了，就躺一躺吧！"

霍光微笑道："累的只是心。成君，这些日子发生的事情你应该都知道了，不要往心里去，这次的事情是爹大意了，没有处理好。"

成君几日来面对的不是母亲责怪的眼光，就是兄长的冷言冷语，听到父亲的话，眼泪再没忍住，一颗颗落了下来。

霍光轻叹口气，将成君拉到身前，让她如小女孩般跪坐在了自己膝前，替她抹去眼泪，"傻丫头，哭什么哭？我们霍家的女儿想嫁谁不能嫁？爹一定给你挑个最好的。"

霍成君伤心难耐，伏在父亲膝头哭起来，"爹，对不起。"

霍光抚着霍成君的头发，微微笑着说："傻丫头，你哪里有对不起爹？你能看上孟珏，是你的眼光好。孟珏不能娶到你，是他没有福分。"

霍成君哭了许久，把心中的难过、压抑都哭了出来，好受许多，慢慢收了眼泪，"爹，你打算怎么办？"

霍光不答反问："依你看，如何处置最妥当？"

霍成君仰头道："修身养性，不处置最好。"

霍光听后，凝视着霍成君，半晌都没有说话。

霍成君心中不安，"爹，绝不是女儿想帮孟珏说话。孟珏虽罗列了霍家二十余条罪状，可他也不敢轻捋虎威，没有一条和爹真正相关，爹爹唯一的过失只是驭下不严。只要爹爹的名声未真正受损，那不管发生什么，我们霍氏都可以挽回。现在霍府正在风口，众目睽睽下不管做什么，只怕都免不了做多错多。若被有心人利用了去，再做什么文章，到时只怕连爹爹也会受累。所以对骂霍府的人不但不要给予责罚，反应以礼待之，让他人看看霍府的气量，同时整顿霍府。毕竟霍府如今树大招风，又是皇帝的眼中刺，若不整饬，即使今日没有孟珏，他日若出了什么事情，还是会有其他人跳出来。"

霍光长叹了口气，扶着霍成君的肩膀说："你怎么生成了女儿身呢？你若是男儿，爹就不用如此犯愁了。"

———— ∞ ————

未央宫，宣室殿。

一室温暖，一室清香，一室笑语。

云歌身上半搭了块羊绒毯，懒懒躺在榻上，边说边笑。

刘弗陵靠炉坐在云歌榻下，未用坐榻，只地毯上又加了一块白虎皮，他半倚着榻侧，一手拿着火箸，正击炉计时。

云歌本来想讲她如何见到小月氏的女王。

中原自炎黄二帝，历经无数帝王，却从没有出过女君，所以刘弗陵听到小月氏的君王是女子时，也是极感兴趣。

可云歌这个话篓子，从孔雀河畔出发讲起，讲了快一天了，仍没讲到她进小月氏。路上碰到什么人要讲，买了什么新奇玩意儿要讲，吃了什么好吃的也要讲，刘弗陵估计，照云歌这东拉西扯的毛病，等她讲到月氏女王，要过完年了。

刘弗陵无奈，只得给她规定了时间，不紧要的事情，他击箸限时，火箸敲完，云歌就要赶快讲下文。

听着刘弗陵的速度渐渐加快，云歌的语速也是越来越快，可是怎么快，好像还是讲不完她的故事，急得一下从榻上坐起来，去拽刘弗陵的胳膊。一边按着刘弗陵的胳膊不许他敲，一边飞快地说话，"你不知道那个歌女生得有多美，她的歌声有多动听，我们听到她的歌声时，都忘记了赶路……啊！不许敲……不许敲……你一定要听……这个很好玩的……连我三哥都驻足听歌了……"

刘弗陵板着脸，作势欲敲，云歌忙皱着眉头，一口气不带停地开始说话："她皮肤比羊脂白腰肢比柳柔她看到我们时尾随在我们骆驼后唱歌我们的骆驼都听得不肯走路我给了她一块银子可她不要说只想看我家阿竹的容貌你说她古怪不古怪为什么想要看阿竹的容貌她又不是男的……"

"哎呀！"一口气实在换不过来，云歌大叫一声，扶着榻直喘气，一手还不忘拽着刘弗陵的胳膊，"我这……哪里是……讲故事？我这是……赶命呢！"

刘弗陵担心云歌会咳嗽，可看她只是气喘得急些，遂放下心来。

眼看着刘弗陵的胳膊又抬了起来，云歌哭丧着脸，这人怎么一点同情心都没有！索性整个人滑到了榻下，双手握着他的胳膊，人挡在他面前，看他再怎么敲？

刘弗陵看着云歌一脸凶巴巴的样子，淡淡说："快让开。"

云歌摇头，很坚持。

刘弗陵面无表情地看着云歌的身后。

云歌忽觉得味道不对，一扭头，才发现不知道什么时候她盖着的羊绒毯滑到了铜炉旁，被火烤得已是焦黑，眼看着火苗子就要蹿起来。

云歌情急下，忙要四处抓东西，刘弗陵将早已拿在手里的水瓶，静静地递到云歌手边，云歌随手拿过，立即泼出去，随着"嗞嗞"声，黑烟腾起，满室羊毛的焦臭味，还有一地水渍。

云歌掩鼻，"你……你既看见了，怎么不早点把毯子拿开？"

刘弗陵眼中带了笑意，面上却还是淡淡，"我想用火箸拨开，你却不让。"

云歌瞪着刘弗陵，哑然。

倒是她的错了？！

六顺在殿外一边吸鼻子，一边探头探脑。

刘弗陵拽着云歌向外行去，经过六顺身侧时吩咐："尽快把里面收拾了。"

六顺忙低头应"是"。

于安看刘弗陵和云歌要出门，忙让人去拿了大氅来。一件火红狐狸皮氅，一件纯黑狐狸皮氅。刘弗陵先拿了红色的大氅，替云歌披好，又接过黑色的，自己披上。

两人沿着宣室殿的墙根慢慢走着，没什么特别的目的，只随意而行。

云歌看到不远处的宫门时，忽地停了脚步，若有所思。

刘弗陵随着云歌的视线，看向宫外，"要出去走走吗？"

云歌表情有些许落寞："听说大哥和许姐姐的孩子已经出世了，他们以前说要让孩子认我做姑姑的。"

刘弗陵问："你说的大哥就是你认错的那个人，刘病已？"

云歌点点头。

刘弗陵想了一瞬，头未回地叫道："于安，去预备车马，我们出宫一趟。"

于安看了看天色，有些为难，天已要黑，又是仓促出宫，不甚妥当。可是劝陛下不要出宫，显然更不妥当，只能吩咐人去做万全准备。

于安扮作车夫，亲自驾车，"陛下，去哪里？"
刘弗陵说："刘病已家。"
于安刚要扬鞭的手顿了下，盯了一眼身旁的七喜，七喜立即点点头，表示一定会谨慎小心。

———— ❦ ————

冬天，黑得早，天又冷，许平君早早做了饭吃，把炕烧得暖暖和和的，一家三口都在炕上待着。

大门一关，管它外面天寒与地冻！

儿子在炕上，睡得香甜。

刘病已披着一件旧棉袄，坐在儿子旁边，看司马迁的《史记》，细思刘彻执政得失。

许平君伏在炕头的小几上，拿着一根筷子，在沙盘里写着字，边写边在心中默诵，十分专注。刘病已偶看她一眼，她都不觉，刘病已不禁摇头而笑。

屋外突然传来拍门声，刘病已和许平君诧异地对视了一眼，冬天的晚上，人人都缩在家中避寒，极少有访客，能是谁？

刘病已刚想起来，许平君已经跳下炕，穿好鞋子，又随手整了把裙子，匆匆跑去开门，一边问着："谁呀？"一边拉开了门。

门外一男一女并肩而立，气宇华贵出尘。

男子身披纯黑狐狸皮氅，女子一袭罕见的火红狐狸皮氅，一个神情清冷，一个巧笑倩兮，一冷，一暖，不协调中又透着异样的和谐。

许平君微张着嘴，半晌都说不出话来。

云歌对许平君笑眨了眨眼睛，侧头对刘弗陵说："我定是吃得太多，长变样了，连我姐姐都不认识我了！"

许平君眼中有了泪花，一把就抱住了云歌。她是真怕这一生再无机会弥补她对云歌的愧疚，老天如今竟然把云歌又送到了她面前。

云歌虽知道许平君见了她定会惊讶，却未料到她反应如此激烈，心中感动，笑着说："做了娘的人还跟个孩子一样，怎么带小孩呢？"

许平君悄悄把眼角的泪擦去，挽住云歌的手，把她拉进屋子，"病已，病已，你看谁来了？"

刘病已放下书册，抬眼就看到云歌，忙要下炕穿鞋，瞥到随在云歌身后的男子，他一怔下，面色顿变，竟是光脚就跳到了地上，身躯挺得笔直，一把就把许平君和云歌拽到了自己身后。

刘弗陵随意立着，淡淡审视着刘病已。

刘病已胸膛剧烈地起伏，眼中全是戒备。

气氛诡异，许平君和云歌看看刘弗陵，再看看刘病已，不明白为什么两个初次见面的陌生人竟剑拔弩张，病已的反应好像随时要以命相搏的样子。

云歌从刘病已身后走出，刘病已想拉，未拉住，云歌已经站到刘弗陵身侧，对刘弗陵说："这就是病已大哥，这是许姐姐。"又对刘病已和许平君说："他是……"看着刘弗陵却实在不知道该如何介绍。

许平君并肩站到刘病已身侧，握住刘病已紧攥成拳头的手，微笑道："妾身曾见过这位公子一面。"

刘弗陵对许平君微微一点头，"上次走得匆忙，还未谢谢夫人指点之义。"

许平君笑说："公子太客气了，公子既是云歌的朋友，那也就是我们的朋友。"说完，看向云歌，等着她的那个许久还未说出口的名字。

云歌心虚地对许平君笑，"他是……是我的……陵哥哥。"

许平君一怔，还有这样介绍人的？一个大男人，无姓无名，又不是见不得人！刘弗陵却是眼中带了暖意，对许平君说："在下恰好也姓刘，与尊夫同姓。"

刘病已刚见到刘弗陵时的震惊已去，慢慢冷静下来，明白刘弗陵既然已经知道他的存在，想要他的命，不过一句话的事情，他的任何举动不过是以卵击石，不如索性大大方方应对。

只是……他看了眼许平君和炕上的孩子……只是对不住他们，终是把他们拖进了一个危机重重的世界。

刘病已笑着向刘弗陵作了一揖，先穿好了鞋子，又让许平君去简单置办一点酒菜，摆好几案，请刘弗陵和云歌坐到炕上。

火炕烧得十分暖和，刘弗陵和云歌穿着大氅，都有些热，刘弗陵伸手要替云歌解开大氅，云歌笑着闪身躲开，"我自己来，你顾好自己就可以了。"

刘病已看着刘弗陵和云歌，心内诧异、震惊、不解，各种滋味都有。

云歌脱掉大氅，踢掉鞋子，爬到炕里头，伏在刘病已的儿子跟前看。小儿沉睡未醒，小手团成拳头时不时还伸一下，云歌看得咯咯笑起来，在小孩脸上亲了下，"我是你姑姑，知道不知道？要叫姑姑的哦！"

许平君端着酒出来，一边布置酒菜，一边说："离说话还早着呢！你和病已都是聪明人办糊涂事，他也整天对着孩子说'叫爹'，也不想想孩子若真的现在就会叫爹，还不吓死人？"

刘弗陵忽然说："把孩子抱过来，让我看看。"

云歌笑着将孩子小心翼翼地抱起来，凑到刘弗陵身边，让他看。刘病已目不转睛地盯着刘弗陵。

刘弗陵低头看了会儿孩子，解下随身带着的一个合欢佩，放在孩子的小被子里，"来得匆忙，未带见面礼，这个就聊表心意。"

许平君知道此人身上的东西肯定不是凡品，不敢收，赶忙推辞。

刘弗陵笑对刘病已说："算来，我还是这孩子的长辈，这礼没什么收不得的。"

刘病已从云歌手里接过孩子，交给许平君，"我代虎儿谢过……谢过公子。"

云歌笑问："虎儿是小名吗？大名叫什么？"

许平君说："还没有想好，就一直叫着小名了。"

刘病已忽地对刘弗陵说："请公子给小儿赐个名字。"说完，心内紧张万分，面上却无所谓地笑看着刘弗陵。

云歌瞅了瞅刘病已，又看了看刘弗陵，没有说话。

刘弗陵沉吟了会儿，对刘病已说道："今日随手刚翻了《逸周书》，颇喜'奭'字，就用其做名如何？"

云歌侧头思索："刘奭？"

许平君忙把沙盘递给云歌，小声问："云歌，怎么写？"

云歌有意外的惊喜，笑问："姐姐在学字？"

云歌一笔一画，仔细写给了许平君，许平君忙用心记下，一时也不知道好不好，只觉得字很生僻，他们这些普通人家的孩子用如此生僻的字，只怕到时候能叫得出来的人都不多。

刘病已听到刘弗陵起的名字，心内如吃了定心丸，对孩子的担心散去，很恭敬地站起来，对刘弗陵行礼："谢公子赐名。"

许平君看刘病已好像十分中意这个名字，也忙抱着孩子对刘弗陵行礼作谢。

刘弗陵只微点了点头，没有说什么。看到炕上的竹简，他问刘病已："《史记》中最喜欢哪一节？"

刘病已犹豫了下，说："近来最喜读先皇年轻时的经历。"

刘弗陵轻颔了下首，静静打量着屋子四周。

刘弗陵不说话，刘病已也不开口。

许平君觉得今天晚上的刘病已大异于平时，知道事情有古怪，更不敢随便说话。

云歌没理会他们，自低着头看虎儿玩，时不时凑到虎儿脸上亲一下。

这个家并不富裕，但因为有一个巧手主妇，所以十分温暖。

刘弗陵从屋子内的一桌一椅看过，最后目光落回了刘病已身上。

刘病已身上披着的旧棉袄显然有些年头，袖口已经磨破，又被许平君的一双巧手细心修补过，一圈颜色略深的补丁，被许平君做得像是特意绣上去的花纹。

刘病已镇定地接受着刘弗陵的打量，如果说刚见面，刘弗陵是在审视他是否值得自己坐下与他说话，那么刘弗陵现在又在审视什么？审视他这个皇孙的破落生活吗？

应该不是。

虽然他第一次见刘弗陵，可他相信云歌的眼光，更相信自己的判断。那刘弗陵究竟还想知道什么？刘弗陵为何要特意出宫来见他？

一室沉寂中，云歌展了展腰，跳下炕，一边穿鞋，一边说："已经好晚了，大哥和许姐姐也该歇息了，我们回去。"拿了刘弗陵的大氅来，刘弗陵起身站好，云歌站到一边的脚踏上，刚比刘弗陵高了些，她笑着帮刘弗陵围好大氅，把自己的大氅随意往身上一裹，就要出门。不料刘弗陵早有准备，云歌动作快，刘弗陵动作更快，拽着云歌的衣领子把云歌给硬揪了回来，云歌只能龇牙咧嘴地任由刘弗陵摆弄。

两个人无声无息，却煞是热闹，看得许平君差点笑出声。

刘弗陵替云歌整好皮氅，两人才一前一后出了门。

刘病已和许平君到门口送客，看到云歌刚拉开门，暗处立即就有人迎上来，服侍刘弗陵和云歌上马车，云歌上车后，犹探着身子出来向他们笑挥了挥手。

等马车完全消失在夜色中，刘病已才锁上了门，回到屋内，半晌都不说话。

许平君默默坐到他身侧，很久后，劝道："不管以后发生什么，该睡的觉总是要睡的。"

刘病已握住许平君的手，"以后的日子只怕不好过，事到如今，有些事情不该再瞒你，不管将来发生什么，总该让你心里有个底。你知道刚才来的人是谁吗？"

许平君说："此人气度华贵，神情冷淡，可他的冷淡丝毫不会让你觉得他倨傲，他还……还十分威严，是那种藏着的威严，不像那些官老爷们露在外面的威严。他的来历定不一般，不过不管他什么来历，既然是云歌的朋友，就是我们的朋友。对了，病已，你发觉没有？他的眼睛和你长得有些像。天下之大，真是无奇不有，不知道的人还会以为你们是亲戚呢！"

刘病已紧握住许平君的手，似怕她不相信，一字一顿地慢慢说："他就是我的亲戚，算来，我还应该叫他一声'爷爷'，我亲爷爷在他们那辈兄弟中排行最大，他是最小的，所以兄弟间差了四十多岁。他姓刘，名弗陵，是当今圣上。"

许平君眼睛瞪得越来越大，瞳孔内的视线却是越缩越小，渐如针芒，手脚也开始轻颤，不过短短一会儿，额头就有细密的冷汗沁出。

刘病已叹了口气，把她拥在了怀里，"平君，对不起，这一生是要拖你和我一起受苦了。"

许平君脑内思绪纷杂，一会儿想着皇帝的大哥，那不就是卫太子吗？一会儿又想着卫太子一家的惨死，再想到直到现在卫太子还是禁忌，她和刘病已是不是该逃？可逃到哪里去？一会儿又想着刘病已是皇孙？皇孙？！告诉娘，岂不要吓死娘，她这次可是真拣了个贵人嫁！只是这样的'贵人'，娘是绝对不想要的。皇帝为什么突然来？是不是想杀他们？她是不是也算个皇妃了……

许平君一时觉得十分恐惧，一时又觉得十分荒唐，无所凭依中，一直有个怀抱静静拥着她。许平君的思绪慢慢平复，脸靠在刘病已肩头，平静地说："我愿意被你拖一生，真能拖一生，是我的福气。"

刘病已揽着许平君，望着沉睡的儿子，只觉肩头沉重，他已经不再是一个人，以前还可以偶有疲惫放弃的想法，现在却必须要坚定地走下去，不但要走，还一定要走出点名堂。

路，总是人走出来的，难道老天让他活下来，只是为了让他苟且偷生？

许平君反复琢磨着刘弗陵先前的一言一行，想猜测出刘弗陵的心思，却只觉十分困难。刘弗陵自始至终，表情一直十分清淡，很难看出喜怒，不过刘弗陵虽然难测，云歌却很好猜测。

虽不知道云歌怎么会和皇帝成了故交，可连长安城郊斗鸡走狗的混混都能是皇孙，这个世上，许平君已经实在想不出来，还有什么是不可能的了。

"病已，云歌知道你的身份了吗？不管皇帝怎么想，云歌定不会害你。"

刘病已说："刚来时，云歌应该也不知道，不过看她后来的样子，只怕已经猜得八九不离十。"

现在的云歌亦非当年的云歌，孟珏伤她很深，云歌只怕再不会毫不多想地信任一个人。云歌以前随他去过卫子夫的墓地，今日的情形加上以前的点滴事情，云歌即使不能肯定他是卫太子的后人，也定能明白他和皇族有密切关系。

许平君心下暗吁了口气，有云歌在，不管发生什么，他们总有时间应对。

再往坏里打算，即使……即使将来真有什么发生，至少可保住虎儿。想来这也是病已特意求皇帝给虎儿赐名的原因。

他求的不是儿子的名，而是儿子的命。

而皇帝赐的那个"奭"字，想来也别有深意，所以病已才恭敬地行礼谢恩。

——— ∞ ———

马车内，云歌笑盈盈地趴在垫子上，反常地一句话没有。

刘弗陵望了会儿她，"刘病已是他的化名，他的本名应该叫刘询。他身上的玉佩和我的玉佩都是由和氏璧雕成，又是同一个工匠所雕，所以有了你后来的误会。今日我想见他……"

云歌如猫一般换了个姿势，让自己趴得更舒服一些，笑道："陵哥哥，我知道你不会伤害病已大哥，为了那个见鬼的皇位，流的血已经够多，你绝不会因为他是卫太子的孙子就想杀他，我才不担心那个。我现在只是觉得好笑，怎么我每认识一个姓刘的，这人就是皇族里的人？我正琢磨我还认识哪个姓刘的人，赶紧弄清楚到底是藩王，还是皇孙，省得下次又猛地惊讶一次。"

刘弗陵听云歌话说得有趣，"你还认识哪个姓刘的？"

云歌吐吐舌头，"自认为天下最英俊、最潇洒、最风流、最不羁的人，你那个最荒唐的侄儿。"

刘弗陵有些诧异，"刘贺？"云歌什么时候认识的刘贺？想来只有甘泉宫行猎那次，云歌有机会见刘贺，可若是在那里见的，却谈不上惊讶是皇族的人。

云歌想到刘贺，看看刘弗陵，忽地笑起来，拍着垫子，乐不可支。

刘弗陵看到她的样子，也露了笑意，"下次一定让你如意，让他见了你，执晚辈之礼，叫你姑姑。"

云歌笑着连连点头，另一个人的身影忽地从脑中掠过，本来的开心顿时索然无味。

刘弗陵看云歌忽然把脸埋在了毯子间，虽不知道究竟何原因，却知道她定是想起一些过去的事情了。既没有去安慰她，也没有刻意说话转移云歌的注意，只是静静地看着云歌，沉默中给云歌自己的天地。

好一会儿后，云歌闷着的声音从毯子下面传出来，"刘贺私自进过长安，他和孟珏关系很好，算结拜兄弟。不过他们二人是因为另一个结拜兄弟，才走到一起，孟珏对刘贺有保留，并非十成十的交情，刘贺对孟珏只怕也不真正相信。"

刘弗陵虽微微一怔，但对听到的内容并未太在意。

刘贺若循规蹈矩就不是刘贺了，更让他在意的是云歌对他毫无保留的信任，还有信任下想保护他的心意。只是，云歌，你可是为了一年后不愧歉地离去，方有今日的好？

第六章 自别后, 忆相逢

大清早，刘病已起床未久，正和许平君吃早饭，就有个陌生人上门找他。

"请问刘病已刘爷在家吗？"

听到来人说话，刘病已心中，自刘弗陵来后，一直绷着的弦咔啦啦地一阵轰鸣，该来的终是来了。

他忙放下碗筷，迎到院中，"我就是。"

七喜笑着行礼，刘病已忙回礼，笑说："一介草民，不敢受公公大礼。"

七喜笑道："刘爷好机敏的心思。我奉于总管之命来接你进宫，马车已经在外面候着了。"

许平君听到"进宫"二字，手里的碗掉到地上，"咣当"一声，摔了个粉碎。

刘病已回身对许平君说："我去去就回，水缸里快没水了，你先凑合着用，别自己去挑，等我回来，我去挑。"

许平君追到门口，眼泪在眼眶里面打转，只是强忍着，才没有掉下。

刘病已深看了她一眼，抱歉地一笑，随七喜上了马车。

许平君扶着门框无声地哭起来，心中哀凄，只怕他一去不能回。

屋里的孩子好似感应到母亲的伤心，也哭了起来，人不大，哭声却十分洪亮，许平君听到孩子的哭声，蓦地惊醒，她不能什么都不做地等着一切发生。

进屋把孩子背上，匆匆去找孟珏。

这是她唯一能求救的人。

马车载着刘病已一直行到了宫门前的禁区，七喜打起帘子，请刘病已下车步行。

刘病已下车后，仰头看着威严的未央宫，心内既有长歌当哭的感觉，又有纵声大笑的冲动。

颠沛流离十几年后，他用另外一种身份，卑微地站在了这座宫殿前。

七喜十分乖巧，在一旁静静等了会儿，才提醒刘病已随他而行。

宫墙、长廊、金柱、玉栏……

每一样东西都既熟悉，又陌生。

很多东西都曾在他午夜的噩梦中出现过，今日好似老天给他一个验证的机会，证明他那些支离破碎的梦，是真实存在，而非他的幻想。

往常若有官员第一次进宫，宦官都会一边走，一边主动介绍经过的大殿和需要留心的规矩，一则提醒对方不要犯错，二则是攀谈间，主动示好，为日后留个交情。

今日，七喜却很沉默，只每过一个大殿时，低低报一下殿名，别的时候，都安静地走在前面。

快到温室殿时，七喜放慢了脚步，"快到温室殿了，冬天时，陛下一般都在那里接见大臣，处理朝事。"

刘病已对七喜生了几分好感，忙道："多谢公公提醒。"

未央宫，椒房殿。

前来觐见皇后的霍光正向上官小妹行叩拜大礼。

小妹心里十分别扭，却知道霍光就这个性子，不管内里什么样子，人前是一点礼数都不会差。

她是君，他是臣。

所以她只能端端正正地坐着，如有针刺般地等着霍光行完礼，好赶紧给霍光赐座。

霍光坐下后，小妹向两侧扫了一眼，宦官、宫女都知趣地退了出去。

小妹娇声问："祖父近来身体可好？祖母身体可好？舅舅、姨母好吗？姨母很久未进宫了，我很想她，她若得空，让她多来陪陪我。"

霍光笑欠了欠身子："多谢皇后娘娘挂念，臣家中一切都好。皇后娘娘可安好？"

小妹低下了头。

先是宣室殿多了个女子，紧接着霍府又被人奏了一本，这个节骨眼上，这个问题可不好答。祖父想要的答案是"好"，还是"不好"呢？

与其答错，不如不答，由祖父自己决定答案。

霍光看小妹低头玩着身上的玉环，一直不说话，轻叹了口气，"皇后娘娘年纪小小就进了宫，身边没个长辈照顾，臣总是放心不下，可有些事情又实在不该臣操心。"

"你是我的祖父，祖父若不管我了，我在这宫里可就真没有依靠了。"小妹仰着头，小小的脸上满是着急伤心。

霍光犹豫了下，换了称呼："小妹，你和陛下……陛下他可在你这里……歇过？"

小妹又低下了头，玩着身上的玉环，不在意地说："皇帝大哥偶尔来看看我，不过他有自己的住处，我这里也没有宣室殿布置得好看，所以没在我这里住过。"

霍光又是着急又是好笑，"怎么还是一副小孩子样？宫里的老嬷嬷们没给你讲过吗？陛下就是应该住在你这里的。"

小妹噘了噘嘴，"她们说的，我不爱听。我的榻一个人睡刚刚好，两个人睡太挤了，再说，陛下他总是冷冰冰的，像……"小妹瞟了眼四周，看没有人，才小声说，"陛下像块石头，我不喜欢他。"

霍光起身走到小妹身侧，表情严肃，"小妹，以后不许再说这样的话。"

小妹咬着唇，委屈地点点头。

"小妹，不管你心里怎么想，陛下就是陛下，你一定要尊敬他，取悦他，努力让他喜欢你。陛下对你好了，你在宫里才会开心。"

小妹不说话，好一会儿后，才又点点头。

霍光问："陛下新近带回宫的女子，你见过了吗？"

小妹轻声道："是个很好的姐姐，对我很好，给我做菜吃，还陪我玩。"

霍光几乎气结，"你……"自古后宫争斗的残酷不亚于战场，不管任何娘娘，只要家族可以帮她，哪里会轻易让别的女子得了宠？何况小妹还是六宫之主，霍氏又权倾天下。现在倒好！出了这么个不解世事、长不大的皇后，本朝的后宫可以成为历朝历代的异类了。

小妹怯怯地看着霍光，眼中满是委屈的泪水。

小妹长得并不像父母，可此时眉目堪怜，竟是十分神似霍怜儿。霍光想到怜儿小时若有什么不开心，也是这般一句话不说，只默默掉眼泪，心里一酸，气全消了。

小妹六岁就进了宫，虽有年长宫女照顾，可她们毕竟是奴才，很多事情不会教，也不敢教，何况有些东西还是他特别吩咐过，不许小妹知道，也不希望小妹懂得的。

小妹又没有同龄玩伴，一个人守在这个屋子里，浑浑噩噩地虚耗着时光，根本没机会懂什么人情世故。

霍光凝视着小妹，只有深深的无奈，转念间又想到小妹长不大有长不大的好处，她若真是一个心思复杂、手段狠辣的皇后，他敢放心留着小妹吗？

霍光不敢回答自己的问题，所以他此时倒有几分庆幸小妹的糊里糊涂。

霍光轻抚了抚小妹的头，温和地说："别伤心了，祖父没有怪你。以后这些事情都不用你操心，祖父会照顾好你，你只要听祖父安排就好了。"

小妹笑抓住霍光的衣袖，用力点头。

霍光从小妹所居的椒房宫出来。

想了想，还是好似无意中绕了个远路，取道沧河，向温室殿行去。

沧河的冰面上。

云歌、抹茶、富裕三人正热火朝天地指挥着一群宦官做东西。

云歌戴着绣花手套，一边思索，一边笨拙地画图。

抹茶和富裕两人在一旁边看云歌画图，边叽叽喳喳。你一句话，我一句话，一时说不到一起去，还要吵几句。

虽然天寒地冻，万物萧索，可看到这几个人，却只觉得十分的热闹，十二分的勃勃生机。

椒房宫内，虽然案上供着精心培育的花，四壁垂着长青的藤，凤炉内燃着玉凰香，可肃容垂目的宫女，阴沉沉的宦官，安静地躲坐在凤榻内，自己和自己玩的皇后，让人只觉如进冰室。

霍光在一旁站了会儿，才有人发现他，所有人立即屏息静气地站好，给他行礼。

霍光轻扫了他们一眼，微笑着，目光落到了云歌身上。

云歌看到霍光，暗暗吃了一惊，却未显不安，迎着霍光的目光，笑着上前行礼。

霍光笑道:"第一次见你,就觉得你不俗,老夫真没看走眼。"

云歌只是微笑,没有答话。

霍光凝视着云歌,心中困惑。

自云歌在宣室殿出现,他已经命人把云歌查了个底朝天,可这个女孩子就像突然从天上掉下来一样。

没有出身、没有来历、没有家人,突然就出现在了长安,而且从她出现的那天起,似乎就和霍府有着脱不开的关系。

先是刘病已,逼得他不能再假装不知道;紧接着又是孟珏,女儿成君竟然要和做菜丫头争孟珏。一个孟珏搅得霍府灰头土脸,赔了夫人又折兵,还拿他无可奈何。

她摇身一晃,又出现在了刘弗陵身旁。虽然不知道刘弗陵带她入宫,是真看上了她,还是只是一个姿态,无声地表达出对霍氏的态度,用她来试探霍氏的反应。可不管她是不是棋子,霍氏都不可能容非霍氏的女子先诞下皇子,这个女子和霍氏的矛盾是无可避免了。

霍光想想都觉得荒唐,权倾朝野、人才济济的霍氏竟然要和一个孤零零的丫头争斗?

也许把这场战争想成是他和皇帝之间力量的角逐,会让他少一些荒唐感。

……

云歌看霍光一直盯着她看,笑嘻嘻地叫了一声:"霍大人?"

霍光定了定神,收起各种心绪,笑向云歌告辞。

霍光刚转身,云歌就继续该做什么做什么,没事人一样。

富裕看霍光走远了,凑到云歌身旁,期期艾艾地想说点什么,又犹犹豫豫地说不出来。

云歌笑敲了一下富裕的头,"别在那里转九道十八弯的心思了,你再转也转不赢,不如不转。专心帮我把这个东西做好,才是你的正经事情。"

富裕笑挠挠头，应了声"是"，心下却是打起了十二分的精神，知道以后的日子经不得一点疏忽。

———— ∞ ————

未央宫，温室殿。

刘病已低着头，袖着双手，跟着七喜轻轻走进了大殿。
深阔的大殿，刘弗陵高坐在龙榻上，威严无限。
刘病已给刘弗陵行礼，"陛下万岁。"
"起来吧！"
刘弗陵打量了他一瞬，问道："你这一生，到现在为止，最快乐的事情是什么？最想做的事情又是什么？"
刘病已呆住，来的路上，想了千百个刘弗陵可能问他的话，自认为已经想得十分万全，却还是全部想错了。

刘病已沉默地站着，刘弗陵也不着急，自低头看折子，任由刘病已站在那里想。
许久后，刘病已回道："我这一生，到现在还谈不上有什么最快乐的事情，也许儿子出生勉强能算，可当时我根本分不清楚我是悲多还是喜多。"
刘弗陵闻言，抬头看向刘病已。
刘病已苦笑了下，"我这一生最想做的事情是做官。从小到大，颠沛流离，穿百家衣，吃百家饭长大，深知一个好官可以造福一方，一个坏官也可以毁掉成百上千人的生活。见了不少贪官恶吏，气愤时恨不得直接杀了对方，可这并非正途。游侠所为可以惩恶官，却不能救百姓。只有做官，替皇帝立法典，选贤良，才能造福百姓。"
刘弗陵问："听闻长安城内所有的游侠客都尊你一声'大哥'，

历来'侠以武犯禁',你可曾做过犯禁的事情？"

刘病已低头道："做过。"

刘弗陵未置可否，只说："你很有胆色，不愧是游侠之首。你若刚才说些什么'淡泊明志、旷达闲散'的话，朕会赐你金银，并命你立即离开长安，永生不得踏入长安城方圆八百里之内，让你从此安心去做闲云野鹤。"

刘病已弯身行礼，"想我一个落魄到斗鸡走狗为生的人，却还在夜读《史记》，如果说自己胸无大志，岂不是欺君？"

刘弗陵刚想说话，殿外的宦官禀道："陛下，霍大人正向温室殿行来，就快到了。"

刘病已忙要请退，刘弗陵想了下，对于安低声吩咐了几句，于安上前请刘病已随他而去。

不一会儿，霍光就请求觐见。

刘弗陵宣他进来。

霍光恭敬地行完君臣之礼后，就开始进呈前段时间刘弗陵命他和几个朝廷重臣仔细思考的问题。

自武帝末年，豪族吞并土地愈演愈烈，失去土地的百姓被迫变成无所凭依的流民。此现象随着官府赋税减轻有所好转，却还未得到根治。

若不想办法治理土地流失，这将会是汉朝的隐患，万一国家在特殊情形下，需要提高赋税应急，就有可能激发民变；但如果强行压制豪族，又可能引起地方不稳，以及仕族内部矛盾。

霍光结合当今边关形势，提出奖励流民边关屯田，和引导流民回乡的两项举措，同时加大对土地买卖的管制，严厉打击强买霸买，再特许部分土地垄断严重的地区，可以用土地换取做官的机会，慢慢将土地收回国家手中。

采用柔和政策压制豪族，疏通办法解决流民，调理之法缓和矛盾。霍光的考虑可谓上下兼顾，十分周详。刘弗陵边听边点头，"霍爱卿，你的建议极好。我朝如今就像一个大病渐愈，小病却仍很多的人，只适合和缓调理，这件事情就交给你和田千秋办，不过切记，用来换田地的官职绝不可是实职。"

霍光笑回道："陛下放心，那些官职的唯一作用就是让做官的人整日忙着玩官威。"

刘弗陵想了会儿又道："朕心中还有一个人选，可以协助爱卿办理此事。"

田千秋是木头丞相，凡事都听霍光的，所以霍光对田千秋一向满意，但刘弗陵上心中的另一个人？

霍光打了个哈哈，"陛下，此事并不好办，虽然是怀柔，可该强硬的时候也绝不能手软，才能有杀一儆百的作用。地方上的豪族大家往往和朝廷内的官员仕族有极深的关系，一般人只怕……"

刘弗陵淡淡说："此人现在的名字叫刘病已，大司马应该知道。"

霍光眼内神色几变，面上却只是微微呆了一瞬，向刘弗陵磕头接旨，"臣遵旨。只是不知道陛下想给刘病已一个什么官职？"

"你看着办吧！先让他挂个闲职，做点实事。"

霍光应道："是。"

霍光本来打算说完此事，提示一下刘弗陵，宫里关于皇帝何时临幸皇后的规矩，可被刘弗陵的惊人之举彻底打乱了心思，已顾不上后宫的事情，先要回去理顺了刘病已是怎么回事，"陛下若无其他事情吩咐，臣就回去准备着手此事了。"

刘弗陵点点头，准了霍光告退。

霍光刚走，刘病已从帘后转了出来，一言未说，就向刘弗陵跪下，"臣叩谢陛下隆恩。"

刘弗陵看了眼于安，于安忙搬了个坐榻过去，让刘病已坐。

"病已，刚才大司马对此事的想法已经阐述得很明白，如何执行却仍是困难重重，此事关乎社稷安稳，必须要办好，朕就将它交给你了。”

刘弗陵十分郑重，刘病已毫未迟疑地应道："陛下放心，臣一定尽全力。"

━━━━◇◆◇━━━━

云歌听七喜说霍光已走，此时和刘弗陵议事的是刘病已，两只眼睛立即瞪得滴溜圆。

蹑手蹑脚地走到窗口往里偷看，见刘病已穿戴整齐，肃容坐在下方，十分有模有样。

于安轻轻咳嗽了一声提醒刘弗陵，刘弗陵看向窗外，就见一个脑袋猛地闪开，紧接着一声低沉的"哎哟"，不知道她慌里慌张撞到了哪里，刘弗陵忙说："想听就进来吧！"

云歌揉着膝盖，一瘸一拐地进来，因在外面待得久了，脸颊冻得红扑扑，人又裹得十分圆实，看上去甚是趣怪。

刘弗陵让她过去，"没有外人，坐过来让我看看撞到了哪里。"

云歌朝刘病已咧着嘴笑了下，坐到刘弗陵的龙榻一侧，伸手让刘弗陵帮她先把手套拽下来，"就在窗台外的柱子上撞了下，没事。你请大哥来做什么？我听到你们说什么买官卖官，你堂堂一个皇帝，不会穷到需要卖官筹钱吧？那这皇帝还有什么做头？不如和我去卖菜。"

刘弗陵皱眉，随手用云歌的手套，打了云歌脑袋一下，"我朝的国库穷又不是一年两年，从我登基前一直穷到了现在。如今虽有好转，可百姓交的赋税还有更重要的去处，而我这个皇帝，看着富甲天下，实际一无所有，能卖的只有官。"

刘病已笑说："商人想要货品卖个好价钱，货品要么独特，要么垄断。'官'这东西全天下就皇帝有，也就皇帝能卖，一本万利的生意，不做实在对不起那些富豪们口袋中的金子。"

刘弗陵也露了笑意，"父皇在位时，为了筹措军费也卖过官，利弊得失，你一定要控制好。"

刘病已应道："臣会十分谨慎。"

云歌听到"臣"字，问刘弗陵："你封了大哥做官？"

刘弗陵微颔了下首。

云歌笑向刘病已作揖："恭喜大哥。"

刘病已刚想说话，七喜在外禀奏："谏议大夫孟珏请求觐见。"

云歌一听，立即站了起来，"我回宣室殿了。"

刘弗陵未拦她，只用视线目送着她，看她沿着侧面的长廊，快速地消失在视线内。

刚随宦官进入殿门的孟珏，视线也是投向了侧面。

只看一截裙裾在廊柱间摇曳闪过，转瞬，芳踪已不见。

他望着她消失的方向，有些怔怔。

回眸时，他的视线与刘弗陵的视线隔空碰撞。

一个笑意淡淡，一个面无表情。

孟珏微微笑着，垂目低头，恭敬地走向大殿。

他低头的样子，像因大雪骤雨而微弯的竹子。

虽谦，却无卑。

弯身只是为了抖落雨雪，并非因为对雨雪的畏惧。

刘弗陵处理完所有事情，回宣室殿时，云歌已经睡下。

他帮她掖了掖被子，轻轻在榻旁坐下。

云歌心里不安稳，其实并未睡着，半睁了眼睛问："今日怎么弄到了这么晚？累不累？"

"现在不觉得累，倒觉得有些开心。"

难得听到刘弗陵说开心，云歌忙坐了起来，"为什么开心？"

刘弗陵问："你还记得那个叫月生的男孩吗？"

云歌想起往事，心酸与欣悦交杂，"记得，他一口气吃了好多张大饼。我当时本想过带他回我家的，可看他脾气那么执拗，就没敢说。也不知道他现在找到妹妹了没有。"

刘弗陵道："他那天晚上说，为了交赋税，爹娘卖掉了妹妹，因为没有了土地，父母全死了，这些全是皇帝的错，他恨皇帝。赵将军不想让他说，可这是民声，是成千上万百姓的心声，是没有人可以阻挡的声音，百姓在恨皇帝。"

云歌心惊，刘弗陵小小年纪背负了母亲的性命还不够，还要背负天下的恨吗？

难怪他夜夜不能安稳入睡，她握住了刘弗陵的手，"陵哥哥，这些不是你的错……"

刘弗陵未留意到云歌对他第一次的亲昵，只顺手反握住了云歌的手，"这么多年，我一直想着他，也一直想着他的话。到如今，我虽然做得还不够，但赋税已经真正降了下来，不会再有父母为了交赋税而卖掉儿女。只要今日的改革能顺利推行，我相信三四年后，不会有百姓因为没有土地而变成流民，不会再有月生那样的孩子。如果能再见到他，我会告诉他我就是大汉的皇帝，我已经尽力。"

云歌听得愣住，在她心中，皇权下总是悲凉多、欢乐少，总是残忍多、仁善少，可刘弗陵的这番话冲击了她一贯的认知。

刘弗陵所做的事情，给了多少人欢乐？皇权的刀剑中又行使着怎样的大仁善？

云歌乌发半绾，鬓边散下的几缕乌发未显零乱，反倒给她平添了几分风情。

灯影流转，把云歌的表情一一勾勒，迷茫、困惑、欣悦、思索。

刘弗陵突然心乱了几拍，这才发觉自己握着云歌的手，心中一荡，低声唤道："云歌。"

他的声音低沉中别有情绪，云歌心乱，匆匆抽出了手，披了件外袍，想要下榻，"你吃过饭了吗？我去帮你弄点东西吃。"

刘弗陵不敢打破两人现在相处的平淡温馨，不想吓跑了云歌，忙把心内的情绪藏好，拉住了她的衣袖，"议事中吃了些点心，这么晚了，别再折腾了。我现在睡不着，陪我说会儿话。"

云歌笑："那让抹茶随便拿些东西来，我们边吃边说话。这件事情，我早就想做了，可我娘总是不许我在榻上吃东西。"

云歌把能找到的枕头和垫子都拿到了榻上，摆成极舒适的样子，让刘弗陵上榻靠着，自己靠到另一侧。

两人中间放着一个大盘子，上面放着各色小吃。

再把帐子放下，隔开外面的世界，里面自成一个天地。

云歌挑了块点心先递给刘弗陵，自己又吃了一块，抿着嘴笑："我爹爹从来不管府内杂事，我娘是想起来理一理，想不起来就随它去。反正她和爹爹的眼中只有彼此，心思也全不在这些琐碎事情上。我家的丫头本就没几个，脾气却一个比一个大，一个比一个古怪，我是'姐姐、姐姐'的跟在后面叫，还时常没有人理我。"

"你哥哥呢？"

云歌一拍额头，满面痛苦："你都听了我那么多故事，还问这种傻话？二哥根本很少在家，三哥历来是，我说十句，他若能回答我一句，我就感激涕零了。所以晚上睡不着觉时，我就会常常……"云歌低下头去挑点心，"常常想起你。"云歌挑了点心却不吃，只手在上面碾着，把点心碾成了小碎块，"当时就想，我们可以躲在一张大大的榻上，边吃东西，边说话。"

小时的云歌，其实也是个孤单的孩子。因为父母的性格，她很少在一个地方长待，基本没有机会认识同龄的朋友。她的父母和别人家的父母极不一样，她的哥哥也和别人家的哥哥极不一样。别人家的父母养着孩子，过着柴米油盐的日子，可她的父母有一个极高远辽阔的世界，父母会带她一窥他们的世界。可那个世界中，她是外人和过客，那个世界只属于他们自己。哥哥也有哥哥的世界，他们的世界，她甚至连门在哪里都不知道。父母、哥哥能分给她的精力和时间都很有限，她更多的时间都只是一个人。

刘弗陵一直以为有父母哥哥的云歌应该整日都有人陪伴，他第一次意识到云歌欢乐下的孤单，心中有怜惜。

他的手指轻轻绕在云歌垂下的一缕头发上，微笑着说："我也这么想过。我有时躺在榻上，会想盖一个琉璃顶的屋子。"

"躺在榻上，就可以看见星空。如果没有星星，可以看见弯弯的月牙，如果是雨天，可以看雨点落在琉璃上，说不定，会恍恍惚惚觉得雨点就落在了脸上。"云歌微笑，"不过，我是想用水晶，还问过三哥，有没有那么大的水晶，三哥让我赶紧去睡觉，去梦里慢慢找。"

刘弗陵也微笑："水晶恐怕找不到那么大的，不过琉璃可以小块烧好后，拼到一起，大概能有我们现在躺的这张榻这么大，有一年，我特意宣京城最好的琉璃师来悄悄问过。"

云歌忙说："屋子我来设计，我会画图。"

刘弗陵说："我也会画……"

云歌皱眉噘嘴，刘弗陵笑，"不过谁叫我比你大呢，总是要让着你些。"

两人相视而笑，如孩子般，怀揣着小秘密的异样喜悦。

在这一刻。

他脱下了沉重沧桑，她也不需要进退为难。

他和她只是两个仍有童心，仍肯用简单的眼睛看世界，为简单的美丽而笑、而感动的人，同时天真地相信着美好的少年和少女。

劳累多日，现在又身心愉悦，说着话的工夫，刘弗陵渐渐迷糊了过去。

云歌叽咕了一会儿，才发觉刘弗陵已经睡着。

她轻轻起身，帮他把被子盖好，看到他唇畔轻抿的一丝笑意，她也微微而笑。可瞥到他衣袖上的龙纹时，想着只有凤才能与龙共翔，笑意蓦地淡了，心中竟然有酸涩的疼痛。

人躺在枕上，想着刘弗陵，想着上官小妹，翻来覆去地睡不着。

他们一个皇帝，一个皇后，其实十分般配。两人都很孤单，两人都少年早熟，两人都戴着一个给外人看的壳子。

如果在这个尔虞我诈、云谲波诡的宫廷中，他们这对龙凤能夫妻同心，彼此扶持，也许陵哥哥就不会觉得孤单了。

———— ⊗ ————

昨日晚上，刘弗陵也不知道自己何时睡着的，只记得迷迷糊糊时，云歌仍在絮絮说着什么。

枕头和垫子七零八落地散落在榻周。

他横睡在榻上，因为榻短身长，只能蜷着身子。

以云歌的睡觉姿势，昨天晚上的点心只怕"尸骨零乱"了，随手一摸，果然！所有点心已经分不清楚原来的形状，这大概就是云歌的娘不许她在榻上吃东西的主要原因。

幸亏他和她各盖各的被子，他才没有惨遭荼毒。

自八岁起，他就浅眠，任何细微的声音都会让他惊醒，而且容易失眠，所以他休息时一定要四周绝对的安静和整洁，也不许任何人在室内。

可昨天晚上，在这样的"恶劣"环境中，伴着云歌的说话声音，他竟然安然入睡，并且睡得很沉，连云歌什么时候起床的，他也丝毫不知道。

于安端了洗漱用具进来，服侍刘弗陵洗漱。

抹茶正服侍云歌吃早饭，云歌一边吃东西，一边和刘弗陵说：
"今日是小年，我找人陪我去沧河上玩。你待会儿来找我。"

刘弗陵点头答应了，云歌却好像还怕他失约，又叮嘱了两遍，才急匆匆地出了屋子。

刘弗陵看了抹茶一眼，抹茶立即搁下手中的碗碟，去追云歌。

上官小妹梳洗完，用了些早点，一个人静静在窗前摆弄着一瓶梅花，插了一遍，左右看看，似不满意，又取出来，再插一遍。

一旁服侍她已久的宫女都是见怪不怪，不发一言，要么垂目盯着地面，要么双眼直直盯着前面。

上官小妹身材娇小，偏偏椒房殿内的摆设为了彰示皇后的凤仪威严，件件都十分堂皇的大。

新来的侍女橙儿看了半晌，只见皇后来来回回摆弄着一瓶花。从她眼中看过去，皇后就是一个小人儿，穿得刻意老成稳重，缩在坐榻一角，十分堪怜。

橙儿笑道："娘娘想要什么样子，告诉奴婢，奴婢帮娘娘插。这些琐碎事情让奴婢干，不值得耗费娘娘的时间。"

一室安静中，忽闻人语声，人人都有点不习惯，全都扭了头，看向橙儿。

橙儿不知道哪里做错了，惶恐地跪下。

上官小妹听到橙儿的话，手微微顿了下，轻轻放下了花。

从她六岁起，时间就是用来耗费的，她的时间不用来耗费，还能做什么？

椒房殿外的世界，她不能轻易踏入，在所有宦官宫女眼中，她并非后宫之主——皇后，而是代表着钳制皇帝的势力。而椒房殿内，小妹微笑着扫过四周的宫女，她们中应该有一半都是祖父的眼睛，剩下的也许有刘弗陵的，也许有朝廷内其他臣子的，不知道这个橙儿是谁的？

小妹看向跪在地上的橙儿，笑道："你学过插花？本宫正发愁呢！过来帮本宫一块儿插吧！"

橙儿看小妹笑容甜美，方放下了悬着的心，磕了个头，跪到小妹身侧，帮小妹择花。

上官小妹边和橙儿商量着如何插花，边随意聊着天，"你进宫多久了？"

"快三年了，从进宫起就在昭阳殿。"

上官小妹心内思索，因为刘弗陵没有册封过妃嫔，东西六宫都空着，昭阳殿内并无女主人。橙儿在一个空殿里一做三年，想来家中应该无权无势，只是为何突然来了椒房殿？

小妹诧异地说："昭阳殿内现在好似没有住人，一个空屋子还需要人打理吗？那你不是每天都很清闲？"

橙儿笑起来，真是个娘娘，贵人不知低下事。这皇宫里，就是没有人的殿，照样要有人打扫、维护，要不然哪天陛下或者娘娘动了兴致想去看看，难道让刘弗陵和娘娘看一个满是灰尘的殿堂？

"回娘娘，虽然没有人住，还是要精心照顾，奴婢每天要做的活也很多。要打扫殿堂，擦拭家具，还要照管殿堂内外的花草。以前在昭阳殿住过的娘娘留下了不少名人诗画、笔墨用具、琴笛乐器，这些东西都经不得怠慢，需常常查看，小心维护。"

小妹听到橙儿的话，忽想起了句话：人已去，物仍在。不知这昭阳殿内又锁过哪个女子的一生？心中有感，不禁侧头问一个年纪较大的女官，"昭阳殿内住过先皇的哪位娘娘？"

女官凝神想了会儿，摇头："回娘娘，奴婢不知道，自奴婢进宫，昭阳殿好像就空着，如果娘娘想知道，也许找个已经不当值的老婆子能打听到，或者可以命人去查一下四十年前的起居注。"

小妹摇摇头，虽然对昭阳殿空了四十多年很好奇，可也不愿为了前尘旧事如此兴师动众。

橙儿小声说："奴婢知道。"

小妹笑搂了把橙儿，孩子气地嚷："知道就快说，惹得本宫都好奇死了。"

昭阳殿是后宫中除了椒房殿外最好的宫殿，富丽堂皇虽不及椒房殿，可雅趣幽致更胜一筹。如此重要的宫殿，竟然在先皇时期就空着，对后宫佳丽三千的先皇而言，实在非常奇怪，所以周围的宫女也都生了兴趣，竖着耳朵听。

橙儿说："李夫人曾住过。"

众人闻言，立即露了疑惑尽释的表情，继而又都想，自己真笨，能让昭阳殿空置那么久，除了传闻中倾城倾国的李夫人，还能有谁？

一旁的老宫女也生了感触，轻轻叹了口气，"可怜红颜薄命。"

上官小妹凝视着手中的梅花，甜甜笑开。

可怜吗？她一点不觉得李夫人可怜。如果一个女人生前尽得爱宠，死后还能让帝王为她空置着整座昭阳殿，那她这一生已经真正活过。只要活过，那就不可怜。可怜的是从没有活过的人。

上官小妹笑问橙儿："这都几十年前的事情了，你怎么知道？你还知道什么有意思的事情，都讲给本宫听。"

橙儿不好意思地笑："奴婢要日日打扫昭阳殿，还需要时常把字画拿出去晒一晒，日子久了，会偶尔看见先皇和李夫人留下的只言片语，因为还认得几个字，所以推测是李夫人。"

宫里极少有识字的女子，小妹十分意外，"你还识字？"

橙儿点点头，"父亲是个教书先生，学堂就设在家中，奴婢边做家事边听，不知不觉中就粗略认得一些了。"

"那你为什么又不在昭阳殿做事了呢？"小妹说着话，把一枝梅花插到了瓶子中，仔细端详着。

"前段时间云姑娘去昭阳殿玩，看到昭阳殿的花草和布置，就问是谁在照顾花草、布置器玩，奴婢吓得要死，因为一时胆大，奴婢擅自移动了一些器具。不曾想云姑娘是极懂花草的人，很中意奴婢养的花草，她和奴婢说了一下午的话，后来就问奴婢愿不愿意来椒房殿，照顾一株奇葩。奴婢想了一晚上，第二日告诉云姑娘愿意，于总管就把奴婢打发来了。"

上官小妹手下失力，不小心碾到花枝，枝头的花瓣纷纷而落。橙儿忙从她手中接过花枝，"奴婢来吧！"

殿外叽叽喳喳一阵喧哗，一个宫女赶着进来通传，还没来得及说话，云歌已经迈着大步进来，"小妹，今天是小年，我们应该庆祝一番。和我一块儿去玩，我这几日做了个很好玩的东西，你肯定喜欢。"

殿内的宫女已经震惊到不知道该如何反应，云歌身后的抹茶一脸无奈，静静地给小妹跪下行礼。

上官小妹理了理衣裙，娇笑着站起"好！云姐姐做了什么好玩的东西？要是不好玩，就罚云姐姐给我做菜吃。"

云歌随手指了几个宫女，"麻烦几位嬷嬷、姐姐给小妹找些厚衣服来，越厚越好，但不要影响行动。橙儿，你也来，记得穿厚一些。"

称呼乱、礼仪乱，偏偏这个女子乱得天经地义，几个宫女已经不能确定自己是否还在皇后的宫殿中了，晕乎乎地进去寻衣服。

橙儿想为皇后带个手炉，云歌不许她带，笑嚷："带了那东西，小妹还怎么玩？况且冬天就是要冻呀！不冻一冻，哪里是过冬天？"

云歌挽着小妹出了椒房殿，有两个年长的宫女急匆匆地也想跟来，小妹对这些永远盯着她的眼睛，心中虽十分厌恶，可面上依旧甜甜笑着。

云歌却是不依，一跺脚，一皱眉，满脸不高兴，"有橙儿就够了，你们还怕我把小妹卖了不成？再说了……"云歌嘻嘻笑看着两位宫女，"这是我们小孩的玩意儿，有两位嬷嬷在旁边，我们都不敢玩了。大过年的，就让我们由着性子闹一闹吧！"

云歌一会儿硬，一会儿软，脾气一时大，一时无，虽只是个宫女，气态华贵处却更胜小妹这个皇后，搞得两个宫女无所适从，还在愣神，云歌已经带着小妹扬长而去。

———— ❈ ————

汉初萧何建长乐宫和未央宫时，"每面辟三门，城下有池周绕"。之后武帝建建章宫，为教习羽林营，也多建湖池，所以汉朝的三座宫殿都多湖、多池。

未央宫前殿侧前方的人工河被称作沧河，宽十余丈，当年萧何发万民所开，与渭河相通，最后汇入黄河，气势极其宏大。夏可赏沧浪水花，冬天待河面结冰时，又可赏天地萧索。

可今日的河面，却无一点萧索感。

河面上，一座六七层楼高，冰做的，像飞龙一样的东西，蜿蜒伫立在阳光下。最高处好似龙头，从高渐低，有的地段陡直，有的地段和缓，交错不一，回绕盘旋着接到沧河冰面。

飞龙在光晕下反射起点点银芒，晶莹剔透，华美异常。

云歌很得意地问："怎么样? 是我画的图,让于安找人凿冰浇铸的。"

上官小妹呆看着河面上的"长龙"，美是很美，可修这个做什么? 难道只为了看看?

一旁的宦官早拿了云梯过来，搭到"龙头"上。

云歌让小妹先上，自己在她身后护着。

小妹颤巍巍地登到了"龙头"上。冰面本就滑溜，现在又身在极高处，小妹害怕地紧抓着云歌的手。

阳光下。

光溜溜的冰面，反射着白茫茫的光，刺得小妹有些头晕。

小妹突然恍惚地想，这条龙是云歌建造的，也是她自己要上来的，她若失足摔了下去，肯定不能是我的错。一只手下意识地紧握住了身侧的冰栏杆，握着云歌的那只手却开始慢慢松劲，改抓为推。

此时云歌身在小妹侧后方，一只脚刚踩到龙头上，一只脚还在梯子上。

一个身影忽地映入小妹眼帘。

那人披着黑貂皮斗篷，正从远处徐徐而来，白晃晃的冰面上，那一抹黑格外刺眼。

他好像看到云歌登上了高台，蓦地加快了行走速度，吓得他身后的于安，赶上前护着，唯恐冰面太滑，他会摔着。

小妹的手颤抖着，只要这个女人消失，我和陛下就仍会像以前一样。没有别的女人，陛下迟早会留意到我的……

只要她消失……

小妹暗中用力将云歌向外推去……

"云歌，小心点！"刘弗陵仰头叫。

小妹心神一颤，立时方寸大乱。

猛然一缩手。

"呀！"

云歌手上突然失去小妹的搀扶，身子摇摇晃晃地往后倒去。

生死一线间，小妹却又突然握住云歌的手腕，把她用力拽了回去。

云歌忙借力跳到了龙头上。

下面的人看来，不过是云歌身子晃了晃，谁都没有看出来这中间的生死转念，只有当事人能体会出这一来一去。

云歌定定看着小妹。

小妹如同骤遇强敌的猫一般，背脊紧绷，全身蓄力，双眼圆睁，戒备地盯着云歌，好似准备随时扑出，其实身体内是一颗毫无着落的心。

不料云歌看了她一瞬，忽地拍了拍心口，呼出一口气，笑着说："好险！好险！小妹，多谢你。"

小妹身上的力量刹那间全部消失，用力甩脱云歌的手，身子轻轻地抖着。

云歌忙扶着她坐下，"别怕，两边都有栏杆，只要小心些，不会摔着的。"

刘弗陵仰头静看着她们。

云歌笑向他招招手，蓦然弯身把小妹推了出去。

小妹"啊"地惊叫着，沿着砌好的龙身飞快滑下，她的惊叫声，伴着云歌的大笑声在沧河上荡开。

龙身砌成凹状，感觉惊险，实际十分安全，人只能沿着凹道滑下，并不会真的摔着。

小妹害怕恐惧中，却分辨不出那么多，只是闭着眼睛惊叫。

耳畔风声呼呼，在黑暗中，她的身子下坠、再下坠，就如她的这一生，没有亲人，没有一个真正关心她的人，她只能一个人在黑暗中坠落下去，而且这个坠落的过程不能出声。不但不能出声，还要不动声色，即使知道坠落后的结局悲凉无限，依旧要甜美地笑着，沉默地笑着。

可是至少，这一次的坠落，她可以叫，她可以把她的恐惧、害怕、迷茫、无助都叫出来，把她的悲伤、她的愤怒、她的仇恨都叫出来。

小妹拼了命地尖叫，觉得她这一生从没有叫过这么大声，好似把她在椒房殿内多年的压抑都发泄了出来。

小妹已经滑到龙尾尽头，坐到了冰面上，可她依旧闭着眼睛，双手紧紧握成拳，仰头对着天，满面泪水地尖叫。

橙儿和抹茶呆呆看着她，看着这个像孩子、却又不像上官小妹那个孩子的人，一时都不知道该怎么办。

云歌高声笑着从飞龙上滑下，滑过之处，飘荡着一连串的笑声。

第七章
彼美孟姜，德音不忘

在笑声中，她也滑到了龙尾，冲到了依旧坐在龙尾前尖叫着的小妹身上，云歌大笑着抱住了小妹，两人跌成了一团。

只看冰面上，两个人都穿着皮袄，如两只毛茸茸的小熊一般滚成一团。

小妹睁开眼睛，迷惘地看着云歌。我没有死吗？

云歌笑得乐不可支，伸手去刮小妹的鼻子，"羞，羞，真羞！竟然吓得哭成这样！哈哈哈……"

云歌躺在冰面上笑得直揉肚子。

上官小妹怔怔看着云歌，心里脑里都是空茫茫一片，有不知道怎么办的迷惘，可还有一种从未有过的轻松，好似在叫声中把一切都暂时丢掉了，丢了她的身份，丢了她的家势，丢了父亲、祖父、外祖父的教导，她现在只是一个被云歌欺负和戏弄了的小姑娘。

小妹的泪水管都管不住地直往下落。

云歌不敢再笑，忙用自己的袖子给小妹擦眼泪，"别哭，别哭。姐姐错了，姐姐不该戏弄你，姐姐自己罚自己，晚上给你做菜，你想吃什么都行。"一面说着话，一面向刘弗陵招手，要他过去，"陛下，你来安慰一下小妹，这丫头的眼泪快要把龙王庙冲跑了。"

刘弗陵没有理会云歌，只站在远处，静静地看着她们。

于安想上前去化解，刘弗陵轻抬了下手，于安又站回了原地。

上官小妹呜呜地哭着，把眼泪鼻涕都擦到了云歌的袖子上。

云歌赔着小心一直安慰，好一会儿后，小妹才止了眼泪，低着头好似十分不好意思。

云歌无奈地瞪了刘弗陵一眼，叫橙儿过来帮小妹整理仪容。

机灵的富裕早吩咐了小宦官去拿皮袄，这时刚好送到，忙捧过来交给抹茶，换下了云歌身上已经弄脏的袄子。

云歌走到刘弗陵身侧，笑问："你要不要玩？很好玩的。"

刘弗陵盯了她一眼，看着冰面上的飞龙没有说话，云歌凑到他身旁，小声说："我知道你其实也很想知道是什么滋味，可是堂堂一国天子怎么能玩这些小孩子的玩意儿？在这么多宦官宫女面前，怎么能失了威仪呢？咱们晚上叫了小妹，偷偷来玩。"

刘弗陵没有搭理云歌，只问："这是你小时候玩过的？"

云歌点头："听爹爹说，东北边的冬天极其冷，冷得能把人耳朵冻掉，那边的孩子冬天时，喜欢坐在簸箕里面从冰坡上滑下。我听到后，嚷嚷着也要玩，有一年我过生日时，爹爹就给我做了这个。我当时就想着，可惜你……"

刘弗陵微笑："现在能玩到也是一样的。"

云歌满脸欣喜，"你答应晚上来陪我和小妹玩了？"

刘弗陵未置可否，云歌只当他答应了。

上官小妹低着头，不好意思地过来给刘弗陵行礼，"臣妾失仪在先，失礼在后，请陛下恕罪。"

刘弗陵让她起来，淡淡说："性情流露又非过错，何罪可恕？"又对云歌叮嘱了一声："别在冰面上玩太久，小心受凉咳嗽。"说完，就带着于安走了，云歌叫都叫不住，气得她直跺脚。

刘弗陵来后，周围的宦官和宫女如遇秋风，一个个都成了光杆子树，站得笔直，身上没一处不规矩，刘弗陵一走，一个个又如枯木逢春，全活了过来，跃跃欲试地看着"冰飞龙"，想上去玩一把。

云歌笑说："都可以玩。"

抹茶立即一马当先，冲到梯子前，"我先来。"

橙儿有些害怕，却又禁不住好奇，犹豫不决。最后还是在抹茶鼓动下，玩了一次。

上官小妹站在云歌身侧，看着众人大呼小叫地嬉闹。每个人在急速滑下的刹那，或惊叫，或大笑，都似忘记了他们的身份，忘记了这里是皇宫，都只能任由身体的本能感觉展现。

很久后，小妹对云歌说："我还想再玩一次。"

云歌侧头对她笑，点点头。

众人看皇后过来，都立即让开。

小妹慢慢地登上了最高处的方台，静静地坐了会儿，猛然松脱拽着栏杆的手，任自己坠下。

这一次，她睁着双眼。

平静地看着身体不受自己控制的坠落，时而快速、时而突然转弯、时而慢速。

平静地看着越来越近的地面。

然后她平静地看向云歌。

没有叫声，也没有笑声，只有沉默而甜美的笑容。

云歌怔怔看着小妹。

凝视着殿外正挂灯笼的宦官，小妹才真正意识到又是一年了。

她命侍女捧来妆盒。

妆盒是漆鸳鸯盒，两只鸳鸯交颈而栖，颈部可以转动，背上有两个盖子，一个绘着撞钟击磬，一个绘着击鼓跳舞，都是描绘皇室婚庆的图。

小妹从盒中挑了一朵大红的绢花插到了头上，在镜子前打了个旋儿，笑嘻嘻地说："晚上吃得有些过了，本宫想出去走走。"

一旁的老宫女忙说："奴婢陪娘娘出去吧！"

小妹随意点点头，两个老宫女伺候着小妹出了椒房殿。

小妹一边走一边玩，十分随意，两个宫女看她心情十分好，赔着笑脸小心地问："今日白天，娘娘都和宣室殿的那个宫女做了什么？"

小妹娇笑着说："我们去玩了一个很有意思的东西，人可以从很高处掉下来，却不会摔着，很刺激。"又和她们叽叽咕咕地描绘着白日里玩过的东西具体什么样子。

说着话的工夫，小妹已经领着两个宫女，好似无意地走到了沧河边上。

月色皎洁，清辉洒满沧河。

一条蜿蜒环绕的飞龙盘踞在沧河上。月光下，晶莹剔透，如梦似幻，让人几疑置身月宫。

银月如船，斜挂在黛天。

两个人坐在龙头上。

从小妹的角度看去，他们好似坐在月亮中。

那弯月牙如船，载着两个人，游弋于天上人间，身畔有玉龙相护。

小妹身后跟随的宫女被眼前的奇瑰景象所震，都呆立在了地上，大气也不敢喘。

龙头上铺着虎皮，云歌侧靠着栏杆而坐，双脚悬空，一踢一晃，半仰头望着天空。

刘弗陵坐于她侧后方，手里拎着一壶烧酒，自己饮一口，交给云歌，云歌饮一口，又递回给他。

两人的默契和自在惬意非言语能描绘。

云歌本来想叫小妹一块儿来，可刘弗陵理都没有理，就拽着她来了沧河。云歌的如意算盘全落了空，本来十分悻悻，可对着良辰美景，心里的几分不开心不知不觉中全都散去。

云歌轻声说："我们好像神仙。"她指着远处宫殿中隐隐约约的灯光，"那里是红尘人间，那里的事情和我们都没有关系。"

刘弗陵顺着云歌手指的方向看着那些灯光，"今夜，那里的事情是和我们没有关系。"

云歌笑，"陵哥哥，我看到你带箫了，给我吹首曲子吧！可惜我无音与你合奏，但你的箫吹得十分好，说不准我们能引来真的龙呢。"

传说春秋时，秦穆公的女儿弄玉公主，爱上了一个叫萧史的男子。两人婚后十分恩爱。萧史善吹箫，夫妇二人合奏，竟引来龙凤，成仙而去。

云歌无意间，将他们比成了萧史、弄玉夫妇。刘弗陵眼中有笑意，取了箫出来，凑于唇畔，为他的"弄玉"而奏。

有女同车，颜如舜华。
将翱将翔，佩玉琼琚。
彼美孟姜，洵美且都。

有女同行，颜如舜英。
将翱将翔，佩玉将将。
彼美孟姜，德音不忘。

曲子出自《诗经·国风》中的郑风篇，是一位贵公子在夸赞意中人的品德容貌。在他眼中，意中人的一切都是最好的，不管再遇见多美丽的女子，他都永不会忘记意中人的品德和音貌。

刘弗陵竟是当着她的面在细述情思。

云歌听到曲子，又是羞又是恼。虽恼，可又不知该如何恼，毕竟人家吹人家的曲子，一字未说，她的心思都是自生。

云歌不敢看刘弗陵，扭转了身子，却不知自己此时侧首垂目，霞生双晕，月下看来，如竹叶含露，莲花半吐，清丽中竟是无限妩媚。

上官小妹听到曲子，唇边的笑容再无法维持。幸亏身后的宫女不敢与她并肩而站，都只是立在她身后，所以她可以面对着夜色，让那个本就虚假的笑容消失。

一曲未毕，小妹忽地扭身就走，"是陛下在那边，不要惊了圣上雅兴，回去吧！"

两个宫女匆匆扭头看了眼高台上隐约的身影，虽听不懂曲子，可能让皇帝深夜陪其同游，为其奏箫，已是非同一般了。

小妹的脚步匆匆，近乎跑，她不想听到最后的那句"彼美孟姜，德音不忘"。只要没有听到，也许她还可以抱着一些渺茫的希望。

德音不忘？！

不忘……

真的这一世就不能忘了吗？

刘弗陵吹完曲子，静静看着云歌，云歌抬起头默默望着月亮。

"云歌，不要再乱凑鸳鸯，给我、也给小妹徒增困扰。我……"刘弗陵将箫凑到唇畔，单吹了一句"彼美孟姜，德音不忘"。

云歌身子轻轻一颤。

她刻意制造机会让刘弗陵和小妹相处，想让小妹走出自己的壳，把真实的内心展现给刘弗陵。他们本就是夫妻，如果彼此有情，和谐相处，那么一年后，她走时，也许会毫不牵挂。却不料他早已窥破她的心思，早上是转身就走，晚上压根儿就不让她叫小妹。

德音不忘？

云歌有害怕，却还有丝丝她分不清楚的感觉，酥麻麻地流淌过胸间。

———— ✿ ————

霍光府邸。

虽是小年夜，霍光府也布置得十分喜庆，可霍府的主人并没有沉浸在过年的气氛中。

霍光坐于主位，霍禹、霍山坐于左下首，霍云和两个身着禁军军袍的人坐于右下首。他们看似和霍禹、霍山、霍云平起平坐，但两人的姿态没有霍山、霍云的随意，显得拘谨小心许多。这两人是霍光的女婿邓广汉和范明友，邓广汉乃长乐宫卫尉，范明友乃未央宫卫尉，两人掌握着整个皇宫的禁军。

范明友向霍光禀道："爹，宣室殿内的宦官和宫女都由于安一手掌握，我几次想安插人进去，都要么被于安找了借口打发到别处，要么被他寻了错处直接撵出宫。只要于安在一日，我们的人就很难进宣室殿。"

霍云蹙着眉说："偏偏此人十分难动。于安是先帝临终亲命的后宫总管，又得皇帝宠信。这么多年，金钱、权势的诱惑，于安丝毫不为所动。我还想着，历来皇帝疑心病重，想借皇帝的手除了他，或者至少让皇帝疏远他，可离间计、挑拨策，我们三十六计都快用了一轮了，皇帝对于安的信任却半点不少，这两人之间竟真是无缝的鸡蛋——没得叮。"

霍光沉默不语，霍山皱眉点头。

性格傲慢，很少把人放在眼内的霍禹虽满脸不快，却罕见地没有吭声。上次的刺客，尸骨都不存。他损失了不少好手，却连于安的武功究竟是高是低都不知道。本来，对于安一个阉人，他面上虽客气，心里却十分瞧不起，但经过上次较量，他对于安真正生了忌惮。

邓广汉道："宣室殿就那么大，即使没有近前侍奉的人，有什么动静，我们也能知道。"

目前也只能如此，霍光点了点头，看向范明友，"近日有什么特别事情？"

范明友谨慎地说："昨天晚上皇帝好像歇在了那位新来的宫女处。"

霍禹憋着气问："什么是'好像'？有就是有，没有就是没有！皇帝究竟有没有……睡……了她？"

霍光看了眼霍禹，霍禹方把本要出口的一个字硬生生地换成了"睡"字。

范明友忙说："根据侍卫观察，皇帝是歇息在那个宫女那里了。"

霍光淡淡地笑着，"这是好事情，陛下膝下犹空，多有女子沾得雨露是我大汉幸事。"

屋内的众人不敢再说话，都沉默地坐着。

霍光笑看过他们，"还有事情吗？没有事情，就都回去吧！"

范明友小心地说："我离宫前，椒房殿的宫女转告我说，皇后娘娘身边新近去了个叫橙儿的宫女。"

霍云说："这事我们已经知道，是皇帝的人。"

范明友道："的确是于安总管安排的人，可听说是宣室殿那个姓云的宫女的主意，打着让橙儿去椒房殿照顾什么花草的名义。"

霍禹气极反倒笑起来："这姓云的丫头生得什么模样？竟把我们不近女色的皇帝迷成了这样？这不是妃不是嫔已经这样，若让她当了妃嫔，是不是朝事也该听她的了？"

范明友低下头说："她们还说今日晚上也和那个宫女在一起，又是吹箫又是喝酒，十分亲昵。"

霍光挥了挥手："行了，我知道了，你们都出去吧！"

看着儿子、侄子、女婿都恭敬地退出了屋子，霍光放松了身体，起身在屋内慢慢踱步。

他昨日早晨刚去见了云歌，刘弗陵晚上就歇在云歌那里，这是成心给他颜色看吗？警告他休想干涉皇帝的行动？

看来刘弗陵是铁了心，非要大皇子和霍家半点关系都没有。

长幼有序，圣贤教导。自先秦以来，皇位就是嫡长子继承制，若想越制，不是不可能，却会麻烦很多。

霍光的脚步停在墙上所挂的一柄弯刀前。

不是汉人锻造风格，而是西域游牧民族的马上用刀。

霍光书房内一切布置都十分传统，把这柄弯刀凸现得十分异样。

霍光凝视了会儿弯刀，"铿锵"一声，忽地拔出了刀。

一泓秋水，寒气冷冽。

刀身映照中，是一个两鬓已斑白的男子，几分陌生。

依稀间，仿似昨日，这柄刀架在他的脖子上，那人怒瞪着他说："我要杀了你。"他朗笑着垂目，看见冷冽刀锋上映出的是一个剑眉星目、朗朗而笑的少年。

霍光对着刀锋映照中的男子淡淡笑开，他现在已经忘记如何朗笑了。

大哥去世那年，他不到十六岁。骤然之间，他的世界坍塌。

大哥走时，如骄阳一般耀眼。他一直以为，他会等到大哥重回长安，他会站在长安城下，骄傲地看着大哥的马上英姿，他会如所有人一样，高声呼喊着"骠骑将军"。他也许还会拽住身边的人，告诉他们，马上的人是他的大哥。

谁会想到太阳的陨落呢？

大哥和卫伉同时离开长安，领兵去边疆，可只有卫伉回到了长安。

他去城门迎接到的只是大哥已经腐烂的尸体，还有嫂子举刀自尽、尸首不存的噩耗。

终于再无任何人可以与卫氏的光芒争辉，而他成了长安城内的孤儿。

大哥的少年得志，大哥的倨傲冷漠，让大哥在朝堂内树敌甚多，在大哥太阳般刺眼的光芒下，没有任何人敢轻举妄动，可随着大哥的离去，所有人都蠢蠢欲动，他成了众人仇恨的对象。

他享受了大哥的姓氏——霍，所带给他的荣耀，同时意味着，他要面对一切的刀光剑影。

从举步维艰、小心求生的少年，到今日一人之下，万人之上，甚至就是那一个"之上"的人也不敢奈他何，他放弃了多少，失去了什么，连他自己都不想再知道。

云歌？

蜡烛的光焰中，浮现出云歌的盈盈笑脸。

霍光蓦然挥刀，"呼"，蜡烛应声而灭。

屋内骤暗。

窗外的月光洒入室内，令人惊觉今夜的月色竟是十分好。

天边的那枚弯月正如他手中的弯刀。

"咔嗒"一声，弯刀已经入鞘。

如果皇子不是流着霍氏的血，那么刘弗陵也休想要皇子！

如果霍家的女子不能得宠后宫，那么其他女子连活路都休想有！

未央宫前殿为了除夕夜的庆典，装饰一新。

因为大汉开国之初，萧何曾向刘邦进言"天子四海为家，非令壮观无以重威""不睹皇居壮，安知天子尊"，所以不管是高祖时的民贫国弱，还是文景时的节俭到吝啬，皇室庆典却是丝毫不省。

此次庆典也是如此，刘弗陵平常起居都很简单，可每年一次的大宴却是依照旧制，只是未用武帝时的装饰风格，而是用了文景二帝时的布置格局。

中庭丹朱，殿上髹漆。青铜为沓，白玉为阶。

柱子则用黄金涂，其上是九金龙腾云布雨图，檐壁上是金粉绘制的五谷图，暗祈来年风调雨顺，五谷丰登。

刘弗陵今日也要穿最华贵的龙袍。

于安并三个宦官忙碌了半个时辰，才为刘弗陵把龙袍、龙冕全部穿戴齐整。

龙袍的肩部织日、月、龙纹，背部织星辰、山纹，袖部织火、华虫、宗彝纹。

龙冕上坠着一色的东海龙珠，各十二旒，前后各用二百八十八颗，每一颗都一模一样。

云歌暗想，不知道要从多少万颗珍珠中才能找到如此多一般大小的龙珠。

刘弗陵的眼睛半隐在龙珠后，看不清神情，只他偶尔一动间，龙冕珠帘微晃，才能瞥得几分龙颜，可宝光映眼，越发让人觉得模糊不清。

当他静站着时，威严尊贵如神祇，只觉得他无限高，而看他的人无限低。

云歌撑着下巴，呆呆看着刘弗陵。

这一刻，才真正体会到了萧何的用意。

刘弗陵此时的威严和尊贵，非亲眼目睹，不能想象。

当他踏着玉阶，站到未央宫前殿最高处时。

当百官齐齐跪下时。

当整个长安、整个大汉、甚至整个天下都在他的脚下时。

君临天下！

云歌真正懂了几分这个词语所代表的权力和气势。

以及……

那种遥远。

于安禀道：“陛下，一切准备妥当。龙舆已经备好。”

刘弗陵轻抬了抬手，让他退下。

走到云歌面前，把云歌拉了起来，“你在想什么？”

云歌微笑，伸手拨了下刘弗陵龙冕上垂着的珠帘，“我以前看你们汉朝皇帝的画像，常想，为什么要垂一排珠帘呢？不影响视线吗？现在明白了。隔着这个，皇帝的心思就更难测了。”

刘弗陵沉默了一瞬，说，“云歌，我想听你叫一声我的名字，就如我唤你这般。”

云歌半仰头，怔怔看着他。

因两人距离十分近，宝光生辉，没有模糊不清，反倒映得刘弗陵的每一个细小表情都纤毫毕现。漆黑眸子内盛载的东西是她熟悉的和她懂得的，他……

并不遥远。

屋外于安细声说："陛下，吉时快到。百官都已经齐聚前殿。司天监要在吉时祭神。"

刘弗陵未与理会，只又轻轻叫了声："云歌？"

云歌抿了抿唇，几分迟疑地叫道："刘……刘弗陵。"这个没有人敢叫的名字从口里唤出，她先前的紧张、不适忽地全部消失。

她笑起来，"我不习惯这样叫你，陵哥哥。"

刘弗陵握着云歌的胳膊向外行去，"这次负责庆典宴席的人是礼部新来的一位才子，听闻有不少新鲜花样，厨子也是天下征召的名厨，你肯定不会觉得无趣。"

云歌听了，果然立即生了兴趣，满脸惊喜，"你怎么不早跟我说？"

"早和你说了，你只怕日日往御膳房跑，我就要天天收到奏章发愁了。"

云歌不解，"什么？"

"宴席上不仅仅是我朝百官，还有四夷各国前来拜贺的使臣，一点差错都不能有。大宴前的忙碌非同寻常，你去缠着厨子说话，礼部还不天天给我上道折子斥责你？"

已经行到龙舆前，刘弗陵再不能和云歌同行。他却迟迟没有上车，只是静静凝视着云歌。

于安忙说："陛下放心，奴才已经安排妥当，六顺他们一定会照顾好云姑娘。"

刘弗陵知道再耽误不得，手在云歌脸颊上几分眷恋地轻抚了下，转身上了车。

云歌心中也是说不清楚的滋味，倒是没留意到刘弗陵的动作。

两人自重逢，总是同行同止，朝夕相对，这是第一次身在同一殿内，却被硬生生地隔开。

瞥到一旁的抹茶对她挤眉弄眼地笑，云歌才反应过来，刘弗陵刚才的举动在这等场合有些轻浮了，好像与帝王威严很不符。

云歌脸微红，对六顺和富裕说："走！我们去前殿，不带抹茶。"

抹茶忙一溜小跑地追上去，"奴婢再不敢了，以后一定听云姑娘的话，云姑娘让笑才能笑，云姑娘若不让笑，绝对不能笑，顶多心内偷着笑……"

云歌却再没有理会抹茶的打趣，她心里只有恍惚。

一年约定满时，离开又会是怎么样的滋味？

司天监敲响钟磬。

一排排的钟声依次响起，沿着前殿的甬道传向未央宫外的九街十巷。

钟声在通告天下，旧的一年即将完结，新的一年快要来临。

欢乐的鼓乐声给众生许诺和希望，新的一年会幸福、安康、快乐。

云歌仰头望着刘弗陵缓缓登上前殿的天明台，在司天监的颂音中，他先祭天，再拜地，最后人。

天地人和。

百官齐刷刷地跪下。

云歌不是第一次参加皇族宴，却是第一次经历如此盛大的汉家礼仪。

抹茶轻拽了拽她，云歌才反应过来，忙随着众人跪下，却已是晚了一步，周围人的目光都从她身上扫过。

在各种眼光中，云歌撞到了一双熟悉的秀目，目光如尖针，刺得她轻轻打了个寒战。

隔着浩命夫人、闺阁千金的衣香鬓影，霍成君和云歌看着对方。

究竟是我打碎了她的幸福？还是她打碎了我的幸福？云歌自己都

不能给自己答案。

两人都没有笑意，彼此看了一瞬，把目光各自移开，却又不约而同地移向侧面，好似无意地看向另一个人。

孟珏官列百官之外，所以位置特殊，加之仪容出众，根本不需寻，眼光轻扫，已经看到了他。

汉朝的官服宽袍广袖、高冠博带，庄重下不失风雅，衬得孟珏神清散朗，高蹈出尘。

久闻孟珏大名，却苦于无缘一见的闺阁千金不少，此时不少人都在偷着打量孟珏。连云歌身旁的抹茶也是看得出神，暗思，原来这就是那个不惧霍氏的男子，这般温润如玉的容貌下竟是铮铮铁骨。

跪拜完毕，借着起身间，孟珏侧眸。

他似早知云歌在哪里，千百人中，视线不偏不倚，丝毫不差地落在了云歌身上。

云歌不及回避，撞了个正着，只觉得心中某个地方还是一阵阵地酸楚。

已经那么努力地遗忘了，怎么还会难过？

脑中茫然，根本没有留意到众人都已经站起，只她还呆呆地跪在地上。

抹茶一时大意，已经站起，不好再弯身相拽，急得来不及深想，在裙下踢了云歌一脚，云歌这才惊醒，急匆匆站起。

孟珏眸内浓重的墨色淡了几分，竟显得有几分欣悦。

冗长的礼仪快要结束，夜宴就要开始，众人要再行一次跪拜后，按照各自的身份进入宴席。

抹茶这次再不敢大意，盯着云歌，一个动作一个提点。想到自己竟然敢踢云歌，抹茶只觉得自己活腻了。可云歌身上有一种魔力，让跟她相处的人，常忘记了自己的身份，做事不自觉地就随本心而为。

男宾女宾分席而坐，各自在宦官、宫女的领路下一一入座。

云歌经过刚才的事情，精神有些萎靡，直想回去休息，无意瞅到百官末尾的刘病已，才又生了兴头。

刘病已遥遥朝她笑着点了点头，云歌也是甜甜一笑，悄悄问抹茶，"是不是只要官员来了，他们的夫人也会来？"

"一般是如此。不过除了皇室亲眷，只有官员的正室才有资格列席此宴。"

抹茶刚说完，就想咬掉自己舌头。

幸亏云歌忙着探头探脑地寻许平君，根本未留意抹茶后半句说什么。

云歌看到许平君一个人孤零零地站着，周围没有任何人搭理她。

她因为第一次出席这样的场合，唯恐出了差错，给她和刘病已本就多艰的命运再添乱子，所以十分紧张，时刻观察着周围人的一举一动，一个动作不敢多做，也一个动作不敢少做。

她身旁不少贵妇看出了许平君的寒酸气，都是掩嘴窃笑，故意使坏地做一些毫无意义的动作。

本该走，她们却故意停，引得许平君急匆匆停步，被身后的女子怨骂。

本该坐，她们却故意展了展腰肢，似乎想站起来，引得许平君以为自己坐错了，赶紧站起，不料她们却仍坐着。

她们彼此交换眼色，乐不可支。

许平君竟成了她们这场宴席上的消遣娱乐。

云歌本来只想和许平君遥遥打个招呼。

以前许平君还曾很羡慕那些坐于官宴上的小姐夫人，云歌想看看许平君今日从羡慕她人者，变成了被羡慕者，是否心情愉悦？

却不料看到的是这么一幕。

强按下心内的气，对抹茶说："我不管你用什么法子，你要么让我坐到许姐姐那边去，要么让许姐姐坐过来，否则我会自己去找许姐姐。"

抹茶见云歌态度坚决，知道此事绝无回旋余地，只得悄悄叫来六顺，嘀嘀咕咕说了一番。

六顺跟在于安身边，大风大浪见得多矣，在抹茶眼内为难的事情，在他眼中还算不上什么，笑道："我还当什么事情，原来就这么点事！我去办，你先在云姑娘身旁添张坐榻。"

六顺果然动作利落，也不知道他如何给礼部的人说的，反正不一会儿，就见一个小宦官领着许平君过来。

许平君是个聪明的人，早感觉出周围的夫人小姐在戏弄她，可是又没有办法，谁叫她出身贫家，什么都不懂，什么都没见识过呢？

提心吊胆了一晚上，见到云歌，鼻头一涩，险些就要落泪，可提着的心、吊着的胆都立即回到了原处。

云歌将好吃的东西拣了满满一碟子，笑递给许平君，"我看姐姐好似一口东西都还未吃，先吃些东西。"

许平君点了下头，立即吃了起来，吃了几筷子，又突然停住，"云歌，我这样吃对吗？你吃几筷子给我看。"

云歌差点笑倒，"许姐姐，你……"

许平君神色却很严肃，"我没和你开玩笑，病已现在给陛下办差，我看他极是喜欢，我认识他那么多年，从未见他像现在这样认真。他既当了官，以后只怕免不了有各类宴席，我不想让别人因为我，耻笑了他去。云歌，你教教我。"

云歌被许平君的一片苦心感动，忙敛了笑意，"大哥真正好福气。我一定仔细教姐姐，管保让任何人都挑不出错。幸亏这段日子又看了不少书，身边还有个博学之人，否则……"云歌吐吐舌头，徐徐开讲，"'礼'字一道，源远流长，大到国典，小到祭祀祖宗，绝非一时间能讲授完，今日只能简单讲一点大概和基本的宴席礼仪。"

许平君点点头，表示明白。

"汉高祖开国后，命相国萧何定律令，韩信定军法和度量衡，叔孙通定礼仪。本朝礼仪是在秦制基础上，结合儒家孔子的教化……"

第八章
知我意，感君怜

教者用心，学者用心。

两个用心的人虽身处宴席内，却无意间暂时把自己隔在了宴席之外。

小妹虽贵为皇后，可此次依旧未能与刘弗陵同席。

皇帝一人独坐于上座，小妹的凤榻安放在了右首侧下方。

霍禹不满地嘀咕："以前一直说小妹年龄小，不足以凤仪天下。可现在小妹就要十四岁了，难道仍然连和他同席的资格都没有？还是他压根儿不想让小妹坐到他身旁，虚位等待着别人？爹究竟心里在想什么？一副毫不着急的样子。"

霍云忙道："人多耳杂，大哥少说两句，叔叔心中自有主意。"

霍禹视线在席间扫过，见者莫不低头，即使丞相都会向他微笑示礼，可当他看到孟珏时，孟珏虽然微笑着拱手为礼，眼神却坦然平静，不卑不亢。

霍禹动怒，冷笑了下，移开了视线。

他虽然狂傲，却对霍光十分畏惧，心中再恼火，可还是不敢不顾霍光的嘱咐去动孟珏，只得把一口怒气压了回去，却是越想越憋闷，竟然是自小到大都没有过的窝囊感。偶然捕捉到孟珏的视线状似无意地扫过女眷席，他问道："那边的女子看着眼生，是谁家的千金？"

霍山看了眼，也不知道，看向霍云。

三人中城府最深的霍云道："这就是皇帝带进宫的女子，叫云歌。因为叔叔命我去查过她的来历，所以比两位哥哥知道得多一些。此女是个无依无靠的孤女，在长安城内做菜为生，就是大名鼎鼎的'雅厨'。她身旁的妇人叫许平君，是长安城内一个斗鸡走狗之徒的妻子，不过那人也不知道撞了什么运气，听说因为长得有点像皇帝，合了皇帝的眼缘，竟被皇帝看中，封了个小官，就是如今跟着叔叔办事的刘病已。云歌和刘病已、许平君、孟珏的关系都不浅，他们大概是云歌唯一亲近的人了。这丫头和孟珏之间好像还颇有些说不清楚的事情。"

霍禹第一次听闻此事，"成君知道吗？"

霍云说："大哥若留意看一下成君的表情就知道了，想来成君早知道这个女子。"

霍禹看看孟珏，看看刘弗陵，望着云歌笑起来，"有意思。"

霍禹看到霍成君面带浅笑，自斟自饮。

可他是霍成君同父同母的亲哥哥，又一向疼这个妹子，哪里看不出来霍成君笑容下的惨淡心情？不禁又是恨又是心疼地骂道："没用的丫头，拿一个孤女都没有办法，真是枉生在霍家了！"

霍云忙道："大哥，此事不可乱来，否则叔叔知道了……"

霍禹笑："谁说我要乱来？"

霍山会意地笑，"可我们也不可能阻止别人乱来。"

霍云知道霍禹因为动不了孟珏，已经憋了一肚子的气，迟早得炸，与其到时候不知道炸到了哪里不好控制，不如就炸到那个女子身上。

孟珏将霍氏玩弄于股掌间，他憋的气不比大哥少。

更何况，霍禹是叔叔唯一的儿子，即使出了什么事不好收拾，有霍禹在，叔叔也不能真拿他们怎么样。

霍云心中还在暗暗权衡，霍山道："云弟，你琢磨那么多干吗？这丫头现在不过是个宫女，即使事情闹大了，也就是个宫女出了事，皇帝还能为个宫女和我们霍氏翻脸？何况此事一举三得，真办好了，还替叔叔省了功夫。"

霍禹不屑地冷笑一声，整个长安城的军力都在霍家手中，他还真没把刘弗陵当回事。

霍云觉得霍山的话十分在理，遂笑道："那小弟就陪两位哥哥演场戏了。"

霍禹对霍山仔细吩咐了一会儿，霍山起身离席，笑道："你们慢吃，酒饮多了，我去更衣。"

霍禹叫住他，低声说："小心于安那厮手下的人。"

霍山笑，"今天晚上的场合，匈奴、羌族、西域各国的使节都来了，于安和七喜这几个大宦官肯定要全神贯注保护皇帝，无暇他顾。

何况我怎么说也是堂堂一将军，未央宫的禁军侍卫又都是我们的人，他若有张良计，我自有过墙梯，大哥，放心。"

———— ❀ ————

云歌和许平君粗略讲完汉朝礼仪的由来发展，宴席上器皿、筷箸的摆置，又向许平君示范了坐姿，敬酒、饮酒的姿态，夹菜的讲究……

等她们大概说完，宴席上酒已是喝了好几轮。

此时正有民间艺人上台献艺，还有各国使臣陆续上前拜见刘弗陵，送上恭贺和各国特产。

抹茶接过小宦官传来的一碟菜，摆到云歌面前，笑说："云姑娘，这是陛下尝着好吃的菜，命于总管每样分了一些拿过来。"

虽然说的是百官同庆，其实整个宴席不管座席，还是菜式，甚至茶酒都是根据官阶分了三六九等。呈给皇帝的许多菜肴，都是云歌座席上没有的。

云歌抬头看向刘弗陵。

刘弗陵正在和大宛使臣说话。

因为距离远，又隔着重重人影和喧闹的鼓乐，云歌其实看不分明刘弗陵的神情，但她知道他知道她在看他，甚至知道他此时眼内会有淡然温暖的笑意。那种感觉说不清楚，但就是心上的一点知道。

因为这一点知道，两人竟似离得很近，并没有被满殿人隔开。

云歌抿唇一笑，侧头对许平君抬手做了个标准的"请"的姿势。

许平君也是优雅地道谢、举箸、挽袖、夹菜，动作再无先前的局促和不自信。

许平君咽下口中食物，又端起茶杯，以袖半掩面，喝了一口茶，再用绢帕轻轻印唇。

看到云歌赞许的笑，她很有成就感地笑了。

自武帝在位中期，卫青和霍去病横扫匈奴王庭后，匈奴已经再无当年铁骑直压大汉边陲的雄风。

可自汉朝国力变弱，此消彼长，匈奴又开始蠢蠢欲动，频频骚扰汉朝边境。

除了来自匈奴的威胁，汉朝另一个最大的威胁来自一个日渐强盛的游牧民族——羌。

汉人根据地理位置将羌人分为西羌、北羌、南羌、中羌。

西羌人曾在武帝末年，集结十万大军，联合匈奴，对汉朝发起进攻。

虽然羌人最后失败，可大汉也付出了极其惨重的代价，让武帝到死仍心恨不已，叮嘱四位托孤大臣务必提防羌人。

武帝驾崩后，羌人见汉朝国力变弱、内乱频生，对卫青和霍去病从匈奴手中夺走的河西地区垂涎三尺。

河西地区碧草无垠，水源充沛，是游牧民族梦想中的天堂，是神赐予游牧民族的福地。

羌人为了夺回河西地区，在西域各国，还有匈奴之间奔走游说，时常对汉朝发起试探性的进攻，还企图策动已经归顺汉朝、定居于河西地区的匈奴人、羌人和其他西域人谋反。

汉朝和羌族在河西一带展开了激烈的暗斗，尤其对军事关隘河湟地区的争夺更是寸步不让，常常爆发小规模的激烈战役。

羌人常以屠村的血腥政策来消灭汉人人口，希望此消彼长，维持羌人在河湟地区的绝对多数。

因为羌人的游牧特性，和民族天性中对自由的崇拜，西羌、北羌、南羌、中羌目前并无统一的中央王庭，但是在共同利益的驱使下，各个部落渐有走到一起的趋势。

如果羌族各个部落统一，再和匈奴勾结，加上已经定居河西、关中地区的十几万匈奴人、羌人的后裔，动乱一旦开始，将会成为一场席卷大汉整个西北疆域的浩劫。

所以当中羌的王子克尔嗒嗒和公主阿丽雅代表羌族各个部落上前向刘弗陵恭贺汉人新年时，百官蓦地一静，都暂时停了手中杯箸，望向克尔嗒嗒。

百官的静，影响到女眷席，众女子不知道发生了什么，惊疑不定地都不敢再说话，也看向了皇帝所坐的最高处，审视着异族王子克尔嗒嗒。

云歌却是被阿丽雅的装扮吸引，轻轻"咦"了一声，打量了好一会儿儿，才移目去看克尔嗒嗒。

克尔嗒嗒个子不高，可肩宽背厚，粗眉大眼，走路生风，见者只觉十分雄壮。

他向刘弗陵行礼祝贺，朗声道："都说大汉地大物博，今日一见，果然名不虚传。和天上星辰一样灿烂的珠宝映花了我的眼睛，精美的食物让我的舌头几乎不会说话，还有像雪山仙女一样美丽的姑娘让我脸红又心跳……"

许平君轻笑："这个王子话语虽有些粗俗，可很逗，说话像唱歌一样。"

云歌也笑："马背上的人，歌声就是他们的话语。姐姐哦！他们的话儿虽没有汉人雅致，可他们的情意和你们一样。"云歌受克尔嗒嗒影响，说话也好似唱歌。

许平君知道云歌来自西域，对胡人、番邦的看法与他们不太一样，所以委婉一笑，未再说话。

众人听到克尔嗒嗒的话，都露了既鄙夷又自傲的笑。鄙夷克尔嗒嗒的粗俗，自傲克尔嗒嗒话语中赞美的一切。

刘弗陵却是不动声色，淡淡地等着克尔嗒嗒的转折词出现。

克尔嗒嗒笑扫了眼大殿下方所坐的汉朝百官，那些宽袍大袖下的瘦弱身子。

"……可是，广阔的蓝天有雄鹰翱翔，无垠的草原有健马奔跑，汉人兄弟，你们的雄鹰和健马呢？"

克尔嗒嗒说着一扬手，四个如铁塔一般的草原大汉捧着礼物走向刘弗陵，每踏一步，都震得桌子轻颤。

于安一边闪身想要护住刘弗陵，一边想出声呵斥他们退下。

游牧民族民风彪悍，重英雄和勇士，即使部落的首领——单于、可汗、酋长都要是英雄，才能服众。

克尔嗒嗒看到汉朝的皇帝竟然要一个宦官保护，眼内毫不掩饰地流露出鄙夷。正想命四个侍卫退下，却不料刘弗陵盯了眼于安，锋芒扫过，于安立即沉默地退后。

四个铁塔般的武士向着刘弗陵步步进逼，刘弗陵却状若不见，只看着克尔嗒嗒，淡然而笑。

直到紧贴到桌前，四个武士才站定。

刘弗陵神态平静，笑看着他面前的勇士，不急不缓地说："天上雄鹰的利爪不见毒蛇不会显露，草原健马的铁蹄不见恶狼不会扬起。草原上的兄弟，你可会把收翅的雄鹰当作大雁？把卧息的健马认作小鹿？"

刘弗陵用草原短调回答克尔嗒嗒的问题，对他是极大的尊重，可言语中传达的却是大汉的威慑。

刘弗陵的恩威并用，让克尔嗒嗒一时不知该如何回答。

能用草原短调迅速回答并质问他，可见这个皇帝对草原上的风土人情十分了解。不论其他，只这一点，就让他再不敢轻慢这个看着文质彬彬的汉朝皇帝。克尔嗒嗒呆了一瞬，命四个侍卫站到一边。

他向刘弗陵行礼，"天朝的皇帝，我们的勇士远道而来，不是为了珠宝，不是为了美酒，更不是为了美人，就如雄鹰只会与雄鹰共翔，健马只会与健马驰骋，勇士也只想与勇士结交。我们寻觅着值得我们献上弯刀的兄弟，可是为何我只看到嚼舌的大雁、吃奶的小鹿？"

结党拉派、暗逞心机，比口舌之利、比滔滔雄辩的文官儒生们霎时气得脸红脖子粗。

而以霍禹、霍云为首，受着父荫庇护的年轻武官们则差点就掀案而起。

刘弗陵面上淡淡，心里不无黯然。
想当年大汉朝堂，文有司马迁、司马相如、东方朔、主父偃……
武有卫青、霍去病、李广、赵破奴……
文星、将星满堂闪耀，随便一个人站出来，都让四夷无话可说。
而现在……
嚼舌的大雁？吃奶的小鹿？
人说最了解你弱点的就是你的敌人，何其正确！

刘弗陵目光缓缓扫过他的文武大臣。
大司马、大将军霍光面无表情地端坐于席上。
今日宴席上发生的所有事情，明日都会传遍长安城的大街小巷，继而传遍全天下。霍光似乎只想看刘弗陵能否在全天下人面前应下这场挑衅。似乎等着刘弗陵出了错，他才会微笑着登场，在收拾克尔嗒嗒同时，也让全天下都知道霍光之贤。

"木头丞相"田千秋一贯是霍光不说，他不说，霍光不动，他不动，垂目敛气，好像已经入定。

官居一品的中郎将：霍禹、霍云。

……

刘弗陵微笑着把目光投向了坐在最末席的刘病已。

刘病已心里有一丝踌躇。

但看到下巴微扬，面带讥笑，傲慢地俯视着汉家朝堂的克尔嗒嗒，他最后一点踌躇尽去，这个场合不是过分计较个人利弊的时候。

他对着刘弗陵的目光微一颔首，长身而起，一边向前行去，一边吟唱道：

呦呦鹿鸣，食野之苹，
我有嘉宾，鼓瑟吹笙。
吹笙鼓簧，承筐是将，
人之好我，示我周行。

呦呦鹿鸣，食野之蒿，
我有嘉宾，德音孔昭。
视民不恌，君子是则是傚。
我有旨酒，嘉宾式燕以敖。

呦呦鹿鸣，食野之芩。
我有嘉宾，鼓瑟鼓琴。
鼓瑟鼓琴，和乐且湛。
我有旨酒，以燕乐嘉宾之心。

刘病已边行边唱，衣袖飘然，步履从容。

空旷的前殿，坐着木然的上百个官员，个个都冷漠地看着他，霍禹、霍山这些人甚至唇边抿着一丝嘲讽。

他的歌声在宽广的殿堂中，只激起了微微的回音，显得势单力薄。

可他气态刚健，歌声雄厚，飒飒英姿如仙鹤立鸡群，轩昂气宇中有一种独力补天的慨然，令人赞赏之余，更对他生了一重敬意。

《诗经》中的《鹿鸣》是中原贵族款待朋友的庆歌。

宴席上的乐人中，有一两个极聪明的已经意识到刘病已是想用汉人庄重宽厚的歌谣回敬羌人挑衅的歌声。

憋了一肚子气的乐人看着羌族王子的傲慢，看着刘病已的慨然，几个有荆轲之勇的人开始随着刘病已的歌声奏乐。

刚开始只零零散散两三个人，很快，所有的乐人都明白了刘病已的用意，同仇敌忾中，纷纷未有命令，就擅自开始为刘病已伴奏，并且边奏边唱。

歌者也开始随着鼓瑟之音合唱。

舞者也开始随着鼓瑟之音合唱。

一个、两个、三个……所有的乐者、所有的歌者、所有的舞者，忘记了他们只是这个宴席上的一道风景、一个玩物，忘记了保家卫国是将军们的责任，忘记了未有命令私自唱歌的惩罚，他们第一次不分各人所司职务地一起唱歌。

《鹿鸣》位列《小雅》篇首，可见其曲之妙，其势之大。

曲调欢快下充满庄重，温和中充满威严。

但更令人动容的是这些唱歌的人。

他们不会文辞，不能写檄文给敌国；不会武艺，不能上阵杀敌。

可他们用自己的方式捍卫着大汉的威严，不许他人践踏。

他们的身躯虽然卑贱，可他们护国的心却是比所有尸位素餐的达官贵人都要高贵。

他们为民族的尊严歌唱，他们在表达着捍卫家园的决心。

到后来，刘病已只是面带微笑，负手静站在克尔嗒嗒面前。

大殿内回荡的是盛大雄宏的《鹿鸣》之歌。

上百个乐者、歌者、舞者，在大殿的各个角落，肃容高歌。他们的歌声在殿堂内轰鸣，让所有人都心神震肃。

刘病已虽只一人站在克尔嗒嗒面前，可他身后站立着成千上万的大汉百姓。

一曲完毕。

克尔嗒嗒傲慢的笑容全失，眼内充满震撼。

有这样百姓的民族是他们可以轻动的吗？

就连柔弱卑贱的舞女都会坦然盯着他的眼睛，大声高歌，微笑下是凛然不可犯的灵魂！

刘病已向克尔嗒嗒拱手为揖："我朝乃礼乐之邦，我们用美酒款待客人疲累的身，用歌声愉悦他们思乡的心，我们的弓箭刀戈只会出示给敌人。如果远道而来的客人想用自己的方式来印证我们的友谊，我们也必定奉陪。"

克尔嗒嗒迟疑，却又不甘心。

来之前，他在所有羌族部落酋领面前，拍着胸脯保证过定会让长安人永远记住羌人的英勇。此行所带的四个人是从羌族战士中精心挑选出来的勇士，根据父王的命令，是想用此举让羌族各个酋领坚定信心，完成统一，共议大举。

刘病已见状，知道虽已夺了克尔嗒嗒的势，却还没让他死心。

"王子殿下，在下位列汉朝百官之末，若王子的勇士愿意与我比试一场，在下不胜荣幸。"

克尔嗒嗒身后的勇士哲赤儿早已跃跃欲试，听闻刘病已主动挑战，再难按捺，忙对克尔嗒嗒说："王子，我愿意出战。"

克尔嗒嗒看向刘弗陵，刘弗陵道："以武会友，点到为止。"

于安忙命人清理场地，又暗中嘱咐把最好的太医都叫来。

许平君自刘病已走出宴席，就一直大气都不敢喘。

此时听闻刘病已要直接和对方的勇士搏斗，心里滋味十分复杂。

作为大汉子民，对羌族王子咄咄逼人的挑衅和羞辱，她的愤慨不比任何人少，所以当她看到她的夫婿从殿下缓步高歌而出，一身浩然正气，慨然面对夷族王子，她的内心全是骄傲和激动。

那个人是她的夫婿！

许平君此生得夫如此，还有何憾？

可另外一面，正因为那个人是她的夫婿，所以她除了激动和骄傲，还有担心和害怕。

云歌握住许平君的手，"别怕！大哥曾是长安城内游侠之首，武艺绝对不一般，否则那些游侠如何会服大哥？"

克尔嗒嗒笑对刘弗陵说："尊贵的天朝皇帝，既然要比试，不如以三场定输赢，将来传唱到民间，也是我们两邦友好的见证。"

刘弗陵微微而笑，胸中乾坤早定，"就依王子所请。谏议大夫孟珏上殿接旨。朕命你代表我朝与羌族勇士切磋技艺。"

宴席上一片默然，不知道皇帝在想什么，派一个文官迎战？

如果是霍光的命令，还好理解。

可是皇帝？就算孟珏得罪了皇帝，皇帝想借刀杀人，也不用在这个节骨眼吧？

孟珏却是一点没有惊讶，他都已经知道当日长安城外的莫名厮杀中，碰到的人是于安、七喜他们，那么皇帝知道他会武功，也没什么好奇怪。

他微笑着起身、上前、磕头、接旨。

第三个人选？

刘弗陵淡然地看向霍光，霍光知道这场和刘弗陵的暗中较量，自己又棋差了一着。

当年，戾太子选出保护刘病已的侍卫都是一等一的高手。刘病已身处生死边缘，为了活命，武功自然要尽心学。后来他又混迹于江湖游侠中，所学更是庞杂，"大哥"之名绝非浪得，所以霍光和刘弗陵都知道刘病已稳赢。

霍光虽对孟珏的武功不甚清楚，可刘弗陵绝不会拿大汉国威开玩笑，所以刘弗陵对孟珏自然有必胜的信心，而他对刘弗陵的识人眼光绝不会怀疑。

刘弗陵的剑走偏锋，不但将劣势尽化，而且凭借今日之功，刘弗陵将来想任命刘病已、孟珏官职，他很难再出言反驳。

到了此际，霍光再不敢犹豫，正想为霍家子弟请战。

克尔嗒嗒身边一直未出言的羌族公主，突然弯身向刘弗陵行礼，"尊贵的皇帝，阿丽雅请求能比试第三场。"

克尔嗒嗒心中已有安排，不料被妹子抢了先，本有些不快，但转念一想，这个妹子一手鞭子使得极好，二则她是个女子，只知道草原女儿刚健不比男儿差，却未听闻过中原女子善武，汉人若派个男子出来，即使赢了也是颜面无光，且看汉人如何应对。

刘弗陵早已智珠在握，并不计较第三场输赢。

如果对方是男子，任由霍光决定霍家任何一人出战，霍家的几个子弟，虽然狂傲，但武功的确不弱。

若能赢自然很好，不能赢也很好！

可竟然是个女子，只觉的确有些难办。

想到于安亲自教导的几个宫女应该还可一用，可今日只有抹茶在前殿，再说若让百官知道宫女会武，后患无穷。也许只能让阿丽雅在女眷中任挑对手，权当是一次闺阁笑闹，供人茶后品谈。

还未想定，忽地听到一个清脆的声音。

"陛下，奴婢愿意和公主比试。"

云歌在下面看到刘弗陵踌躇不能决，遂决定自己应下这场比试。

许平君想拉没有拉住，云歌已经离席，到殿前跪下请命。

刘弗陵看着跪在地上的云歌，心内有为难，有温暖。这殿堂内，他终究不是孤零零一人坐于高处了。

可云歌的武功？

虽然不太清楚，但和云歌相处了这么久，知道她看菜谱、看诗赋、读野史，却从未见过她翻宫廷内的武功秘籍。以她的性格，若没有兴趣的东西，岂会逼迫自己去做？

正想寻个借口驳回，可看她眼内，流露的全是"答应我吧！答应我吧！我保证不会有事"。而克尔嗒嗒和四夷使者都如待扑的虎狼，冷眼看着他的一举一动。

刘弗陵只得抬手让云歌起来，准了她的请求。

刘弗陵瞟了眼下方立着的七喜，七喜忙借着去问云歌需要什么兵器的机会，向云歌一遍遍叮嘱，"陛下心中早有计较，打不过就认输，您可千万别伤到了自己。"

云歌满脸笑嘻嘻，频频点头，"当然，当然。我可不会拿自己的小命开玩笑。"

七喜又问："姑娘用什么兵器？"

云歌挠挠头，一脸茫然，"我还没想好，等我想好了告诉你。"

七喜感觉头顶有一群乌鸦飞过，擦着冷汗离去。

云歌的出战立即吸引了所有人的注意。

连精神消沉、一直漠然置身事外的霍成君也放下了手中的酒杯，心绪复杂地看向了云歌。

许平君就更不用提了，此时台上三人都是她心中至亲的人，她恨不得也能飞到台上，与他们并肩而战。可自己却什么忙都帮不上，只能心中又是求神又是祈天，希望一切平安，真的是"点到即止"。

云歌全当孟珏不存在，只笑嘻嘻地和刘病已行了个礼，坐到刘病已身侧，开始东看西看、上看下看地打量阿丽雅，一副全然没把这当回事，只是好玩的样子。

刘病已和孟珏无语地看着云歌。

云歌三脚猫的功夫竟然也敢来丢人现眼？！

如果不是在这样的场合，他们肯定早拎着她脖子，把她从哪儿来的，扔回哪儿去了。

第一场是刘病已对哲赤儿。

刘病已上场前，孟珏笑和他低声说了几句话，刘病已微笑着点了点头，从容而去。

哲赤儿瓮声瓮气地说："我在马背上杀敌时，兵器是狼牙棒。马背下的功夫最擅长摔跤和近身搏斗，没有武器。不过你可以用武器。"

刘病已以坦诚回待对方的坦诚，拱手为礼，"我自幼所学很杂，一时倒说不上最擅长什么，愿意徒手与兄台切磋一番。"

哲赤儿点了点头，发动了攻击。

哲赤儿人虽长得粗豪，武功却粗中有细。

下盘用了摔跤的"定"和"闪"，双拳却用的是近身搏斗的"快"和"缠"，出拳连绵、迅速，一波接一波，缠得刘病已只能在他拳风中闪躲。

哲赤儿果然如他所说，只会这两种功夫。

因为只会这两种功夫，几十年下来，反倒练习得十分精纯，下盘的"稳"和双拳的"快"已经配合得天衣无缝。

会武功的人自然能看出哲赤儿无意中已经贴合了汉人武功中的化繁为简、化巧为拙，可不懂武功的夫人、小姐们却看得十分无趣。

刘病已却大不一样，只看他腾挪闪跃，招式时而简单，时而繁杂，时而疏缓，时而刚猛，看得夫人、小姐们眼花缭乱，只觉过瘾。

云歌却十分不解，大哥的武功看着是华丽好看，可怎么觉得他根本没有尽力。大哥给人一种，他所学很杂，却没有一样精纯的感觉。但她知道刘病已绝非这样的人，他会涉猎很广，可绝不会每样都蜻蜓点水，他一定会拣自己认为最好的东西，学到最精。

转眼间已经一百多招，刘病已和哲赤儿都是毫发未损。

刘病已本就对草原武功有一些了解，此时看了哲赤儿一百多招，心中计议已定。对哲赤儿说了声："小心。"功夫突换，用和哲赤儿一模一样的招式和哲赤儿对攻。

哲赤儿是心思专纯的人,五六岁学了摔跤和搏斗,就心无旁骛地练习,也不管这世上还有没有其他高深功夫。几十年下来,不知不觉中,竟然将草原上人人都会的技艺练到了无人能敌的境界。若刘病已使用其他任何功夫,他都会如往常一样,不管对手如何花样百出,不管虚招实招,他自是见招打招。可刘病已突然用了他的功夫打他,哲赤儿脑内一下就蒙了。想着他怎么也会我的功夫?他下面要打什么,我都知道呀!那我该如何打?可他不也知道我如何打吗?他肯定已经有了准备,那我究竟该怎么打……

刘病已借着哲赤儿的失神,忽然脚下勾,上身扑,用了一个最古老的摔跤姿势——过肩摔,把哲赤儿摔在了地上。

大殿中的人突然看到两个人使一模一样的功夫对打,也是发蒙,直到刘病已将哲赤儿摔倒,大家都还未反应过来。

刘弗陵率先鼓掌赞好,众人这才意识到,刘病已赢了,忙大声喝彩。

刘病已扶哲赤儿起身,哲赤儿赤红着脸,一脸迷茫地说:"你功夫真好,你赢了。"

刘病已知道这个老实人心上有了阴影,以后再过招,定会先不自信。哲赤儿的武功十分好,他的心无旁骛,已经暗合了武学中"守"字的最高境界。他只要心不乱,外人想攻倒他,绝不容易。

刘病已对哲赤儿很有好感,本想出言解释,点醒对方。不是我打赢了你,而是你自己先输了。可再想到,哲赤儿纵然再好,毕竟是羌人,若将来两国交兵,哲赤儿的破绽就是汉人的机会,遂只淡淡一笑,弯身行了一礼后,转身离去。

克尔嗒嗒勉强地笑着,向刘弗陵送上恭贺。

"汉朝的勇士果然高明!"

刘弗陵并未流露喜色,依旧和之前一般淡然,"草原上的功夫也很高明,朕是第一次看到如此高明的摔跤搏斗技艺。"

因为他的诚挚,让听者立即感受到他真心的赞美。

克尔嗒嗒想到哲赤儿虽然输了，却是输在他们自己的功夫上，并不是被汉人的功夫打败，心中好受了几分，对孟珏说："我想和你比试第二场。"

孟珏本以为克尔嗒嗒以王子之尊，此行又带了勇士、有备而来，不会下场比试，不料对方主动要战。

但既然对方已经发话，他只能微笑行礼："谢殿下赐教。"

云歌不看台上，反倒笑嘻嘻地问刘病已："大哥，你究竟擅长什么功夫？这台下有些人眼巴巴地看了半天，竟还是没有一点头绪。大哥，你也太'深藏不露'了！"

刘病已对云歌跳出来瞎掺和，仍有不满，没好气地说："有时间，想想过会儿怎么输得有点面子。"

"太小瞧人，我若赢了呢？"

刘病已严肃地从头到脚仔细打量了一番云歌，最后来了句："散席后，赶紧去看大夫，梦游症已经十分严重！"

云歌哼了一声，不再理他。

好一会儿后，却又听到刘病已叫她，仔细叮嘱道："云歌，只是一场游戏，不必当真。若玩不过，就要记得大叫不玩。"

云歌知道他担心自己，点了点头，"我知道了，多谢大哥关心。"

刘病已冷哼，"关心你的人够多了，我才懒得关心你。陛下坐在上头，你断然不会有危险。我是关心孟珏的小命。我怕他会忍不住，违反规定，冲到台上救人。"

云歌"哧"一声冷嘲，再不和刘病已说话。

他们说话的工夫，孟珏已经和克尔嗒嗒动手。

一个用剑，一个用刀。

一个的招式飘逸灵动，如雪落九天，柳随风舞；一个的招式沉稳凶猛，如恶虎下山，长蛇出洞。

刘病已看了一会儿，眉头渐渐蹙了起来。

羌族已经先输一场，克尔嗒嗒如果再输，三场比试，两场输，即使阿丽雅赢了云歌，那么羌族也是输了。克尔嗒嗒为了挽回败局，竟然存了不惜代价、非赢不可的意思。

孟珏和克尔嗒嗒武功应该在伯仲之间，但孟珏智计过人，打斗不仅仅是武功的较量，还是智力的较量，所以孟珏本有七分赢面。

可克尔嗒嗒这种破釜沉舟的打法，逼得孟珏只能实打实。

最后即使赢了，只怕也代价……

云歌本来不想看台上的打斗，可看刘病已神色越来越凝重，忙投目台上。

看着看着，也是眉头渐皱。

看的人辛苦，身处其间的人更辛苦。

孟珏未料到克尔嗒嗒的性子居然如此偏激刚烈，以王子之尊，竟然是搏命的打法。

这哪里还是"点到即止"的切磋？根本就是不共戴天的仇人相搏。

而且更有一重苦处，就是克尔嗒嗒可以伤他，他却不能伤克尔嗒嗒。克尔嗒嗒伤了他、甚至杀了他，不过是一番道歉赔罪，他若伤了克尔嗒嗒，却给了羌族借口，挑拨西域各族进攻汉朝。

他在西域住过很长时间，对西域各国和汉朝接壤之地的民情十分了解。因为连年征战，加上汉朝之前的吏治混乱，边域的汉朝官员对西域各族的欺压剥削非常残酷苛刻，西域的一些国家对汉朝积怨已深。若知道羌族王子远道而来，好心恭贺汉朝新年，却被汉朝官吏打伤，只怕这一点星星之火，一不小心就会变成燎原大火。

孟珏的武功主要是和西域的杀手所学，他真正的功夫根本不适合长时间缠斗，着重的是用最简单、最节省体力的方法杀死对方。

若真论杀人的功夫，克尔嗒嗒根本不够孟珏杀。可是真正的杀招，孟珏一招都不能用，只能靠着多年艰苦的训练，化解着克尔嗒嗒的杀招。

孟珏的这场比斗，越打越凶险万分。

一个出刀毫不留情，一个剑下总有顾忌，好几次克尔嗒嗒的刀都是擦着孟珏的要害而过，吓得殿下女子失声惊呼。

孟珏的剑势被克尔嗒嗒越逼越弱。

克尔嗒嗒缠斗了两百多招，心内已经十分不耐，眼睛微眯，露出了残酷的笑容，挥刀大开大合，只护住面对孟珏剑锋所指的左侧身体，避免孟珏刺入他的要害，任下腹露了空门，竟是拼着即使自己重伤，也要斩杀孟珏于刀下。

弯刀直直横切向孟珏的脖子，速度极快。

可孟珏有把握比他更快一点。

虽然只一点，但足够在他的刀扫过自己的脖子前，将右手的剑换到左手，利用克尔嗒嗒的错误，从他不曾预料到的方向将剑刺入克尔嗒嗒的心脏。

生死攸关瞬间。

孟珏受过训练的身体已经先于他的思想做出了选择。

右手弃剑，左手接剑。

没有任何花哨，甚至极其丑陋的一招剑法，只是快，令人难以想象地快，令人无法看清楚地快。

剑锋直刺克尔嗒嗒的心脏。

克尔嗒嗒突然发觉孟珏的左手竟然也会使剑，而且这时才意识到孟珏先前剑法的速度有多么慢！

孟珏的眼内是平静到极致的冷酷无情。

克尔嗒嗒想起了草原上最令猎人害怕的孤狼。孤狼是在猎人屠杀狼群时侥幸活下来的小狼，这些小狼一旦长大，就会成为最残忍冷酷的孤狼。

克尔嗒嗒的瞳孔骤然收缩，知道他犯了错误。

而错误的代价……

就是死亡！

一个的刀如流星一般，携雷霆之势，呼呼砍向孟珏的脖子。

一个的剑如闪电一般，像毒蛇一样隐秘，悄无声息地刺向克尔嗒嗒的心脏。

在孟珏眼内的噬血冷酷中，突然闪过一丝迷茫和迟疑，还有……

悲悯？！

克尔嗒嗒不能相信。

孟珏蓦然将剑锋硬生生地下压，避开了克尔嗒嗒的心脏，剑刺向了克尔嗒嗒的侧肋。

克尔嗒嗒的刀依旧砍向孟珏的脖子。

孟珏眼内却已再无克尔嗒嗒，也再不关心这场比试，他只是平静淡然地看向了别处。

在生命的最后一瞬，他的眼内是浓得化不开的柔情、斩不断的牵挂。

"不要！"

一声惨呼，撕人心肺。

克尔嗒嗒惊醒，猛然收力，刀堪堪停在了孟珏的脖子上，刀锋下已经有鲜血渗出。

如果他刚才再晚一点点撤力，孟珏的头颅就已经飞出，而他最多是侧腹受创，或者根本不会受伤，因为孟珏的剑锋刚触到他的肌肤，已经停止用力。

当孟珏改变剑锋的刹那，当结局已定时，孟珏似乎已经不屑再在这件事情上浪费任何精力，他的全部心神似乎都倾注在了眼睛内，凝视着别处。

克尔嗒嗒怔怔看着孟珏，探究琢磨着眼前的男人，震惊于他眼睛内的柔情牵挂。

孟珏立即察觉，含笑看向克尔嗒嗒，眼内的柔情牵挂很快散去，只余一团漆黑，没有人能看明白他在想什么。

克尔嗒嗒完全不能理解孟珏。

短短一瞬，这个男人眼内流转过太多情绪，矛盾到他几乎不能相信自己看见的是同一个人。

克尔嗒嗒突然十分急迫地想知道，这个男子凝视的是什么。

他立即扭头，顺着孟珏刚才的视线看过去。

一个女子呆呆立在台下，眼睛大睁，定定地看着孟珏，嘴巴仍半张着，想必刚才的惨呼就是出自她口。

她的眼睛内有担忧，有恐惧，还有闪烁的泪光。

云歌的脑海中，仍回荡着刚才看到克尔嗒嗒的刀砍向孟珏的画面。

她不知道自己有没有惊叫，只记得自己好像跳起来，冲了出去，然后……

她也不知道自己怎么就一个人突兀地站在赛台前了。

她在孟珏眼内看到了什么？

她只觉得那一瞬，她看到的一切，让她心痛如刀绞。

可再看过去时……

什么都没有。

孟珏的眼睛如往常一样，是平静温和，却没有暖意的墨黑。

云歌猛然撇过了头。

却撞上了另一个人的视线。

刘弗陵孤零零一人坐在高处，安静地凝视着她。

刚才的一切，他都看到了吧？

看到了自己的失态，看到了自己的失控，看到了一切。

她看不清他的神情，可她害怕他眼中的裂痕。

他的裂痕也会烙在她的心上。

她忽然觉得自己站在这里十分刺眼，忙一步步退回座位，胸中的愧疚、难过，压得她有些喘不过气来。

却看见他冲她微微摇了摇头，示意她不必如此。

他能理解，她似乎都能感觉出他眼中的劝慰。

云歌心中辛酸、感动交杂，难言的滋味。

满殿鸦雀无声，针落可闻。

很多人或因为不懂武功，或因为距离、角度等原因，根本没有看清楚发生了什么，只是看到孟珏的剑刺入克尔嗒嗒的侧肋，克尔嗒嗒的刀砍在了孟珏的脖子上。

只有居高临下的于安看清楚了一切，还有坐在近前的刘病已半看半猜地明白了几分。

阿丽雅不明白，哥哥都已经赢了，为什么还一直在发呆？

她站起对刘弗陵说："陛下，王兄的刀砍在孟珏要害，王兄若没有停刀，孟珏肯定会死，那么孟珏的剑即使刺到王兄，也只能轻伤到王兄。"

刘弗陵看了眼于安，于安点了点头。阿丽雅说的完全正确，只除了一点点，但这一点点除了孟珏，任何人都不能真正明白。

刘弗陵宣布："这场比试，羌族王子获胜。朕谢过王子的刀下留情。"

孟珏淡淡对克尔嗒嗒拱了下手，就转身下了赛台。

太医忙迎上来，帮他止血裹伤。

克尔嗒嗒嘴唇动了动，却是什么话都不能说，没有任何喜悦之色地跳下赛台，坐回了自己的位置。

刘病已看看脸色煞白、神情恍惚的云歌，再看看面无表情望着这边的刘弗陵，叹了口气，"云歌，你还能不能比试？若不能……"

云歌深吸了口气，打起精神，笑说："怎么不能？现在要全靠我了！若没有我，看你们怎么办？"

刘病已苦笑，本以为稳赢的局面居然出了差错。

"云歌，千万不要勉强！"

云歌笑点点头，行云流水般地飘到台前，单足点地的同时，手在台面借力，身子跃起，若仙鹤轻翔，飘然落在台上。

阿丽雅看到云歌上台的姿势，微点了下头。云歌的动作十分漂亮利落，显然受过高手指点，看来是一个值得一斗的人。

不过，阿丽雅若知道真相是……

云歌学得最好的武功就是腾挪闪跃的轻身功夫，而轻身功夫中学得最好的又只是上树翻墙。并且刚才那一个上台姿势，看似随意，其实是云歌坐在台下，从目测，到估计，又把父母、兄长、朋友，所有人教过她的东西，全部在脑海中过了一遍，精心挑选了一个最具"表现魅力"的姿态。

估计阿丽雅若知道了这些，以她的骄傲，只怕会立即要求刘弗陵换人，找个值得一斗的人给她。

阿丽雅轻轻一挥鞭子，手中的马鞭"啪"一声响。

"这就是我的兵器。你的呢？"

云歌挠着脑袋，皱眉思索，十分为难的样子。

阿丽雅有些不耐烦，"这个问题很难回答吗？平日用什么武器，就用什么。"

云歌抱歉地笑："我会用的武器太多了，一时难以决定。嗯……就用弯刀吧！"

弯刀虽然是游牧民族最常用的兵器，却也是极难练好的兵器，云歌竟然敢用弯刀对敌，想来武功不弱。听云歌话里的意思，她的武艺还十分广博，阿丽雅知道遇到高手，心内戒备，再不敢轻易动气。

云歌又笑嘻嘻地说："汉人很少用弯刀，恐怕一时间难找，公主可有合适的弯刀借我用用？"

阿丽雅腰间就挂着一柄弯刀，闻言，一声不吭地将腰间的弯刀解下，递给云歌。心中又添了一重谨慎。云歌不但艺高，而且心思细腻，不给自己留下丝毫不必要的危机。

刘病已有些晕。

云歌她不诱敌大意，反倒在步步进逼？

刘病已郁闷地问裹好伤口后坐过来的孟珏："云歌想做什么？她还嫌人家武功不够高吗？"

孟珏没什么惯常的笑意，板着脸说："不知道。"

云歌拿过弯刀在手里把玩着。

"公主，刚才的比试实在很吓人。公主生得如此美貌，一定不想一个不小心身上、脸上留下疤痕。我也正值芳龄，学会的情歌还没有唱给心上人听呢！不管他接受不接受，我可不想心里的情意还没有表达就死掉了。我们不如文斗吧！既可以比试武功高低，也可以避开没有必要的伤害。"

听到身后女眷席上的鄙夷、不屑声，刘病已彻底、完全地被云歌弄晕了。

云歌究竟想做什么？

不过倒是第一次知道了，这丫头睁着眼睛说瞎话的本事原来这么高。她若唱情歌，会有人不接受吗？

刘病已苦笑。

阿丽雅想到哥哥刚才的比试，瞟了眼孟珏脖子上的伤口，心有余悸。

她虽然善用鞭，可鞭子的锋利毕竟不能和弯刀相比。云歌手中的弯刀是父王在她十三岁生日时，找了大食最好的工匠锻造给她的成人礼，锋利无比。

看云歌刚才上台的动作，她的轻身功夫定然十分厉害，自己却因为从小在马背上来去，下盘的功夫很弱。

若真被云歌在脸上划一道……

那不如死了算了！

而且云歌的那句"学会的情歌还没有唱给心上人听"，触动了她的女儿心思，只觉思绪悠悠，心内是五分的酸楚、五分的惊醒。她的情歌也没有唱给心上人听过，不管他接受不接受，都至少应该唱给他听一次。

如果比试中受了伤，容貌被毁，那她更不会有勇气唱出情歌，这辈子，只怕那人根本都不会知道还有一个人……

阿丽雅冷着脸问："怎么个文斗法？"

云歌笑眯眯地说："就是你站在一边，我站在一边。你使一招，我再使一招，彼此过招。这样既可以比试高低，又不会伤害到彼此。"

听到此处，孟珏知道云歌已经把这个公主给绕了进去，对仍皱眉思索的刘病已说："若无意外，云歌赢了。"

"云歌那点破功夫，怎么……"刘病已忽地顿悟，"云歌的师傅或者亲朋是高手？那么她的功夫即使再烂，可毕竟自小看到大，她人又聪明，记住的招式应该很多。所以如果不用内力，没有对方招式的逼迫，她倒也可以假模假样的把那些招式都比画出来。"

孟珏淡笑一下，"她家的人，只她是个笨蛋，她三哥身边的丫鬟都可以轻松打败克尔嗒嗒。"

刘病已暗惊，虽猜到云歌出身应该不凡，但是第一次知道竟然是如此不凡！突然间好奇起来云歌的父母究竟是什么样的人，云歌又为什么会一个人跑到了长安。

阿丽雅琢磨了一会儿，觉得这个主意倒是有趣，好像也行得通，"打斗中，不仅比招式，也比速度，招式再精妙，如果速度慢，也是死路一条。"

云歌忙道："公主说得十分有理。"又开始皱着眉头思索。

阿丽雅实在懒得再等云歌，说道："以你们汉朝的水漏计时。三滴水内出招，如不能就算输。"

云歌笑道："好主意。就这样说定了。公主想选哪边？"

阿丽雅一愣，我好像还没有同意吧？我们似乎只是在研究文斗的可行性，怎么就变成了说定了？不过也的确没有什么不妥，遂沉默地点了点头，退到赛台一侧。

云歌也退了几步，站到了另外一侧。

两个太监抬着一个铜水漏，放到台子一侧，用来计时。

云歌笑问："谁先出招呢？不如抽签吧。当然，为了公平起见，制作签的人，我们两方各出一人……"

云歌的过分谨慎已经让性格豪爽骄傲的阿丽雅难以忍受，不耐烦地说："胜负并不在这一招半式。我让你先出。"

云歌等的就是她这句话。

阿丽雅若出第一招，云歌实在对自己不是很有信心。

她虽然脑子里面杂七杂八的有很多招式，可是这些招式都只限于看过，大概会比画，却从没有过临敌经验，根本不确定哪些招式可以克制哪些招式，又只有三滴水的时间，连着两三个不确定，她恐怕也就输了。

但，一旦让她先出招，一切就大不一样。

阿丽雅认为谁先出第一招并不重要，应该说阿丽雅的认知完全正确，可是云歌即将使用的这套刀法是她三哥和阿竹比武时，三哥所创。

那年，三哥因病卧床静养，闲时总是一个人摆弄围棋。云歌的围棋也就是那段日子才算真正会下了，之前她总是不喜欢下，觉得费脑子。可因为想给三哥解闷，所以才认认真真地学，认认真真地玩。

三哥早在一年前就答应过阿竹，会和她比试一次，阿竹为了能和三哥比试，已经苦练多年，不想愿望就要成真时，三哥却不能行动。

云歌本以为他们的约定应该不了了之，或者推后，却不料三哥是有言必践、有诺必行的人，而阿竹也是个怪人，所以两人还是要打，不过只比招式。三哥在榻上出招，阿竹立在一旁回招。

刚开始，阿竹的回招还是速度极快，越到后来却越来越慢，甚至变成了云歌和三哥下完了一盘围棋，阿竹才想出下一招如何走。

阿竹冥思苦想出的招式，刚挥出，三哥却好似早就知道，连看都不看，就随手出了下一招，阿竹面色如土。

在一旁观看的云歌，只觉得三哥太无情，阿竹好可怜。三哥一边和她下围棋，一边吃着她做的食物，一边喝着二哥派人送来的忧昙酒。阿竹却是不吃不喝地想了将近一天！

可阿竹想出的招式，三哥随手一个比画就破解了，云歌只想大叫，"三哥，你好歹照顾下人家女孩子的心情！至少假装想一想再出招。"

比试的最后结果是，当阿竹想了三天的一个招式，又被三哥随手一挥给破了时，阿竹认输。

阿竹认输后，三哥问阿竹："你觉得你该什么时候认输？你浪费了我多少时间？"

阿竹回道："十天前，少爷出第四十招时。"

三哥很冷地看着阿竹，"十一天前。你出第九招时，你就该认输。这还是因为这次我让你先出了第一招，如果我出第一招，你三招内就输局已定。"

阿竹呆若木鸡地看着三哥。

三哥不再理会阿竹，命云歌落子。

三哥一边和云歌下棋，一边淡淡地说："卧病在床，也会有意外之获。与人过招，一般都是见对方招式，判断自己出什么。当有丰富的打斗经验后，能预先料到对手下面五招内出什么，就算是入了高手之门，如果能知道十招，就已是高手。可如果能预料到对手的所有招式，甚至让对手按照你的想法去出招呢？"

阿竹似明白、非明白地看向三哥和云歌的棋盘。

三哥又说："弈招如弈棋，我若布好局，他的招式，我自能算到。'诱'与'逼'。用自己的破绽'诱'对方按照你的心意落子，或其余诸路都是死路，只暗藏一个生门，'逼'对方按你的心意落子。'诱''逼'兼用，那么我想让他在何处落子，他都会如我意。他以为破了我的局，却不知道才刚刚进入我的局。"

云歌不服，随手在棋盘上落了一子，"'诱'说起来容易，却是放羊钓狼，小心羊被狼全吃了，顺带占了羊圈。至于'逼'，你再厉害，也不可能一开始就把诸路封死。"

三哥却是看着阿竹回答问题："若连护住羊的些许能耐都没有，

那不叫与人过招，那叫活腻了！碰到高手，真要把诸路封死的确不容易，不过我只需让对手认为我把诸路都封死。何况……"三哥砰地一声，手重重敲在了云歌额头上，不耐烦地盯着云歌，"吃饭需要一口吃饱吗？难道我刚开始不能先留四个生门？他四走一，我留三，他三走一，我留二……"

"……"云歌揉着额头，怒瞪着三哥。

云歌还记得自己后来很郁闷地问三哥："我走的棋都已经全在你的预料中了，你还和我下个什么？"

三哥的回答让云歌更加郁闷："因为你比较笨，不管我'诱'还是'逼'，你都有本事视而不见，一味地按照自己的想法去走，放地盘不要，或直接冲进死门。和你下棋唯一的乐趣，就是看一个人究竟能有多笨！"

云歌一脸愤慨，站在一旁的阿竹却是看着云歌的落子，若有所悟。

……

阿竹后来把三哥出的招式，精简后编成了一套刀法。

这就是被云歌戏称为"弈棋十八式"的由来。

云歌自问没有能耐如三哥般在九招内把对手诱导入自己的局，所以只能先出招，主动设局。

阿丽雅抬手做了"请"的姿势，示意云歌出招。

云歌很想如阿竹一般华丽丽地拔刀，可是……

为了不露馅，还是扮已经返璞归真的高手吧！

云歌就如一般人一样拔出了刀，挥出了"弈棋十八式"的第一招：请君入局。

云歌的招式刚挥出，阿丽雅的眼皮跳了跳，唯一的感觉就是庆幸云歌很怕死地提出了文斗。

漫天刀影中。

阿丽雅扬鞭入了云歌的局。

错了！

应该说入了云歌三哥的局。

赛台上的阿丽雅只觉自己如同进了敌人的十面埋伏。

后招被封，前招不可进。左有狼，右有虎。一招慢过一招。

云歌却依旧满脸笑嘻嘻的样子，轻轻松松、漫不经心地出着招。

阿丽雅无意间出招的速度已经超过了三滴水的时间，可是她身在局中，只觉杀机森然，根本无暇他顾。

而于安、刘病已、孟珏、殿下的武将，都看得或如痴如醉，或心惊胆寒，只觉得云歌的招式一招更比一招精妙，总觉得再难有后继，可她的下一个招式又让人既觉得匪夷所思，又想大声叫好。纷纷全神贯注地等着看云歌还能有何惊艳之招，根本顾不上输赢。

阿丽雅被刀意逼得再无去处，只觉得杀意入胸，胆裂心寒。

一声惊呼，鞭子脱手而去。

只看她脸色惨白，一头冷汗，身子摇摇欲坠。

大家都还沉浸在这场比试中，全然没想着喝彩庆祝云歌的胜利，于安还长叹了口气，怅然阿丽雅太不经打，以至于没有看全云歌的刀法。

嗜武之人会为了得窥这样的刀法，明知道死路一条，也会舍命挑战。现在能站在一旁，毫无惊险地看，简直天幸。

于安正怅然遗憾，忽想到云歌就在宣室殿住着，两只眼睛才又亮了。

克尔嗒嗒自和孟珏比试后，就一直精神萎靡，对妹子和云歌的比试也不甚在乎。

虽然后来他已从云歌的挥刀中，察觉有异，可是能看到如此精妙的刀法，他觉得输得十分心服。

克尔嗒嗒上台扶了阿丽雅下来，对刘弗陵弯腰行礼，恭敬地说：“尊贵的天朝皇帝，原谅我这个没有经验的猎人吧！雄鹰收翅是为了下一次的更高飞翔，健马卧下是为了下一次的长途奔驰。感谢汉人兄弟的款待，我们会把你们的慷慨英勇传唱到草原的每一个角落，愿我们两邦的友谊像天山的雪一般圣洁。"

克尔嗒嗒双手奉上了他们父王送给刘弗陵的弯刀，刘弗陵拜托他带给中羌酋领一柄回赠的宝刀，还赠送不少绫罗绸缎、茶叶盐巴。

刘弗陵又当众夸赞了刘病已、孟珏的英勇，赐刘病已三百金，孟珏一百金，最后还特意加了句"可堪重用"。对云歌却是含含糊糊地夹在刘病已、孟珏的名字后面，一带而过。

宴席的一出意外插曲看似皆大欢喜地结束。原本设计的歌舞表演继续进行。

似乎一切都和刚开始没有两样，但各国使节的态度却明显恭敬了许多，说话也更加谨慎小心。

———— ❧ ————

叩谢过皇帝恩典，刘病已、孟珏、云歌沿着台阶缓缓而下。

他们下了台阶，刚想回各自座位，克尔嗒嗒忽然从侧廊转了出来，对孟珏说："我想和你单独说几句话。"

孟珏眼皮都未抬，自顾行路，"王子请回席。"一副没有任何兴趣和克尔嗒嗒说话的表情。

克尔嗒嗒犹豫了一下，拦在孟珏面前。

"我只想知道你为什么冒生命之险，饶我性命？"

"我听不懂王子在说什么。"说着，孟珏就要绕过克尔嗒嗒。

克尔嗒嗒伸手要拦，看到孟珏冰冷的双眸没有任何感情地看向自己。克尔嗒嗒心内发寒，觉得自己在孟珏眼内像死物，默默放下了胳膊，任由孟珏从他身边走过。

刘病已和云歌走过克尔嗒嗒身侧时，笑行了一礼。

云歌脑内思绪翻涌，她的困惑不比克尔嗒嗒王子少。孟珏绝对不会是这样的人！

可是克尔嗒嗒也不会糊涂到乱说话……

身后蓦然响起克尔嗒嗒的声音，"孟珏，他日我若为中羌的王，只要你在汉朝为官一日，中羌绝不犯汉朝丝毫。"

刘病已猛地停了脚步，回头看向克尔嗒嗒，孟珏却只是身子微顿了顿，就仍继续向前行去。

克尔嗒嗒对着孟珏的背影说："你虽然饶了我性命，可那是你我之间的恩怨。我不会用族人的利益来报答个人恩情。我许这个诺言，只因为我是中羌的王子，神赐给我的使命是保护族人，所以我不能把族人送到你面前，任你屠杀。将来你若来草原玩，请记得还有一个欠了你一命的克尔嗒嗒。"克尔嗒嗒说完，对着孟珏的背影行了一礼，转身大步而去。

孟珏早已走远，回了自己的座位。

刘病已一脸沉思。

云歌与他道别，他都没有留意，只随意点了点头。

许平君看到云歌，满脸的兴奋开心，"云歌，我要敬你一杯，要替所有汉家女子谢谢你。有你这样的妹子，姐姐实在太开心了。"

云歌笑接过酒杯，打趣道："我看呀！有我这样的妹子，没什么大不了。有大哥那样的夫君，姐姐才是真开心吧？"

许平君朝刘病已那边看了一眼，有几分不好意思，脸上的笑意却是藏也藏不住。

云歌夹了一筷子菜，还未送入口，一个宫女端着杯酒来到她面前，"这是霍小姐敬给姑娘的酒。"

云歌侧眸，霍成君望着她，向她举了举手中的酒杯，做了个敬酒的姿势。

云歌淡淡一笑，接过宫女手中的酒就要饮，抹茶吓得忙要夺，"姑娘，别喝。"

云歌推开了抹茶的手，抹茶又赶着说："要不奴婢先饮一口。"

云歌瞪了抹茶一眼，"这酒是敬你，还是敬我？"说着一仰脖子，将酒一口饮尽。

云歌朝霍成君将酒杯倒置了一下，以示饮尽，微弯了弯身子，示谢。

霍成君淡淡地看了她一瞬，嫣然一笑，转过了头。

云歌瞥到霍成君唇角的一丝血迹，手中的酒杯忽地千钧重，险些要掉到地上。

刚才她在殿下，看着殿上的一切，又是什么滋味？她要紧咬着唇，才能让自己不出一声吧！可她此时的嫣然笑意竟看不出一丝勉强。

云歌心中寒意嗖嗖，霍成君已不是当年那个生气时挥着马鞭就想打人的女子了。

许平君盯一会儿怔怔发呆的云歌，再偷看一眼浅笑嫣然的霍成君，只觉得满脑子的不明白。

云歌不再和孟大哥说话，霍成君见了孟大哥一脸漠然，好似从未认识过。可是霍成君和云歌……

孟大哥好像也看到了刚才的一幕，不知道他会是什么感觉？还有云歌和皇帝的关系……

许平君只觉得有一肚子的话想问云歌，可碍于云歌身后的宫女和宦官，却是一句不能说，只能在肚子里徘徊。

许平君想到今非昔比，以前两人可以整天笑闹，可云歌现在居于深宫，想见一面都困难重重。若错过了今日，再见还不知道是什么时候。云歌在长安城孤身一人，只有自己和病已是她的亲人。他们若不为云歌操心，还有谁为云歌操心？

想到这里，许平君轻声对云歌说："第一次来皇宫，还不知道下次是什么时候，云歌，你带我见识一下皇宫吧！"

云歌微笑着说："好。"

抹茶在前打着灯笼，云歌牵着许平君的手离开了宴席。

一路行来，鼓乐人声渐渐远去。远离了宴席的繁华，感受着属于夜色本来的安静，许平君竟觉得无比轻松。

云歌笑问："姐姐以前还羡慕过那些坐在宴席上的夫人小姐，今日自己也成了座上宾，还是皇家最大的盛宴，感觉如何？"

许平君苦笑："什么东西都是隔着一段距离看比较美，或者该说什么东西都是得不到的时候最好。得不到时，想着得不到的好，得到后，又开始怀念失去的好。这天底下，最不知足的就是人心！"

云歌哈的一声，拊掌大笑了出来，"姐姐，你如今说话，句句都很有味道，令人深思。"

许平君被云歌的娇态逗乐，自嘲地笑道："你说我这日子过的，一会儿入地，一会儿上天，人生沉浮，生死转瞬，大悲大喜，短短几月内就好似过了人家一辈子的事情，你还不许我偶有所得？"

云歌听许平君说的话外有话，知道她碍于抹茶和富裕，很多话不能说，遂对抹茶和富裕吩咐："抹茶，今晚的月色很好，不用你照路了，我看得清。我想和许姐姐单独说会儿话。"

抹茶和富裕应了声"是"，静静退了下去，只远远跟着云歌。

许平君听云歌话说得如此直接，不禁有些担忧，"云歌，你这样说话，好吗？若让陛下知道……"

云歌笑吐舌头："没事的。就是陵哥哥在这里，我们姐妹想单独说话，也可以赶他走。"

许平君呆呆看了会儿云歌，"云歌，你……你和孟大哥……"

云歌的笑一下暗淡了下来，"我和他已经没有关系了。姐姐，我们以后不要再提他，好吗？"

"可是……云歌，孟大哥虽然和霍小姐来往了一段日子，可是他现在……"

云歌一下捂住了耳朵，"我不要听，我不要听！姐姐，我知道你和他是好朋友，可是你若再说他，我就走了。"

许平君无奈，只得说："好了，我不说他了，我们说说你的'陵哥哥'，总行吧？"

许平君本以为云歌会开心一点，却不料云歌依然是眉宇紧锁。

云歌挽着许平君的胳膊默默走了一段路，方说："我也不想说他。我们讲点开心的事情，好不好？"

许平君道："云歌，你在长安城里除了我们再无亲人，你既叫我姐姐，那我就是你姐姐。皇宫是什么地方？你人在这里头，我就不担心吗？有时候夜深人静时，想到这些事情，想得心都慌。病已的事情、还有你……我都不明白，我们不是平平常常的老百姓吗？怎么就糊里糊涂全和皇家扯上了关系？真希望全是梦，一觉醒来，你还在做菜，我还在卖酒。"

"姐姐已经知道大哥的身份了？"

"你大哥告诉我的。以他的身份，他不想着避嫌，现在居然还去做官，云歌，你说我……"许平君的声音有些哽咽。

云歌轻叹了口气，握住了许平君的肩膀，很认真地说："姐姐，我知道你怕陵哥哥会对大哥不利。但是，我可以向你保证，陵哥哥绝对不是在试探大哥，也不是在给大哥设置陷阱。陵哥哥究竟想要做什么，我也不是很清楚，但是我相信他绝不会无故伤害大哥。"

许平君怔怔地看着云歌。这个女孩子和她初识时，大不一样了。以前的天真稚气虽已尽去，眉梢眼角添了愁绪和心事，可她眼内的真诚、坦荡依旧和以前一样。

许平君点了点头，"我相信你。"

云歌微笑："姐姐更要相信大哥。大哥是个极聪明的人，行事自有分寸，不会拿自己和家人的性命开玩笑。"

许平君笑了笑，忧愁虽未尽去，但的确放心了许多，"难怪孟……云歌，我都要嫉妒陛下了，虽然我们认识这么久，但我看你心中最信任的人倒是陛下。"

云歌的笑容有苦涩，"姐姐，不用担心我。我很小时就认识陵哥哥了，只是因为一点……误会，一直不知道他是汉朝的皇帝。所以我在宫里住着，很安全，他不会伤害我的。"

"可是……今天晚上倒也不算白来，见到了上官皇后，回去可以和我娘吹嘘了。云歌，你会一直住下去吗？你会开心吗？"

云歌听到许平君特意提起上官皇后，静静走了会儿，方轻声说："我和陵哥哥有约定，一年后，我可以离去。"

许平君只觉得刘弗陵和云歌之间，是她无法理解的。云歌对刘弗陵的感情似乎极深，却又似乎极远；而刘弗陵又究竟如何看云歌？若说喜欢，为什么还会让她走？若说不喜欢，却又对云歌如此小心体贴？

云歌丢开了这些不开心的事情，笑问："许姐姐，你娘知道大哥的身份了吗？现在可真正应验了当初算的命了。"

许平君想到她娘若有一日知道刘病已身份时的脸色，也笑了出来，"我可不敢和她说。她如今可高兴得意着呢！逢人就吹牛说女婿得了皇差，日日跟着霍大司马办事。当时我生孩子坐月子时，她都没怎么来看过我，这段日子倒是常常上门来帮我带虎儿，还时不时地拿些鸡蛋过来。她若知道了真相，只怕要掐着我的脖子，逼我把吃下的鸡蛋都给她吐出来，再立即给病已写封'休书'，最好我也申明和她并无母女关系。"一边说着，许平君还做了个她娘掐着她脖子，摇着她，逼她吐鸡蛋的动作。

云歌被逗得直笑，"伯母也很好玩了，她这般直接的心思虽然会让人难堪，其实倒是好相处。"

许平君颔首同意，"是啊！经历的事情多了，有时候看我娘，倒是觉得她老人家十分可爱。以前看我娘那样对病已，病已却总是笑嘻嘻的，见了我娘依旧伯母长、伯母短，丝毫不管我娘的脸色，那时我还常常担心病已是不是心里藏着不痛快，现在才明白，我娘这样的人实在太好应付了，哪里值得往心里去？唉！我如今是不是也算胸有丘壑、心思深沉了？"

云歌笑着没有说话，算是默认了许平君的问题。

云歌和许平君沿着前殿侧面的青石道，边走边聊边逛，不知不觉中到了沧河。云歌说："那边有我用冰铸的一个高台，很好玩。虽然姐姐对玩没什么兴趣，不过从那里应该能俯瞰现在前殿的盛宴，还是值得过去看一看。"

抛开之前被人戏弄的不快，前殿的繁华、绮丽其实很让许平君惊叹，只是一直紧张地不敢细看。听闻可以俯瞰百官盛宴，许平君忙催云歌带她去。

两人沿着云梯攀缘而上。抹茶和富裕知道上面地方有限，何况许平君和云歌两人聊兴正浓，肯定不想他们打扰，所以守在了底下。

许平君站到高处，只见万盏灯火，熠熠闪烁，人影歌舞，绰约生姿，宛如蓬莱仙境。

因为隔得远，只能偶尔顺着风势，听到若有若无的丝竹钟磬声，更让人添了一重曼妙的联想。

两人置身空旷的沧河上，头顶是青黛天空，对面是蓬莱仙境，只觉得目眩神迷，不知身在何处。

云歌忽听到身后窸窸窣窣的声音，还以为是抹茶，笑着回头："你也上来了？快过来看，像仙境一样美丽。"却是两个不认识的男子，隔着一段距离，已经闻到刺鼻的酒气。云歌立即叫道："抹茶！富裕！"

底下无人回答，她的声音被死寂的夜色吞没。

云歌立即催许平君坐下，"姐姐，快点坐下，沿着这个滑道滑下去。"

许平君看到那两个男子，知道事情不对，忙依照云歌的话，赶紧坐下，却看到距离地面如此高，迟疑着不敢滑下。

当先而上的男子，一副公子打扮，看到云歌，眼睛一亮，笑着来抓云歌，"冯子都倒是没有哄我，果然是个美人！"

另一个男子伸手去拽许平君，"小乖乖，想跑，可没那么容易。"

云歌在许平君背上踢了一脚，将她踢下去。可许平君的身子刚落下一半，就被大汉抓住了胳膊，吊在半空，上不得，下不去。许平君也是极硬气的人，一边高声呼救，一边毫不示弱地用另一只手去抓打那个汉子。大汉一个疏忽，脸上就被许平君抓了几道血痕。大汉本就是粗人，又是个杀人如砍柴的军人，怒气夹着酒气冲头，手下立即没了轻重，抓着许平君的胳膊猛地一挥，"啪"的一声响，许平君被他甩打在冰柱上。

只听得几声非常清楚的"咔嚓"声，许平君的胳膊已经摔断，胸骨也受伤，剧痛下，许平君立即昏了过去。

云歌本想借着小巧功夫拖延时间，一边和男子缠斗，一边呼救，等许平君滑下后，她也立即逃生。不料许平君被大汉抓住，她的打算落空。

云歌看到许平君无声无息的样子，不知她是死是活。心内惊痛，却知道此时不可乱了分寸，厉声喝问："你们可知我是谁？就不怕灭族之祸吗？"

云歌对面的男子笑道："你是宫女，还是个很美丽的宫女，不过你的主人已经把你赏给我了。"说着左手一掌击出，逼云歌向右，右手去抱云歌。却不料云歌忽地蹲下，他不但没有抓到云歌，反被云歌扫了一脚。他功夫不弱，可是已有五分醉意，本就立脚不稳，被云歌踢到，身子一个踉跄，掌上的力道失了控制，将台子左侧的栏杆击成了粉碎。

云歌看到那个抓着许平君的大汉摇了摇许平君，看许平君没有反应，似想把许平君扔下高台，云歌骇得脸色惨白，叫道："我是陛下的妃子，哪个主人敢把我赏人？你若伤了那个女子，我要你们九族全灭，不，十族！"

汉子虽然已经醉得糊涂了，可听到云歌那句"我是陛下的妃子"，也是惊出了一身冷汗，拎着许平君呆呆站在台上，不知所措。

云歌面前的男子呆了一呆，笑起来，"假冒皇妃，可也是灭族的大祸。除了皇后，我可没听说皇帝还封过哪位妃子。"一边说着，一边脚下不停地逼了过来。

那个莽汉虽没完全听懂男子说什么，可看男子的动作，知道云歌说的是假话，呵呵一笑，"小丫头片子，胆子倒……倒大，还敢骗你爷爷？"说着，就把许平君扔了出去，想帮男子来抓云歌。

许平君的身子如落叶一般坠下高台，云歌心胆俱裂，凄厉地惨呼，"许姐姐！"

———— ✦ ————

孟珏瞥到云歌和许平君离席。心思微动，也避席而出。

云歌在宫内来往自如，可孟珏一路行来却需要回避侍卫和暗中保护云歌的宦官，所以孟珏只能远远随着她。

幸好看云歌所行的方向是去往沧河，那里十分清静，只偶尔有巡逻经过的侍卫，孟珏再不着急，决定绕道而去。

在屋檐廊柱的暗影中穿绕而行，突然一个人挡在了孟珏身前。

孟珏手中蓄力，看清是刘病已，又松了劲，"让开。"

刘病已未让路。

"百姓心中正气凛然的谏议大夫不顾国法礼仪，私会皇帝殿前侍女，霍光若知道了，定会十分高兴，送上门的一石二鸟。"

孟珏冷哼一声："那也要霍光的耳目有命去回禀。我的事情，不用你操心！"挥掌，想逼开刘病已。

刘病已身形不动，一边与孟珏快速过招，一边说："云歌现在的处境十分危险。你就不为她考虑吗？"

孟珏招式凌厉，微笑着说："这是皇帝该考虑的问题，他既有本事留，就该有本事护。"

两人仍在缠斗，在隐隐的鼓乐声中，突然遥遥传来一声凄厉的惨呼"许姐姐"。

孟珏和刘病已闻声，同时收掌，纵身向前，再顾不上掩藏身形，只想用最快的速度赶到沧河。

未行多久，就有侍卫呵斥："站住！"

刘病已身形稍慢，匆匆解释："大人，在下乃朝中官员，听到有人呼救……"

孟珏却是身形丝毫未停，仍快速而行。

暗处出现很多侍卫，想要拦截住孟珏，孟珏立即和他们打了起来。

孟珏几招内就将一个侍卫毙于掌下，侍卫叫道："你身着我朝官服，私闯宫廷，还杀宫廷侍卫，难道想谋反吗？"

孟珏随手取过死侍卫手中的剑，直接一剑刺向了说话的侍卫。

剑芒闪动间，说话的侍卫咽喉上已经多了一个血洞，大瞪着不相信的眼睛倒了下去。

孟珏冷笑："想谋反的恐怕是你们。病已，我去救人，你立即回去找于安，通知皇帝。"

沧河附近几时需要这么多侍卫看护了？

云歌的惨呼，他和孟珏隔着那么远都已经隐隐听到，这帮侍卫守在沧河附近，却一无反应！

刘病已本想着他们出现后，这帮侍卫能有所忌惮，趁势收手，他也就装个不知道，彼此都顺台阶下，却不料这些侍卫毫无顾忌。

他知道今晚此事危险万分，对孟珏说了一声"平君就拜托你了"，迅速转身，从反方向突围。

———— ❈ ————

"许姐姐。"

云歌惨叫中，想都没有多想，就朝许平君扑了过去，只想拽住许平君。

先飞燕点水，再嫦娥揽月，最后一个倒挂金钟。

云歌这辈子第一次把武功融会贯通得如此好，终是没有迟一步，双手堪堪握住了许平君的双手，双脚倒挂在了台子右侧的栏杆上。

栏杆只是几根冰柱，先前男子一掌击碎了左面栏杆时，右面的栏杆已经有了裂纹，此时再受到云歌的撞击和坠压，已经可以清楚地听到冰柱断裂的声音。

上有敌人，下是死地，竟然没有活路可走，云歌一瞬间，深恨自己怎么想起来建造这个东西。

男子听到冰柱断裂的声音，如看已入网的鱼，不再着急，笑道："果然是个带刺的玫瑰。你若叫我几声'哥哥'，我就救你上来。"

云歌此时因为身体倒挂，所以能清楚地看到高台下的情形。竟然看到台子，还有滑道底下布满了裂痕，甚至碎洞，而且迅速扩大中，架在台子一旁的云梯也早就不见。

虽然整个"冰龙"受到他们打斗的冲击，但绝对不可能断裂得如此快。只有一个可能，就是刚才他们在上面缠斗时，有人在底下已经破坏了整个冰龙。

云歌冷笑："马上要见阎王了，还色心不减，真是其志可赞，其勇可嘉，其愚可叹！"

她打量了一眼那个已经碎裂得马上就要倒塌的滑道，想着如果把许平君扔过去。许平君的身子就会落在滑道上，即使滑道开始倒塌，那她也是顺着滑道边滑边坠，借着滑道，她下坠之力应该能化解部分，活命的机会也许还有一半。

不过，云歌此时全身的着力点都在脚上，她若想使力把许平君扔过去，必定会使脚上的坠力加大，那么她勾着的栏杆很有可能会受力碎裂。

云歌看着底下的冰面，有些眼晕，摔死是什么滋味？肯定不太好看吧！可是……

她不想死，她想活着，还有许多事情……

听到冰层断裂的声音越来越急促，她猛地下了决心，能活一个是一个！

何况此事是她拖累了许平君，许平君受的乃是无妄之灾。

正想使力，突然瞥到一个极其熟悉的人在冰面上飞快地掠过来。他身后还有十个禁军侍卫试图阻挡，想要捉拿住他。

只看到他原本齐整的衣袍上，竟是血迹斑斑。

云歌有些恍惚，最后一面见到的竟是他吗？倒有些分不清是悲是喜。

孟珏看到云歌和许平君悬在高台边缘，摇摇欲坠，心如炭焚，叫道："云歌，等我，我马上就到！"

等他？

等到了又能如何？

此时已是大厦将倾，非人力能挽救了。

云歌感觉到脚上的冰柱在碎裂，遥遥地深看了一眼孟珏，双臂用力，身子如秋千一般荡悠起来，待荡到最高点，猛地将许平君朝侧方的滑道扔了出去。

随着许平君的飞出，云歌挂脚的冰柱断裂，云歌身子蓦地下坠。

一直紧盯着她的孟珏，身形顿时一僵，脸色惨厉的白，蓦然大叫一声"云歌"，手中剑锋过处，鲜血一片，在纷纷扬扬的血雾中，孟珏若飞箭一般疾驰向龙台。

云歌穿的裙子下摆宽大，裙裾随风飘扬，当云歌荡到最高处，突然坠下时，高台上残余的栏杆勾住了裙裾，云歌下坠的身形又缓缓止住。可是断裂的栏杆，参差不齐，有的地方尖锐如刀刃，绢帛在坠力下，一点点撕裂，在绢帛撕裂的声音中，云歌的身子一点点下落。

就在这时，似从极远处，传来另一个人的呼声，"云歌——"

云歌叹息，陵哥哥，你不该来的！我不想你看见我的丑样。

云歌下方的孟珏却是面容平静，眼内翻卷着墨般漆黑的巨浪，他甚至微微笑着，看向了云歌，扬声说道："我绝不会让你死。"

这一刻，云歌觉得她不再怨恨孟珏。孟珏固然带给她很多痛苦，可他也给了她许多快乐。那些生命中曾经历的快乐，不能因为后来的痛苦就否认和抹杀，她的生命毕竟因他而绚烂过。

云歌凝视着孟珏，对他微笑。

笑意盈盈，一如最初的相逢。

孟珏叫："云歌。"

云歌却没有再看他，而是望向了远处的那抹人影，眷念中是心疼。

在这一刻，自己的心分外清明，生命的最后一瞬，她只想看着他，她的遗憾也全是为他。

陵哥哥，不要再深夜临栏独立，不要再看星星，不要再记得我……

原来自己竟是这般舍不得，泪意从心中蔓延到眼中。

一颗，一颗，又一颗……

眷念，不舍，后悔，遗憾。

原来自己竟蹉跎了那么多共聚的时光。

人世间可真有来世？若真有来世，她一定会多几分义无反顾……

挂在冰凌上的裙裾完全撕裂，云歌若陨落的星辰一般坠向地面。

就在这时，"轰隆"几声巨响，整座"冰龙"也开始从顶坍塌，大如磨盘，小如飞雪的冰块四散而裂，宛如雪崩一般，震天动地地开始砸落。

云歌望着刘弗陵，慢慢闭上了眼睛，珠泪纷纷，任由生命中最奢侈的飞翔带她离去。

———— ❦ ————

云歌虽然把许平君扔到了滑道上，可有一点是她没有考虑到的。

当龙身倒塌时，会有断裂成各种形状的冰块砸落。许平君因为有龙身的缓冲，坠落的速度远远慢于冰块坠落的速度，这正是云歌所想到可以救许平君命的原因，此时却也成了要许平君命的原因。

坠下的冰块，有的尖锐如刀剑，有的巨大如磨盘，若被任何一块砸中，已经受伤的许平君必死无疑。

左边：云歌若秋后离枝的枫叶，一身燃烧的红衣在白雪中翩翩飞舞，舞姿的终点却是死亡。

右边：许平君一袭柔嫩的黄裳，若雪中春花，可娇嫩的花色随时会被刺穿身体的冰块染成绯红。

而刘病已和刘弗陵仍在远处。

说时迟，那时快，只看孟珏仰头深看了一眼云歌，判断了一下时间后，视线又立即扫向许平君。

他视线游移，手下却一刻未闲，左手掌势如虹，右手剑刃如电，触者即亡。同时间，孟珏足尖用力，将脚下的尸体踢向许平君，一个差点打到许平君的冰剑刺中尸体，改变了落下的角度，斜斜从许平君身侧落下。

又一个侍卫，不一样的动作，一样的鲜血。

尸体又准确地撞开了一个即将撞到许平君的冰块。

再一个侍卫，再一次鲜血的喷溅……

在一次次挥剑中，孟珏抬眸看向云歌

云歌坠落的身姿很是曼妙，衣袂飘扬，青丝飞舞，像一只美丽的蝶。

在蝴蝶翩飞的身影中，孟珏的眼前闪过弟弟离去时的眷念，母亲死时的不能瞑目，惊闻二哥死讯时的锥心之痛……

他绝不会再承受一次亲爱之人的生命在他眼前远离。即使化身阎罗，也要留住他们。

剑刃轻轻滑过，鲜血洒洒飞扬。

……

此时，云歌已经落下了一大半距离，孟珏估摸了下云歌的速度，抓起一具尸体，以一个巧妙的角度，避开云歌要害，将手中的尸体掷向云歌。同时脚下用力，将另一具尸体踢向许平君的方向。

"砰！"猛烈的撞击。

云歌"啊"一声惨呼，嘴角沁出血丝，下坠的速度却明显慢了下来。

孟珏手微有些抖，却紧抿着唇，毫不迟疑地又将一具尸体，换了角度，掷向云歌。云歌想是已昏厥过去，只看到她唇边的血越来越多，人却是再未发出声音。

许平君已经摔到地上，沿着冰面滑出一段距离后，停了下来。云歌则以仿若刚掉落的速度，缓缓下落。

武功最高的于安刚刚赶到，孟珏叫道："扔我上去。"

于安看到孟珏刚才所为，猜到孟珏用意，抓起孟珏，用足掌力送他出去。

孟珏在空中接住了云歌，以自己的身体为垫，抱着她一块儿掉向了地面。

于安又随手抓起刚赶到的七喜，朝孟珏扔过去。七喜在空中与孟珏对了一掌，孟珏借着七喜的掌力化解了坠势，毫发无损地抱着云歌落在了冰面上。

孟珏一站稳，立即查探云歌伤势。虽然已是避开要害，可高速运动相撞，冲力极大，云歌五脏六腑都已受创。别的都还好，只是因为上次受的剑伤，云歌的肺脉本就落了隐疾，这次又……

孟珏皱眉，只能日后慢慢想法子了，所幸这条命终是保住了。

孟珏一边用袖拭去云歌唇畔的血，一边在她耳边低喃，"我不许你死，你就要好好活着。"

刘病已握着长剑冲过来时，衣袍上也是血迹点点，面上虽是喜怒未显，可当他从冰屑堆中抱起许平君时，手上的青筋却直跳。

许平君胳膊、腿骨都已折断，所幸鼻息仍在，刘病已大叫："太医。"

张太医查过脉息后，忙道："刘大人请放心。虽五脏有损，骨折多处，但没有性命之忧。"

刘弗陵面色惨白地看着躺于孟珏怀中的云歌，竟是一句话都说不出来。

孟珏抬头看向他，温和而讥讽的笑，"陛下留下了她，可是能保护她吗？"

于安斥道："孟大人，你惊吓过度，恐有些神志不清，还是早些回府静养吧！"

孟珏微微笑着，低下了头，小心翼翼地将云歌放到刚备好的竹榻上，对刘弗陵磕了个头后，起身而去。

于安盯着孟珏的背影，心生寒意，此人行事的机变、狠辣都是罕见。这样一个人，若能为陛下所用，那就是陛下手中的利剑，可若不能呢？

刘病已来和刘弗陵请退，于安忙吩咐七喜去备最好的马车，安稳地送刘病已和许平君回去。

刘病已顾虑到许平君的伤势，没有推辞，向刘弗陵磕头谢恩。

刘弗陵抬手让他起来："夫人之伤是因为朕的疏忽和……"

刘病已道："陛下此时的自责和无力，臣能体会一二。容臣说句大胆的话，陛下只是人，而非神。如今的局势更是几十年来积累而成，自然也非短时间内可以扭转，陛下已经做到最好，无谓再苛责自己。"

刘病已说完后，又给刘弗陵磕了个头，随着抬许平君的小宦官而去。

不愧是皇帝用的马车，出宫后，一路小跑，却感受不到丝毫颠簸。

听到驾车的宦官说"孟大人在前面"，刘病已忙掀帘，看到孟珏一人走在黑暗中，衣袍上血迹淋漓。

刘病已命宦官慢了车速，"孟珏。"

孟珏没有理会，刘病已道："你这个样子被巡夜士兵看到，如何解释？"

孟珏看了刘病已一眼，默默上了马车。

马车内，许平君安静地躺着。

刘病已和孟珏默然相对。

刘病已发觉孟珏先前脖子上的伤，因为刚才的打斗，又开始流血，"你的脖子在流血。"匆匆拿了块白绫，帮孟珏重新裹伤口。

孟珏不甚在意，随手拿了一瓶药粉，随意拍在伤口上，他看着重伤昏迷的许平君，"你打算怎么办？"

刘病已替孟珏包好伤处后，拿了块白绢擦去手上的血，平静地说："徐图之。"

孟珏弯身查探许平君的伤势，刘病已忙将张太医开的方子递给他，孟珏看过后说："张太医的医术很好，这方子的用药虽有些太谨慎了。不过谨慎有谨慎的好处，就按这个来吧！我回去后，会命三月把药送到你家，她略懂一点医理，让她住到云歌原先住的地方，就近照顾一下平君。"

许平君行动不便，的确需要一个人照顾。

刘病已现在不比以前，公事缠身，不可能留在家中照顾许平君。

如今钱是有，可匆忙间很难找到信赖妥帖的丫鬟，所以刘病已未推辞，只拱了拱手，"多谢。"

孟珏检查过张太医替许平君的接骨包扎，觉得也很妥帖，"我会每日抽空去你家看一下平君的伤势。"

查看完许平君，孟珏坐回了原处，两人之间又沉默下来。

沉默了一会儿，刘病已含笑问："你为什么未取克尔嗒嗒性命？你认识羌族的人吗？还是你母亲是……"

孟珏沉默着，没有回答。

刘病已忙道："你若不愿回答，全当我没有问过。"

"先帝末年，西羌发兵十万攻打汉朝，我当时正好在枹罕①。"孟珏说了一句，停了下来，思绪似回到了过往。

刘病已说："当时我已记事，这件事情也有印象。西羌十万人进攻今居、安故，匈奴则进攻五原，两军会合后，合围枹罕，先帝派将军李息、郎中令徐自为率军十万反击。最后汉人虽胜，却是惨胜，十万士兵损失了一大半。"

孟珏垂目微笑，"士兵十万折损一大半，你可知道百姓死了多少？"

刘病已哑然，每一次战役，上位者统计的都是士兵的死亡人数，而百姓……

"西羌和匈奴的马蹄过处，都是实行坚壁清野政策，所有汉人，不论男女老幼全部杀光，今居、安故一带近成空城。好不容易等到大汉军队到了，李息将军却想利用枹罕拖住西羌主力，从侧面分散击破西羌大军，所以迟迟不肯发兵救枹罕。枹罕城破时，愤怒的羌人因为损失惨重，将怨气全发泄在了百姓身上。男子不管年龄大小，一律被枭首，女子年老的被砍首，年轻的死前还会被剥衣轮奸，连孕妇都不能幸免，刚出生的婴儿被人从马上摔下……"孟珏顿了好一会儿，方淡淡说，"人间地狱不过如此。"

在孟珏平淡的语气下，刘病已却只觉得自己鼻端充斥着浓重的血

---

① 枹罕：古县名。秦置。故治在今甘肃临夏县东北。

腥气，他握住了拳头，咬牙说："羌人可恨！"

孟珏唇角有模糊的笑意，似嘲似怜，"羌人也深恨汉人。汉人胜利后，为了消灭羌人的战斗力，先零、封养、牢姐三地，十二岁以上的羌人男子全部被汉人屠杀干净。那年冬天，我走过先零时，到处都是女子、老人、幼儿饿死的尸体。汉人虽然秉持教化，未杀老人、妇女、幼儿，可失去了壮年劳动力，很多人都挨不过寒冷的冬天。"

刘病已想说什么，却说不出来。汉人并没有做错。先帝垂危，内乱频生，当时的汉朝还有能力应付再一次的大举进攻吗？如果不那样对付羌人，死的就会是汉人。

刘病已叹气，"一场战争，也许从百姓的角度看，没有什么真正的胜利者。有的只是家破人亡、白头人送黑头人。"

孟珏没有说话，只淡淡地微笑着。

以前刘病已从孟珏的微笑中看到的是漠然，甚至冷酷。可现在，他在孟珏的漠然、冷酷下看到了历经一切的无可奈何，还有孟珏不愿意承认的悲悯。

如果孟珏的剑刺入中羌王子的心脏，骁勇好斗的羌人岂能不报仇？那么孟珏曾目睹过的人间地狱就会重现，会有多少人死，二十万？三十万？又会有多少座城池变为人间地狱……

孟珏终是把剑尖下压，避开了克尔嗒嗒的心脏。也许孟珏自己都鄙夷自己的选择，可他毕竟是做了这样的决定。

克尔嗒嗒是个聪明人，短短一瞬，他看到了很多东西。孟珏虽然不想看到战争，可战争如果真的爆发，孟珏为了没有下一次的战役，屠杀的绝对不会只是羌族十二岁以上的青壮男子。

───── ∞ ─────

大司马大将军府。

霍山、霍云跪在地上，霍禹趴在柳凳上，两个家丁正在杖打霍禹。

霍禹紧咬牙关，一声不吭。

霍光冷眼看着两个家丁，在他的注视下，两人手下一点不敢省力，每一下都是抡足了力气打。很快，霍禹后臀上已经猩红一片。

霍夫人在屋外，哭天抢地，"老爷，老爷，你若打死了他，我也不用活了……"挣扎着想进入屋内。

拦在门外的家丁却是紧守着房门，不许霍夫人进入。

霍成君眼中噙泪，拉住母亲胳膊，想劝一劝母亲，"父亲正在气头上，娘越哭只会越发激怒父亲。"

可没料想，母亲转手一巴掌甩在她脸上，"我早说过不许你和孟珏来往，你不听。你看看，你惹出来的祸事，你哥哥若有个长短，我只恨我为什么要生了你……"

霍成君踉跄几步，险些摔到地上，丫头小青忙扶住了她。

霍成君从小到大，因为有父亲的宠爱，几乎连重话都未曾受过，可自从孟珏……

母亲就没给过她好脸色，哥哥也是冷嘲热讽。

那个人前一日还陪着她去买胭脂，还温情款款地扶着她下马车，却一转眼就毫不留情地把她推下了深渊。

内心的痛苦凄楚让她夜夜不能入睡，五脏六腑都痛得抽搐，可她连哭都不能。因为这些事情都是她活该，都是她自找的。

怔怔看着捶胸顿足哭泣的母亲，霍成君眼内却是一滴眼泪没有。

霍山、霍云看霍禹已经晕过去，霍光却仍视线冰冷，一言不发，两个家丁也不敢停，只能一面流着冷汗，一面鼓足力气打下去。

霍山、霍云磕头哭求，"伯伯，伯伯，都是侄儿的错，我们知道错了，求伯伯责打侄儿。"

霍夫人听到霍山、霍云的哭音，知道霍禹若再被打下去，只怕不死，也要半残。霍夫人哀号着用头去撞门，"老爷，老爷，求求你，求求你，我求求你……"

霍成君推开小青的手，扫了眼立着的仆役，"搀扶夫人回房休息。"

仆役迟疑未动，霍成君微笑："听不到我说什么吗？都想收拾包裹回家吗？"

霍成君说话的表情竟与霍光有几分神似，微笑温和下是胸有成竹的冷漠，仆役心内打了个寒战，几人上前去拖霍夫人。霍夫人额头流血，大骂大闹，仆役们在霍成君视线的逼迫下，强行将霍夫人拖走。

霍成君上前拍了拍门，"爹，是成君。女儿有几句话要说。"

霍光心中视霍成君与其他儿女不同，听到她平静无波的声音，霍光心中竟有一丝欣慰，抬了抬手，示意奴仆打开门。

看到霍成君肿着的半边脸，霍光心头掠过对霍夫人的厌恶，"成君，先让丫鬟帮你敷一下脸……"

霍成君跪到霍光面前，"爹爹，请命非霍姓的人都退出去。"

两个执杖的仆役立即看向霍光，霍光凝视着霍成君微点了点头。屋内所有仆人立即退出屋子，将门关好。

霍山、霍云呆呆看着霍成君，他们百般哭求，都没有用，不知道霍成君能有什么言语让霍光消气。

霍成君仰头望着父亲，"大哥所做也许有考虑不周之处，但并无丝毫错，爹爹的过分责打岂能让我们心服？"

霍山、霍云忙喝道："成君！"又急急对霍光说，"叔叔……"

霍光盯了他们一眼，示意他们闭嘴，冷声问霍成君："你怎么个不能心服？"

"一、霍氏处于今天的位置，只有依附于太子，方可保家族未来安宁，否则不但皇帝，就是将来的太子都会想削弱霍氏，或者除去霍氏。云歌得宠于皇帝，若先诞下龙子，即使她出身寒微，有卫子夫的先例，得封皇后也不是不可能。上官皇后一旦被废，如同断去霍氏一臂。大哥想除去云歌，何错之有？二、若云歌所出的大皇子被封为太子，百官人心所向，天下认可，霍氏的死机立现。大哥今晚所做，是为了保护整个家族的安宁，何错之有？三、皇帝迟迟不与皇后圆房，今日国宴，皇后却只能坐于侧位，皇帝虚位在待谁？皇帝当着天下人的面重重扇了霍氏一耳光，若我们只是沉默，那么朝堂百官欺软怕硬，以后折腾出来的事情，绝对有得我们看。不说别的，只这后宫的女人，就会源源不绝。我们能挡掉一个、两个，可我们能挡掉所有吗？大哥今晚回敬了皇帝一个响亮的巴掌，让皇帝和百官都知道，虎须不可轻挦，何错之有？四、大哥虑事周到，两个意欲侵犯云歌的人已经当场摔死。从侍卫处查，只能追查到是冯子都下命，冯子都和孟珏的过节天下尽知，他想对付孟珏的旧日情人，很合情理。女儿推测，冯子都现在应该已经'畏罪自尽'了，那么更是查无可查。皇帝就是心中知道是霍氏所为，无凭无证，他又能如何？难道他敢为了一个宫女对爹爹发难？不怕昏庸失德、弃失忠良的千世骂名吗？就算他不想当贤君，可也要顾虑君逼臣反！"霍成君语意森森，言谈间，早让人忘了她不过是个未满双十的少女。

霍光冷笑："我的计划全被禹儿的莽行打乱，现在依照你这番说辞，他竟是全都做对了？"

"大哥当然有错，错就错在既然出手，就不该落空。大哥选在今晚除掉云歌，不管天时、地利都十分好，可他太我行我素。大哥应该知会爹一声，让爹帮他将宴席上的人都稳在前殿，不许任何人随意离开，也不许任何人随意将消息传入。倘若如此，那么现在大哥就不是在这里挨打，而是坐于家宴上接受弟弟妹妹的敬酒。但大哥的错，爹爹应占一半。大哥若知道爹爹肯支持他除掉云歌，他怎么会不通知爹爹？大哥正是猜不透爹爹的心思，才会自作主张。"

霍光一言不发。

屋内是"风雨欲来"的压人沉默。

霍成君却只是静静地望着霍光，目光没有丝毫闪躲与畏惧。

霍山和霍云心中对这个从小看到大的妹子有了几分极异样的感觉，敬中竟生了畏。

好一会儿后，霍光对霍山、霍云吩咐："叫人进来抬你大哥回房疗伤。"

霍山、霍云暗松口气，忙磕头应是。

等仆人把霍禹抬走，霍光让跪在地上的霍成君、霍山、霍云都起来。霍山、霍云小心翼翼地挨坐到席上。

霍成君三言两语化解了父亲的怒气、救了大哥，却是半丝喜色也没有，人坐到席上，竟有些恍恍惚惚的伤悲样子。

霍光对霍山、霍云："如成君所说，我已经命人把此事处理周全，皇帝肯定查无可查。可以后如何是好？你们先说说你们的想法。"

霍山和霍云对视了一眼，一会儿后，霍云道："这次的事肯定会让皇帝全力戒备，以后再想对云歌下手，困难重重，只怕不是短时间内能做到的。若云歌在两三个月内有了身孕，那……"霍云叹了口气，接着说，"毕竟侍卫只是守宫廷门户，并不能随意在后宫出入，宦官又全是于安的人。宫内的宫女虽有我们的人，可都是只会听命行事的奴才，并无独当一面的人才。皇后快要十四岁了，按理说已经可以独掌后宫，可她却对这些事情一点不关心。否则内有皇后，外有我们，皇帝即使宠幸几次别的女人，也断无可能让他人先诞下皇子。"

霍光叹气，霍云的话说到了点子上。小妹虽然是皇后，可对霍氏来说，如今只是面子上的一个粉饰，没有任何实际帮助。小妹顶着皇后的头衔，本该能让霍氏通过她的手执掌后宫，但如今霍氏却对后宫无可奈何。

霍光心中虽别有想法，可是成君她……

这个女儿与别的儿女不同，勉强的结果只怕会事与愿违。

霍成君没有任何表情地说："爹爹，女儿愿意进宫。"

霍山、霍云先惊、后喜，寻求确定地问："妹妹的意思是……"

霍成君迎着霍光探问的视线，挤出了一个笑。

她脑海中闪过无数画面。

幼时与女伴嬉闹，玩嫁娶游戏时，她自信满满地说："我的夫君将来必是人中之龙。"

与孟珏的初次相遇时的惊喜，再次相逢……

她的羞涩，她的欢喜。

和孟珏并骑骑马，他曾体贴地扶她上马。

他为她抚琴，两人眼眸相触时的微笑。

她为他端上亲手所做的糕点时，他曾赞过好吃。

他曾温柔地为她摘过花。

月下漫步，两人也曾朗声而笑。

第一次执手，第一次拥抱，第一次亲吻……

那颗如鹿撞的心，若知道今日，当日可还会义无反顾地沦陷？

在他毫不留恋地转身时，他已经将她的少女心埋葬。

从此后，这些都是已死的前世。

她的今生将会……

霍成君的笑容虽然微弱，眼神却是决裂后的坚强，"爹爹，女儿愿意进宫，替霍氏掌管后宫。"

夜深唯恐花睡去，故点红烛照高堂。

好似怕一个闪神，就会发觉云歌已经消失在他的眼前，刘弗陵不许有一丝黑暗影响他的视线。

宣室殿内，火烛通明，将一切都映得纤毫毕现。

张太医半跪在龙榻前，为云歌针灸。

刘弗陵怕惊扰张太医的心神，所以站在帘外，眼睛却是一瞬不瞬地盯着帘内。

于安和七喜、六顺等宦官黑压压地跪了一地，殿内殿外都是人，却没有任何声音，殿堂内凝着压人心肺的安静。

很久后，张太医满头大汗地出来，疲惫地向刘弗陵磕头请退，"臣明日再来。陛下不用担心，云姑娘伤势不重，休养一段日子就能好。"

刘弗陵温言说："你回去好好休息。"

张太医跟着一个小太监出了大殿。

刘弗陵坐到榻旁，手指轻缓地描摹过云歌的眉毛、眼睛、鼻子……

他从前殿匆匆出来，刚赶到沧河，看到的一幕就是云歌倒挂在高台上。

突然之间，冰台坍塌，冰雪纷飞。

她如折翅的蝴蝶，坠向死亡的深渊。

她那么无助，可他只能眼睁睁地看着她坠落。

他拖她入险境，却保护不了她。

他只能眼睁睁地看着自己如何失去她。

他只能看着……

刘弗陵在云歌榻前已经坐了一个多时辰。于安看他似想一直陪着云歌，迟疑了很久，还是咬牙开口："陛下，还有一个多时辰就要天亮了，天亮后还有政事要处理，陛下稍稍休息一会儿，云姑娘这边有奴才们照看。"

照看？刘弗陵抬眸看向于安。

与刘弗陵眼锋相触，一帮太监都骇得重重磕头，于安流着冷汗说："陛下，是奴才办事不力，求陛下责罚。"

六顺忙说："与师傅无关，是奴才无能，中了侍卫的计，未护住云姑娘，奴才愿领死罪。"

刘弗陵淡淡问："抹茶、富裕还活着吗？"

于安立即回道："富裕重伤，抹茶轻伤，都还昏迷着，不过没有性命之忧。等他们醒来，奴才一定严惩。"

刘弗陵看着跪了一地的太监，几分疲惫，"你们跪了一晚上了，都回去休息吧！"

六顺愕然，陛下什么意思？不用办他们了吗？

刘弗陵挥了挥手，"都下去！"

所有太监都低着头，迅速退出了大殿，一会儿工夫，大殿就变得空荡荡，只剩于安一人未离开。

于安期期艾艾地说："陛下，奴才以后一定会保护好云姑娘，绝不会让这样的事情再发生。"

刘弗陵凝视着云歌，近乎自言自语地问："护得了一时，护得了一世吗？宫内的侍卫都是他们的人，你真能保证再无一点疏忽吗？还有躲在暗处的宫女，你每个都能防住吗？"

于安无语，这样的问题……

就是问刘弗陵的安全，他都无法回答，何况云歌的？毕竟太监人数有限，他的首要责任是保护陛下安全，能分给云歌的人手有限。如果霍光下定决心要云歌的命，他根本不能给陛下任何保证。

于安看向云歌，忽然觉得她的命运已定，只是早晚而已，心内痛惜，却想不出任何办法挽救。

刘弗陵笑着摇头，的确如孟珏所言，自己能留下她，却保护不了她，叹道："你下去吧！朕想和云歌单独待着。还有，云歌醒来，肯定会问起抹茶和富裕，不用责罚他们了，这件事情到此为止。"

于安看到刘弗陵的神色，不敢再出声，默默退了出去。

刘弗陵坐于地上，一手握着云歌的手，一手顺着云歌掌纹上的生命线来回摩挲。

他不能再让"意外"发生，不是每次"意外"都会幸运地化险为夷。云歌若因他而……而……

亲眼看着云歌摔下时，那种没顶的绝望又淹没了他。

刘弗陵的手紧握住了云歌的手，用力确认着她的安然。

如何才能真正根除"意外"？

只有两条路可走：一是除掉霍光，可这根本不是三年五载内就可以办成的，这是一场长期较量，一招不慎，就会是倾朝之祸，是天下动乱；二是……是让云歌离开。离开这个她本不属于的宫殿，离开长安城的旋涡。

他该给她自由的。不是吗？她本就属于更广阔的天地，不属于这每个角落都充满阴谋、鲜血的宫殿。

可是，自相逢，自击掌盟誓，她就是唯一。

这么多年的等待，就是米粒大小的种子都已经长成参天大树，何况他的相思？她已经长在他的心上，盘根错节，根深蒂固。

若想拔去她，也许需要连着他的心一块儿拔去。

谁能告诉他，一个人如何去割舍自己的心？

……

云歌恢复知觉时，只觉得五脏如火焚一般疼，不禁呻吟出声。

刘弗陵忙问："哪里疼？"

云歌缓缓睁开眼睛，恍恍惚惚间，几疑做梦，"我活着？"

刘弗陵点头，"孟珏救了你。"

云歌怔了下，微笑着说："那你应该好好谢他。"

刘弗陵听云歌的话说得别有深意，心头几跳，不可置信的狂喜下竟一句话都说不出来，只呆呆看着云歌。

本以为已经死别，不料还有机会重聚，云歌有难言的喜悦，轻轻碰了下刘弗陵的眉间，心疼地责怪："你一夜没有睡吗？怎么那么笨？我在这里睡着，又不会有知觉，你陪着也是白陪，干吗不睡一会儿呢？"

刘弗陵顺势握住了云歌的手，云歌并未像以前一样试图抽手，而是任由他握着，只几分不好意思地低垂了眼。

刘弗陵心内的不确信全部消失，只余喜悦，如海潮一般激荡着。

屋外是一个阳光灿烂的明媚天，屋内是一个多年梦成真的如幻境。

刘弗陵将云歌的手放在脸侧，轻轻摩挲，先是唇角微弯的微笑，继而是咧着嘴的大笑。

云歌心中也是抑制不住的喜悦，瞥到刘弗陵脸上的笑容，她也忍不住地想咧着嘴笑，只是腹内抽着疼，不敢用力。

原来人生的路，其实很简单，前后不定才最痛苦，一旦下定决心向前走，那么即使前方布满荆棘，也无所畏惧，也依旧可以快乐。

两个人像两个小傻瓜一样，谁都不知道说什么，只相对呆呆傻笑。

屋外。

于安试探地叫了声"陛下"。

两人从傻笑中惊醒。

刘弗陵说："别来烦我，今日我谁都不见，让他们都回家，陪老婆孩子好好过年去。"

于安刚想张嘴的话，全堵在了嘴里。

云歌小声说："小心人家骂你昏君。"

刘弗陵笑："昏就昏吧！我本来就不清醒了，现在出去处理事情，鬼知道会说出什么话来。"

刘弗陵的说话语气是从未听过的轻快，声音里有浓浓的笑意。于安觉得，昏的人已经不是陛下一个了，他现在也很昏，昨天晚上还愁云惨淡，压得众人连气都不敢喘，今日却……

这天变得也太快了！

于安抬头看了眼天空，一边踱步离去，一边叹道："碧空万里，晴朗无云，真是个好天。闹腾了一年，是该好好过个年，休息几天了！"

刘弗陵问云歌："难受吗？要不要休息？张太医晚上会再过来给你扎针。"

云歌摇头，"你不要逗我大笑就行，慢慢地说话没有关系。"

"云歌，我想和你说……"

"陵哥哥，我想和你说……"

两人笑看着对方，同时张口想说话，又同时停止。

"你先说。"云歌开口。

刘弗陵道："你先说吧！"

云歌不好意思地笑了下，低垂着眼睛说："陵哥哥，昨天晚上我想通了件事情。我落下的时候，很后悔很遗憾，觉得好多该做的事情没有做。人生有太多不可捉摸，没有人能真正预料到将来会发生什么。我不想事到尽头还有很多遗憾后悔，所以，如果喜欢的就该去喜欢，想做的就该去做，何必顾忌那么多呢？"

刘弗陵凝视着云歌轻轻颤动的眼睫毛，抑制着喜悦，轻声问："那你想做什么？"

云歌眼睛上的两只小蝴蝶扑扇了几下，"陵哥哥，我想和你在一起呀！"

简单的一句话，却让刘弗陵如闻天籁，整个身心都如饮醇酒，多少年没有过的快乐？

刘弗陵握着云歌的手掌，低头，吻落在了她的掌心，"云歌，昨天晚上我也想通了一件事情。人生说长，其实很短，即使太太平平，也不过数十年，算上病痛意外，究竟有多长，没有人真正知道。我这一生的遗恨、无奈已经够多，我不想一辈子都这样过。云歌，还记得你小时候给我的许诺吗？你说过愿意和我去苗疆玩，愿意陪我去走遍千山万水？"

云歌有点不能理解刘弗陵的意思。如果他只是"陵哥哥"，那么所有诺言的实现，都会很容易，可他不只是她的陵哥哥，他还是汉朝的皇帝。云歌傻傻地点头，"我从没有忘过。"

刘弗陵微笑："云歌，今后，我想只做你的'陵哥哥'。"

云歌大瞪着双眼，一时间不能真正理解刘弗陵的话。

半晌后，才张口结舌地说："那……那……可是……可是……"最后终于磕巴出了一句完整的话，"那谁……谁做汉……汉朝皇帝？"

刘弗陵看着云歌吃惊的傻样子，故作为难地问："是呀！谁做汉朝的皇帝呢？"

在巨大的喜悦中，云歌略微清醒了几分，伸手想打刘弗陵，"你那么聪明，定是早想好了，还不赶紧……"无意牵动了内腹的伤，云歌皱眉。

刘弗陵再不敢逗她，忙握着她的手，在自己手上打了下，"云歌，你觉得刘贺和刘病已哪个更好？我觉得这二人都不错，我们就从他们中挑一个做皇帝，好不好？"

云歌此时真正确定刘弗陵所说的每个字都认真无比，甚至他已经有一套周详的计划去实现他的决定。

云歌本来抱着壮士断腕的心留在刘弗陵身边，虽然无可奈何，可她临死时的后悔遗憾让她觉得，这个无可奈何也许比离开陵哥哥的无可奈何要小一点。

却不料刘弗陵竟然愿意冒险放弃皇位，云歌只觉得她的世界刹那间明亮灿烂，再无一丝阴霾，她甚至能看到以后每一天的快乐幸福。云歌已经很久没有这般快乐的感觉，挤得心满满的，满得像要炸开，可即使炸开后，每一块碎屑都仍然是满满的快乐。

刘弗陵看云歌先是痴痴发呆，再傻傻地笑，然后自言自语，嘴里嘀嘀咕咕，听仔细了，方听清楚，她竟然已经开始计划，他们先要回家见她父母，把三哥的坐骑抢过来，然后他骑马，她骑着铃铛，开始他们的游历，先去苗疆玩……再去……

她要搜集食材民方、写菜谱。汉人不善做牛羊肉，胡人不会用调料、不懂烹制蔬菜，她可以边走，边把两族做食物的好方法传授给彼此，让大家都吃到更好吃的食物……

刘弗陵心内酸楚，他把云歌禁锢在身边，禁锢的是一个渴望飞翔的灵魂。云歌在皇宫内的日子，何曾真正快乐过？

不过幸好，他们的日子还有很长。

皇位，他从来没有喜欢过，却要为了保住它，失去一切。把它给有能力、又真正想要的人，他们会做得更好。

放弃皇位，他可以和云歌去追寻他们的幸福。

刘弗陵庆幸自己做了此生最正确的决定，他也终于可以按照自己的意愿去飞翔，做自己想做的事情。

"云歌，你有钱吗？"

云歌还沉浸在美妙的幻想中，闻言呆呆地摇摇头，又点点头，"我没有，不过我会去赚钱。"

刘弗陵嘉奖地拍拍云歌的脑袋，"看来我这个媳妇讨对了。以后要靠你养我了。"

云歌笑得眼睛弯弯如月牙。

"是哦！某个人只会卖官，以后没得官卖了，好可怜！将来就跟着我混吧！替我铺床、叠被、暖炕，服侍好我，我会赏你一碗饭吃的。"

刘弗陵听到云歌的软语娇声，看到她眉眼盈盈，心中一荡，不禁俯身在她额头亲了下，"我一定好好'服侍'。"

云歌脸红，啐了他一声，却不好意思再回嘴，只悻悻地噘着嘴。

刘弗陵对云歌思念多年，好不容易重逢，云歌却一直拒他千里之外。此时云歌就在他身畔，近乎无望的多年相思全成了真，心内情潮澎湃，不禁脱了鞋子，侧身躺到云歌身旁，握着她的手，静静凝视着她的侧脸，心内只觉满足安稳。

云歌感受到耳侧刘弗陵的呼吸，觉得半边身子酥麻麻，半边身子僵硬。有紧张，有陌生，还有喜悦。

只愿她和他安稳和乐、天长地久。

刘弗陵看云歌紧张，怕影响到内伤，手指钩着云歌的手指，打趣地说："等你病好了，我一定洗耳恭听你唱情歌，省得有人大庭广众下抱怨，这闺怨都传到异邦了。"

云歌和阿丽雅说时，一派泰然，此时想到刘弗陵听她当众鬼扯，不知道当时心里怎么想，羞红了脸。

"你还敢嘲笑我？我那是为了帮你赢！我说那些话都是有的放矢，不是胡乱说的。羌族少女十三岁时会收到父兄为其准备的一柄弯刀，作为成年礼，等她们找到意中人时，就会把弯刀送给对方，作为定情信物。阿丽雅的弯刀还没有送出，证明她还未定情。羌族少女头巾的颜色也大有讲究，绿色、粉色、黄色、蓝色都代表着男子可以追求她们，阿丽雅的头巾却是红色，红色代表她不想听到男子的情歌，不欢迎男子打扰。阿丽雅既未定情，为何会用红色？唯一的解释就是她已经有了意中人，但是她还未告诉对方。我当时想诱她答应文斗，必须先让她对武斗有畏惧，可草原女儿很少会胆怯畏惧，所以我只能尽力让她觉得有遗憾和未做的事情。阿丽雅以公主之尊，都不敢送出弯刀，只越发证明意中人在她心中十分特殊，阿丽雅的感情越深，就越有可能同意文斗。"

刘弗陵此时才真正了然，原来云歌当时没有一句废话，她的每个动作、每句话都在扰乱阿丽雅心神，等云歌提出文斗时，阿丽雅才会很容易接受。

刘弗陵捏了捏云歌鼻子，动作中有宠溺，有骄傲，"看来我该谢谢阿丽雅的意中人，他无意中帮了汉人一个大忙。"

云歌的笑有点僵，呵呵干笑了两声，"这事，你知我知就可以了，千万不要告诉别人。若让我三哥知道我鼓捣女子去追他，定会把我……"云歌做了个怕怕的表情。

刘弗陵几分诧异、几分好笑，"阿丽雅的意中人是你三哥？原来你早知道她。"

"不是，不是，我是近处看到阿丽雅才知道，你看到她手腕上带的镯子了吗？挂着个小小的银狼面具，和我三哥戴的面具一模一样。你说一个女孩子贴身带着我三哥的面具，能有什么意思？"云歌乐不可支，笑出了声，"三哥要郁闷了……哎呀！"

牵动了伤口，云歌疼得眼睛、鼻子皱成一团。

人，果然不能太得意忘形！

刘弗陵忙道："不许再笑了。"

云歌龇牙咧嘴地说："我心里开心，忍不住嘛！你快给我讲点不高兴的事情听，我们什么时候离开长安？越快越好！我真想伤一好，就和你离开长安。"

刘弗陵肃容，想严肃一点，可是眼睛里面仍是星星点点快乐的星芒，"没有那么快，不过我想一年之内肯定可以离开。"

"我看大哥很好，嗯……大公子除了有点花花眼，好像也不错，传给他们中的谁都应该不错。为什么还需要那么长时间去选择？怕朝廷里面的官员反对吗？还是怕藩王不服？"

"云歌，我也很想快一点离开长安，可是……"刘弗陵神情严肃了起来，"你记得大殿上，陪着刘病已唱歌的那些人吗？我不在乎朝廷百官如何反应，更不会在乎藩王的意思，但是我在乎他们。"

云歌点了点头，"嗯。"

"让克尔嗒嗒畏惧的不是刘病已，更不是大殿上的文官武将，而是刘病已身后会慨然高歌的大汉百姓。他们辛勤劳作，交赋税养活百官和军队，他们参军打仗，用自己的生命击退夷族，可他们希冀的不过是温饱和平安。我在位一日，就要保护他们一日。现在我自私地想逃离自己的责任，那我一定要保证把这个位置太太平平地传给一个能保护他们的人。如果因为我的大意，引发皇位之争的兵戈，祸及民间百姓，我永不能原谅自己。"

云歌握住了刘弗陵的手，"我明白了，我会耐心等待。你放心，我觉得不管是大哥，还是大公子，都肯定会保护好他们。"

刘弗陵笑道："刘贺，我比较了解，他的志向才学都没有问题，可他一贯装糊涂，装得我实在看不出来他行事的手段和风格，需要再仔细观察。刘病已心性更复杂，也需要仔细观察一段时间。"

———— ∞ ————

虽然新年宴席出了意外，可在刘弗陵和霍光的心照不宣下，知道的人很有限。只一批禁军悄无声息地消失了。

云歌的意外似乎像其他无数宫廷阴谋一样，黑暗中发生，黑暗中消失，连清晨的第一线阳光都未见到，已经在众人的睡梦背后泯灭。

可实际上，却是各方都因为这个意外，开始重新布局落子。各方都有了新的计划，未再轻动，这反倒让众人过了一个极其安稳的新年。

云歌午睡醒来，看到刘弗陵在榻侧看东西，眉宇轻皱。

听到响动，刘弗陵的眉头展开，把手中的东西放到一边，扶云歌起来。

云歌随手拿起刘弗陵刚才看的东西，是官员代拟的宣昌邑王刘贺进长安觐见的圣旨，都是些冠冕堂皇的官面话。

云歌笑问："你打算把刘贺召到京城来仔细观察？"

"不仅仅是观察，有些东西，从现在开始就需要慢慢教他们做了。我三四岁的时候，父皇已经教我如何看奏章，如何领会字句背后的意思了。"

抹茶在帘外轻禀了一声，端了药进来，动作极其小心翼翼，云歌知她还在内疚自责，一时间难好，只能无奈一笑。

刘弗陵拿过圣旨放到一边，从抹茶手中接过汤药，亲自服侍云歌喝药。

刘弗陵喂云歌吃完药，拿了水，给她漱口，"不过还不知道他肯不肯来。皇帝和藩王之间的关系十分微妙。一方面，藩王宗亲和皇帝的利益一致，天下是皇帝的天下，更是刘氏的天下，如果皇帝的位置被人抢了，是整个刘姓失去天下。藩王宗亲的存在是对朝中文臣武将的震慑，让众人明白，皇室人才济济，即使皇帝没了，也轮不到他们；另一方面，皇帝要时时刻刻提防藩王的其他心思，防止他们和大臣勾结。当然，藩王也在时时刻刻提防皇帝，有异心的要提防，没有异心也要提防，因为有没有异心不是自己说了算，而是皇帝是否相信你。史上不乏忠心藩王被疑心皇帝杀害或者逼反的例子。"

一道诏书都这么多事？云歌郁闷："你觉得刘贺不会相信你？他会找托词，拒接圣旨，不进长安？甚至被你这诏书吓得起异心？"

刘弗陵颔首，"没有人会相信皇帝，何况他所处的位置。这天下，也只得你信我。"

"那我们怎么办？"

刘弗陵笑道："这些事情，不用你操心。我总会想出办法解决的。你要操心的是如何养好身体。"

刘弗陵不想再谈正事，和云歌说起上元佳节快到，宫里和民间都会有庆典，问她喜欢什么样子的灯。

云歌突然说："我想上元佳节出宫一趟，一则看灯，二则……二则，如果你不介意，我想去见孟珏一面，谢谢他的救命之恩。"

"我从没有介意你见他，有的只是紧张。"刘弗陵的手从云歌鬓边抚过，温和地说，"有人与我一样慧眼识宝珠，更多的大概是惺惺惜惺惺，何况他还是个值得敬重的人。"

云歌被刘弗陵说得不好意思，红着脸撇过了头，心中是欢喜、酸涩交杂。陵哥哥把她视作宝贝，珍而重之还觉不够，以为别人都和他一样。孟珏可未把她当过什么宝珠，顶多是能得他青睐的几个珠子中的一个而已。

刘弗陵说："云歌，孟珏是个精明人，和他说话的时候，稍微留点心。皇位禅让，事关重大，一日未做最后决定，一点口风都不能露，否则祸起萧墙，后患无穷。"

云歌点头，"我明白。"

第十一章
与君诺，比翼今生

现在的局面是一个微妙的均衡，也许一滴水的力量就可以打破，何况皇位这掌控天下苍生的力量？

不说朝廷臣子，就只刘贺和刘病已，他们现在都不存他想，才能一个做糊涂藩王，一个想尽心辅佐皇帝，以图有朝一日恢复宗室之名。若一旦得知有机会名正言顺取得帝位，他们还能安安静静吗？也许彼此间的争斗会比皇子夺位更激烈。

长安城中，最后的这段路，也许会成为他人生中最难走的路。

刘弗陵凝视着云歌，"云歌，不如你先回家，等事定后，我去找你。"

云歌皱眉瞪眼，"你想都不要想！我就要待在这里！"

刘弗陵耐心解释："我不是不想你陪着我，只是以后恐怕风波迭起……"

云歌嘴巴瘪了起来，"陵哥哥，我们第一次分别，用了多少年才重逢？我不想再数着日子等待，不管风波水波，反正我不想分开。你要敢赶我走，我就再不理你！"

刘弗陵沉默。

云歌拉住他的手摇来摇去，瘪着嘴，一脸可怜，漆黑的眼睛里却全是固执。

刘弗陵叹息，"你怎么还是这样？你还有伤，快别摇了，我答应你就是。"

云歌变脸比翻书快，瞬时已经喜笑颜开，"幸亏你对我比小时候好一点了，不然我好可怜。"

"才好一点？"刘弗陵面无表情地淡声问。

云歌嘻嘻笑着凑到他眼前，"这是鼓励你要继续努力，说明刘弗陵在对美丽、可爱又聪明的云歌好的路上，还有很多、很多进步的余地，你要每天都对我比前一天好一点，每天都要想想昨天有没有做得不好的地方，有没有惹可爱的云歌不开心呀？每天……"

刘弗陵一言不发地拿起圣旨，转身自顾去了，留云歌大叫，"喂，我话还没有说完！"

第十二章
伊人却在，
灯火阑珊处

云歌受的伤比许平君轻很多，加上心情愉悦，在张太医的全力照顾下，伤势好得很快。

到上元佳节时，已经可以下地走动。

上元日，白天，刘弗陵要祭祀太一神。

因为主管上、中、下三元分别是天、地、人三官，民间常用燃花灯来恭贺天官喜乐，所以太阳落时，刘弗陵还要在城楼上点燃上元节的第一盏灯。

等皇帝点燃第一盏灯后，民间千家万户的百姓会纷纷点燃早已准备好的灯，向天官祈求全年喜乐。

云歌在七喜、抹茶的保护下，趁着众人齐聚城楼前，悄悄出了宫。

一路行来，千万盏灯次第燃起，若火树银花绽放，映得天地如七彩琉璃所做。

云歌在宫中拘得久了，看到这般美景，实在心痒难耐，自己给自己寻了借口，反正办事也不急在这一时半会儿，玩过了再办，一样的。遂敲敲马车壁，命富裕停车，笑说："不怪四夷贪慕中原，这般的天朝气象，谁会不羡慕呢？"

抹茶看云歌要下马车，迟疑地说："小姐，外面人杂，我们还是车上看看就好了。"

云歌没理会抹茶，在富裕的搀扶下，下了马车。

抹茶求救地看向七喜。因为于安事先吩咐过一切听命于云歌，所以七喜微微摇了下头，示意一切顺着云歌的心意。

为了这次出宫，他们想了无数法子，既不能带太多人，引人注意，又要确保云歌的安全，本以为有什么重大事情，可看云歌一副玩兴甚浓的样子，又实在不像有什么正经事情。

七喜、富裕在前帮云歌挡着人潮，抹茶、六顺在后保护云歌，五人沿着长街，边看灯边走。

长安城内多才子佳人，这些人所做的灯别有雅趣，已经不再是简单的祭拜天官。灯上或有画，或有字。更有三五好友，将彼此所做的灯挂出，请人点评高低，赢者大笑，输者请酒，输赢间磊落风流，常被人传成风趣佳话。还有才女将诗、谜制在灯上，若有人对出下句，或猜出谜语，会博得才女亲手缝制的女红。奖品并不珍贵，却十分特别，惹得一众少年公子争先恐后。

云歌边看边笑，"这和草原上赛马追姑娘，唱情歌差不多，只不过中原人更含蓄一些。"

孟珏和刘病已站在城楼下，挤在百姓中看刘弗陵燃灯。

本以为今晚的热闹，以云歌的性格，怎么样都会来看一下，可城楼上立着的宫女中没有一个是她。

不知她的病如何了，按理说应该已经能下地走动。

满城喧哗，孟珏却有些意兴阑珊，想要回府。

刘病已猜到孟珏的心思，自己心中也有些道不分明的寥落，所以两人虽并肩而行，但谁都懒得说话。

喧闹的人声中，刘病已忽地问："孟珏，平君告诉你云歌说她只答应皇……公子在那里待一年了吗？"

孟珏微颔了下首。

刘病已笑拱了拱手："恭喜你！"

孟珏却是没什么特别喜色，唇畔的微笑依旧淡淡。

刘病已看到人群中孑然一身的霍成君时，几分奇怪，几分好笑。人山人海中，一个不留神，同行的亲朋都会走散，他们却是冤家路窄，迎面相遇。

霍成君一袭绿布裙，一头乌发绾了一个简单却不失妩媚的叠翠髻，髻上别着一根荆钗，十分简单朴素，就如今夜大街上的无数少女。只不过她们是与女伴手挽手，边说边笑地看热闹、赏花灯，而霍成君却是独自一人，在人群中默默而行。

今夜，也许是她在民间过的最后一个上元节了，从此后，她的一生要在未央宫的重重宫殿中度过。

她特意支开丫鬟，自己一人偷偷跑了出来，她也不知道自己究竟想要看见什么，又想要什么。她只是在人群中走着，甚至脑里根本什么都没有想，只是走着。

可是当她隔着长街灯火、重重人影，看到那个翩然身影时，她突然明白自己想要看见的是什么了。

心酸，让她寸步不能动。

原来自己竟还是不能忘记他，原来自己的寻寻觅觅竟还是他。

原来自己看似随手拿的绿罗裙，只是因为知他偏爱绿色。

荆钗布裙，原来只是怅惘心底已逝的一个梦。

刘病已看霍成君呆立在人群中，怔怔看着孟珏。

她身边的人来来往往，时有撞到她的，她却好似毫未察觉。

孟珏的目光散漫地浏览着身侧的各式绢灯，迟迟未看到霍成君。

刘病已轻轻咳嗽了几声，胳膊捅了捅孟珏，示意孟珏看霍成君。

孟珏看到霍成君，脚步停了下来。

刘病已低声说："她看了你半天了，大过节的，过去说句话吧！至少问个好。"

孟珏几不可闻地一声叹息，向霍成君走去，"你来看灯？"

霍成君点了点头，"你也来看灯？"

刘病已无语望天，一个问的是废话，一个答的更是废话，两个聪明人都成了傻子，幸亏他这辈子是没有"福分"享受此等暧昧，不必做傻子。

寒暄话说完，气氛有些尴尬，孟珏不说话，霍成君也不说话，刘病已沉默地看看孟珏，再瞅瞅霍成君。

他们三人，孟珏丰神飘洒，刘病已器宇轩昂，霍成君虽荆钗布裙，却难掩国色天香，三人当街而立，惹得路人纷纷回头。

孟珏向霍成君拱手为礼，想要告辞。

霍成君知道这也许是最后一次和孟珏单独相处，心内哀伤，想要说话，却只嘴唇微动了动，又低下了头。

刘病已赶在孟珏开口前，说道："既然偶遇，不如一起逛街看灯吧！"

霍成君默默点了下头，孟珏盯了眼刘病已，未出声。

刘病已呵呵笑着，"霍小姐，请。"

三个关系复杂的人一起赏起了灯。

虽然多了一个人，但彼此间的话却更少了。

刘病已有意无意间放慢了脚步，让霍成君和孟珏并肩同行，自己赏灯兼赏人。

霍成君本来走在外侧，在人海中，有时会被人撞到。孟珏不留痕迹地换到了外侧，替她挡去了人潮。

各种灯，样式各异。大的如人高低，小的不过拳头大小，有的用上好冰绢制成，有的用羊皮制成。

霍成君心神恍惚，并未真正留意身侧头顶的灯。有的灯垂得很低，她会未弯腰地走过，有的灯探到路中，她会忘记闪避，孟珏总是在她即将撞到灯的刹那，帮她把灯挡开，或轻轻拽她一把。

他的心比寒铁还坚硬冷酷，他的举动却总是这般温和体贴。霍成君忽然想大叫，又想大哭，问他为什么？为什么？

她有太多"为什么"要问他，可是问了又如何？今夜别后，她会成为另一个人，如果他是霍氏的敌人，那么就会是她的敌人。

问了又能如何？

今夜是最后一次了！

遗忘过去，不去想将来，再在今夜活一次，就如他和她初相逢，一切恩怨都没有，有的只是对美好的憧憬。

霍成君笑指着头顶的一个团状灯，"孟珏，这个灯叫什么？"

孟珏看了眼，"玉栅小球灯。"

"那个像牌楼一样的呢？"

"天王灯。"

"那个像绣球的呢？绣球灯？"

"它虽然形似绣球，但你看它每一块的花纹如龟纹，民间叫它龟纹灯，象征长寿。先帝六十岁那年的上元节，有人进献给先帝一个巨大的龟纹灯，灯内可以放置一百零八盏油灯，点燃后，十里之外都可见。"

"竟有如此大的灯？不知道今天晚上最大的灯有多大？"

……

霍成君的举止一如天真少女，走在心上人的身侧，徜徉在花灯的梦般美丽中，娇笑戏语下是一颗忐忑女儿心。

所有经过的路人都对他们投以艳羡的眼光，好一对神仙眷侣。

在所有人羡慕的视线中，霍成君觉得似乎一切都是真的，这个人真实地走在她身畔，他温润的声音真实地响在她耳畔，他偶尔也会因她点评灯的戏语会意而笑。

老天对她并不仁慈，可是它慷慨地将今夜赐给了她。

至少，今夜，是属于她的。

第十二章
伊人却在，灯火阑珊处

"孟珏,你看……"霍成君侧头对孟珏笑语,却发现孟珏定定立在原地,凝望着远方。

霍成君顺着孟珏的视线看向了侧前方,她的笑容瞬时灰飞烟灭。

两座角楼之间,穿着几根黑色粗绳,绳上垂了一串串灯笼,每串上都有二十多个白绢灯。因绳子与黑夜同色,若不注意看,很难发现。

遥遥看去,黑色夜幕中,无数宝灯在虚空中熠熠生辉,如水晶瀑布,九天而落。

水晶瀑布前,一个女子内着淡绿裙裳,外披白狐斗篷,手里正举着一个八角宫灯,半仰着头,仔细欣赏着。

不但人相撞,竟连衣裳颜色都相撞!

刹那间,霍成君忽然心思通明,盯着云歌身上的绿色,悲极反笑。

今夜,原来一如以前的无数个日子,都只是老天和她开的玩笑。老天给了她多美的开始,就会给她多残酷的结束。

今夜,并不是她的。

云歌实在喜欢手中的宫灯,可无论七喜给多少钱,做宫灯的年轻书生都不肯卖,只说他们若猜中了谜,宫灯白送,若猜不中,千金不卖。

抹茶和富裕,一个扮红脸,一个扮白脸地说了半晌,书生只是微笑摇头。

云歌不善猜谜,试了两次,都未一口气连续猜中三个,又不喜欢这种太费脑子的事情,只得无奈放弃。

宫灯递还给书生,回身想走,却在回头的刹那,脚步定在了地上。

蓦然回首:故人、往事、前尘,竟都在灯火阑珊处。

花灯下,人潮中。

孟珏和霍成君并肩而立,仿若神仙眷侣。

云歌凝视了他们一瞬,若有若无的笑意淡淡在唇边浮开。平心而论,孟珏和霍成君真的是一对璧人。

孟珏从人流中横穿而来，脚步匆匆。

霍成君都不知道自己为什么会随在孟珏身后而去。

刘病已一边挤着人潮而过，一边喃喃说："天官果然是过节去了！"

孟珏本以为云歌一见他，又会转身就走，却不料云歌微笑静站，似等着他到。

等急匆匆走到云歌面前，他却有些语滞，竟不知道该说什么。

云歌含笑问："你们来看灯？"

刘病已低着头，扑哧一声笑。云歌不解地看了他一眼。

孟珏对云歌说："我和病已出来看灯，路上偶然遇见霍小姐。"

霍成君眼中一暗，撇过了头，云歌却好像什么都没有听到，只问刘病已："大哥，姐姐的伤恢复得如何？"

碍于霍成君，刘病已不想多提此事，含糊地点了点头，"很好。"

孟珏看了眼云歌刚拿过的宫灯，"看你很喜欢，怎么不要了？"

云歌指了指灯谜，无能为力地一笑。忽想起，来的这三个人，可都是很喜欢动脑筋、要心思的。她走到刘病已身旁，笑说："一人只要连猜中三个灯谜就可以得到那盏宫灯。大哥，你帮我猜了来，可好？"

刘病已瞟了眼孟珏，虽看他并无不悦，但也不想直接答应云歌，嗯啊了两声后说："大家一起来看看吧！"

霍成君随手往案上的陶罐里丢了几枚钱，让书生抽一个谜题给她来猜。一手接过竹签，一边笑问云歌："你怎么出宫了？皇……公子没有陪你来看灯吗？皇公子才思过人，你就是想要十个宫灯，也随便拿。"

云歌的身份的确不能轻易出宫，说自己溜出来的，肯定是错，说刘弗陵知道，也不妥当，所以云歌只是面上嘻嘻笑着，未立即回答霍成君。

自见到霍成君出现，就全心戒备的富裕忙回道："于总管对今年宫里采办的花灯不甚满意，命奴才们来看看民间的样式。奴才们都不识字，也不会画画，所以于总管特许云姑娘出宫，有什么好样式，先记下来，明年上元节时，可以命人照做。"

霍成君心内本就有怨不能发，富裕竟往她气头上撞，她冷笑着问富裕，"我问你话了吗？抢话、插话也是于总管吩咐的吗？"

富裕立即躬身谢罪，"奴才知错。"

霍成君冷哼，"光是知道了吗？"

富裕举手要扇自己耳光，云歌笑挡住了富裕的手，"奴才插到主子之间说话，才叫'抢话、插话'。我也是个奴婢，何来'抢话插话'一说？小姐问话，奴婢未及时回小姐，富裕怕误了小姐的工夫，才赶紧回了小姐的话，他应没有错，错的是奴婢，请小姐责罚。"

霍成君吃了云歌一个软钉子，深吸了口气方抑住了胸中的怒意，娇笑道："云小姐可真会说笑。听闻皇公子在你榻上已歇息过了，我就是吃了熊心豹胆，也不敢责罚你呀！"

正提笔写谜底的孟珏猛地扭头看向云歌，墨黑双眸中，波涛翻涌。

刘病已忙大叫一声，"这个谜语我猜出来了！'江山万民为贵，朝廷百官为轻。'可是这两个字？"

刘病已取过案上的毛笔，在竹片上写了个"大"和"小"字，递给制谜的书生，书生笑道："恭喜公子，猜对了。可以拿一个小南瓜灯。若能连猜对两个谜语，可以拿荷花灯，若猜对三个，就可以拿今天晚上的头奖。"书生指了指云歌刚才看过的宫灯。

刘病已呵呵笑问："你们不恭喜我吗？"却是没有一个人理会他。

孟珏仍盯着云歌。

云歌虽对霍成君的话有气，可更被孟珏盯得气，不满地瞪了回去。先不说霍成君的鬼话值不值得信，就算是真的，又如何？你凭什么这样子看着我，好像我做了什么错事！你自己又如何？

刘病已看霍成君笑吟吟地还想说话，忙问："霍小姐，你的谜题可有头绪了？"

霍成君这才记起手中还有一个灯谜，笑拿起竹签，和刘病已同看。

"思君已别二十载。"

这个谜语并不难，刘病已立即猜到，笑道："此乃谐音谜。"

霍成君也已想到，脸色一暗，看向孟珏，孟珏的眼中却哪里有她？

"二十"的大写"廿"正是"念"字发音，思之二十载，意寓不忘。

刘病已提笔将谜底写出："念念不忘。"递给书生。

刘病已轻叹口气，低声说："伤敌一分，自伤三分，何必自苦？"

霍成君既没有亲密的姐妹，也没有要好的朋友，所有心事都只有自己知道，从没有人真正关心过她的伤和苦。刘病已的话半带怜半带劝，恰击中霍成君的心，她眼中的不甘渐渐化成了哀伤。

孟珏半抓半握着云歌的手腕，强带了云歌离开。

刘病已看他们二人离去，反倒松了口气，要不然霍成君和云歌凑在一起，中间夹着一个孟珏，还不知道会出什么乱子。

花市灯如昼、人如潮，笑语欢声不绝。

霍成君却只觉得这些热闹显得自己越发孤单，未和刘病已打招呼，就想离开。

书生叫道："你们轻易就猜中了两个谜，不想再猜一个吗？"

霍成君冷冷瞟了眼云歌喜欢的宫灯，提步就去。

书生拿着孟珏写了一半的竹签，急道："这个谜语，大前年我就拿出来让人猜，猜到了今年，都一直没有人猜中。我看这位公子，才思十分敏捷，难道不想试一试吗？"

刘病已叫住霍成君，"霍小姐，既然来了，不妨尽兴游玩一次，毕竟一年只这一回。若不嫌弃，可否让在下帮小姐猜盏灯玩？"

霍成君默默站了会儿，点点头："你说得对，就这一次了。"打起精神，笑问书生，"你这个谜语真猜了三年？"

书生一脸傲气，自得地说："当然！"

刘病已笑说："我们不要你的这盏宫灯，你可还有别的灯？若有这位小姐喜欢的，我就猜猜你的谜，若没有，我们只能去别家了。"

书生看着头顶的宫灯，不知道这灯哪里不好。想了一下，蹲下身子，在一堆箱笼间寻找。

霍成君听到刘病已的话，不禁侧头深看了眼刘病已。

现在的他早非落魄长安的斗鸡走狗之辈，全身再无半点寒酸气。发束蓝玉宝冠，身着湖蓝锦袍，脚蹬黑缎官靴。腰上却未如一般官员悬挂玉饰，而是系了一柄短剑，更显得人英姿轩昂。

书生抱了个箱子出来，珍而重之地打开，提出一盏八角垂绦宫灯。样式与云歌先前喜欢的一模一样，做工却更加精致。灯骨用的是罕见的岭南白竹，灯的八个面是用冰鲛纱所做，上绣了八幅图，讲述嫦娥奔月的故事。画中女子体态婀娜，姿容秀美。神态或喜或愁，或怒或泣，无不逼真动人，就是与宫中御用的绣品相较也毫不逊色，反更多了几分别致。

霍成君还是妙龄少女，虽心思比同龄女孩复杂，可爱美乃人之天性，如何会不喜欢这般美丽的宫灯？更何况此灯比云歌的灯远胜一筹。

她拎着灯越看越喜欢，赏玩了半晌，才十分不舍地还给书生。

刘病已见状，笑对书生说："把你的谜拿过来吧！"

书生递过竹签，刘病已看正面写着"暗香晴雪"，背面写着"打一字"。凝神想了会儿，似明非明，只是不能肯定。

霍成君思索了一会儿，觉得毫无头绪，不愿再想，只静静看着刘病已。

书生看刘病已未如先前两个谜语，张口就猜，不禁又是得意又是失望。

刘病已把竹签翻转到正面，看到孟珏在下边写了句未完成的话，"暗香笼……"

书生纳闷地说："不知道起先那位公子什么意思，这个谜底是打一个字而已，他怎么好像要写一句话？"

刘病已心中肯定了答案，也明白了孟珏为何要写一句话，孟大公子定是有点不满这位书生对云歌的狂傲刁难，所以决定"回敬"他几分颜色，奚落一下他自以为傲的才华。

刘病已笑提起笔，刚想接着孟珏的续写，可忽然心中生出了几分不舒服和憋闷，思索了一瞬，在孟珏的字旁边，重新起头，写道："暗香深浅笼晴雪。"写完后，凝视着自己的字迹笑了笑，将竹签递回书生，径直提过灯笼，双手送到霍成君面前，弯身行礼道："请小姐笑纳。"

一旁围着看热闹的男女都笑拍起手来，他们看霍成君荆钗布裙，刘病已贵公子打扮，还以为又是上元节的一段偶遇和佳话。

霍成君此生收过不少重礼，可这样的礼物却是第一次收到。听到众人笑嚷"收下，收下"，只觉得大违自小的闺门教导，可心中却有异样的新鲜，半恼半羞中，袅袅弯身对刘病已敛衽一礼："多谢公子。"起身后，也是双手接过宫灯。

刘病已会心一笑，霍成君倒有些不好意思，拿着宫灯，在众人善意的哄笑声中，匆匆挤出了人群。

刘病已也匆匆挤出了人群，随霍成君而去。

书生捧着竹签，喃喃自语，看看自己的谜题："暗香晴雪。"再瞅瞅孟珏未完成的谜底："暗香笼……笼……暗香笼晴雪。"最后看着刘病已的，笑着念道："暗香深浅笼晴雪。好，好，猜得好！对得好！"孟珏和刘病已以谜面回答谜面，三句话射得都是同一个字，可谜面却是一句更比一句好。

书生倒是没有介意刘病已笔下的奚落，笑赞道："公子真乃……"抬头间，却早无刘病已、霍成君的身影，只街上的人潮依旧川流不息。

有人想要投钱猜谜，书生挥手让他们走。游客不满，可书生挥手间，一扫先前的文弱酸腐，竟有生杀予夺的气态，游客心生敬畏，只能抱怨着离去。

书生开始收拾灯笼，准备离开。

今夜见到这四人，已经不虚此行。让父亲至死念念不忘、令母亲郁郁而殁的天朝果然地灵人杰！

———— ❦ ————

云歌被孟珏拖着向灯市外行去。

抹茶、富裕欲拦，七喜却想到于安另一个古怪的吩咐：若云歌和孟珏在一起，不许他们靠近和打扰。于总管竟然料事如神，猜到云歌和孟珏会遇见？

七喜吩咐大家远远跟着云歌，保持着一段听不清楚他们谈话，却能看见云歌的距离。

孟珏带着云歌走了一段路，初闻霍成君话语时的惊怒渐渐平复，心内添了一重好笑，更添了一重无奈。

"为什么伤还没有好，就一个人跑出来乱转？"

"我的事，要你管！"

"最近咳嗽吗？"

"要你管！"

孟珏懒得再吭声，直接握住云歌手腕搭脉，另一只手还要应付她的挣扎。一会儿后，他沉思着放开了云歌，"让张太医不要再给你扎针了，我最近正在帮你配香屑，以后若夜里咳嗽得睡不着时，丢一把香屑到熏炉里。"

云歌冷哼一声，以示不领他的好意。

孟珏替云歌理了下斗篷，"今日虽暖和，但你的身子还经不得在外面久待，我送你回去。"

云歌却站在那里不动，刚才的满脸气恼，变成了为难。

孟珏问："宫里发生了什么事情？"

云歌想挤个笑，但没有成功，"宫里没什么事情，我……我想拜托你件事情。"

孟珏言简意赅，"说。"

"陵哥哥想召大公子进长安，他担心大公子不来，所以我希望你能从中周旋一下。"

这就是你站在我面前的原因？孟珏微笑起来，眼神却是格外的清亮，"不可能。皇帝想下诏就下诏，昌邑王来与不来是王上自己的事情，和我无关。"

"陵哥哥绝无恶意。"

"和我无关。"

云歌气结，"怎么样，才能和你有关？"

孟珏本想说"怎么样，都和我无关"，沉默了一瞬，问："他为什么会在你的榻上歇息？"

"你……"云歌拍拍胸口，安慰自己不生气，"孟珏，你果然不是君子。"

"我几时告诉过你我是君子？"

有求于人，不能不低头，云歌老老实实却没好气地回答孟珏："有天晚上我们都睡不着觉，就在我的榻上边吃东西边聊天，后来糊里糊涂就睡过去了。"

"他睡不着，很容易理解。他若哪天能睡好，倒是该奇怪了。可你却是一睡着，雷打不动的人，为什么会睡不着？"

云歌低着头，不回答。

孟珏见云歌不回答，换了个问题："这是什么时候的事情？"

云歌因为那天晚上恰和刘弗陵掐指算过还有多久到新年，所以一口答道："十二月初三。"

孟珏问时间，是想看看那几天发生了什么事情，让云歌困扰到失眠。思量了一瞬，觉得宫里宫外并无什么大事，正想再问云歌，突想起那天是刘病已第一次进宫见刘弗陵，许平君曾求他去探看一下刘病已的安危。

孟珏想着在温室殿外朱廊间闪过的裙裾，眼内尖锐的锋芒渐渐淡去。

云歌看孟珏面色依旧寒意潸潸，讥嘲："孟珏，你有什么资格介意霍成君的话？"

"谁告诉你我介意了？再提醒你一下，现在是你请我办事，注意下你说话的语气。"

云歌拂袖离去，走了一段路，忽地停住，深吸了口气，轻拍拍自己的脸颊，让自己微笑，转身向孟珏行去，"孟公子，您要什么条件？"

孟珏思量地凝视着云歌："这件事情对他很重要。"

云歌微笑着说："你既然已经衡量出轻重，可以提条件了。"

"先回答我一个问题，那么多刘姓王孙，为何只召昌邑王到长安？我凭什么相信他？"

云歌的假笑敛去，郑重地说："孟珏，求你信我，我用性命和你保证，刘贺绝不会在长安有危险，也许只会有好处。"觉得话说得太满，又补道，"绝不会有来自陵哥哥的危险，至于别人的，我想他这点自保的能力总该有。"

孟珏沉思。

云歌眼睛一瞬不瞬地盯着他。

半晌后，孟珏道："好，我信你。"

孟珏说的是"信"她，而非"答应"她，云歌笑问："你要我做什么？你是个精明的生意人，不要开买家付不起的价钱。"

孟珏沉默了会儿，说："一年之内，你不许和他亲近，不能抱他，不能亲他，不能和他同榻而眠，什么都不许做。"

"孟珏，你……"云歌脸涨得通红。

孟珏却露了笑意，"他毕竟深受汉人礼仪教化，他若真看重你，一日未正式迎娶，一日就不会碰你。不过，我对你没什么信心。"

"孟珏，你到底把我当你的什么人？"

孟珏眼中一暗，脸上的笑意却未变，"我说过，我轻易不许诺，但许过的绝不会收回。对你的许诺，我一定会实现。"

云歌满脸匪夷所思地盯着孟珏，这世上还有人比他更难理解吗？

孟珏淡淡笑着说："你现在只需回答我，'答应'或者'不答应'。"

云歌怔怔发呆：孟珏用一年为限，想来是因为许姐姐告诉他陵哥哥和我的一年约定，只是他怎么也不会料到陵哥哥想做的。将来，不管是刘病已，还是刘贺登基，凭孟珏和他们的交情，都会位极人臣，整个大汉的秀丽江山都在他眼前，他哪里还有时间理会我？何况只一年而已。

孟珏看着一脸呆相的云歌，笑吟吟地又说："还有，不许你告诉任何人你我之间的约定，尤其是陛下。"

云歌眼睛骨碌转了一圈，也笑吟吟地说："好，我答应你。若有违背，让我……让我此生永难幸福。"

孟珏微一颔首，"我送你回去。"

马车内，云歌不说话，孟珏也不作声，只车辘辘的声音"吱扭""吱扭"地响着。

快到宫门时，孟珏道："就到这里吧！那边应该有于总管的人等着接你了。"说完，就下了马车。

云歌掀起车帘，"这儿离你住的地方好远，我让富裕用马车送你回去吧！我走过去就可以了。"

孟珏温和地说："不用了，我想一个人走走。云歌，照顾好自己，不要顾虑别人，特别是宫里的人，任何人都不要相信。"

云歌微笑："孟珏，你怎么还不明白呢？我和你不是一样的人。"

孟珏脸上若有若无的笑意更像是自嘲，"我的问题不在于我不了解你，而是我比自己想象的更了解你。"

云歌愕然。

孟珏转身，安步当车地步入了夜色。

刘弗陵召昌邑王刘贺进京的消息，让所有朝臣惊讶不解，甚至觉得好笑。皇帝觉得长安太无聊了吗？召一个活宝来娱乐自己，兼娱乐大家？

一些谨慎的大臣本还对刘贺有几分期许，觉得此人也许小事糊涂，大事却还清楚，皇帝的这道诏书当然不能接，装个病、受个伤地拖一拖，也就过去了。不料听闻刘贺不但接了诏书，而且迫不及待地准备上京，明里嚷嚷着"早想着来长安拜见陛下"，暗里抓着来传诏的使臣，不停地打听长安城里哪家姑娘长得好，哪个公子最精于吃喝玩乐，哪个歌舞坊的女子才艺出众。那些大臣也就摇头叹息着死心了。

陪宦官一起去宣诏的官员，回长安后，立即一五一十地把所见所闻全部告诉了霍光。这位官员当然不是什么正人君子，可说起在昌邑国的荒唐见闻，也是边说边摇头。

霍禹、霍山、霍云听得大笑，霍光却神色凝重。

昌邑王刘贺的车仪进京的当日，长安城内热闹如过节，万人空巷地去看昌邑王。

倾国倾城的李夫人早已是民间女子口耳相传的传奇。昌邑王是她的孙子，传闻容颜绝世、温柔风流，而且这是刘弗陵登基后，第一次召藩王进京，所以所有人都想去看看他的风采。

当然，刘贺不愧为刘贺，他用所有人都没有想到的方式，让长安人记住了他。以至于二三十年后，当皇帝、皇后、霍光这些人都湮没于时间长河，无人提起时，还有发丝斑白的女子向孙女回忆刘贺。

卯时，太阳还未升起，就有百姓来城门外占地方。

辰时，身着铠甲、手持刀戈的禁军来肃清闲杂人。

巳时，一部分官员陆续而来；午时初，三品以上官员到达城门；午时正，大司马、丞相、将军等皆到；午时末，刘弗陵在宦官、宫女陪同下到了城门。

在巳时初，哨兵就回报，昌邑王已在长安城外四十里。满打满算也该未时初到。可刘弗陵站在城楼上，从午时末等到未时正，昌邑王一直没有出现。

后来，刘弗陵在百官劝说下，进了城楼边休息边等。刘弗陵还算体谅，把霍光、田千秋、张安世等年纪较大的官员也传进了城楼，赐了座位，一边喝茶一边等。其他官员却只能大太阳底下身着朝服、站得笔挺，继续等待。

未时末，昌邑王依旧没有出现。

一旁的百姓还可以席地而坐，找小贩买碗茶，啃着粟米饼，一边聊天一边等。可大小官员却只能忍受着口中的干渴，胃里的饥饿，双腿的酸麻，干等！唯一能做的就是心里把昌邑王诅咒了个十万八千遍。

申时，太阳已经西斜，昌邑王还是没有到。

百姓由刚开始的喧闹，变得渐渐安静，最后鸦雀无声。大家都已经没有力气再喧哗激动了。

现在只是觉得等了一天，如果不见到这个昌邑王，不就是浪费了一天吗？满心的是不甘心！

当然，还有对昌邑王的"敬佩"，敢让皇帝等的人！

站了近万人的城门，到最后居然一点声音都没有，场面不可不说诡异。

当夕阳的金辉斜斜映着众人，当所有人都需要微微眯着眼睛才能看向西边时，一阵悠扬的丝竹音传来。乐声中，一行人在薄薄的金辉中迤逦行来。

随着音乐而来的还有若有若无的香气，若百花绽放，春回大地。

八个姿容秀美的女子，手提花篮，一边撒着干花瓣，一边徐徐行来。其后是八个虬髯大汉，扛着一张硕大的坐榻，虽然是大汉，可因为随着前面的女子而行，所以走的步子很秀气。榻上几个云髻峨峨、金钗颤颤的女子正各拿乐器，为后面的男子演奏。

后面也是一张方榻，扛榻的却是八个身材高挑，容貌明艳的胡姬，上面半坐半卧着一个男子，一个侍女卧在他膝上。男子低着头，一手把玩着侍女的秀发，一手握着一杯西域葡萄酒。

男子头戴缠金紫玉王冠，身着紫烟罗蟒袍，腰系白玉带。目若点漆，唇似海棠，容貌竟比女子都美三分，只一双入鬓剑眉添了英气，让人不会误认作女子。

只看他唇畔含笑，眉梢蕴情，目光从道路两侧扫过，所有女子都心如鹿撞，觉得他的眼睛看的就是自己，那如火的眼光述说着不为人知的情意。所有男子却想去撞墙，觉得人家过的才是男人过的日子。无数顽皮的男孩在看到刘贺的一刻，立志要好好读书、刻苦习武，将来封侯拜相，才能有权有势有钱有美人，做个像刘贺一样的男人。

走出城楼，看到眼前一幕的刘弗陵终于明白，为什么四十里地刘贺走了将近一天。

百官齐齐唱喏，恭迎昌邑王到。

刘贺看到当先而站的刘弗陵，立即命胡姬停步，跳下坐榻，赶了几步上前向刘弗陵磕头请罪："臣不知陛下亲来迎臣，臣叩谢陛下隆恩。道路颠簸，实不好走，耽误了行程，求陛下恕罪。"

刘弗陵让他起身，"都是一家人，不必如此多礼。"

霍光、田千秋等重臣又来给刘贺见礼，一番扰攘后，刘弗陵和刘贺两人并肩而行，边走边谈。

站了几乎一天的百官终于可以散去。

刘病已早上出门时没有吃饭，此时饿得前胸贴后背，扶着孟珏胳膊，有气无力地对他说："你下次想整治大公子时，记得叫上我，我一定出谋划策，出钱出力，竭尽所能。"

孟珏想是早了解大公子，对今日的事情处之泰然。看到刘病已的样子，忽地笑道："我和大公子平辈论交，你好像该称呼大公子一声'叔叔'，那我是不是也算是你……"

刘病已打断了孟珏的话："开玩笑！照你这么说，大公子叫陛下'叔叔'，云歌叫陛下'陵哥哥'，你该叫云歌什么？我们还是各自论各自的，少算辈分！皇家的辈分算不清。再说了，我如今还没那个资格叫大公子'叔叔'。"

孟珏淡笑一下，未出声。

刘病已问："孟珏，你猜到陛下为什么召昌邑王到长安了吗？"

"没有。"

"你怎么没有反对昌邑王来长安？你们就不怕万一？"

孟珏淡淡说："昌邑王进京的决定和我没有多少关系，他心中有他自己的计较，我只是没有阻挠而已。"

刘弗陵设宴替刘贺接风洗尘，宴席设在建章宫前殿，比未央宫前殿的威严堂皇多了几分随意雅致。因算皇室家宴，所以人数有限。刘弗陵、昌邑王、霍光、田千秋、张安世，还有刘病已和孟珏陪席。

朝内官员看到竟然还有刘病已和孟珏，再想到除夕宴上二人勇斗中羌王子克尔嗒嗒后刘弗陵说的话，明白皇帝想重用刘病已、孟珏二人。有人心领神会了刘弗陵的意思后，准备开始拟奏章，奏请刘弗陵为这二人升官。

因为是家宴，众人都着便服赴宴。霍光未带妻子，只带霍禹、霍成君同行，田千秋、张安世、刘病已虽是有家室的人，但不约而同地选择了独身赴宴。无独有偶，刘弗陵也是独自出席，皇后并未出现。

霍成君是个女儿家，不能随意说话。霍禹有父亲在，不敢随意开口。霍光、田千秋、张安世、孟珏、刘病已都是谨言慎行的人，非必要，不会轻易说话。刘弗陵又本就寡言少语，不是什么风趣善言的皇帝。

一殿人，独剩了个刘贺谈笑风生，却是越说越闷，忍无可忍地对刘弗陵抱怨："陛下，这就是长安城的宴会吗？一无美人，二无美酒，三无歌舞，亏得臣还朝思暮想着长安的风流旖旎，太没意思了！"

刘弗陵垂目看向自己桌上的酒杯，于安忙弯着身子道："王上，今晚的酒既有大内贡酒，还有长安城内最负盛名的'竹叶青'，虽然不敢说玉液琼浆，但'美酒'二字应该还担得。"

刘贺冷哼："一听这话，就是个不会喝酒的人。酒是用来喝的，不是用来听名气的。有美人在怀，有趣士对饮，有雅音入耳，这酒喝得方有味道，现在有什么？这酒和白水有什么区别？"刘贺说着，将杯中的酒泼到了地上。

于安犯愁，他当然知道宫中宴席该是什么样子，当年先帝的奢靡盛宴他又不是没见识过。可刘弗陵从来不近女色，也不喜好此类宴席，十几年下来，宫里也就不再专门训练歌女、舞女陪官员戏乐饮酒。如有重大宴席，歌舞都交给了礼部负责。平常的小宴，官员都知道皇帝喜好，不会有人想和皇帝对着干。今夜，却碰到了这么个刺头货，突然之间，让他到哪里去抓人？只能赔着笑脸说："王上，是奴才没有考虑周详。"

刘贺不再说话，却依旧满脸不悦。

刘弗陵道："朕看你此行带了不少姬妾，朕破例准她们过来陪你饮酒。"

刘贺摆摆手，貌似恭敬地说："多谢陛下美意，臣怕她们被臣惯坏了，不懂宫里规矩，所以只带了两个侍女进宫，其余人都在宫外，一来一回，宴席都该结束了。臣就凑合凑合吧！"话语间说的是"凑合"，表情却一点"不凑合"，端着酒杯，长吁短叹，一脸寂寥。

刘弗陵的脾气也堪称已入化境，对着刘贺这样的人，竟然眉头都未蹙一下。一直表情淡淡，有话要问刘贺，就问，无话也绝不多说。

刘病已彻底看傻了，连心中不怎么把刘弗陵当回事的霍禹也看得目瞪口呆。不管怎么说，刘弗陵是一国之君，就是权倾天下的霍光也不敢当着众人面拂逆刘弗陵的话语。这位昌邑王真不愧是出了名的荒唐藩王。

田千秋和张安世垂目吃菜，不理会外界发生了什么。孟珏笑意吟吟，专心品酒。霍光似有所思，神在宴外。

偌大的宫殿只闻刘贺一声声的叹气声。

霍成君忽地起身，对刘弗陵叩头："陛下万岁，臣女霍成君，略懂歌舞，若王上不嫌弃，臣女愿意献舞一支，以助王上酒兴。"

刘弗陵还未说话，刘贺喜道："好。"

刘弗陵颔首准了霍成君之请。

刘贺笑说："有舞无乐如菜里不放盐，不知道你打算跳什么舞？"刘贺说话时，视线斜斜瞄了下孟珏，一脸笑意。

霍成君笑对刘弗陵说："臣女听闻陛下精于琴箫，斗胆求陛下为臣女伴奏一首箫曲。"

所有人都看向霍成君，孟珏眼中神色更是复杂。

刘贺愣了一愣，立即拊掌而笑，"好提议。陛下，臣也斗胆同请。只闻陛下才名，却从未真正见识过，还求陛下准了臣的请求。"

刘弗陵波澜不惊，淡淡一笑，对于安吩咐："去把朕的箫取来。"又问霍成君，"你想要什么曲子？"

"折腰舞曲。"

刘弗陵颔首同意。

霍成君叩头谢恩后，盈盈立起。

霍成君今日穿了一袭素白衣裙，裙裾和袖子都十分特别，显得比一般衣裙宽大蓬松。腰间系着的穿花蝴蝶五彩丝罗带是全身上下唯一的亮色，纤腰本就堪握，在宽大的衣裙和袍袖衬托下，更是显得娇弱可怜，让人想起脆弱而美丽的蝴蝶，不禁心生怜惜。

在众人心动于霍成君美丽的同时，一缕箫音悠悠响起，将众人带入了一个梦境。

箫声低回处如春风戏花，高昂时如怒海摧石；缠绵如千丝网，刚烈如万马腾。若明月松间照，不见月身，只见月华；若清泉石上流，不见泉源，只见泉水。

箫音让众人只沉浸在音乐中，完全忘记了吹箫的人。

霍成君在刘弗陵的万马奔腾间，猛然将广袖甩出，长长的衣袖若灵蛇般盘旋舞动于空中。

众人这才发现，霍成君袖内的乾坤。她的衣袖藏有折叠，白色折缝中用各色彩线绣着蝴蝶，此时她的水袖在空中飞快地高转低旋，白色折缝打开，大大小小的"彩蝶"飞舞在空中。随着折缝开合，"彩蝶"忽隐忽现，变幻莫测。

众人只觉耳中万马奔腾，大海呼啸，眼前漫天蝴蝶，飞舞、坠落。

极致的五彩缤纷，迷乱炫目，还有脆弱的凄烈，<u>丝丝蔓延</u>在每一个"蝴蝶"飞舞坠落间。

在座都是定力非同一般的人，可先被刘弗陵的绝妙箫声夺神，再被霍成君的惊艳舞姿震魄，此时都被漫天异样的绚丽缤纷压得有些喘不过气来。

箫音慢慢和缓，众人仿似看到一轮圆月缓缓升起。圆月下轻风吹拂着万棵青松，柔和的月光从松树的缝隙点点洒落到松下的石块上，映照着清澈的泉水在石上叮咚流过。

霍成君的舞蹈在箫音中也慢慢柔和，长袖徐徐在身周舞动，或飞扬，或垂拂，或卷绕，或翘起，凌空飘逸，千变万化。她的身子，或前俯，或后仰，或左倾，或右折。她的腰，或舒，或展，或弯，或曲，一束盈盈堪握的纤腰，柔若无骨，曼妙生姿。

众人这才真正明白了为何此舞会叫《折腰舞》。

箫音已到尾声，如同风吹松林回空谷，涛声阵阵，霍成君面容含笑，伸展双臂，好像在松涛中飞翔旋转，群群彩蝶伴着她飞舞。

此时她裙裾的妙用才渐渐显露，随着旋转的速度越来越快，裙裾慢慢张开，裙裾折缝中的刺绣开始显露，其上竟绣满了各种花朵。

刚开始，如春天初临大地，千万朵娇艳的花只羞答答地绽放着它们美丽的容颜。

随着旋转的速度越来越快，裙裾满涨，半开的花逐渐变成怒放。

箫音渐渐低落，霍成君的身子在"蝴蝶"的环绕中，缓缓向百花丛中坠落，箫音呜咽而逝，长袖垂落，霍成君团身落在了铺开的裙裾上。

五彩斑斓的"彩蝶"，色彩缤纷的"鲜花"，都刹那消失，天地间的一切绚烂迷乱又变成了素白空无，只一个面若桃花，娇喘微微的纤弱女子静静卧于洁白中。

满场寂静。

刘贺目驰神迷。

刘病已目不转睛。

孟珏墨黑的双眸内看不出任何情绪。

霍光毫不关心别人的反应，他只关心刘弗陵的。

刘弗陵目中含着赞赏，静看着霍成君。

霍光先喜，暗道毕竟是男人。待看仔细，顿时又心凉。刘弗陵的目光里面没有丝毫爱慕、渴求、占有，甚至根本不是男人看女人的目光。他的目光就如看到一次壮美的日出，一个精工雕琢的玉器，只是单纯对美丽的欣赏和赞美。

一瞬后。

刘贺鼓掌笑赞："不虚此夜，长安果然是长安！传闻高祖宠妃戚夫人喜跳《折腰舞》，'善为翘袖折腰之舞，歌出塞入塞望归之曲'，本王常心恨不能一睹戚夫人艳姿，今夜得见霍氏之舞，只怕比戚夫人犹胜三分。"

田千秋笑道："传闻高祖皇帝常拥戚夫人倚瑟而弦歌，每泣下流涟。今夜箫舞之妙，丝毫不逊色。"

对刘贺和田千秋话语中隐含的意思，刘弗陵好似丝毫未觉，点头赞道："的确好舞。赏白玉如意一柄，楠木香镯两串。"

霍成君磕头谢恩，"臣女谢陛下圣恩，臣女不敢居功，其实是陛下的箫吹得好。"

刘弗陵未再多言，只让她起身。

宴席再没有先前的沉闷，刘贺高谈阔论，与霍成君聊会儿舞蹈，又与刘弗陵谈几句音乐。霍禹也是精善玩乐的人，和昌邑王言语间十分相和，两人频频举杯同饮。众人时而笑插几句，满堂时闻笑声。

宴席快结束时，刘贺已经酩酊大醉，渐露丑态，一双桃花眼盯着霍成君，一眨不眨，里面的欲火赤裸裸地燃烧着，看得霍成君又羞又恼，却半点发作不得。霍光无奈，只能提前告退，携霍禹和霍成君先离去。田千秋和张安世也随后告退。

看霍光、田千秋、张安世走了，孟珏和刘病已也想告退，刘弗陵道："朕要回未央宫，你们送朕和昌邑王一程。"

孟珏和刘病已应道："臣遵旨。"

当年武帝为了游玩方便，命能工巧匠在未央宫和建章宫之间铸造了飞阁辇道，可以在半空中，直接从建章宫前殿走到未央宫前殿。

于安在前掌灯，刘弗陵当先而行，孟珏和刘病已扶着步履踉跄的刘贺，七喜尾随在最后面。

行到飞桥中间，刘弗陵停步，孟珏和刘病已也忙停了脚步。

身在虚空，四周空无一物，众人却都觉得十分心安。

刘弗陵瞟了眼醉若烂泥的刘贺，叫刘贺小名："贺奴，朕给你介绍一个人。刘病已，先帝长子卫太子的长孙——刘询。"

事情完全出乎意料，刘病已呆呆站立。这个称呼只是深夜独自一人时，梦中的记忆，从不能对人言，也没有人敢对他言。这是第一次在人前听闻，而且是站在皇宫顶端，俯瞰着长安时，从大汉天子的口中说出，恍惚间，刘病已只觉一切都十分不真实。

孟珏含笑对刘病已说："恭喜。"

刘病已这才清醒，忙向刘弗陵跪下磕头，"臣叩谢陛下隆恩。"

又向刘贺磕头，"侄儿刘询见过王叔。"

刘贺却趴在飞桥栏杆上满口胡话："美人，美人，这般柔软的腰肢，若在榻上与其颠鸾倒凤，销魂滋味……"

刘弗陵、刘病已、孟珏三人都只能全当没听见。

刘弗陵让刘病已起身，"过几日，应该会有臣子陆续上折赞美你的才华功绩，请求朕给你升官，朕会借机向天下诏告你的身份，恢复你的宗室之名。接踵而来的事情，你要心中有备。"

"臣明白。"刘病已作揖，弯身低头时眼中隐有湿意，颠沛流离近二十载，终于正名显身，爷爷、父亲九泉之下应可瞑目。

孟珏眼中别有情绪，看刘弗陵正看着他，忙低下了头。

刘弗陵提步而行。

孟珏和刘病已忙拎起瘫软在地上的刘贺跟上。

下了飞桥，立即有宦官迎上来，接过刘贺，送他去昭阳殿安歇。

刘弗陵对刘病已和孟珏说："你们都回去吧！"

两人行礼告退。

刘弗陵刚进宣室殿，就看到了坐在厢殿顶上的云歌。

刘弗陵仰头问："怎么还未歇息？"

"听曲子呢！"

"快下来，我有话和你说。"

"不。"云歌手支下巴，专注地看着天空。

刘弗陵看向于安，于安领会了刘弗陵的意思后，大惊失色，结结巴巴地问："陛下想上屋顶？要梯子？"磨蹭着不肯去拿。

富裕悄悄指了指侧墙根靠着的梯子，"陛下。"

刘弗陵攀梯而上，于安紧张得气都不敢喘，看到刘弗陵走到云歌身侧，挨着云歌坐下，才吐了口气，回头狠瞪了富裕一眼。

"在听什么曲子？"

"《折腰舞曲》。"

"好听吗？"

"好听得很！"

刘弗陵微笑："你几时在宫里培养了这么多探子？"

"你明目张胆地派人回来拿箫，我只是好奇地问了问，又去偷偷看了看。"

刘弗陵笑意渐深，"不是有人常自诩大方、美丽、聪慧吗？大方何来？聪慧何来？至于美丽……"刘弗陵看着云歌摇头，"生气的人和美丽也不沾边。"

云歌怒："你还笑？霍家小姐的舞可好看？"

"不好看。"

"不好看？看得你们一个、两个眼睛都不眨！说假话，罪加一等！"

"好看。"

"好看？那你怎么不把她留下来看个够？"

刘弗陵去握云歌的手："我正想和你商量这件事情。"

云歌猛地想站起，却差点从屋顶栽下去，刘弗陵倒是有先见之明，早早握住了她的手，扶住了她。

云歌的介意本是五分真五分假，就那五分真，也是因为和霍成君之间由来已久的芥蒂，心中的不快并非只冲今夜而来。

她冷静了一会儿，寒着脸说："不行，没得商量。我不管什么瞒天过海、缓兵之策，什么虚情假意、麻痹敌人，都不行。就是有一万条理由，这样做还是不对，你想都不要想！"

"好像不久前还有人想过把我真撮合给别人，现在却连假的也不行了吗？"刘弗陵打趣地笑看着云歌。

云歌羞恼，"彼一时，此一时。何况，你已经害了一个上官小妹，不能再害霍成君一生。我虽不喜欢她，可我也是女子。"

刘弗陵脸上的笑意淡去，"云歌，不要生气。我和你商量的不是此事。如你所说，我已经误了小妹年华，绝不能再误另一个女子。"

原来刘弗陵先前都只是在逗她，微笑于她的介意。云歌双颊微红，低头嘟囔："只能误我的。"

第十三章
长袖折腰殿前舞

刘弗陵笑，"嗯，从你非要送我绣鞋时起，就注定我要误你一生。"

云歌着急，"我没有！明明是你盯着人家脚看，我以为你喜欢我的鞋子。"

"好，好，好，是我非要问你要的。"

云歌低着头，抿唇而笑，"你要商量什么事？"

"看来霍光打算把霍成君送进宫。我膝下无子，估计田千秋会领百官谏议我广纳妃嫔，首选自然是德容出众的霍成君。如果小妹再以皇后之尊，颁布懿旨配合霍光在朝堂上的行动。"刘弗陵轻叹，"到时候，我怕我拗不过悠悠众口、祖宗典仪。"

"真荒唐！你们汉人不是号称'礼仪之邦'吗？嘲笑四方蛮夷无礼仪教化的同时，竟然会百官要求姨母、外甥女共事一夫？"

刘弗陵淡笑："是很荒唐，惠帝的皇后还是自己的亲侄女，这就是天家。"

云歌无奈，"陵哥哥，我们怎么办？"

"我们要请一个人帮忙。"

"谁？"

"上官小妹。"

"她会帮我们吗？她毕竟和霍氏息息相关，她在后宫还要仰赖霍光照顾。"

刘弗陵叹息，"我也不知道。"

———— ∞ ————

第二日，刘弗陵去上朝，云歌去找上官小妹。

椒房殿的宫女已经看惯云歌的进进出出，也都知道她脾气很大，若想跟随她和皇后，她肯定一点颜面不给地一通臭骂。况且她和皇后之间能有什么重要事情？所以个个都很知趣，由着她和皇后去玩。

云歌将霍光想送霍成君进宫的意思告诉了小妹，小妹心如针刺，只觉前仇、旧恨都在胸间翻涌，面上却笑意不变。

"小妹，你能帮陛下阻一下霍成君进宫吗？"

上官小妹微微笑着说："我不懂这些事情，也不想管这些事情。我只是个弱女子，既没能耐帮霍光，也没能力帮陛下。"

她本以为云歌会失望，或者不开心，却不料云歌浅浅笑着，十分理解地说："我明白，你比我们更不容易。"

小妹觉得那个"我们"十分刺耳，甜腻腻地笑道："姐姐日后说话留意了，陛下是九五之尊，只有'朕''孤'，哪里来的'我们'？被别人听去了，徒增麻烦！"

云歌嘻嘻笑着，点点头，"嗯，我知道了！在别人面前，我会当心的。小妹，谢谢你！"

不知道这个云歌是真傻，还是假糊涂，小妹只觉气堵，扭身就走，"我昨儿晚上没休息好，想回去再补一觉，下次再和姐姐玩。"

云歌回到宣室殿，刘弗陵一看她脸色，就知道小妹拒绝了，"没有关系，我另想办法。"

如果霍光很快就行动，云歌实在想不出来能有什么好主意阻止霍光，但不忍拂了刘弗陵的好意，只能笑着点头。

刘弗陵握住了她的手，"你知道夜里什么时候最黑？"

"什么时候？三更？子夜？"

刘弗陵摇头，"都不是，是黎明前的一刻最黑。"

云歌紧握着刘弗陵的手，真心笑了出来，"嗯。"

昌邑王进京，皇帝亲自出宫迎接，一等一个多时辰，丝毫未见怪，又特别恩赐昌邑王住到了昭阳殿，圣眷非同一般。在昭阳殿内执役的宦官、宫女自不敢轻慢，个个铆足了力气尽心服侍。众人自进宫起就守着无人居住的昭阳殿，在天下至富至贵之地，却和"富贵"毫无关系，好不容易老天给了个机会，都指望着能抓住这个机会，走出昭阳殿。对昌邑王带来的两个贴身侍女也是开口"姐姐"，闭口"姐姐"，尊若主人。

只是，其中一个侍女，冷若冰霜，不管他们如何巴结，连个笑脸都不给；另一个倒是笑容甜美，和善可亲，却是个哑巴，不管他们说什么，都一味地笑。众人的心力铆得再足，却没地方使，只能淡了下来。

刘弗陵和云歌到昭阳殿时，日已上三竿，刘贺仍沉睡未起。

正在廊下闲坐着的四月和红衣见到云歌都是一愣，云歌见到她们却是惊喜，"若知道是你们来，我早该过来找你们玩。"

四月、红衣只笑了笑，先给刘弗陵行礼，"陛下万岁，王上不知陛下要来，仍在歇息，奴婢这就去叫王上。"

红衣扭身进了寝殿，四月恭请刘弗陵进正殿。

昭阳殿内的花草长得十分喜人，几丛迎春花开得十分好，淡淡鹅黄，临风自舞，一株杏花也含羞带怯地吐露了几缕芳蕊。

刘弗陵看云歌已经凑到跟前去看，遂对四月摆了摆手，"就在外面吧！"

宦官闻言忙铺了雀翎毡，展了湘妃席，燃起金兽炉，安好坐榻。一切安置妥当后，悄悄退了下去。

刘弗陵坐等了一盏茶的工夫，刘贺仍未出来。刘弗陵未露不悦，品茶、赏花、静等。

云歌在花坛前转了几个圈子，却是不耐烦起来，跑到窗前敲窗户。

红衣推开窗户，笑敲了一下云歌的手，无奈地指指榻上。

刘贺竟然还在榻上，听到声音，不满地嘟囔了几声，翻了个身，拿被子捂住耳朵继续睡。

云歌询问地看向刘弗陵，刘弗陵微微摇了摇头，示意她少安毋躁，再等一等。

云歌皱了皱眉，顺手拎起窗下浇花的水壶，隔窗泼向大公子。

红衣掩嘴，四月瞪目，大公子惨叫着，腾地一下就掀开被子跳到了地上，怒气冲冲地看向窗外，云歌也气冲冲地瞪着他。

刘贺看到云歌，呆了一下，泄了气，招手叫红衣给他拿衣服。

他胡乱洗漱了一下，随意披上外袍，就出屋向刘弗陵磕头行礼。

刘弗陵让他起身，又赐坐。刘贺也未多谦让，坐到刘弗陵对面，接过红衣端上来的浓茶，先大灌了一口，看向云歌："你怎么在这里？"

云歌讥嘲，"我在宫里住了很长日子了，你竟然一点消息都没有？别在那里装糊涂！"

刘贺头疼地揉太阳穴，"我只知道有个宫女闹得众人心慌，哪里能想到宫女就是你？老三，他……唉！我懒得掺和你们这些事情。陛下让臣回昌邑吧！"

刘贺说话时，双眸清亮，和昨天判若两人。

刘弗陵问："贺奴玩够了？"

刘贺苦笑："让陛下见笑了。"

云歌听到刘弗陵叫刘贺"贺奴"，问道："为什么你叫贺奴？"

刘贺尴尬地笑："不就是个小名吗？哪里有为什么。"

云歌知道刘弗陵可不会和她说这些事情，遂侧头看向于安，"于安，你不是一直想看我舞刀吗？"

于安轻咳了两声，"王上小时生得十分俊美，卫太子殿下见了王上，赞说'宋玉不如'。传闻宋玉小名叫'玉奴'，宫里妃嫔就笑称王上为'玉奴'，王上很不乐意，抱怨说'太子千岁说了，玉奴不如我美丽'，一副很委屈的样子，众人大笑。当时先皇也在，嬉笑地说'贺儿的话有理，可不能让玉奴沾了我家贺奴的光'，从此后，大家都呼王上为'贺奴'。当时陛下还未出生，只怕陛下也是第一次听闻王上小名的由来。"

往事历历犹在目，却已沧海桑田，人事几换。

刘贺似笑非笑，凝视着茶釜上升起的袅袅烟雾。

刘弗陵也是怔怔出神。他两三岁时，太子和父皇的关系已经十分紧张，到太子死后，父皇越发阴沉，几乎从没有听到父皇的笑声。此时听于安道来，刘弗陵只觉陌生。

云歌牵着四月和红衣的手，向殿外行去，"我带你们去别的宫殿转转。"

四月和红衣频频回头看刘贺，刘贺没什么表情，她们只能被云歌半拖半哄地带出了宫殿。于安也安静退到了殿外，掩上了殿门。

刘弗陵起身走了几步，站在了半开的杏花前，"你还记得我们第一次见面是多少年前？"

"五年前，陛下十六岁时，臣在甘泉宫第一次得见圣颜。"那一年，他失去了二弟，他永不可能忘记。

刘弗陵微笑，"我却记得是十七年前，我第一次见到你，当时你正躲在这株杏树上偷吃杏子。"

刘贺惊讶地思索，猛地从席上跳起，"你……你是那个叫我'哥哥'，问我要杏子吃的小孩？"

刘弗陵微笑："十七年没见，你竟然还把我当作迷路的少爷公子。我却已经知道你是刘贺，你输了。"

刘贺呆呆望着刘弗陵，一脸不可思议。

当年卫太子薨，先皇已近七十，嫡位仍虚悬，所有皇子都如热锅上的蚂蚁，急不可耐。其中自然也包括他的父王——昌邑哀王刘髆。

先皇寿辰，下诏令所有皇子进京贺寿，各位皇子也纷纷带了最中意的儿子。因为彼此都知道，皇位不仅仅是传给皇子，将来还是传给皇孙。如果有武帝中意的皇孙，自己的希望自会更大。

他并不是父王最中意的孩子，可他是皇爷爷最爱的孙子，也是母亲唯一的孩子，所以不管父王乐意不乐意，他都会随父王同赴长安。

在母亲的千嘱咐、万叮咛中，他上了驰往长安的马车。

虽然母亲对他极好，父王和他在一起的时间很少，可在他心中，他却更亲近父王。父王虽然十分风流多情，还有一点点权欲，但并不是强求的人。若太子不死，父王也是懒得动心，他会很愿意守着昌邑，四处偷偷寻访着美女过日子。可母亲却不一样，母亲对权欲的渴望让他害怕，母亲的冷酷也让他害怕。他知道母亲将和父亲睡过觉的侍女活活杖毙，也知道其他妃子生的弟弟死得疑点很多，他甚至能感觉出父王笑容下对母亲的畏惧和厌恶。

从昌邑到长安，要走不少路。

漫漫旅途，父亲对他不算亲近。父亲的旅途有美人相伴，并不孤单，可他的旅途很寂寞，所以他有很多时间思考母亲的话，思考父亲的话，思考母亲的性格，思考父亲的性格，思考他若做了太子，他的世界会如何。

当马车到长安时，他做了个决定，他不可以让母亲得到皇位。

是的，他不能让母亲得到皇位。如果这个皇位是父亲的，他很愿意当太子，可是这个皇位怎么可能是父亲的？

吕后的"丰功伟绩"是每个刘氏子孙都熟读了的。窦太后为了专权，当年差点杀死皇爷爷的故事，他也听先生讲过的。

他可不想像惠帝刘盈一样，年纪轻轻就被母亲吕后的残忍给郁闷死了。他也不觉得自己会幸运如皇爷爷，有个陈阿娇可以帮着他一次又一次化险为夷。皇爷爷可是七岁就用"金屋藏娇"把陈氏一族骗得给自己效死命，他今年已经十一，却没看到有哪个强大的外戚可以依靠。

所以，母亲还是把她的"雄才大略"留在昌邑国施展施展就可以了。他到时候再郁闷，也有限。父王，也可以多活几年。

既然他做了决定，那么他所有的行为都是拼了命地和母亲的叮嘱反着来。

诵书，其余皇孙诵四书五经，他背淫诗艳赋。

武艺，其余皇孙骑马、射箭、扛鼎，虎虎生威，他却舞着一柄秀气的越女剑，把花拳绣腿当风流倜傥。

父王郁闷，他更郁闷。

他也是少年儿郎，怎么可能没有争强好胜的心？又怎么可能愿意让别人嘲笑他？他也想一剑舞罢，满堂喝彩，也想看到皇爷爷赞许的目光，而不是逐渐失望暗淡的目光。

可是，他不能。

当他从宴席上偷偷溜走，逛到昭阳殿时，看到满株杏子正结得好。

起先在前殿，面对佳肴，毫无胃口，此时却突然饿了，遂爬到树上，开始吃杏子。

听到外面寻找他的宦官来回了几趟，频频呼着他的名字，他毫不理会，只想藏在浓荫间，将烦恼郁闷暂时抛到脑后。

人语、脚步声都消失。

只初夏的阳光安静地从绿叶中落下。

他眯着眼睛，眺望着蓝天，随手摘一颗杏子，吃完，再随手摘一颗。

"'桃饱人，杏伤人，李子树下埋死人'，你这样吃杏子，小心肚子疼！"

一个四五岁大的小孩，站在树下，双手背负，仰着头，一本正经地教育他，眼睛里面却全是"馋"字。

他讥笑，扔了一颗杏子给小儿。

小儿犹豫了下，握着杏子开始吃。吃完，又抬头看着他。

他又扔了一颗给小儿。

一个躺于树上，一个站在树下，吃杏。

大概他太郁闷了，也大概觉得树下的小儿年龄还小，什么都不会懂，所以他有一句没一句地开始和小儿说话。

他告诉小儿，他是大臣的公子，偷偷从宴席溜出来的。

小儿说自己也是大臣的公子，不小心就走到这个院子里来了。

他隐晦地说着自己的烦恼，吹嘘自己武功十分高强，文采也甚得先生夸赞。还点评着朝堂上的人与事，告诉小儿，若他生在皇家，凭他的能力绝对可以做好皇帝。

小儿咬着杏子点头，"我相信哥哥。"

他有英雄不能得志的失意，还有落寞的荒唐感，自己竟然和一个四岁小儿吃杏谈心。

小儿边吃杏子，边说着他的烦恼，被母亲逼着干这干那，一定要出色，一定要比别人做得好，一定要比别的兄弟更得父亲欢心。

他在树上大笑，小儿的烦恼不也是他的烦恼？原来同是天涯沦落人。

看来小儿的母亲也不是个"温良恭顺"的女人。他们既是母亲的依靠，又是母亲的棋子。每一家都有每一家的争斗。

不过四五岁，小儿却口齿清晰，谈吐有度。

他惊讶，"你父亲是谁？"

小儿反问："你父亲是谁？"

他笑而不答，小儿也只是笑吃杏子。

他们的身份是一道屏障，点破了，还会有谁愿意和他们说话呢？两人一般的心思，只是各不知道。

他看日头西斜，跳下了树，"我要走了，你也赶紧去找你父亲吧！"

"哥哥，你还会来这里吃杏子吗？"小儿眼里有依依不舍，小小的身影在阳光下，显得几分寂寞。

那种寂寞，他很熟悉，因为他也有。

"不知道，也许会，也许不会。"

"哥哥，我们能做朋友吗？我读《史记》时，十分羡慕那些侠客，杯酒交心，千金一诺，我常常幻想，我要是也有个这般的知己朋友该多好。虽居江湖之远，仍可肝胆相照。"

他微笑，这大概是很多男儿的梦想。怒马江湖，快意恩仇。片言能交心的朋友，生死可相随的红颜。司马迁的《史记》，最动人心的是游侠列传，而非帝王本纪，或名臣将相。

"如果你知道了我是谁后，还愿意和我做朋友，我当然也愿意。"他的语气中有已看到结果的冷漠。

小儿咬着半个杏子皱眉思索。

"哥哥，我们打个赌，看看谁先知道对方是谁。谁先猜出，谁就赢了，输的人要答应赢家一件事情哦！"

他听到远处的脚步声，有些漫不经心，"好。我要走了，有缘再见。"

小儿拽住了他的衣袖，"我们要一诺千金！"

他低头，看着刚到自己腰部的小儿，小儿抿着的唇角十分坚毅。人虽小，却有一种让人不敢轻视的气势。

他笑："好，一诺千金！"

小儿放开他，"你快点离开吧！若让人看到你在这里，只怕要责备你。我也走了。"

他走出老远，回头时，还看到小儿频频回身和他招手。

那之后，发生了太多事情，父丧，母亡，二弟死，三弟出现。

朝堂上的人事也几经变换。

所有人都没有想到先帝放着几个羽翼丰满的儿子不选，反而选择了一个八岁雏儿，冒着帝权旁落的危险将江山交托。可惜当时母亲已死，不然，看到钩弋夫人因为儿子登基被先皇处死，母亲应不会直到临死，还恨他如仇。

而那个小儿的父亲是否安稳渡过了所有风波都很难说。

杏树下的经历成了他生命中被遗忘在角落的故事。只有极其偶尔，吃着杏子时，他会想起那个要和他做朋友的小儿，但也只是一闪而过。

刘贺说："当年都说陛下有病，需要卧榻静养，所以臣等一直未见到陛下，没想到陛下在宫里四处玩。"

"是母亲要我装病。不过那天吃了太多杏子，后来真生病了。"几个哥哥都已羽翼丰满，母亲很难和他们正面对抗，不如藏拙示弱，让他们先斗个你死我活。

刘贺喟叹，"螳螂捕蝉，黄雀在后。当时王叔们哪里会把钩弋夫人放在眼里？"

刘弗陵沉默。母亲若早知道机关算尽的结果是把自己的性命算掉，她还会一心要争皇位吗？

刘弗陵说："你输了，你要为我做一件事情。"

刘贺几分感慨，"不太公平，当年臣已经十一岁，即使相貌变化再大，都会有迹可寻，而陛下当时才四岁，容貌和成年后当然有很大差别。陛下认识臣，臣不认识陛下，很正常。"

"你以为我是见到你才认出你的吗？你离去后，我就用心和先生学画画，一年小成，立即画了你的画像，打算偷偷打探。不承想，收拾我书房的宫女，刚看到你的画像就认出了你，与我笑说'殿下的画虽好，可未将贺奴的风采画出呢'，我就立即将画撕掉了。"

刘贺无语，就如大人总不会把孩子的话当回事一样，他并未将承诺太放在心上。

"你若真想知道我是谁，凭你的身份去查问，不会太难。当日有几个大臣带孩子进宫，又能有几个孩子四五岁大小？"

刘贺歉然，"是臣不对，臣输了。请陛下吩咐，臣一定竭力践诺。"

刘弗陵道："我当日和你打这个赌，是想着有朝一日，你若知道我是谁，定不会愿意和我做朋友，所以我想如果我赢了，我就可以要求你做我的朋友。快要十七年过去，我还是这个要求，请你做我的朋友。"

刘贺沉默，很久后，跪下说："既有明君，臣愿做闲王。"

当年杏树下的小儿虽然早慧，懂得言语中设圈套，却不知道人与人之间，有些距离是无法跨越的。

刘弗陵似乎没有听懂刘贺的彼"闲"非此"贤"，他拂了拂衣袖，转身离去，"望你在长安的这段日子，让朕能看到你当日在杏树上所说的济世安邦之才。对了，因为这里无人居住，朕爱其清静，后来常到这里玩，听此殿的老宦官说，昭阳殿曾是李夫人所居。"

云歌和红衣她们笑挽着手进来时，看见只刘贺一人坐在杏树下，全然没有平日的风流不羁，神情怔怔，竟有几分凄楚的样子。

四月略带敌意地盯了眼云歌，又打量着刘贺，刚想上前叫"王上"，红衣却拽了拽她的衣袖，示意她噤声。

红衣凝视着刘贺，眼中有了然，似乎完全明白刘贺此时在想什么。她的眼中慢慢地浮起一层泪光，就在眼泪掉下的刹那，她借着低头揉眼，将眼泪拭去。再抬头时，脸上已只是一个温柔的笑。

她轻轻走到刘贺身侧跪下，握住了刘贺的手。刘贺看到她，伸手轻轻抚过她的笑颜，像是在她干净的笑颜中寻觅着温暖，半晌后，他露了笑意，那个笑意慢慢地带上了不羁和毫不在乎，最后变成了云歌熟悉的样子。

云歌转身想悄悄离开，却听到刘贺叫她："云歌，你回来，我有话问你。"

刘贺让四月和红衣都退下，请云歌坐到他对面，"我下面问的话对我很重要，你一定要对我说实话。"说着"重要"，却依旧笑得吊儿郎当。

云歌却凝视着他清亮的眼睛，郑重地点了点头。

"你小时候是不是认识陛下？你们是不是在西域认识的？"

云歌愣住，她虽然告诉过许平君她和刘弗陵小时候认识，却从没有提过和刘弗陵何地认识，一会儿后，她答道："是的。"

刘贺摇着头苦笑，喃喃自语，"原来我全弄错了！一直以为是三弟……难怪……难怪……现在终于明白了……"

"你弄错了什么？"

刘贺笑道："我弄错了一件很重要的事情，也许会铸成大错。云歌，你还记得陛下和你一起救过的一个少年吗？"

云歌侧着头，笑着嘟囔："陵哥哥都和你说了些什么？怎么连月生的事情也和你讲了。"

刘贺心中最后一点的不确定也完全消失，他凝视着云歌说："这么多年过去，你竟然还记得他的名字，如果月生知道，一定会很开心。"

云歌道："陵哥哥记得比我还牢！他一直觉得自己对不起月生，他一直很努力地想做一个好皇帝，就是为了不要再出现像月生的人。"

刘贺笑容僵了一僵，云歌问："你愿意留在长安帮陵哥哥吗？"

刘贺长吁了口气，心意已定，笑嘻嘻地说："我会住到你们赶我出长安城。"

云歌喜得一下跳了起来，"我就知道你这人虽然看着像个坏蛋，实际心眼应该挺好。"

刘贺苦笑。

长安城从来不缺传奇。

在这座世上最宏伟繁华的都城里面，有异国做人质的王子，有歌女当皇后，有马奴做大将军，有金屋藏娇，有倾国倾城，当然，也还有君王忽丧命，太子成庶民，皇后草席葬。

长安城的人不会随便惊讶兴奋，在听惯传奇的他们看来，能让他们惊讶兴奋的传奇一定得是真正的传奇。什么某人做了将军，谁家姑娘麻雀变凤凰嫁了藩王，这些都不是传奇，顶多算可供一谈的消息。

可在这个春天，长安城又有一个传奇诞生，即使见惯传奇的长安百姓也知道这是一条真正的传奇，会和其他传奇一样，流传百年、千年。

"奉天承运，皇帝诏曰：巫蛊之祸牵涉众多，祸延多年，朕常寝食难安。先帝嫡长曾孙刘询，流落民间十余载。秉先帝遗命，特赦其罪，封阳武侯。"

刘询，卫太子的长孙，刚出生，就带着盛极的荣耀，他的满月礼，先皇曾下诏普天同庆。可还未解人事，卫太子一脉就全被诛杀，小刘询被打入天牢。

其后他所在的天牢就祸事不断。先是武帝身体不适，传有妖孽侵害帝星，司天监观天象后说有来自天牢的妖气冲犯帝星，武帝下令诛杀牢犯。再接着天牢失火，烧死了无数囚犯。还有天牢恶徒暴乱，屠杀狱卒和犯人。

小刘询在无数次的"意外"中，生死渐成谜。有传闻已死，也有传闻他还活着。但更多人明白，所谓活着，那不过是善良人的美好希望而已。

随着武帝驾崩，新皇登基，属于卫太子的一页彻底翻了过去。卫太子的德行功绩还会偶尔被谈起，但那个没有在世间留下任何印记的刘询已经彻底被人遗忘。

却不料，十余载后，刘询又出现在长安城，还是不少长安人熟悉的一个人：游侠之首——刘病已。

从皇孙到狱因，从狱因到游侠，从游侠到王侯。怎样的一个传奇？

有关刘询的一切都被人拿出来谈论，似乎过去的一切，今日看来都别有一番深意。

"游手好闲"成了"忍辱负重"，"不务正业"成了"大志在胸"，"好勇斗狠"成了"侠骨柔肠"。

还有他与许平君的良缘，从许平君"鬼迷心窍、瞎了双眼"变成了"慧眼识英雄"，成了人们口中的又一个传奇女子。

朝中文武大臣也对卫皇孙的突然现身议论纷纷。

霍光细心观察着一切，可他怎么都猜不透刘弗陵究竟想做什么。

皇帝一贯忌惮宗亲胜过忌惮大臣，因为宗亲篡位的可能性要远远大于臣子。

可是刘弗陵却一步一步地替刘询铺路，先让刘询在朝堂上绽放光芒，博得朝臣赏识，再让刘询获得民间的认可。本来一些大臣还对皇帝提拔刘询不服，可知道了刘询的身份后，那点不服也变成了心悦诚服。

刘弗陵封刘询为侯后，任命刘询为尚书令，录尚书事，负责皇帝诏命、谕旨的出纳。官职虽不大，却是个能很快熟悉政事的好位置。

还有刘贺。

霍光也一直看不透此人。若说他的荒唐是假，可刘贺并非近些年为了韬光养晦，才开始荒唐，而是先帝在位时，霍光看到的就是一个荒唐皇孙，那时刘贺不过十一二岁，霍光完全想不出来刘贺为什么要故作荒唐。可若说他的荒唐是真，霍光又总觉得不能完全相信。

他现在完全猜不明白刘弗陵为什么要把刘贺召进长安。

犹如下棋，现在虽然能看见对方手中的棋子，却不知道对手会把棋子落在哪里，所以只能相机而动。

目前的当务之急，是要霍氏女子诞下第一个皇子，一旦有皇子依靠，别的什么都会好办许多。

霍光为了送霍成君进宫，先去见小妹，与小妹商量。

一则，不管刘弗陵喜不喜女色，为了皇位，他当然会愿意选纳妃嫔。如选了各个大臣的女儿入宫，将臣子的家族利益和皇帝的权力紧密联合起来，刘弗陵就会得到有力的帮助，可以大大削弱霍氏在朝堂上的力量。可这绝不是霍光想要看到的局面，如何阻挡身居要位大臣的女儿入宫，只选几个无关紧要的女子充数，明处就要全力依靠小妹。二则，他不想小妹从别人那里，听闻他打算送霍成君入宫的消息，那会让小妹感觉自己和霍氏不够亲密，他想让小妹觉得她也是霍家的一员。

小妹还是一贯的温顺听话，对他所吩咐的事情一一点头，对霍成君进宫的事情，拍手欢呼，喜笑颜开，直呼："终于有亲人在宫里陪我了。"

上官皇后十四岁的生辰宴。

在霍光主持下，宴席是前所未有的隆重。

朝廷百官、诰命夫人齐聚建章宫，恭贺皇后寿辰。

刘弗陵也赐了重礼，为小妹祝寿。

小妹坐在刘弗陵侧下方，听到刘弗陵真心的恭贺，虽然不无寥落，却还是很欣喜。

她大着胆子和他说话，他微笑着一一回答。他和她说话时，身体会微微前倾，神情专注。小妹在他的眼睛里，只看见两个小小的自己，她心里的那点寥落也就全散了，至少，现在他只能看见她。

小妹忽地对霍光生了几分难言的感觉。他毕竟还是自己的外祖父，也只有他能记挂着给自己举办盛大的寿筵，也只有他才能让皇帝坐在她身边，陪她喝酒说话。

酒酣耳热之际，礼部官员献上民间绣坊为恭贺小妹寿辰特意准备的绣品。

八个宫女抬着一卷织品进来，只看宽度就有一两丈。

小妹十分好奇，笑着问："什么东西要绣这么大？"

八个宫女将绣品缓缓展开。

只看大红绸缎上，绣了千个孩童，神态各异，有的娇憨可爱，有的顽皮喜人，有的生气噘嘴，有的狡慧灵动，不一而足。

送礼的官员磕头恭贺："恭贺陛下、皇后百子千孙。"

小妹的心，刹那就跌入了万丈深渊。原来这才是霍光给她举办寿筵的目的！这可是她的生日呀！

袖中的手要狠狠掐着自己，才能让自己还微笑着。

丞相田千秋站起，向刘弗陵奏道："陛下，现在东西六宫大都空置，为了江山社稷，还请陛下、皇后早做打算。"

霍光看向小妹，目中有示意。

小妹的掌心已全是青紫的掐痕，脸上却笑意盈盈地说："丞相说得有理，都是本宫考虑不周，是应该替陛下选妃，以充后宫了。"

有了皇后的话，霍光才站起，向刘弗陵建议选妃，百官也纷纷劝谏。

刘弗陵膝下犹空，让所有朝臣忧虑不安，即使政见上与霍光不一致的大臣，也拼命劝刘弗陵纳妃嫔，一则是真心为了江山社稷，二则却是希望皇子能不带霍氏血脉。

刘弗陵淡淡说："今日是皇后寿筵，此事容后再议。"

田千秋立即洋洋洒洒开始进言，从高祖刘邦直讲到先帝刘彻，没有一个皇帝如刘弗陵一般，二十一岁仍后宫空置。

情势愈演愈烈，在田千秋带领下，竟然百官一同跪求刘弗陵同意，起先还动作有先后。后来，偌大的建章宫前殿，黑压压一殿的人动作一致，齐刷刷地跪下，磕头，再高声同呼："为了大汉江山社稷，请陛下三思！"声音震得殿梁都在颤。

再跪下，再磕头，再高声同呼："为了大汉江山社稷，请陛下三思！"

跪下……

磕头……

高呼……

起来……

上百个官员一遍又一遍，声音响彻建章宫内外。

众人貌似尊敬，实际却是不达目的不罢休的逼迫，刘弗陵只要不点头，众人就会一直要他"三思"。

连站在角落里的云歌都感觉到那迫人的压力滚滚而来，何况直面众人跪拜的刘弗陵？

刘弗陵凝视着他脚下一遍遍跪拜的文臣武官，袖中的拳头越握越紧，青筋直跳，却没有任何办法能让他们停止。

鸾座上的上官小妹突然直直向后栽去，重重摔在地上。

宫女尖叫："皇后，皇后！"

小妹脸色煞白，嘴唇乌青，没有任何反应。

百官的"为了大汉江山社稷，请陛下三……"霎时咽在口中，呆呆地看着已经乱成一团的宫女、宦官。

刘弗陵探看了下小妹，吩咐道："立即送皇后回宫，传太医去椒房殿。"

刘弗陵陪着皇后，匆匆离去。

一帮大臣，你看我，我看你，再看看已经空无一人的龙座凤榻，面面相觑。

皇后生辰宴，皇后都没了，还庆个什么？众人悻悻地离去。

田千秋走到霍光身旁，小声问："霍大人，您看如何是好？"

霍光脸上笑着，却语气森寒，对霍禹吩咐："我不放心皇后身体，你去吩咐太医，一定要让他们仔细诊断，悉心照顾。"

霍禹道："儿子明白。"匆匆去了太医院。

霍光对田千秋道："老夫是皇后祖父，皇后凤体感恙，实在令老夫焦虑，一切等皇后身体康复后再说。"

田千秋点头："大人说得是。"

霍光惊怒交加。

皇后感恙，身为人臣，又是皇后的外祖父，他断无道理在这个时刻不顾皇后病体，请求皇帝选妃。霍成君若在这个时候进宫，传到民间，很容易被传成她与皇后争宠，气病了皇后。未封妃，先失德，对霍成君和霍氏的将来都不利。

深夜，霍禹领着几个刚给小妹看过病的太医来见霍光。

这几个太医都是霍光的亲信，他们和霍光保证，皇后是真病，绝非装病。乃是内积悒郁，外感风寒，外症引发内症，虽不难治，却需要耗时间悉心调理。

霍光的怒气稍微平息几分，疑心却仍不能尽去。

第二日，一下朝，霍光就求刘弗陵准他探病。

到了椒房殿，先仔细盘问宫女。

宫女向霍光回禀，在霍大人上次拜见皇后前，皇后夜里就有些咳嗽，侍女橙儿还唠叨着该请太医来看一下，却被皇后拒绝了。霍大人来见过皇后娘娘后，皇后显得十分兴奋高兴，话也变得多了，只是白天常会头疼和力乏，橙儿又劝皇后召太医来看一下，皇后娘娘再次拒绝了，说等忙完了这段日子，休息一下就好了。结果没想到，拖到现在竟成了大病。

霍光算了算日子，怀疑小妹装病的疑心尽去，只剩无奈。有些迁怒于小妹身畔的宫女，竟没有一个真正关心小妹身体，只听到橙儿劝、橙儿操心，可这个橙儿却根本不是他的人。

霍光去看小妹时，小妹在病榻上垂泪哭泣，"祖父，小阿姨什么时候进宫？我好难受，想要小阿姨陪我，祖父，你让小阿姨进宫来陪我。"

毕竟是他的骨血，霍光心中也有些难受。若是长安城普通官员的女儿生病了，肯定有母亲细心照顾，有姐妹陪伴解闷，还会有父兄探望。小妹虽出身于最尊贵的家族，生病时，榻前却只有一群根本不真正关心她的宫女。

霍光告辞后，特意将橙儿叫来，和颜悦色地向她叮嘱，"悉心照料皇后娘娘。皇后娘娘身体康复后，定不会亏待你，你的父兄也会沾光不少。"

想到多年未见的父母、兄弟，橙儿有些黯然，向霍光行礼道谢，"服侍皇后娘娘是奴婢该做的。霍大人，有些话，也许不该奴婢说，可奴婢不说，也许就没有人说，所以奴婢只能平心而做，不论对错。"

霍光道："我不是苛责的人，你不必担心，有话直说。"

"皇后娘娘这两日一直有些低烧，奴婢常能听到皇后娘娘说胡话，有时叫'祖父'，有时叫'娘'，有时叫'舅舅'，还会边哭边说'孤单'，半夜里突然惊醒时，会迷迷糊糊问奴婢'小阿姨来了吗'。大人若有时间，能否多来看看皇后娘娘？依奴婢想，只怕比什么药都管用。"

霍光目光扫向一侧的宫女，几个宫女立即低头。

"奴婢守夜时，也听到过。"

"奴婢也听到过皇后娘娘说梦话，有一次还叫'祖父、舅舅，接我出宫'。"

"奴婢们想着都是些不紧要的思家梦话，所以就没有……"

宫女嗫嚅着，不敢再说。

霍光心里最后的一点关于"内积悒郁"的疑虑也全都散去，嘉许地对橙儿说："多谢你对皇后娘娘体贴的心思。"

橙儿忙道："都是奴婢的本分，不敢受大人的谢。"

霍光出来时，碰到来看上官小妹的云歌。

云歌侧身让到路侧，敛衽为礼。

霍光早知云歌常来找小妹玩耍，小妹病了，云歌自会来看，所以没有惊讶，如待略有头脸的宫女一般，微点了个头，就从云歌身旁走过。

橙儿看到云歌，高兴地把云歌迎了进去。其他人都冷冷淡淡，该干什么就干什么。

陪云歌一起来的抹茶倒是很受欢迎。抹茶只是个普通宫女，无须过分戒备，人又性格开朗，出手大方，众人陆陆续续从她那里得过一些好处，所以看到抹茶都笑着打招呼。

闻到抹茶身上异样的香，众人好奇地问："这是什么熏香，味道这般别致？"

抹茶得意扬扬地打开荷包给她们看，"太医新近做的，于总管赏了我一些，不仅香味特别，还可以凝神安眠，治疗咳嗽。"

荷包一开，更是香气满室，犹如芝兰在怀。

众人在宫中，闻过的奇香不少，可此香仍然令一众女子心动，都凑到近前去看，"真的这么神奇吗？我晚上就不易入眠。"

抹茶一如以往的风格，东西虽然不多，但是见者有份，人人可以拿一些。

云歌对仍守在帘旁的橙儿笑说："你也去和她们一块儿玩吧！我常常来，什么都熟悉，不用特意招呼我。"

橙儿闻到香气，早已心动，笑着点点头，"姑娘有事，叫奴婢。"也凑到了抹茶身旁，去拿香屑。

"你好受一些了吗？"

上官小妹听到云歌的声音，依旧闭目而睡，未予理会。

"多谢你肯帮我们。"

小妹翻了个身，侧躺着，"你说什么，我听不懂。我病得有气无力，哪里还有力气帮人做事？"

云歌不知道该说什么，只能默默地坐着。

有宫女回头探看云歌和皇后，发觉两人嘴唇都未动，云歌只安静坐在榻旁，皇后似有些疲倦，合目而躺。

宫女安心一笑，又回头和别的宫女谈论着熏香，只时不时地留心一下二人的动静。

上官小妹虽合着双眼，看似安详，心里却是凄风细雨，绵绵不绝。

祖父以为刘弗陵不宠幸她，是因为她不够娇，不够媚，以为刘弗陵为了帝王的权力，会纳妃嫔，散枝叶，可祖父错了。

祖父不是不聪明，而是太聪明。他以为世上和他一样聪明的男人，懂得何为轻，何为重，懂得如何取，如何舍，却不知道这世上真有那聪明糊涂心的男人。

她不知道自己为什么会一口拒绝云歌，虽然她也绝不想霍成君进宫。也许她只是想看云歌失望和难过，她不喜欢云歌的笑。可是云歌再次让她失望了。

云歌对她的拒绝未显不开心，也未露出失望，只是很轻声地说："我明白，你比我们更不容易。"

天下不会有人比她更会说谎，人家只是在生活中说谎言，而她却是用谎言过着生活，她的生活就是一个谎言。可她看不出云歌有任何强颜欢笑，也看不出云歌说过任何谎。

在这个乍暖还寒的季节，偶感风寒很容易，所以她生病了。

她担心祖父会把她生病的消息压住，所以她不但要生病，还要生得让所有人都知道。

每年春天，皇后都要率领百官夫人祭拜蚕神娘娘，替整个天下祈求"丰衣"，所以她本打算当众病倒在桑林间，却不料风寒把她内里的溃烂都引了出来，昨天晚上气怒悲极下，突然就病发了。

她告诉自己，这只是为了自己而做，是为了横刀自刎的母亲而做，是为了小小年纪就死掉的弟弟而做，是为了上官家族的上百条人命而做。

她不是帮他，绝不是!

有宫女在帘外说："皇后，到用药的时辰了。"

上官小妹抬眸，含笑对云歌说："你回去吧!我这病没什么大碍，太医说安心调养三四个月就能好，不用太挂心。"

云歌默默点了点头，行礼后，离开了椒房殿。

温室殿内，刘弗陵正和刘贺谈话。看到云歌进来，刘贺笑着要告退。刘弗陵挽留住了他，未避讳刘贺，就问云歌："小妹如何？"

"她不肯接受我们的道谢。"

刘弗陵微点了下头，未说话。

云歌说："小妹只给我们三四个月的时间，以后的事情就要我们自己去解决。"

刘贺笑："还在为霍成君犯愁？不就是拿没有子嗣说事吗？照臣说，这也的确是个事。陛下，晚上勤劳些，想三四个月弄个孩子，别说一个，就是几个都绰绰有余了。臣倒是纳闷儿了，陛下怎么这么多年一次都未射中目标？"

刘贺的怠懒的确无人能及，这样的话也只他敢说。

刘弗陵面无表情，云歌却双颊酡红，啐了一声刘贺，"你以为人人都和你一样？"扭身匆匆走了。

刘贺凝神打量刘弗陵，竟觉得刘弗陵的面无表情下，好似藏着一丝羞涩。

错觉？肯定是我的错觉！刘贺瞪大眼睛，绝不能相信地说："陛下，你……你……不会还没有……没有……难道你还是童子身……不，不可能……"

太过难以置信，刘贺张口结舌，说不出来一句完整的话。

刘弗陵淡淡打断了他，看似很从容平静地说："朕刚才问你，羌族、匈奴的问题如何处理，你还没有回答朕。"

刘贺还想再问清楚一点，殿外宦官回禀，刘询求见，刘贺方把话头撇开。

等刘询进来，刘弗陵又把问题重复了一遍，让刘询也思考一下。

刘贺笑嘻嘻地回道："西域各国一直都是我朝的隐患，但他们国小力弱，常会择强而依，只要我朝能克制住羌人和匈奴，他们不足担心。何况还有解忧公主在乌孙，抚慰联纵西域各国，靠着她和冯夫人的努力，即使先帝驾崩后最动荡的那几年，西域都没有出大乱子，现在吏治清明，朝堂稳定，西域更不足虑。最让人担忧的是羌族和匈奴，而这两者之间，最可虑的却是羌族的统一，羌族一旦统一，我朝边疆肯定要有大的战事。"

刘弗陵点头同意，刘询神色微动，却没有立即开口。可殿上的两人都是聪明人，立即捕捉到他的神情变化，刘贺笑道："看来小侯爷已经想到应对办法了。"

刘询忙笑着给刘贺作揖："王叔不要再打趣我了。"又对刘弗陵说："这事倒不是臣早想过，而是有人抛了个绣球出来，就看我们现在接是不接。"

刘贺听他话说得奇怪，不禁"咦"了一声，刘弗陵却只是微微颔首，示意他继续讲。

"陛下一定还记得中羌的王子克尔嗒嗒。克尔嗒嗒在赛后，曾去找孟珏说话，当着臣和云歌的面，对孟珏说'他日我若为中羌王，你在汉朝为官一日，中羌绝不犯汉朝丝毫'。"

刘询重复完克尔嗒嗒的话后，就再无一言，只静静看着刘贺和刘弗陵。

殿堂内沉默了一会儿后，刘贺笑嘻嘻地说："中羌虽不是羌族各个部落中最强大的，可它的地理位置却是最关键的。横亘中央，北接西域、西羌，南接苗疆、东羌，不仅是羌族各个部落的枢纽，也是通往苗疆的关隘，不通过中羌，匈奴的势力难以渗入苗疆，不通过中羌，羌族也不可能完成统一，可一直主张羌族统一，设法联合匈奴进攻我朝的就是如今的中羌酋长。"

刘询点了点头，"王叔说得极是。有明君，自会有良臣，让孟珏这样的人继续为官，并不难。只是据臣所知，克尔嗒嗒是中羌的四王子，上面还有三个哥哥，他若想当王，却不容易，如果他和父王在对汉朝的政见上再意见相左，那就更不容易了。"

刘弗陵淡淡说："那我们就帮他把'更不容易'变成'容易'。"

刘贺说："克尔嗒嗒能想出这样的方法去争位，也是头恶狼，让他当了王……"他摇着头，叹了口气。

刘弗陵淡笑道："猎人打猎时，不怕碰见恶狼，而是怕碰见毫不知道弓箭厉害的恶狼。知道弓箭厉害的恶狼，即使再恶，只要猎人手中还有弓箭，它也会因为忌惮，而不愿正面对抗猎人，但不知道弓箭厉害的狼却会无所畏惧，只想扑杀猎人。"

刘贺想了一瞬，点头笑道："陛下不常打猎，这些道理却懂得不少。都是恶狼，也只能选一只生了忌惮心思的狼了。"

刘弗陵说："这件事情只能暗中隐秘处理，我朝不能直接干预，否则只会激化矛盾。"他看向刘询，"你在民间多年，认识不少江湖中的风尘侠客，此事关系到边疆安稳、百姓安危，我相信这些风尘中的侠客定有愿意助你的。"

刘询立即跪下，磕了个头后，低声说："臣愿效力，可是臣有不情之请。"

刘弗陵淡淡应道："什么？"

"此事若交给臣办，陛下就不能再过问，江湖自有江湖的规矩。"

刘弗陵点头同意，只叮嘱道："此事朕再不过问，只等着将来遥贺克尔嗒嗒接位。不过，你若需要任何物力、财力，可随时来向朕要。"

刘询心中激荡，强压着欣喜，面色平静地向刘弗陵磕头谢恩。

等刘询退出去后，一直笑眯眯看着一切的刘贺，坐直了身子想说话，转念间，却想到连自己都能想到的事情，刘弗陵如何会想不到？他既然如此做，定有他如此做的因由，就又懒洋洋地歪回了榻上。

刘弗陵却是看着他一笑，道："多谢。"

刘弗陵的通透让刘贺暗凛，想起二弟，心里黯然，面上却仍是笑着。

———— ∞ ————

刘询的新府邸，阳武侯府。

霍成君不能顺利入宫，对他们而言，应该是件好事，可刘询总觉得孟珏心情不好，"孟珏，你好像很失望陛下不能纳妃。"

"有吗？"孟珏不承认，也未否认。

刘询道："皇帝纳妃是迟早的事情，就是不纳妃嫔，还有个上官皇后。以云歌的性格，可以容一时，却绝不可能容一世，她离开是必定的事情。再说早知今日，何必当初？人未过门，你就三心二意，就是一般女子都有可能甩袖而去，何况云歌？云歌如今给你点颜色瞧瞧，也很对。"

孟珏微笑着说："侯爷对我的事情了解几分？当日情形，换成你，也许已经是霍府娇客。"

刘询未理会孟珏微笑下的不悦，笑问："你不告诉我，我怎么能知道？你究竟为什么和霍光翻脸？"

孟珏淡笑，"侯爷今后需要操心的事情很多，不要在下官的事情上浪费功夫。"

仆人在外禀报："昌邑王来贺侯爷乔迁之喜。"

刘询忙起身相迎。

刘贺进来，看到孟珏，什么话都没有说，先长叹了口气。

刘询似解非解。

孟珏却已经明白，面上的笑容透出几分寂寥。

刘贺将云歌拜托他带给许平君的东西递给刘询，"全是云歌给夫人的。云歌还说，若夫人的伤已经大好了，可以选个日子进宫去看她。现如今她出宫不及夫人进宫来得方便。"

刘询笑着道谢。

春天是一年中最有希望的季节，秋天的收获正在枝头酝酿。

因为百花盛开的希望，连空气中都充满芳香。

云歌和刘弗陵并肩沿沧河而行。

沧河水滔滔，从天际而来，又去往天际，它只是这未央宫的过客。

云歌看水而笑，刘弗陵也是微微而笑，两人眼底有默契了然。

"陵哥哥，你想做什么？"

云歌的话没头没脑，刘弗陵却十分明白，"还没有想好，想做的事情太多。嗯，也许先盖座房子。"

"房子？"

"青石为墙，琉璃为顶。冬赏雪，夏看雨，白天望白云，晚上看星星。"

云歌为了和刘弗陵面对面说话，笑着在他前面倒走，"你要盖我们的琉璃小筑？你懂如何烧琉璃？对呀！煅烧琉璃的技艺虽是各国不传之秘，你却掌握着天下秘密，只此一门技艺的秘密，我们就不怕饿死了。"

说着，云歌突然瞪大了眼睛，十分激动，"你还知道什么秘密？"

刘弗陵微笑："等以后你觉得无聊时，我再告诉你。只要你想，有些秘密保证可以让我们被很多国家暗中培养的刺客追杀。"

云歌合掌而笑，一脸憧憬，"不就是捉迷藏的游戏吗？不过玩得更刺激一些而已。"

刘弗陵只能微笑。禅位归隐后的"平静"生活，已经完全可以想象。

两人沿着鹅卵石铺成的小道，向御花园行去。

"小心。"刘弗陵提醒倒走的云歌。

"啊！"

可是云歌正手舞足蹈，孟珏又步履迅疾，两人撞了个正着，孟珏半扶半抱住了云歌。

"对不……"话未说完，太过熟悉的味道，已经让云歌猜到来者是谁，急急想挣脱孟珏，孟珏的胳膊却丝毫未松，将她牢牢圈在他的怀抱里。

刘弗陵伸手握住了云歌的手，"孟爱卿！"语短力重，是刘弗陵一贯无喜无怒的语调。可波澜不惊下，却有罕见的冷意。

云歌感觉到孟珏的身子微微一僵后，终还是慢慢放开了她，向刘弗陵行礼，"臣不知陛下在此，臣失礼了，臣想请陛下准许臣和云歌单独说几句话。"

刘弗陵询问地看向云歌。

云歌摇头，表示不愿意，"你要说什么，就在这里说吧！"

孟珏起身，黑眸中有压抑的怒火，"我闻到不少宫女身上有我制的香屑味道，你身上却一点没有，你怎么解释？"

"怎么解释？我把香屑送给她们，她们用了，我没用呗！"

孟珏微微笑起来，"这个香屑统共才做了一荷包，看来你是全部送人了。"

云歌不吭声，算默认。

"若一更歇息，二更会觉得胸闷，常常咳嗽而醒，辗转半个时辰，方有可能再入睡……"

"宫里有太医给我看病，不需要你操心。"

"云歌，你真是头犟牛！这是你自己的身体，晚上难受的是自己。"

"你才是头犟牛！我都说了不要，你却偏要给我。你再给，我还送！"

刘弗陵总算听明白了几分来龙去脉，"云歌，你晚上难受，为什么从没有对我说过？"

云歌没有回答。心中暗想：你已经为了此事十分自责，现在还有更重要的事情要做，我不想因为一点咳嗽让你更添忧虑。

刘弗陵又问："孟珏既然有更好的法子治疗你的咳嗽，为什么不接受？"

"我……"看到刘弗陵目中的不赞同，云歌气鼓鼓地扭过了头。

"孟珏，拜托你再制一些香屑，朕会亲自监督云歌使用。"

孟珏向刘弗陵行礼告退，行了两步，忽地回头，笑对云歌说："药不可乱吃，你若不想害人，赶紧把那些未用完的香屑都要回来。"

云歌郁闷，送出手的东西，再去要回来？抹茶会杀了她的。

"孟珏，你骗人，你只是想戏弄我而已。"

"信不信由你了。"孟珏笑意温暖，翩翩离去。

云歌恼恨地瞪着孟珏背影，直到孟珏消失不见，才悻悻收回了视线。

一侧头，碰上刘弗陵思量的目光，云歌有些不知所措，"陵哥哥，你在想什么？"

刘弗陵凝视着云歌，没有回答。虽然孟珏人已走远，可她眼中的恼怒仍未消。

云歌对人总是平和亲切，极难有人能让她真正动气，一方面是她性格随和，可另一方面却也是云歌心中并没有真正把对方当回事，只要不在乎，自然对方如何，都可以淡然看待。

"陵哥哥……"云歌握着刘弗陵的手，摇了摇。

刘弗陵握紧了她的手，微笑着说："没什么，只是想，我该握紧你。"

晚上。

云歌正准备歇息，刘弗陵拿着一个木匣子进来，命抹茶将金猊熏炉摆好，往熏炉里投了几片香屑，不一会儿，屋子就盈满幽香。

云歌嘟囔，"他的手脚倒是麻利，这么快又做好了。"

刘弗陵坐到榻侧，笑赞道："如此好闻的香屑，就是没有药效都很引人，何况还能帮你治病？免了你吃药之苦。"

云歌不想再提孟珏，拉着刘弗陵，要刘弗陵给她讲个笑话。

刘弗陵的笑话没说完，云歌就睡了过去。

孟珏所制的香十分灵验，云歌一觉就到天明，晚上没有咳嗽，也没有醒来。

所以，这香也就成了宣室殿常备的香，夜夜伴着云歌入眠。

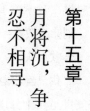

第十五章
月将沉，争
忍不相寻

刘弗陵越来越忙碌。

云歌的日子却越来越安静。

她帮不上什么忙，唯一能做的，大概就是不再给他添任何乱，所以云歌尽力收起自己杂七杂八的心思，规规矩矩地做一个淑女，连红衣那里都很少去拜访。常常在宣室殿内，一卷书，一炉香，就是一整天。

毕竟本性好动，不是不觉得无聊，可是想到再过一段时间，就会彻底飞出这里，心思也就慢慢沉淀下来，怀揣着她和刘弗陵的小秘密，喜悦地等着那一天的来临。

在云歌一天天的等待中，黑夜越来越短，白日越来越长，春的缤纷换成了夏的浓郁。

云歌觉得自己已经睡了很久，可睁开眼一看，几缕斜阳照得室内更加明亮。这天怎么还没有黑？

她望着碧茜纱窗，数着一个个的窗格子。

"很无聊吗？"一个人坐到了榻侧。

云歌惊喜，"怎么今日天未黑，你就回来了？没有事情忙了吗？"

"准备得差不多了，可以慢慢开始行动了。"刘弗陵回道。这段时间他又清减了不少，脸上颇有倦色，但因为喜悦，精神却显得十分好。

云歌一下子坐了起来，"你选择了谁？"又赶忙说，"不要告诉我是谁，我不善于在熟悉的人面前撒谎，我怕我会露了形迹。"

刘弗陵微笑："他们二人都很好，目前还没有看出来谁更适合。"

云歌点头，"你准备得如何了？"

"我已经将赵充国将军调回京城，升杜延年为太仆右曹，右将军张安世虽然十分谨小慎微，在我和霍光之间不偏不倚，但是他的哥哥张贺却有豪侠之风，握一发制全身，我把张贺握在手中，不怕他会帮霍光……"

云歌惊讶："张贺？张大人？你让病已大哥出面，不管什么事情，张大人都会尽力。"

"原来……这样。"刘弗陵明白过来，"看来真如他人所说，朝中仍有一些念卫太子旧恩的人。"

"究竟还有谁和他有交往，你要去问病已大哥。"

"刘病已不会告诉我的，臣子心系旧主是大忌。"

云歌叹了口气，"谁叫你是皇帝呢？"

刘弗陵不在意地笑，"我心中有数就行了。不给你讲这些事情了，说了你也听不明白。你个糊涂家伙，只怕现在才知道右将军张安世是张贺的弟弟。"

云歌吐舌头，"张大人官职低微，我怎么能想到他的弟弟竟然官做得这么大？那么多文武官员，要一个个记住他们的名字都费力，还要再理清楚彼此之间的亲戚关系，皇帝果然还是要聪明人才能胜任！你这么聪明……"

刘弗陵笑敲了下云歌的头，"不用来绕我，有什么话直接说。"

云歌眉尖微蹙，"小妹的病已经好了，霍光应该会重提霍成君进宫的事情，你想好如何应付了吗？"

刘弗陵的笑淡了，一时没有说话。一般人都会有"不孝有三，无后为大"的压力，何况皇帝呢？皇子关系着整个江山社稷，在这个问题上，朝堂内没有一个官员会站在他这边。

云歌看到他的神情，忙笑着说："你晚上想吃什么？我做给你吃。"

刘弗陵握住云歌的手说："我会想办法处理好霍成君的事情，你不要担心。"

云歌笑着点了点头。

刘弗陵笑说："听闻淋池的低光荷开了，贺奴嚷嚷着这段日子太累，晚上要去游湖。我已经命御厨准备小菜、鲜果、糕点，晚上边赏荷边吃，你看可好？"

云歌大乐，"还是贺奴得我心意。"

云歌闷了很久，洗漱停当，就已经按捺不住，拉着刘弗陵直奔淋池。

不知道武帝当年从何处寻了此异花，淋池荷花与别处的荷花不同。一茎四叶，形如骈盖，日光照射时叶片低首，所以称为"低光荷"。每到花开季节，芬芳之气十余里外都可闻到。最神奇的是，荷叶食后能令人口气常香，所以宫内妃嫔，宫外命妇，都极其喜欢此荷，以能得一枝半叶为荣。

此时太阳还未西落，碎金的光线映在片片低首的碧绿荷叶上，金碧交加，紫光激滟。

一朵朵碗口大的荷花，或洁白，或淡粉，三三两两地直铺叠到天际。

风过时，叶动，光动，花动，水动。光影变化，色彩流转。

云歌高兴地叫："整日锁在屋中，看看我差点错过了什么！"

其他人都还未到，但刘弗陵看云歌已等不及，遂命人放小船。

云歌把船上持桨的宦官赶下了船，"不用你划，我自己会划船。"

于安担忧，"陛下……"

刘弗陵看了他一眼，于安不敢再多言。

云歌在于安不信任的目光中，把舟荡了出去。

小舟越行，荷花越茂密，渐渐四周都是荷花，两人身在荷叶间，已经看不到岸上的人。

云歌久未活动，划了不久，额头就有细密汗珠沁出，脸颊透着健康的粉红，人面荷花两相映，自是一道风景。云歌看刘弗陵只盯着自己看，笑嗔，"你干吗老是盯着我看？我又不会比荷花更好看！"

刘弗陵微笑不语，随手摘了一枝大荷叶，倒扣在云歌头上，充作帽子遮阳。

游湖的乐趣，一半在划船上。云歌不想刘弗陵错失划船之乐，把桨递给他，"我教你划船。"

刘弗陵笑："你真把我当成什么都不会做的皇帝了？皇帝小时候也和一般孩子一样贪玩好闹。"说着，接过桨开始划，几下后，动作渐渐流利，划得不比云歌差。

云歌惬意地缩躺在船上，随手扯了自己"帽子"边缘的荷叶放进嘴里。

"果然清香满口。"撕了一片，探身喂给刘弗陵。

船随水走，本就有些摇晃，刘弗陵张嘴咬荷叶，云歌身子一晃，往前一倾，刘弗陵含住了她的手指。

两人都如触电，僵在了船上，只小船晃晃悠悠，随着水流打转。

云歌低着头抽手，刘弗陵却握住了她的手，另一只手去揽她的腰，俯身欲吻云歌。

云歌只觉荷叶的幽香熏得人身子软麻，半倚着刘弗陵的臂膀，闭上了眼睛。

刘弗陵的唇刚碰到云歌唇上，云歌脑内蓦地想起对孟珏的誓言，猛地一把推开了他，"不行！"

云歌用力太大，刘弗陵又没有防备，眼看着就要跌到湖中，云歌又急急去拽他，好不容易稳住身子，已是湿了大半截衣袍。

船仍在剧晃，两人都气喘吁吁。

刘弗陵的手紧紧扣着船舷，望着连天的荷叶说："是我不对。"看似平静的漆黑双眸中，却有太多酸涩。

云歌去握他的手，刘弗陵没有反应。

"陵哥哥，不是我，我不愿意。只是因为……陵哥哥，我愿意的，我真的愿意的。"云歌不知道该如何让他相信，只能一遍遍重复着"愿意"。

刘弗陵的心绪渐渐平复，反手握住了云歌的手，"是我不对。"

刘弗陵眼中的苦涩受伤，都被他完完全全地藏了起来，剩下的只有包容和体谅。

云歌知道只需一句话，或者一个动作，就可以抚平刘弗陵的伤，可她却什么都不能说、什么都不能做，她突然十分恨孟珏，也十分恨自己。

"陵哥哥，等到明年，你不管想做什么，我都愿意，都绝不会推开你。"云歌脸颊的绯红已经烧到了脖子，却大胆地仰着头，直视着刘弗陵。

云歌的眼睛像是燃烧着的两簇火焰，刘弗陵心中的冷意渐渐淡去，被云歌盯得不好意思，移开了视线，"被你说得我像个好色的登徒子。西域女儿都这般大胆热情吗？"

云歌拿荷叶掩脸，用荷叶的清凉散去脸上的滚烫。

刘弗陵划着船，穿绕在荷花间。

夕阳，荷花。

清风，流水。

小船悠悠，两人间的尴尬渐渐散去。

云歌觉得船速越来越慢，掀起荷叶，看到刘弗陵脸色泛红，额头上全是汗。

"陵哥哥，你怎么了？"

刘弗陵抹了把额头，一手的冷汗，"有些热。"对云歌笑了笑，"大概划得有些急了，太久没有活动，有点累。"

云歌忙摘了一片荷叶，戴在他头顶，又用自己的荷叶给他扇风，"好一些了吗？"

刘弗陵点了点头。

云歌拿过桨，"让奴家来划，请问公子想去哪个渡头？"

第十五章
月将沉，争忍不相寻

刘弗陵一手扶着船舷，一手按着自己胸侧，笑说："小姐去往哪里，在下就去哪里。"

云歌荡着桨，向着夕阳落下的方向划去。

一轮巨大的红色落日，将碧波上的小舟映得只一个小小的剪影，隐隐的戏谑笑语，遥遥在荷香中荡开。

"奴家若去天之涯呢？"

"相随。"

"海之角呢？"

"相随。"

"山之巅呢？"

……

暮色四合时，云歌才惊觉，在湖上已玩了许久，想着刘贺肯定等急了，匆匆返回。

未行多远，只见前面一艘画舫，舫上灯火通明，丝竹隐隐，四周还有几条小船相随。

云歌笑，"白担心一场，刘贺可不是等人的人。"

刘贺也看见了他们，不满地嚷嚷，"臣提议的游湖，陛下却抛下臣等，独自跑来逍遥。过墙推梯，过河拆桥，太不道义了。"

行得近了，云歌看到刘询和许平君共乘一舟，刘贺和红衣同划一船，孟珏独自一人坐了一条小舟。于安和七喜划了条船，尾随在众人之后。

云歌有意外之喜，笑朝许平君招手，"许姐姐。"

看到刘弗陵，许平君有些拘谨，只含笑对云歌点了下头，赶着给刘弗陵行礼。

画舫上的侍女有的吹笛，有的弹琴，有的鼓瑟。

画舫在前行，小船在后跟随，可以一面听曲，一面赏景。

若论玩，这么多人中，也只得刘贺与云歌有共同语言。

刘贺得意地笑问云歌："怎么样？"

云歌不屑地撇嘴，"说你是个俗物，你还真俗到家了。今晚这般好的月色，不赏月，反倒弄这么个灯火通明的画舫在一旁。荷花雅丽，即使要听曲子，也该单一根笛，一管箫，或者一张琴，月色下奏来，伴着水波风声听。你这一船的人，拉拉杂杂地又吹又弹又敲，真是辜负了天光月色、碧波荷花。"

刘贺以手覆眼，郁闷了一瞬，无力地朝画舫上的人挥了下手，"都回去吧！"

画舫走远了，天地蓦地安静下来，人的五感更加敏锐。这才觉得月华皎洁，鼻端绕香，水流潺潺，荷叶颤颤。

刘贺问云歌："以何为戏？"

云歌笑："不要问我，我讨厌动脑子的事情，射覆、藏钩、猜枚，都玩不好。你们想玩什么就玩什么了，我在一旁凑乐子就行。"

许平君张了下嘴，想说话，却又立即闭上了嘴巴。

刘询对她鼓励地一笑，低声说："只是游玩，不要老想着他们是皇帝、藩王，何况，你现在也是侯爷夫人，有什么只管说，说错了，也没什么大不了。"

许平君大着胆子说："王叔，妾身有个主意，四条船，每条船算一方，共有四方。四方根据自己喜好，或奏曲，或唱歌，或咏诗，大家觉得好的，可以向他的船上投荷花，最后用荷花多少定哪方胜出，输者罚酒。只是，孟大人的船上就他一人，有点吃亏。"

刘贺拍掌笑赞，"赏了很多次荷花，却从没有这么玩过，好雅趣的主意。"扫了眼孟珏，"我们多给他一次机会玩，他哪里吃亏了？云歌，你觉得呢？"

云歌低着头，把玩着手里的荷叶，无所谓地说："王上觉得好，就好了。"

刘弗陵一直未出一语，刘贺向他抱拳为礼，"第一轮，就恭请陛下先开题。"

刘弗陵神情有些恍惚，似没听到刘贺说话，云歌轻叫："陵哥哥？"

刘弗陵疑问地看向云歌，显然刚才在走神，根本没有听到众人说什么。

云歌轻声说："我们唱歌、作诗、奏曲子都可以，你想做什么？"

云歌说话时，纤白的手指在碧绿的荷茎上缠来绕去。刘弗陵看了她一瞬，抬头吟道：

清素景兮泛洪波，
挥纤手兮折芰荷。
凉风凄凄扬棹歌，
云光曙开月低河。

既应景，又写人，众人都叫好。刘病已赞道："好一句'云光曙开月低河'。"

几人纷纷折荷花投向他们的船，不敢砸刘弗陵，只能砸云歌，云歌边笑边躲，"喂，喂！你们好生赖皮，这么大的船，偏偏要往我身上扔。"

不多时，满头花瓣，一身芳香，云歌哭笑不得，对刘弗陵说："你赢，我挨砸。我们下次还是不要赢好了，这花蒂打在身上还是挺疼的。"

云歌低着头去拂裙上的荷花，刘弗陵含笑想替云歌拂去头上的花瓣，却是手刚伸到一半，就又缩回，放在了胸侧，另一只手紧抓着船舷。

一直尾随在众人身后的于安，脸色蓦沉，划船靠过来，在刘弗陵耳边低语了一句，刘弗陵微颔首。

刘弗陵笑对众人说："朕有些急事要办，需要先回去。各位卿家不要因为朕扫了兴致，继续游湖，朕处理完事情，立即回来。"

云歌忙道："我陪你一块儿回去。"

刘弗陵低声说："是朝堂上的事情，你过去，也只能在一边干等着。不如和大家一起玩，许平君难得进宫一趟，你也算半个主人，怎么能丢下客人跑了？我办完了事情，立即回来。"

云歌只能点点头。

于安所乘的船只能容纳两人，他不愿耽搁工夫让七喜去拿船，"云姑娘，你先和别人挤一下，奴才用这艘船送陛下回去。"

刘贺笑道："孟珏的船正好还可以坐一个人，云歌就先坐他的船吧！"

云歌未说话，于安已急匆匆地叫："麻烦孟大人划船过来接一下云姑娘。"

孟珏划了船过来。

刘弗陵对云歌颔首，让她大方对待，"我一会儿就回来。"

云歌点点头，扶着孟珏递过的船桨，跳了过去。

于安立即跃到云歌先前坐的地方，用足力气划桨，船飞快地向岸边行去。

刘弗陵一走，许平君顿觉轻松，笑说："我们现在只有三条船，那就算三方了，每船都两人，很公平。云歌，刚才你得的荷花算是白得了，不过可以让你点下家。"

云歌感觉到所有人都在偏帮孟珏，没好气地说："就许姐姐你。"

说完又泄气，有病已大哥在，他们很难输。

不料许平君胸有成竹地一笑，未等刘询开口，就吟道：

水晶帘下兮笼羞娥，
罗裙微行兮曳碧波，
清棹去兮还来，
空役梦兮魂飞。

除孟珏以外，所有人都目瞪口呆，连刘询都像看陌生人一样盯着许平君。

不是许平君作得有多好，她这首咏荷诗比刘弗陵的咏荷诗还差许多。可是一年前，许平君还不识字。从一字不识到今日这首诗，她暗中下了多少苦功？

许平君看众人都直直盯着她，心怯地看向孟珏，孟珏嘉许地向她点了点头，许平君才放了心，不好意思地说："不太好，各位就笑听吧！"

"什么不太好？简直太好了！"云歌大叫一声，急急找荷花，孟珏将刚折到手的荷花递给云歌，云歌匆忙间没有多想，立即就拿起，朝许平君用力扔了过去，许平君笑着闪躲，红衣的荷花也随即而到，躲了一朵，没躲开另一朵，正中额头，许平君一边嚷疼，一边欢笑。

云歌看孟珏想扔的方向是许平君的裙裾，不满地说："刚刚砸我时，可没省力气。"

孟珏将荷花递给她，"给你扔。"

云歌犹豫未拿。

刘贺叫了声云歌，手里拿着荷花，努了努嘴，云歌会意而笑，忙抓起荷花，两人同时扔出，一左一右，砸向许平君。许平君看云歌扔的速度很慢，就先向左边躲，不料右边的荷花突然加速转道，先打到左边荷花上，然后两朵荷花快速地一起打中许平君的头。许平君揉着脑袋，气得大叫，"大公子、云歌，你们两个欺负我不会武功！"

"你先头又没说，扔荷花不许用武功。"云歌向她吐吐舌头，一脸你奈我何的神气。

许平君盈盈而笑，点点云歌，"下一家，孟珏和云歌。"

云歌不依，"又要砸我？我……我……我什么都不会，这轮算我输了。"

刘贺和刘询笑嘲："你不会，还有孟珏。孟珏，你不会打算向我们认输吧？"

孟珏看向云歌，云歌侧仰着脑袋望月亮。

孟珏淡笑，"输就输了。"举起酒杯要饮。

刘贺叫："太小了，换一个，换一个，旁边的，再旁边的。"

孟珏懒得推诿，举起大杯，斟满酒，一饮而尽。

刘贺嚷："云歌，该你喝了。"

"孟珏不是刚喝过一杯？"

许平君笑："云歌，是你们两个都输了，自然两人都该喝，哪里能只让一个人喝？"

"哼！砸我的时候，也不见船上还有另一个人？"

云歌抱怨归抱怨，酒仍是端了起来，还未送到嘴边，孟珏把酒杯拿了过去，一口饮尽，朝众人倒置了下杯子。

云歌低声说："我会喝酒，不需要你挡。"

孟珏淡淡说："从今往后，咳嗽一日未彻底治好，便一日不许碰酒。"

刘贺和许平君朝云歌挤眉弄眼，"不用挨砸，不用喝酒，这下可是能放心大胆地认输了。"

孟珏指了指刘贺说，"别啰唆，该你们了。"

刘贺舒舒服服地靠躺到船上，叫道："红衣，我就靠你了。"

红衣从袖里取出一根碧绿的竹短笛，微笑着将竹笛凑到了唇畔。

红衣的曲子如她的人一般，温柔婉转，清丽悠扬。

没有如泣如诉的缠绵悱恻，也没有深沉激越的震撼肺腑，不能感星闭月，也不能树寂花愁。可她的笛音，就如最温和的风，最清纯的水，在不知不觉中吹走了夏天的烦躁，涤去了红尘烦恼。

众人都不自觉地放下了一切束缚，或倚，或躺，任由小舟随波轻荡。

皓月当空，凉风扑面，友朋相伴，人生之乐，还有什么？

红衣侧坐吹笛，刘贺不知何时，已经从船舷靠躺在了红衣身上，仰望明月，嘴角含笑。

刘询和许平君并肩而坐，双手交握，望着船舷两侧滑过的荷花，微微而笑。

孟珏和云歌隔着段距离一坐一卧，举目望月，偶尔四目交投，孟珏眸内似流动着千言万语，到了嘴边却只剩下一个若有若无的微笑。

红衣的笛音悄无声息地消失，众人却仍静听水流，遥赏月兔。

第十五章
月将沉，争忍不相寻
255

良久后，刘询的声音在荷花深处响起："闻曲识人。大公子，你要惜福。"

刘贺笑问："到底好是不好？怎么不见你们投荷，也不见你们罚酒？"

众人这才赶紧去折荷，但看着红衣娴静的身姿，却怎么都砸不下去，纷纷把荷花砸向了刘贺。

刘贺却非云歌和许平君，虽然看着身子未动，却没有一朵荷花能砸到他头上，都只落到了袍摆上。

他嘻嘻笑着朝云歌、许平君拱手："多谢美人赠花。"又指着云歌和孟珏，"我选你们。"

"又是我们？"云歌郁闷。

……

"仍是我们？"

……

"怎么还是我们？"

……

"我知道是我们。"云歌已经没有力气说话了。

刘询和刘贺摆明了整她，不管她点谁，下一轮肯定又轮回来。

刘贺笑："云歌，你还坚持不肯玩吗？孟珏酒量再好，也禁不得我们这么灌。不过，也好，也好，这小子狡猾如狐，从不吃亏，我从来没有灌他灌得这么痛快过。咱们继续，继续！回头看看醉狐狸是什么样子。"

孟珏正要喝下手中的酒，云歌道："这轮，我不认输。"

孟珏未置一言，静静放下了酒杯。

云歌想了会儿说，"我给你们唱首歌吧！"轻敲着船舷，心内暗渡了下曲调，启唇而歌：

清素景兮泛洪波，
挥纤手兮折芰荷。
凉风凄凄扬棹歌，

云光曙开月低河。

云歌并不善即兴渡曲，又没有乐器替她准音，时有不能继，音或高或低，以至承接不顺。

忽闻身侧响起乐音，引她随曲而歌。

云歌侧目，只看孟珏双手握着一个埙，垂目而奏。

埙乃中原华夏一族最早的乐器，传闻炎帝、黄帝时所创。因为是用大地的泥土煅烧而成，埙音也如广袤无垠的大地，古朴浑厚、低沉沧桑中透着神秘哀婉。

云歌的歌声却是清亮明净，飞扬欢快。

两个本不协调的声音，却在孟珏的牵引下，和谐有致，宛如天籁。

苍凉神秘的埙音，清扬婉转的歌声，一追一逃，一藏一现，一逼一回，若即若离，似近似远，遨游飞翔于广袤深洋，崇山峻岭，阔邃林海，千里平原，万里苍穹。

起先，一直是埙音带着歌声走，可后来，歌声的情感越来越充沛，也越来越有力量，反过来带着埙音鸣奏。

埙音、歌声彼此牵扯，在湖面上一波又一波荡开。一个沧桑，一个哀婉，咏唱着天地间人类亘古的悲伤：爱与恨，生与死，团聚和别离。

音静歌停。

众人屏息静气地看着孟珏和云歌。

云歌不知道自己何时竟直直站在船上，孟珏也有些恍惚，他并没有想奏哀音，可当他把云歌的歌声带出后，自己也被云歌牵引，歌曲已经不只是他一个人控制，而他，只能将它奏出。

云歌怔怔地站着，突然说："我要回去。"

———— ❁ ————

夏季时，刘弗陵会在清凉殿接见大臣，处理朝事。

云歌先去清凉殿。

没有人。

她又匆匆向宣室殿跑去。

宣室殿内漆黑一片，异常安静。

云歌心慌，难道陵哥哥去找他们了？正要转身，于安不知从哪里冒出来，"云姑娘，陛下就在殿内。"于安大半个身子仍隐在黑暗中，完全看不到脸上表情，只觉得声音阴沉沉地低。

云歌不解，"你没有在殿前侍候，怎么守在殿外？陛下睡了吗？怎么一盏灯都不点？"说着话，人已经跑进了正殿。

静坐于黑暗中的刘弗陵听到声音，含笑问："怎么这么快就回来了？"

云歌的眼睛一时未适应大殿的黑暗，随着声音，摸索到刘弗陵身旁，"你为什么没来？发生什么事情了？你不开心？"

刘弗陵扶云歌坐到他身侧，"是有些不高兴，不过没什么，不用担心。"

"因为朝堂上的事情不顺？霍光又为难你了？我们的计划遇到阻碍了吗？"

刘弗陵未说话，只是凝视着云歌，伸手碰了碰她的头发，碰了碰她的眉毛，指肚在她的脸颊轻抚。

他的手指冰凉，云歌握住他的手，呵了口气，"怎么夏天了还这么冰呢？以后你要和我一块儿去骑马、去爬山，几个月下来，管保比吃什么人参燕窝都有用。"

刘弗陵的声音有些沙哑，"云歌，今晚陪我一起睡，好吗？像上次一样，你睡一头，我睡一头。"

云歌很想点头，却不能，"我……这次不行。我在这里陪你说话，一直说到你想睡，好不好？"

刘弗陵看着云歌的抱歉，沉默一瞬后，微笑着说："好，你给我讲讲你们刚才都玩什么了。"

云歌只讲到红衣吹笛，刘弗陵已经有些困倦，手放在胸上，靠到了榻上，闭着眼睛说："云歌，我想休息了，你也去睡吧！帮我把于安叫进来。"

"嗯。你不要再想那些烦心的事情，等睡起来了，总会有办法解决。"云歌给他盖了条毯子，轻轻退出了大殿。

———— ❧ ————

第二日，云歌起了个大早去看刘弗陵，寝宫却已无人。

小宦官赔笑说："陛下一大早就起身办事去了。"

"哦，陛下今日的心情可好？"

小宦官挠头，"姑娘，你也知道，陛下一年四季都一样，淡淡的，没什么高兴，也没什么不高兴。"

云歌笑笑，未说话。陵哥哥的喜怒哀乐和常人没什么不同。

一连很多日，刘弗陵总是早出晚归。

深夜，云歌好不容易等到他时，他总是很疲惫的样子，虽然他会强撑困倦和云歌说话，云歌却不愿再烦扰他，只想让他赶快休息。

看来又出了意外，让他上次所说的"准备好了"，变成了"并没有好"。

云歌按下了心内的焦虑，重新开始静静地等待。

她开始亲自照顾宣室殿内的各种花草。浇水、施肥、剪枝，还移植了一些喜阴的藤萝过来，大概自幼做惯，她又本就喜欢做这些事情，宣室殿带给她的焦躁随着花草的生长平复了许多。

云歌蹲在地上松土，每看到蚯蚓，总会高兴地一笑。她刚开始照顾这些花草时，可是一条蚯蚓都没有。

富裕站在一角，看了云歌很久，最后还是凑到了她身旁，即使冒着会被于总管杖毙的危险，他也要告诉云歌。

"小姐，有件事情……陛下，陛下……"

云歌放下了手中的小铁铲，安静地看着富裕。

富裕不忍看云歌双眸中的清亮，低着头说："陛下这几日离开清凉殿后，都去了椒房殿。"

云歌未说一句话，只扭头静静地凝视着眼前半谢的花。

很久后，她站起，"我想一个人走走，不要跟着我，好吗？"

云歌一路疾跑，跑到了清凉殿外，脚步却猛地停了下来。退到角落里，只定定地凝视着殿门。

夏日的蝉正是最吵时。"知了、知了"地拼命嘶鸣着。

云歌脑内的思绪漫无天际。一时想起和陵哥哥在草原上的盟约，心似乎安稳了，可一时又忽地想起了孟珏在山顶上给她的誓言，心就又乱了。一时想着这天下总该有坚贞不变、千金不能换的感情，一时却又想起也许千金不能换，只是没有碰到万金，或者千万金……

不知道站了多久，日影西斜时，一个熟悉的人从清凉殿内出来，被身前身后的宦官簇拥着向左边行去。

回宣室殿不是这个方向，这个方向去往椒房殿。

不过也通向别处，不是吗？也许他是去见刘贺。云歌在心里对自己说。

远远跟在后面，看到他向椒房殿行去，看到宫女喜气洋洋地迎了出来，看到小妹欢笑着向他行礼。他缓步而进，亲手扶起了盛装打扮的小妹，携着小妹的手，走入了内殿。

原来，他不是无意经过，而是特意驾临。

心里最后相信的东西砰然碎裂。那些尖锐的碎片，每一片都刺入了骨髓，曾有多少相信期待，就有多少锥心刺骨的痛。

云歌慢慢坐到了地上，双臂环抱住自己，尽量缩成一团。似乎缩得越小，伤害就会越小。

红衣拖起了地上的云歌，刘贺说了什么，云歌并未听分明，只是朝刘贺笑。

"……皇子关系着大汉命脉、天下百姓，不管政见如何不同，可在这件事情上，百官都在力谏……皇帝毕竟是皇帝，与其让霍成君进宫，不如宠幸上官小妹。小妹若得子，只得一个儿子依靠罢了，霍成君若得子，却后患无穷……"

刘贺的声音淡去，云歌只看到他的嘴唇不停在动。

原来所有人都早已经知道，只有她蒙在鼓里。

云歌不想再听刘贺的开解，这些道理她如何不懂呢？原来这就是他的解决办法。

笑着拒绝了红衣和刘贺的护送，独自一人回宣室殿。

却是天地茫茫，根本不知道该去哪里。

漫无目的，心随步走。

太液池上的黄鹄还是一对对高翔低回，淋池荷花依旧娇艳，沧河水也如往日一般奔流滔滔。

可是，有些东西，没有了。

从未央宫，走到建章宫，又从建章宫回到未央宫，云歌不知道自己走了多久，只看到月亮已经爬到了中天。

当她回到宣室殿时，刘弗陵立即从殿内冲了出来，一把握住她的胳膊，急急问："你，你去哪……"语声顿了一顿，紧握的手又慢慢松了，淡淡的语气，"夜很深了，你赶紧歇息吧！"

她不应该央求和企求一个人的心意的。她应该昂着头，冷淡地从他的面前走过去，可她做不到。云歌有些恨自己。

可如果央求真能挽回一些东西，那么，恨就恨吧！

"陵哥哥，我想和你说会儿话。"

刘弗陵转过了身，"我很累了，有话明天再说吧！"

"陵哥哥。"

叫声清脆，一如很多年前。

刘弗陵的脚步却只微微停了一瞬，就头也未回地进了寝殿，任云歌痴痴立在殿前。

天仍漆黑，刘弗陵就穿衣起身。

走出殿门，只见一个单薄的身影立在殿前的水磨金砖地上，织金石榴裙上露痕深重，竟好似站立了一夜。

"陵哥哥，我有话和你说。"

云歌定定地盯着刘弗陵，面容苍白憔悴，只有眼内仍亮着一点点希冀。

刘弗陵面色惨白，一瞬不瞬地凝视着云歌。

"我要去上朝。"

他从云歌身旁直直走过，脚步匆匆，像是逃离。

云歌眸内仅剩的一点光芒熄灭，她的眼睛只余空洞、悲伤。

刘弗陵的脚停在了宫门的台阶前，无论如何也跨不出去，他蓦然转身，快走到了云歌身旁，牵起她的手，拽着她急步向外行去。

马车在黑暗中奔出了未央宫。

云歌眼睛内有喜悦。

刘弗陵眸底漆黑一片，了无情绪。

"陵哥哥，我知道霍光又在逼你纳妃，你是不是和小妹在演戏给他看？还有，你真的很想要孩子吗？你可不可以等一等？我，我可以……"

刘弗陵的手放在了云歌的唇上，笑摇了摇头，"先把这些事情都忘掉，这半日只有你和我，别的事情以后再说。"

看云歌点头答应了，刘弗陵才拿开了手。

于安也不知道刘弗陵究竟想去哪里。刘弗陵拽着云歌匆匆跳上马车，只吩咐了句"离开未央宫，越远越好。"，所以他只能拼命打马，催它快行，无意间，竟走到了荒野山道上，颠簸难行，刚想要驾车掉头，刘弗陵挑起帘子，牵着云歌下了马车，"你在这里等着。"

"陛下，荒郊野外，奴才还是跟着的好。"

"我和云歌想单独待一会儿。"

看到陛下眼底的寥落无奈，于安心头酸涩难言，不再吭声，安静地退到了路旁。

刘弗陵和云歌手挽着手，随山道向上攀缘。

云歌抬头看看山顶，再看了看天色，笑说："我们若快点，还来得及看日出。"

"好，看谁最早到山顶。"

"陵哥哥，我若赢了，你要答应我件事情，算作奖品。"

刘弗陵未说话，只笑着向山上快速爬去。

云歌忙追了上去。

两人都放开心事，专心爬山，一心想第一个看到今日的朝阳。

山看着并不高，以为很好爬，不料越往上行就越陡，有的地方怪石嶙峋，荆棘密布，几乎无路。

云歌看刘弗陵额头全是汗，"陵哥哥，我有点爬不动了，下次我们来早些，慢慢爬吧！"

"下次的日出已经不是今日的日出。人生有些事情，是我无能为力的，可这次却是我可以控制的。"刘弗陵语气中有异样的坚持，云歌不敢再提议放弃。

刘弗陵看云歌边爬边看他，用袖擦了擦脸上的汗，笑道："一年四季，车进车出，做什么都有人代劳，难得活动一次，出点汗是好事情。"

云歌想想也是，释然一笑，手足并用地向山上爬去。

好几次，看着前面已经无路，云歌犹豫着想放弃，随在她身后的刘弗陵却总是极其坚持，坚信一定有路可以到山顶。

两人用木棍劈开荆棘，刘弗陵把身上的长袍脱了下来，在极陡峭的地方，用它搭着树干，充作绳子，继续向上攀。

而每一次以为的无路可走，总会在坚持一段后，豁然开朗。或有大树可供攀缘，或有石头可供落脚，虽不是易途，却毕竟是有路可走。

山顶近在眼前，东边的天空积云密布，渐泛出红光，太阳眼看着就会跳出云海。

对今天的日出，云歌从刚开始的不在乎，变得一心期待，一边急急往上爬，一边叫："陵哥哥，快点，快点，太阳就要升起来了。"

就在要登上山顶时，云歌回头，却看刘弗陵的速度越来越慢，她想下去，拽他一起上来，刘弗陵仰头望着她说："你先上去，我马上就到。不要两人一起错过，你看到了，至少可以讲给我听，快点！"

云歌迟疑，刘弗陵催促："你看见和我看见是一样的，快上去。"

云歌用力拽着树枝，最后一跃，登上了山顶。

在她登临山顶的同时，一轮火红的圆日，从汹涌磅礴的云海中跳出，刹那间，天地透亮，万物生辉。

眼前是：碧空万里，千峦叠翠；回眸处：刘弗陵迎着朝阳对她微笑，金色的阳光将他的五官细细勾勒。

云歌眼中有泪意，蓦地张开双臂，迎着朝阳，"啊——"大叫了出来。

胸中的悒郁、烦闷都好似被山风涤去，只觉人生开阔。

刘弗陵缓缓登到山顶，坐到石块上，含笑看着云歌立在山崖前，恣意地飞扬。他偶尔一个忍耐的皱眉，却很快就被压了下去。

云歌大喊大叫完，方觉得有些不好意思，笑坐到刘弗陵腿侧，脸俯在他膝头，"在宫里不敢乱叫，只好在荒郊野外撒疯。"

刘弗陵想用衣袖擦去云歌脸上的污迹，抬胳膊一看，自己的袖子五颜六色，绝不会比云歌的脸干净，只得作罢。

云歌的脸在他掌间轻轻摩挲，"陵哥哥，我觉得你近来爱笑了。"

刘弗陵微笑地眺望着远处，没有说话。

"可我觉得你的笑，不像是开心，倒像是无可奈何的隐藏。陵哥哥，我也不是那么笨，好多事情，你若为难，可以和我商量。可是，你不能……不能……你说过只误我一生的。我看到你和别人，心里会很痛。"

"云歌……"刘弗陵手指轻碾着她的发丝，眉间有痛楚。他缓缓深吸了口气，唇畔又有了淡淡的笑意，"你会记住今天看到的日出吗？"

"嗯。"云歌枕在他的膝头，侧脸看向山谷，"虽然我以前看过很多次日出，但是今天的最特别，而且这是你陪我看的第一次日出，我会永远记住。"

"云歌，我想你记住，人生就如今天的登山，看似到了绝境，但只要坚持一下，就会发觉绝境后另有生机。每次的无路可走，也许只是老天为了让你发现另一条路，只是老天想赐给你意想不到的景色，所以一定要坚持登到山顶。"

"嗯。"云歌懵懂地答应。

刘弗陵托起云歌的脸，专注地凝视着她，似要把一生一世都看尽在这次凝眸。

云歌脸红，"陵哥哥。"

刘弗陵放开了她，站起身，微笑着说："该回去了。我片言未留，就扔下一帮大臣跑出来，未央宫的前殿只怕要吵翻了。"

云歌依依不舍，在这个山顶，只有她和他。回去后，她和他之间又会站满了人。

刘弗陵虽然面上没有任何眷念，可下山的路却走得十分慢，紧握着云歌的手，每一步都似用心在记忆。

于安看到两个衣衫褴褛、风尘仆仆的人从山上下来，吓了一跳。

等刘弗陵和云歌上了马车，于安恭敬地问："陛下，去哪里？"

沉默。

良久后，刘弗陵微笑着吩咐："回宫。"

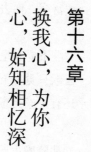

第十六章

换我心，为你
心，始知相忆
深

和刘弗陵一起爬山后，云歌以为一切都会回到从前。

可是，她错了。

每日下朝后刘弗陵第一个去的地方依旧是椒房殿。他会和小妹把臂同游，也会摘下香花赠佳人。

现在的小妹，和云歌初相识时的她，已是判若两人，青涩褪去，娇媚尽显。

云歌却在沉默中一日日憔悴消瘦，在沉默中，等着她的心全部化为灰烬。

偶尔，她会早起，或晚睡，在庭院、宫墙间，等着刘弗陵。

凝视着他的离去和归来。

她用沉默维护着自己最后的一点尊严，可望着他的眼神，却早已经将心底的一切出卖。刘弗陵如果愿意看，不会看不懂。

他看见她时，会微微停一下，但他们之间过往的一切，也只是让他微微停一下。

他沉默地从她身侧经过，远离。

任由她在风中碎裂、凋零。

宣室殿内挂上了大红的灯笼，屋内地毯和墙上的挂饰上，随处可见龙凤双翔图案。

没有人肯告诉云歌将要发生什么。

"富裕，你去打听一下，宫里要有什么喜事了吗？"

……

"陛下要和皇后行圆房礼。"富裕打听回来后的声音小如蚊蚋。

云歌只觉得五脏六腑都在疼，沉默地弯下身子，一动不动，唇边似乎还有一丝笑意，额头却渐渐沁出颗颗冷汗。

刘弗陵晚上归来，洗漱完，刚要上榻，却看见密垂的纱帘下坐了一个人，双臂抱着膝盖，缩成小小的一团。

他凝视着纱帘下若隐若现的绿色身影，僵立在了地上。

"陵哥哥，你还放弃皇位吗？"细微的声音中有最后的恳求。

刘弗陵很艰难地开口："这个位置固然有不为人知的艰辛，却更有人人都知的其他一切。我不放心把皇位传给刘贺和刘询，我想传给自己的儿子。"

"你要让小妹成为你'真正'的皇后？"

良久的沉默后，刘弗陵从齿缝里挤出几个字，"是！至少现在是。"

"我呢？"云歌抬头。

纱帘后的面容，隐约不清，可伤痛、悲怒的视线仍直直刺到了刘弗陵心上。

刘弗陵袖下的手紧握着拳，"我会对你好，呵宠你一辈子。目前除了皇后的位置不能给你，别的，你要什么，我都可以给。"

云歌蓦然一把扯下了纱帘，身子不能抑制地轻轻颤抖，"陵哥哥，究竟是我错了，还是你错了？早知今日，何必当初？"

"我错了，你也错了。我错在走了这么多弯路，到要放弃时，才知道原来自己太天真。你错在直到现在，仍不能稍做妥协。世事逼人，这世上哪里有十全十美？为什么不肯长大？为什么不能稍退一步？"

云歌盯着刘弗陵，眼内全是不敢相信，可在刘弗陵面无表情的坦然下，又一丝一缕地消失。最后，眼中的伤、痛、怒都被她深深地埋了下去，只余一团了无生气的漆黑。

她慢慢站起，赤着脚，走过金石地。

绿色裙裾轻飘间，两只雪足若隐若现。

刘弗陵胸内翻江倒海的疼痛，蓦地闭上了眼睛。

快要出殿门时，云歌突地想起一事，回转了身子，冷漠地说："陛下，昔日诺言已逝，请把珍珠绣鞋还给我。"

刘弗陵身子轻震了下，一瞬后，才伸手入怀，缓缓地掏出了珍珠绣鞋。

刘弗陵欲递未递，云歌一把夺过，飘出了屋子。

刘弗陵的手仍探在半空，一个古怪的"握"的姿势，手里却空无一物。

———— ✦ ————

云歌觉得自己根本不认识自己。

她的父母、兄长都是顶高傲的人，她也一直以为自己会如卓文君一般，"闻君有两意，故来相决绝。""朱弦断，明镜缺……锦水汤汤，与君长诀！"

可她原来根本没有自己想得那么刚烈。

也许因为这个人是她的"陵哥哥"，也许只是因为她的感情已经不能由自己控制，不管她的眼睛看到了多少，不管她的耳朵听到了多少，她心里仍是有一点点不肯相信。

因为心底一点渺茫的光，她抛下了骄傲，扔掉了自尊，站在了上官小妹面前。

裙拖湘水，鬓绾巫云，带系柳腰。袅娜、风流尽显。

云歌第一次发觉小妹虽身材娇小，身段却十分玲珑。

小妹有无法抑制的喜悦，在云歌面前转了个圈，"云姐姐，好看吗？裙子是新做的，陛下说我不适合穿那些笨重、繁复的宫装，特意帮我选的这套衣裙。"

云歌从未见过这样的小妹，明媚、娇艳、快乐。

小妹以前像屋檐阴影下的一潭死水，现在却像枝头绽放的鲜花。

云歌自问，还有必要再问吗？答案已经如此明显。应该微笑着离去，至少还有一些残留的自尊。

可是，她的心根本不受她控制。

"小妹，陛下真的喜欢你吗？"

小妹脸色蓦沉，眼神尖锐地盯着云歌，但转瞬间又把不悦隐去，含笑道："云姐姐，我知道在陛下心中，我再怎么样，也比不过你。不过，我自小就被教导要与后宫姐妹和睦相处。只要云姐姐对我好，我也会待云姐姐好，我不会让陛下为难。云姐姐不必担心将来。"

言下之意，她若敢轻越雷池，小妹也不会客气。

云歌不在意地继续问，"小妹，陛下待你好吗？"

小妹虽有些恼，更多的却是娇羞和喜悦，一如其他十四五岁情窦初开的少女。手指绕着腰间的罗带，低着头，只是笑。

很久后，才小声说："陛下待云姐姐更好。"小妹不能理解，"云姐姐，你在想什么？难不成你还怕我抢走了陛下？"

云歌微笑，"不，他本来就是你的。是我错了。"就这样吧！不是本来就想过让他和小妹在一起的吗？可是心……为何如此痛？

"我没有想过独宠后宫，陛下是我们的，也是天下万民的。陛下只是现在还不方便册封你，等我们圆房礼后，陛下肯定会尽快册封你的，我也会帮着你的，你不必担心霍光阻挠。"小妹满脸娇羞，拿起几件首饰给云歌看，"云姐姐，你帮我看看，今日晚上我该戴什么首饰。"

"他心中有你，不管戴什么，都会很美。"云歌向小妹行了一礼，转身离去。

云歌一人坐在淋池边，静静看着接天荷花。

司天监说今日是大吉日。

今日是刘弗陵和上官小妹的大吉日，却不是她的。

远处的喜乐隐隐可闻。

云歌探手捞了一片荷叶，撕成一缕一缕，缓缓放进嘴里慢慢嚼着，本该异香满唇齿的低光荷却全是苦涩。

相随？相随！

当日言，仍在耳。

只是他忘了说，他要牵着另一个人的手相随。可她的舟太小，容纳不下三个人。

云歌对着满池荷叶、荷花，大声叫问："你们也听到了他那天说的话，是不是？是不是？"

荷花无声，月光冷寂。

算算时辰，吉时应该已到。

云歌随手想将未吃完的荷叶扔掉，心中一痛，又缩回了手，将荷叶小心地塞进了荷包。

起身去宣室殿和椒房殿，她要仔细地将一切看清楚。

十年盟约已成灰烬，她要把灰烬中的所有火星都浇熄。

胳膊粗细的龙凤烛插满殿堂，七彩孔雀羽绣出的龙凤共翔图垂在堂前。

轧金为丝，雕玉为饰，大红的"囍"字宫灯从宣室殿直挂到椒房殿，地上是火红的猩猩毡，虚空是大红的灯笼，到处通红一片。乍一看，觉得俗气，看细了，却觉得唯这极致的俗气才能真正渲染出铺天盖地的喜气。

赞者高呼："吉时到。"

鼓瑟齐鸣，歌声震耳。

"桃之夭夭，灼灼其华。之子于归，宜其室家。"

刘弗陵腰系红带，身披红袍，从宣室殿缓步而出，沿着红毯向椒房殿行去。

突然，他的步子顿住。

只见一袭绿裙在不远处的凤阁上随风轻摆。

万红丛中一点绿，刺得人目疼。

她在暗，他在明。

他看不清楚她，而他的一举一动却会尽入她眼。

刘弗陵站立不动，赞者着急，却不敢出声催促，只能轻轻抬手，让鼓乐声奏得更响。

在鼓乐的催促下，刘弗陵面带微笑，一步步走向椒房殿。

一截红毯，如走了一生。

但无论多慢，最终还是走到了椒房殿前。

殿门缓缓打开，上官小妹身着大红凤冠霞帔，端坐在凤榻上。

老嬷嬷将谷草秆、麸皮、瓜子、花生、核桃、栗子大把大把地撒到小妹脚前，同时高声念诵赞词。

刘弗陵踩着象征多子多孙的喜果，坐到了小妹身旁。

礼者捧上合卺酒，刘弗陵和上官小妹头并头，臂把臂，举杯共饮。

杯中酒未尽，阁上的绿裙在风中悠忽一个飘扬，消失不见。

刘弗陵手中的杯子一颤，未饮尽的酒洒在了小妹的袖幅上。

上官小妹身子震了下，不动声色地将自己的酒喝完。

云歌一步步离开。

身后，椒房宫的朱红殿门缓缓合上；身前，只有黑漆漆、看不到一点光的漫长余生。

红色、喜庆、鼓乐，都消失，只有安静的黑暗笼罩着她。

走出未央宫，站在宫桥上，云歌停下了脚步。

前方，是离开长安的路；后面，是威严的大汉皇宫。

云歌突然用力，将一直紧握在手中的绣鞋撕裂，上面的珍珠悄无声息地落到水中。

云歌看着两手中各一半的绣鞋，平平伸出双手，倾斜，绣鞋从手心滑落，随流水而去。

云歌再未回头，直直向长安城外行去。

刚出城门未久。

孟珏牵马而来，"云歌。"

云歌冷冷看了他一眼，从他身侧走过。

孟珏牵着马，沉默地走在云歌身侧。

行了许久，云歌凝视着夜色深处，终于开口问道："你来做什么？"

"送你一程。"

云歌不再说话。

长亭更短亭，孟珏竟是送了一程又一程。行出长安城老远，他仍然没有回去的意思。

云歌道："你回去吧！回家的路，不会迷失。"

孟珏未说话，仍然陪着云歌行路。

云歌叹气，指了指前面直通天际的路，"你要陪我一直走下去吗？"又指了指身后的长安城，"你舍得那里吗？"

孟珏沉默了一瞬，停住了脚步，"见到你三哥，代我向他问好。"

云歌诧异，"你认识我三哥？"转念间，又是一声冷哼，"'工欲善其事，必先利其器。'你行事前的准备功夫做得真足！只怕你比我还清楚我家的事情，我正在纳闷我爹娘为何会离开汉朝，你是不是也知道，说给我听听。"

"我的确打听过，但毫无头绪。刘彻残忍嗜杀，卫太子之乱时，长安城死了几万人，知道旧事的人已不多，零星知道的几个人也都成了隐者，无处可寻。"

云歌冷嘲，"原来孟公子也有办不到的事情。"

孟珏笑中有苦涩，"云歌，这个世上，不是所有人都可以如你一般，平安、富足地长大。我每走一步，若不小心，结果不是走错路，而是万劫不复。也不是所有的事情都能用'对'与'错'判断，更多的人是在对错之间行走，譬如我对霍成君，刘弗陵对上官小妹，我们只能在现实面前选择。"

云歌猛地敲了下自己的头，"我们长安城相识，长安城别离。今后你是你，我是我，我还和你纠缠这些事情做什么！"

孟珏微笑地凝视着云歌，"云歌，长安城内，我一切的刻意都不是为了'认识'，而是为了'重逢'。纠缠，在很多年前就已经开始；结束？"孟珏的声音温柔，却坚决，"永不。"

云歌愕然，"重逢？"

孟珏将手中的缰绳交给云歌，"回家好好休息，我给你一段时间养好伤口。等我忙完这一段，好好盖一座大府邸，我会去接你。"

"孟珏，你把话说清楚，你是不是又玩什么阴谋？"

孟珏淡淡说："才发现梦中的完美君子原来也是如我们一般的凡夫俗子，你现在不会有心情听一个很长的故事。等将来，我会一点一滴都告诉你，你不听都不行。"

刻意忽略的疼痛，刹那席卷全身，云歌屏住呼吸，方可站稳身子。她疲惫地说："他和你不一样。孟珏，我不会再见你。"牵过了马，"谢谢你的马。"

孟珏淡嘲："只是你以为他和我不同，他并没有和我不同。"

云歌的力气已经全部用来镇压心中的伤痛，再无力说话，紧拽着马鞍，翻身上马，人如箭一般飞出。

孟珏凝视着马上的绿衣人儿。

她竟一次都未回头！

脑中闪过，很多年前，一个绿衣小人，一边忙着追赶哥哥，一边还不忘频频回头看他，殷勤叮咛。

当马儿冲出的刹那，云歌憋着的泪水，汹涌而下。

原来大漠中的相遇，竟只是为了这一刻的诀离。

她为什么没有听从父母的话？为什么要来长安？

如果不来长安，一切都会永远停留在星空下的相遇，陵哥哥会永远活在她心中。

她嘴里对孟珏固执地说"他和你不一样"，可是心中明白，刘弗陵和孟珏并没有不同，她只是还没有勇气把自己的伤口摊出来看。

每一条道路，每一片树林，都是熟悉。

长安城和骊山之间的道路，刘弗陵带她走过多次。

回望骊山，山上的一幕幕又浮现在眼前，越想控制着不去想，反倒越想得多。

云歌蓦然勒马。

胸膛剧烈地起伏，思绪急促地回转。

她猛地掉转马头，疾驰回长安城。

不！陵哥哥和孟珏不一样！

心中的迷障散去，很多疑点都浮现在她面前。

当日骊山中，她想偷偷溜走，却不料陵哥哥早等在外面相候。可这一次，从始至终，陵哥哥都没有挽留过她。

霍成君献舞，陵哥哥特意命人回宣室殿拿箫，之后又和她商量如何应付霍光。可这一次，陵哥哥竟是只字未和她商量。

除非陵哥哥已经对她无情，可是不可能，这点连陵哥哥也不敢否认。

最最重要的是，陵哥哥和孟珏、刘病已、刘贺绝不一样。

云歌恨得想扇自己一耳光，她怎么会相信陵哥哥说的话呢？

孟珏听到身后"嘚嘚"的马蹄声，以为是路人，让到了路旁。

云歌从他身边飞驰而过，他惊诧地叫："云歌？"

云歌马速未减，只回头叫道："他和你们不一样，我是天下最蠢的笨蛋！"

疾驰到了宫门口，想着如何才能进去。

这个鬼地方，真是出难，进更难！

两个宦官不知道从哪里冒了出来，惊讶地说："姑娘不是已经走了吗？"

云歌说："我又回来了。你们是失望，还是高兴？赶紧想法子带我进去，否则我非扒了于安的皮不可。"

两个宦官忙带云歌进宫，小声和她说："好姑娘，奴才们都已经和于总管禀报，说您已经离开长安了，现在您又冷不丁地回来，于总管若责骂我们……"

"我会和于安说清楚的，他要先考虑考虑自己的安危，不会有功夫收拾你们。"

大红灯笼依旧高高挂着，喜气仍洋溢在空气中。

可殿内却是漆黑一片。

于安看到云歌，眼睛立即直了，面上表情古怪，也不知道是喜是愁。

云歌狠狠瞪了他一眼，小声问："于大总管怎么没在椒房殿侍候？"

于安嘴巴还十分硬："陛下临幸后妃，并不需要留宿。"

云歌冷哼："我回头再找你算账！"

说着就要往寝宫走，却被于安拉住。

云歌瞪着于安，眼内有火，还要拦我？不要以为我没有办法修理你！

"陛下不在寝宫。"于安指了指云歌住的厢殿。

云歌眼内骤然潮湿。

黑暗中，一人安静地躺在云歌的榻上，枕着云歌的枕头，手里还握着云歌平日用的团扇。

显然没有睡着，云歌推门的声音很轻微，却已经惊动了他。

"出去！"嗓音喑哑，透着疲惫。

脚步声依旧向榻边行来，刘弗陵皱眉看向来人，手里的团扇掉到了地上。

云歌跪坐到榻侧，捡起团扇，朝他扇了扇，"不在椒房殿内抱美人，在这里拿着把扇子玩？"

"你……你不该回来。"

"这一次，你就是拿剑刺我，把我的心掏出来，剁成碎块，我也不会离开，你不用再想任何花招了。"

刘弗陵无法出声，半晌后，微微颤抖的手去碰云歌的脸颊。

云歌侧头，重重咬在他的手上，眼里的泪滴在他手背上。

刘弗陵一动不动，任由云歌发泄着不满。

云歌觉得嘴里一丝腥甜，忙松口，刘弗陵掌上已是一排细密的齿印。云歌却又心疼，忙用手去揉，"你不知道叫疼吗？"

刘弗陵却反问云歌："你还疼吗？"

云歌摇摇头，又点点头，如小猫一般蜷靠到了刘弗陵胳膊间，"这段日子，看着我日日难受，你有没有心疼过我？"

刘弗陵手指缠绕着云歌的发丝，"早将君心换我心。"

云歌忍不住又轻捶了他几下，"你也疼，却还是这么心狠？"

刘弗陵轻吁了口气。

"陵哥哥，你究竟有什么事情瞒着我？非要逼我走呢？反正我现在已经吃了秤砣，铁定心思不走了，你瞒也瞒不住，告诉我吧！"

刘弗陵的手正无意地揉弄着云歌的头发，听到这话，猛地一颤，就想放手离开，不想云歌的发丝纠缠在他指间，未能离开，反倒把云歌搜疼。

云歌气抓住他的手，用自己的发把他的五个指头缠绕了个密密实实，"放手呀！离开呀！咱们拼个头破血流，看看谁固执？"

刘弗陵看着"乌黑"的手掌。这样的纠缠曾是他心心念念的，原本丝丝都该是喜悦，可是现在每根发丝都成了入骨的疼痛。

云歌枕在他的"乌掌"上，软语哀求，"陵哥哥，你告诉我，天下没有解决不了的事情，你那么聪明，我也不笨，我们总会有办法解决。陵哥哥，陵哥哥……"

一叠又一叠的声音，虽然很轻，却很固执，如果他不说实话，只怕云歌真会一直叫下去。

刘弗陵闭上了眼睛，很久后，淡淡地说："我生病了。"

云歌呆了呆，才明白了刘弗陵话里的意思，只觉一口气憋在心中，怎么都吐不出来，眼前昏乱，似乎整个天地都在旋转。

不必问病情严重吗？也不必问太医如何说？之前的一切都已经告诉她答案。

天下没有解决不了的事情？

云歌仿佛看到洪水从四面八方涌来，可却无一丝反抗的力气，只能眼睁睁地等着被浸没。

她轻轻地往刘弗陵身边靠了靠，又靠了靠，直到紧紧贴着他。

她伸手紧紧抱住他，耳朵贴在他的胸口，听着他的心跳声。

刘弗陵身体僵硬，没有任何反应。

云歌的身子轻轻颤着。

刘弗陵终于也伸手抱住了云歌，越来越紧，用尽全身力气，好似只要彼此用力，就能天长地久，直到白头。

云歌的眼泪随着刘弗陵的心跳，无声而落。

窗外一弯如钩冷月，无声地映照着黑漆漆的宣室殿。玉石台阶上，白茫茫一片，如下寒霜。

阳武侯府。

孟珏负手站在窗前，凝望着窗外的一弯如钩残月。

残月照在屋檐的琉璃瓦上，泛出如玉霜一般的冷光。

孟珏从外面进来后，就一直立在窗前，一句话不说，面色出奇地平静，无喜无怒。

刘询和刘贺知道他心中有事，却根本没有精力关心他在想什么。

从年初开始，刘弗陵用他们两个就用得分外狠，不管大事、小事，一律要问他们如何想，甚至直接一句"此事交给爱卿办"。

刘弗陵最近又有很多大举动，任免官员，调遣将军，都是一些重要或者微妙的职位，每一次都是要和霍光斗智斗勇。

他们两个虽然绝顶聪明，也一直关注朝事，可看是一回事，做是另一回事。真做起来，才发觉很多事情的艰难。很多时候即使有十分好的想法，执行时，却充满了无力感，因为想法是一个人的事情，而执行却绝非一己之力，要依靠各级、各个职位官员的配合。

幸亏有孟珏帮忙。三个人，刘病已和孟珏在明，刘贺在暗，彼此提点，总算有惊无险地应付过了大小危机。

孟珏站了很久，却一直没有心绪听刘询和刘贺在说什么，索性告辞："如果无事，我先行一步。"

刘贺忙说："我和你一起走。"

刘询笑对刘贺说："侄儿就不送王叔了。"

刘贺拽着孟珏上了马车，孟珏问："你去哪里？落玉坊，还是天香坊？你我并不顺路。"

刘贺又是叹气，又是摇头，"老三，陛下今天早上交给我一个任务。"

"能让你叹气的任务看来不容易。"

"陛下说，丞相田千秋对霍光俯首帖耳，他对这个丞相不满，要我想办法。"

孟珏淡笑："丞相之职，统领文官，虽然自先帝开始，大司马一职渐压丞相，但丞相在朝廷政令的发布执行上，依然重要无比。田千秋两朝元老，不好应付，霍光更不好应付，你慢慢发愁吧！"

"田千秋若好应付，陛下早应付了。我看陛下是不把我用到肢残人亡，不肯罢休。"刘贺叹息，"陛下还不许我和任何人商量此事，否则我们三个人商量一下，也许能有法子。"

"你告诉刘询了吗？"

"陛下不许，当然不敢。"刘贺回答得忠心耿耿，似乎忘记了刘弗陵也不许他告诉孟珏。

孟珏含笑说："刘询今天好像也有心事。"

刘贺看着孟珏的笑，觉得胳膊上有凉意，"陛下想做什么？你觉得陛下会让刘询做什么？"

孟珏黯然，"连你这姓刘的人都猜不到，我怎么能知道？我只是觉得从年初开始，皇帝每一个行动都是在落子布局，可我却看不出来他的局是什么。"

刘贺一边琢磨，一边摇头，"不只你看不明白，霍光肯定也在发蒙。所以他现在只用守势，谨慎地观望着陛下的举动。不光朝堂上，后宫也是扑朔迷离，陛下一直不肯和皇后圆房，后来还有了云歌，现在却又突然和皇后燕好。啊！对了，忘记问你，你打算什么时候再回西域求亲？我要一块儿去玩……"

孟珏淡淡说："云歌仍在宫内。"

"什么？！"大公子待了一会儿，喃喃说："我是真看不懂了。你和霍成君才眉来眼去、搂搂抱抱了几下，云歌已决绝而去，刘弗陵和上官小妹都共效于飞了，云歌还留在宫里？"

孟珏望着马车外，"我和云歌，不完全是因为霍成君。你解决好你的事，我的事情我自己会处理。"

刘贺精神又萎靡了下来，"田千秋的事情，你有什么最快、最稳妥的法子？"

孟珏云淡风轻地说："死人自然不会再当丞相。"

刘贺不是不了解孟珏的行事手段，可听到他的话，还是面色一变，"丞相，乃百官之首。就是冷酷如先帝，也不能轻易杀丞相，都要经过三司会审。"

马车已到孟珏府邸。

孟珏掀帘下车，"我只是一个提议，如何做在你。"

车夫又赶着马车去落玉坊。

刘贺躺在马车内，合目凝思。

刘弗陵叮嘱的话一句句从脑海里回放过。

"此事十分重要，你务必尽全力办好。事成后，你要什么，朕都准你。"

"不必来请示朕，也不必回奏朕，一切便宜行事，朕只想在最短的时间看到结果。"

"朕只要结果，不管过程。"

……

权力的滋味，尝过的人都不可能再忘记。

这段日子虽然劳心劳神，可更多的是兴奋、激动，还有才华得展的淋漓畅快。

他的生活不再只是游玩打猎，他的对手也不再是山野畜生，而是大汉朝最聪明的人。作为强者，他享受着刀光剑影带给他的兴奋。

面对四夷的觊觎，他虽然不能亲自带兵去沙场奋战，可他能用计策化解危机，保护大汉疆土。

他的手指弹挥间，握着他人命运，甚至别国的命运。他的决定，影响着黎民苍生，天下兴亡。

法典明晰，官吏清明，边陲安定，百姓安稳，都可以经过自己的手一点点实现。

这才是权力的魅力！

也许有人喜欢权力，是因为富贵尊荣，可对他而言，权力与富贵尊荣无关，它只是一个男人实现壮志和梦想的工具！追求权力只是追求畅快淋漓人生的手段！

刘贺睁开了眼睛，扬声叫马车外的贴身随从进来，吩咐道："你去把田千秋的所有亲眷都查一遍，查清楚他们最近都在做什么，尤其他的几个儿子，连他们每日吃了什么，我都要知道。"

随从应了声"是"，跃下马车，匆匆而去。

———— ✤ ————

云歌和刘弗陵两人默默相拥，都未真正入睡。

云歌以前听闻"一夜白发"，只觉文人夸张。

如今才真正懂得，原来，人真的可以一夜苍老。

听到外面敲更声，刘弗陵说："我要起来了，你再睡一会儿。"

云歌坐起，轻声说："让我服侍你穿衣洗漱。"

刘弗陵沉默了一下，微微颔首。

云歌匆匆绾好头发，拿过于安手中的皇袍，帮刘弗陵穿衣。

因为皇袍的设计不同于一般衣袍，有的地方云歌不会系，刘弗陵只能自己动手，耽搁了好一会儿，云歌才算帮刘弗陵穿戴整齐。

云歌站到几步开外，打量了一会儿，满意地点点头，"于安，你觉得呢？"

于安笑道："姑娘穿得很好，陛下看上去更英武了。"

刘弗陵笑斥："赶紧去准备洗漱用具。"

刘弗陵平日洗漱都是自己动手，并不用宦官、宫女伺候。今日是第一次被人伺候，伺候的人却是个不会伺候人的人。

最后脸终于洗完了，口也漱了，刚穿好的袍子却也湿了，而且位置还有点尴尬。

云歌看着刘弗陵身上的"地图"，不但不觉得抱歉，反而哈哈大笑："你就这样去上朝吧！一定让大家浮想联翩。"

于安赶紧又拿了一套龙袍出来给刘弗陵替换。云歌还在一边捣乱，"不许换，那是我给你穿的。"

刘弗陵不理会她，匆匆脱衣。

看反对无效，云歌又嚷嚷："我来帮你穿。"拽着衣服，一定要帮刘弗陵。

刘弗陵握住云歌乱动的手，无奈地说："云大小姐，你先休息会儿，我自己来。满朝大臣等着呢！等我上朝回来，脱了再让你穿一次，行不行？"

云歌摇头，瘪着嘴，半玩笑半认真地说："不行。你心里只有大汉社稷吗？我呢？"

"我……云歌，你知道不是。有些事情是我的责任，我必须做。"

云歌凑到刘弗陵眼前，指指自己的脸颊。

刘弗陵未动。

"那我只能'认真'帮你穿衣了。"云歌去拽龙袍。

刘弗陵迅速在云歌脸颊上印了一吻。

于安和抹茶都垂目专心盯着自己的脚面。

云歌虽面有红霞，却是笑眯眯地盯着刘弗陵看。

她忽地问："陵哥哥，你的脸为什么红了？"

于安和抹茶差点一个踉跄，摔到地上。

抹茶偷偷地拿眼瞟刘弗陵，想知道一向淡漠冷静的陛下也会不好意思吗？

刘弗陵理好衣服后，在云歌头上重敲了一记，一言不发地向外行去。

云歌摸着发疼的脑袋，叫："有人恼羞成怒。"

跟在刘弗陵身后的于安，看着刘弗陵明显比前段日子轻快的步伐，露了这段日子以来的第一个笑，紧接着却又是无声地长吁了口气。

第十六章
换我心，为你心，始知相忆深

看着刘弗陵的身影消失在殿外，云歌脸上的笑意也全部消失。

她对抹茶吩咐："去把七喜叫来。"

七喜进来行礼、问安，云歌抱歉地朝抹茶笑笑，抹茶立即退了出去，守在门口。

云歌问七喜："我没有机会私下问于安话，你知道多少？能说多少？"

七喜回道："奴才不清楚究竟，不过奴才已经传了张太医，他一会儿就到。师傅说他吩咐妥当前殿的事情后，也会赶回来。"

不一会儿，于安返来。又稍等了一会儿，张太医到。

云歌请张太医坐："太医，我有些问题要请教。"

张太医知道云歌脾性，未和她客气，落了座，"姑娘不必客气，请问。"

"陛下的病究竟如何？请太医照实说，不用避讳。"

张太医面色沉重中夹杂着惭愧，"到现在为止，究竟是什么病，臣都不知道。"

"张太医能讲一下具体因由吗？"云歌平静下是浓重的哀伤。其实早已经料到，如果不是病情严重，陵哥哥怎么会逼她走，可亲耳听到还是痛彻肺腑。

"表面上看来，陛下的内症是心神郁逆，以致情志内伤，肝失疏泄，脾失健运，脏腑阴阳气血失调，导致心窍闭阻；外症则表现为胸部满闷，胁肋胀痛，严重时会髓海不足，脑转耳鸣，心疼难忍，四肢痉挛。"

云歌因为孟珏的病，曾翻阅过一些医家典籍，略懂几分医家用语，所以基本听明白了张太医的话。

想到陵哥哥八岁登基，先皇怕钩弋夫人当了太后弄权，将皇位传给陵哥哥的同时，赐死了钩弋夫人。金銮殿上的龙椅是用母亲的鲜血所换。先帝扔下的汉朝，国库空虚，民乱频生，四夷觊觎，陵哥哥还要日日活在权臣的胁迫下。从八岁到现在，他过的是什么日子？

云歌抑住心酸，"心神郁逆，心窍闭阻，虽然严重，但并非不可治。陛下正值壮年，只要以后心情舒畅，气血通畅，辅以药石针灸，总能缓缓调理过来。"

张太医有几分意外，"姑娘的话说得不错。陛下的体质本是极好，又正是盛年，即使生病，只要好生调理，应能恢复。可让我困惑的就是此处。根据陛下的症状，我原本判断是胸痹，采用家父所传的针法为陛下风取三阳、启闭开窍，疏经活络，可是……"张太医困惑地摇头，"陛下的症状未有任何好转，反倒疼痛加剧。此等怪象，我行医数十载，闻所未闻，见所未见，遍翻典籍也无所得。"

云歌问："陛下的疼痛会越来越重吗？"

张太医迟疑着说："根据现在的迹象，疼痛正在日渐加重，等所有疼痛汇聚到心脉，犯病时，心痛难忍，再严重时，还会出现昏迷症状，而一旦昏迷，则有可能……有可能……醒不过来。"

云歌眼中泪意模糊，呆呆地望着张太医。

于安对张太医道："奴才命富裕送太医出宫，若有人问起太医来宣室殿的因由，就说是给云歌姑娘看旧疾。陛下的病，还望太医多费心思。"

张太医说："总管放心，在下知道事关重大，绝不敢走漏半点风声。只是，若能多找一些太医，一同会诊陛下的病，也许能早日得出结论，也好对症下药。"

于安颔首，"奴才明白，此事还要陛下定夺。"

张太医知道朝堂上的事情绝非他能明白，语只能到此，遂向于安告退。

于安看云歌神情凄楚，心中不禁暗叹了一声，"云姑娘，奴才还要回前殿伺候，你还有什么吩咐吗？"

云歌想了会儿说："如果不方便召集宫中的太医，能否先设法去民间寻访一些医术高超的大夫？"

于安立即说："奴才已经命人去打听了。"

云歌沉默地点点头。

于安行礼告退，"奴才赶去前殿了。散朝后，还要伺候陛下。"

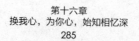

往常散朝后，刘弗陵都是去清凉殿批阅奏折，处理公事。今日却是一散朝就返回宣室殿，"于安，去把清凉殿的奏章和公文都搬到宣室殿，从今日起，除了上朝和接见大臣，别的公事都在宣室殿处理。"

于安应"是"。

云歌看到刘弗陵，有意外的惊喜，"今日怎么这么早回来？"

看到一队宦官又搬又抬地往宣室殿运送竹简、卷轴，云歌明白过来，心里满是酸涩。

刘弗陵微笑着说："以后都会这么早回来。"

安置妥当一切，于安和其他宦官悄悄退出。

刘弗陵牵着云歌，并肩坐到案前，递给她一卷书，"你乖乖看书。"打开奏折，"我认真做事。"

云歌看了眼手中的书，讲述匈奴人的饮食习惯和食物烹制方法。

刘弗陵知她立志要效仿司马迁，写一本关于食物的书籍，所以命人为她在天下各地收集、整理食物的制作方法，按地域分类，整理成册。

虽源自私心，但此举竟无意中促进了汉朝和四夷的民间往来。汉人很多方便的食物做法，渐渐传到四夷，令四夷对汉朝景仰中生了亲切，民间的普通百姓也更愿意接受中原文化。

云歌翻着书册，实际一个字未读进去，可是她喜欢这样的感觉，两个人在一起的感觉。

偷偷瞟一眼刘弗陵，他正专心写字，云歌将视线移回自己的书册上，不一会儿，眼睛却不受控制地瞟向了侧面。

刘弗陵写字的速度越来越慢，最后停下，他握着笔叹气，"云歌，你在看什么？"

"看你。"云歌很理直气壮。

刘弗陵头未抬地伸手，将云歌的头推正，"好好看书。"

一会儿后，云歌的头不知不觉又偏了。

他伸手推正。

一会儿后，云歌的头又偏了。

他无奈放下了笔，看着云歌："云歌，你再捣乱，我会赶你出去。"

云歌不满，"我哪里有捣乱？我很安静地坐着，一句话都没有说过，也不乱动，是你老推我的头，是你捣乱。"

目光也是一种捣乱，会乱了人心。

刘弗陵拿了本折子给云歌："帮我读折子。"

云歌提醒，"你手头的那份还没有批完。"

"一心可以二用，读吧！"

云歌一字字、慢慢地读着奏折："《诗》云'茕茕在疚'言成王丧毕思慕，意气未能平也。盖所以就文、武之业，崇大化之本也。臣又闻之师曰'妃匹之际，生民之始，万福之原。婚姻之礼正，然后品物遂而天命全'。"

"云歌，可以快一点，我能听明白。"刘弗陵一面书写，一面道。

云歌按照平日诵书的速度朗读："孔子论《诗》，以《关雎》为始，此纲纪之首，王教之端也。自上世已来，三代兴废，未有不由此者也。愿陛下详览得失盛衰之效，以定大基，采有德，戒声色，近严敬，远技能。臣闻《六经》者，圣人所以统天地之心，著善恶之归，明吉凶之分，通人道之正，使不悖于其本性者也。及《论语》《孝经》，圣人言行之要，宜究其意。臣又闻圣王之自为，动静周旋，奉天承亲，临朝享臣，物有节文，以章人伦。盖钦翼祗栗，事天之容也；温恭敬逊，承亲之礼也；正躬严恪，临众之仪也；嘉惠和说，飨下之颜也。举错动作，物遵其仪，故形为仁义，动为法则。今正月初，幸路寝，临朝贺，置酒以飨万方。《传》曰'君子慎始。'愿陛下留神动静之节，使群下得望盛德休光，以立基桢，天下幸甚！"

落款是"京兆尹隽不疑"。

虽说不甚介意，可云歌心中还是几分怅然，她在这些大臣的眼中，竟是祸乱圣君，有色无德的"妖妃"。

刘弗陵将手头的折子批完，拿过云歌手中的折子，扫了眼人名，大笔一挥，笔下凝怒，潦草地涂抹了三个字："朕敬纳！"将折子扔到一边。

看云歌盯着折子发呆，刘弗陵说："隽不疑不是在说你。"

云歌微笑："妖妃就妖妃吧！天下间只有美女才能做'妖妃'，也只有把君王迷得神魂颠倒的女子才配称'妖妃'。我若两样都占，有何不好？"

刘弗陵道："隽不疑为了不开罪霍光，这份奏折明里劝我不该沉溺于身边女色，其实暗中劝诫我应该为了江山社稷，疏远有霍氏血脉的皇后。"

云歌这才真正释然，笑道："你们这些皇帝、大臣，说话都如猜谜，真够劳神的！"

刘弗陵又拿了两份折子，一份给云歌，一份自己看。

他一心二用，只花了往日一半的工夫，奏折就全部批完。

天色已黑，刘弗陵看着外面，缓缓说："云歌，我想和你商量一件事情。"

云歌抿了抿唇，"你去吧！"

刘弗陵眼中有歉然，握住了云歌的手："我会尽量早些回来。"

云歌靠到了他怀里，"没有关系。既然是做戏，总要做得别人相信，不然白费了功夫。常常临幸，却次次不留宿，说不过去。"这个关头，陵哥哥的精力绝不该再为应付霍光而费神。

刘弗陵静静抱着云歌，很久后方放开了她。起身吩咐于安准备车舆去椒房殿。富裕和抹茶听到，都偷眼瞅云歌。只见云歌低垂着头，看不清楚神情。

于安陪刘弗陵乔装出宫看过民间大夫，也仔细筛选了几位能信赖的太医给刘弗陵看病，所有人诊断后，都非常肯定是胸痹。但对药石针灸未起作用的解释各异：有人判断是有其他未被诊断出的病症，消减了针灸的作用；有人判断是典籍中还未论述过的胸痹，前人的治疗方法自然就不起作用。

张太医本来还暗中怀疑过其他可能，可是所有能导致胸痹症状的毒药都必须通过饮食，进入五脏，毒损心窍，一旦毒发，立即毙命，可刘弗陵的胸痹却是慢症。他又已经仔细检查过刘弗陵的饮食，没有发现任何疑点。而且最重要的一点是，皇帝的所有饮食，都会有宦官先试毒，没有任何宦官有中毒迹象。所以张太医只能将自己的怀疑排除。

民间大夫不知道刘弗陵的身份，没有顾忌，说出来的话让云歌越发的心寒，最后只能又把全部希望放到了张太医身上。

刘弗陵十分配合张太医的治疗，表面上看来平静如常，云歌也是与以往一般。两个人都将担忧深深藏了起来，似乎一切真的正常。可是刘弗陵的心痛日渐加剧，以他的自制力都会控制不住，有时病发时，疼得整个身子都发抖。身体上的变化时刻提醒着云歌和刘弗陵：不，一切都不正常。

一个晚上，两人并肩同坐，在神明台上看星星时，云歌低声说：
"陵哥哥，我想请一个人给你看一下病，可不可以？"

"当然可以。"他已经看过了汉朝最好的大夫，而且不是一个，是很多。所以并没抱什么希望，可是只要能让云歌稍许安心，没有什么是不值得的。

"孟珏曾说过他的义父医术高超，扁鹊再世都不为过。孟珏绝不轻易赞人，张太医的医术在他眼中只怕也就是一个'还成'。"云歌的声音有紧张，"所以我想去问问他，看可不可以请他的义父给你看病。太医也许是好大夫，却绝不会是天下最好的。当年的民间医者扁鹊，替蔡桓公看病，就诊断出太医看不出的病症。天下最好的大夫一定在民间，真正的医者不会只为皇家看病，他们绝不会甘心用医术来换取荣华富贵。"

刘弗陵心内一动，的确如云歌所言。

医术，不同于天下任何一种技艺。医者，更要有一颗悲天悯人的心。

唯有淡看人世荣华，心惜人生百苦，才能真正成为宗师名医。太医院的大夫，即使如张太医，也不可能做到，所以流传青史的名医没有一位是太医，都是来自民间。

但是孟珏……

云歌看刘弗陵沉思，她道："我知道你生病的消息不能让任何人知道，孟珏他这个人……"云歌皱眉，"陵哥哥，我也不相信他，所以我一直没有考虑过他，不想让你为难。可陵哥哥，现在我求求你，就算是为了我。我从没有抱怨过你为了汉朝社稷安稳所做的任何事情，但这次，你可不可以只考虑一次我和你，不要再考虑天下？"

云歌眼中泪光隐隐，刘弗陵心内骤痛，疾病立犯，手一下按在了胸肋上，额上冷汗涔涔。

云歌大惊，立即去扶他，"陵哥哥，陵哥哥，我错了，我不逼你，你想怎么样都可以……"心内悲苦，却不敢哭泣，怕再刺激到刘弗陵，只能把所有情绪都压到心底，可两个眼圈已是通红。

刘弗陵扶着云歌的手，才能勉强站稳，好一会儿后，心腹间的疼痛才缓和，他道："云歌，我答应你。"

云歌喜得一下抱住了刘弗陵，"谢谢你，谢谢你，陵哥哥！"

刘弗陵见她如此，只觉酸楚，想了想后说："皇帝已经坐拥整个太医院，享人所不能享，孟珏的义父是世间隐者，不见得愿意给皇帝看病，请他转告他的义父，我的诊金会是三年内天下赋税降低一成。以他义父的心胸，这个诊金，他应该会接受。"

云歌点头，"陵哥哥，你放心，我会想办法让孟珏答应保守秘密的，尽力不给你添麻烦。"

刘弗陵微笑下有淡然，"云歌，不必为难他，更不要为难自己。有些事情只能尽人事，听天命。"

———— ✦ ————

孟珏刚下马车，守门的家丁就禀道："大人，有位姑娘来拜访。"

孟珏淡淡点了下头，不甚在意。

家丁又说："小人听到弄影姐姐叫她云小姐。"

弄影是三月的大名，孟珏立即问："人在哪里？"

"在书房。"

孟珏顾不上换下朝服，直奔书房而去。书房内却没有人，只三月在院内晒书。他问："云歌来过吗？"

三月一边抖着手中的竹简，一边说："来过。"

"人呢？"

"走了。"

孟珏将失望隐去，淡淡问："你怎么没有留下她？她可有说什么？"

三月笑嘻嘻地瞅着孟珏，"公子着急了？"看到孟珏的视线，她不敢再玩笑，忙道："公子迟迟未回，我怕云歌觉得无聊就不等公子了，所以和她说可以去花圃玩，她应该在花圃附近。"

绿荫蔽日，草青木华。一条小溪从花木间穿绕而过，虽是盛夏，可花圃四周十分清凉。

孟珏沿着小径，边走边找，寻到花房，看到门半掩，推门而进。绕过几株金橘，行过几杆南竹，看到云歌侧卧在夜交藤上，头枕着半树合欢，沉沉而睡。

合欢花安五脏心志，令人欢乐无忧，夜交藤养心安神，治虚烦不眠。

因为夜里常常有噩梦，所以他特意将两者种植到一起，曲藤做床，弯树为枕，借两者功效安定心神。

孟珏轻轻坐到合欢树旁，静静地凝视着她。

合欢花清香扑鼻，夜交藤幽香阵阵，可身卧夜交藤，头枕合欢花的人却并不安稳快乐，即使睡着，眉头仍是蹙着。

不过半月未见，她越发瘦得厉害，下巴尖尖，锁骨凸显，垂在藤蔓间的胳膊不堪一握。

孟珏握住她的手腕，在掌间比了下，比当年整整瘦了一圈。

刘弗陵，你就是如此照顾心上人的吗？

两个时辰后，花房内日影西照时，云歌突然惊醒，"陵哥哥。"反手就紧紧抓住了孟珏，似乎唯恐他会消失不见。待看清楚是谁，她赶忙松手，孟珏却不肯放。

云歌一边抽手，一边解释："对不起，我看到这株藤蔓盘绕得像张小榻，就坐了一下，不知道怎么回事就睡着了。"

"你近日根本没有好好睡过觉，困了自然会睡过去。"

云歌十分尴尬，来找人的，竟然在人家家里呼呼大睡，而且这一觉睡的时间还真不短，"你回来多久了？"

孟珏淡淡说："刚到你就醒了。找我有事吗？"

云歌眼内有凄楚，"孟珏，放开我，好吗？"

孟珏凝视着她，没有松手，"告诉我什么事情。"

云歌没有精力和孟珏比较谁更固执，只能由他去。

她头侧枕着合欢，尽量平静地说："陵哥哥病了，很怪的病，太医院医术最好的张太医都束手无策，我想请你义父来给陵哥哥看病。"

"义父不可能来。"

云歌眼中全是哀求，"陵哥哥愿减免天下赋税三年，作为诊金，而且陵哥哥不是暴君，他是个好皇帝，我相信你义父会愿意给陵哥哥看病。"

孟珏不为所动，"我说了，义父不可能来给皇帝看病，十年赋税都不可能。"

"你……"云歌气得脸色发白，"我回家找我爹爹，他是不是认识你义父？"

孟珏冷嘲："你爹爹？你真以为你爹爹什么事情都可以办到？他和你娘已经寻了义父十几年，却一无所得。"

云歌怔怔，胸中的怒气都化成了无奈、绝望。眼睛慢慢潮湿，眼泪一颗又一颗沿着脸颊滚落，打得合欢花的花瓣一起一伏。

孟珏却只是淡淡地看着。

她从藤床上坐起，平淡、冷漠地说："我要回去了，放开我。"

孟珏问："他的病有多严重？"

云歌冷冷地看着他，"不会如你心愿，你不用那么着急地心热。"

孟珏笑放开了云歌的手，做了个请的姿势，示意送客。

云歌走到花房门口，刚要拉门，听到身后的人说："我是义父唯一的徒弟。说所学三四，有些过谦，说所学十成十，肯定吹嘘，不过，七八分还是有的，某些方面，只怕比义父更好。"

云歌的手顿在了门闩上，"哪些方面？"

"比如用毒、解毒，义父对这些事情无甚兴趣，他更关心如何治病救人，而我在这方面却下了大功夫研习。"

云歌淡然地陈述："你的医术不过只是你义父的七八分。"

"若把太医院其他太医的医术比作淋池水，张太医大概像渭河水，也许民间还有其他大夫如黄河水，我义父却是汪洋大海的水，就是只七八分又怎么样？"

云歌的心怦怦直跳，猛地回转了身子。

孟珏唇边含笑，好整以暇，似乎云歌的一切反应都早在他预料中。

云歌走到孟珏身前，跪坐下，很恳切地问："你想怎么样？"

孟珏微笑地看着云歌，双眸内的漆黑将一切情绪掩盖。

"我要先了解一下情况，再决定。"

"你想知道什么？"

"皇帝和皇后在演戏给全天下看，霍光期许上官皇后诞下皇子的希望永不可能实现。"

孟珏用的是肯定的语气，而非疑问，云歌微点了点头。

"皇帝年初就已经知道自己有病，所以才有一连串外人看不大懂的举动。"

并非如此，年初是因为……

云歌低着头，"不知道，我是最近才知道的。"

孟珏淡淡地嘲讽，"你一贯后知后觉。你是在皇帝和皇后的圆房夜后才知道。"

云歌看着膝旁的合欢花，没有说话。

孟珏沉默了好一会儿，问："云歌，抬起头，看着我的眼睛回答。你和皇帝一年的约定还奏效吗？半年后，你会不会离开？"

在孟珏的目光下，云歌只觉自己的心思一览无余，她想移开视线，孟珏扳住了她的脸，"看着我回答，会不会？"

云歌胸膛起伏急促，"会……会，不会！我不会！"她没有办法在孟珏视线下说谎，不受控制地吼出了真话。话语出口的一刹那，有恐惧，有后悔，却义无反顾。

孟珏笑着放开云歌，垂目看着身旁的合欢花，唇畔的笑意越来越深，他伸手摘下一朵花，笑看向云歌，"我可以去给皇帝治病，也许治得好，也许治不好，治不好，分文不收，但如果治得好，我要收诊金。"

云歌的心缓缓放下，只要他肯替陵哥哥治病，不管什么诊金，他们都愿意支付，"没有问题。"

孟珏捻着指间的花微笑，极和煦地说："不要说天下万民的赋税，就是他们的生死，又与我何干？我的诊金是，如果我治好皇帝的病，你要嫁给我。"

云歌难以置信地看着孟珏。

孟珏笑如清风，"这是我唯一会接受的诊金。你可以回去好好考虑，反正汉朝地大物博，人杰地灵，大汉天下有的是名医，病也不是非要我看。"

云歌眼睛内有悲伤，有痛苦，更有恨。孟珏丝毫不在意，笑看着指间的花。

云歌沉默地起身，向外行去。

孟珏听到花房门拉开、合上的声音。

他一直微笑，微笑地静静坐着，微笑地凝视着手中的合欢花。

花房内，夕阳的金辉渐渐褪去，最后黑沉。

他微笑地站起，背负双手，合欢花嵌在指间，悠然踱出花房，信步穿过花径。

一个纤细的身影立在紫藤花架下，凝固如黑夜。

孟珏停步，静静看着云歌。

她的肩头，朵朵紫藤落花。

一个暗沉、微弱的声音，像是从死水底下飘出，有着令人窒息的绝望，"我答应你。"

孟珏不喜反怒，负在身后的手上青筋直跳，脸上的笑意却更重。

他走了几步，站在云歌面前，"再说一遍。"

云歌仰头，盯着他，"一旦你治好陵哥哥的病，我，云歌就嫁给你，孟珏。若有食言，让我天打雷劈，不得好死！"

他替云歌拂去肩头的落花，将指间的合欢花仔细插在了云歌鬓间，"此花名为合欢。"

云歌一声不发，任由他摆弄。

"你要我什么时候进宫看皇帝？"

"明天。你下朝后，就说有事禀奏，于安会安排一切。"

"好。"

"还有一件事情，陵哥哥的病，不许你泄漏给任何人。"

孟珏笑着摇头，"云歌，你怎么这么多要求？我究竟是该答应你，还是索性直接拒绝？省得我答应了你，你还觉得是你吃亏了。"

云歌的声音冰冷，"我没有指望你会慷慨应诺，你还要什么？要不要我现在宽衣解带？"

孟珏的声音没有丝毫怒意，淡淡说："来日方长，不着急。可是我现在还真想不出来要什么。"

云歌的唇已经被自己咬出了血。

孟珏轻叹了口气，笑道："这样吧！日后，你答应我的一个要求。"

早已经城池尽失，还有什么不能答应的？云歌讥讽地说："不愧是生意人！好。"

迅疾转身，一刻都不想逗留地飘出了孟珏的视线。

孟珏静站在紫藤花架下，一动不动。

冷月寂寂，清风阵阵。

偶有落花飘下，一时簌簌，一时无声。

立的时间长了，肩头落花渐多。

晚饭已经热了好几遍，孟珏却一直未回。

三月提着灯笼寻来时，只看月下的男子丰姿隽爽，湛然若神，可身影孤寂，竟显黯然憔悴。

三月的脚步声惊动了他，孟珏转身间，已经一切如常。

三月只道自己眼花，公子风姿倜傥，少年得志，何来黯然憔悴？笑道："晚饭已经备好了，不知道公子想吃什么，所以命厨房多备了几样。"

孟珏温和地说："多谢你费心。你亲自去见一月，让他想办法转告大公子，就说'立即办好那人托付他办的事情，不论以何种方式、何种手段，越快越好。'"

三月恭身应道："是。"

孟珏又道："从今日起，你们几个行动要更谨慎。我知道你们从小一起长大，感情深厚，但在长安城一日，就不许称呼彼此小名。没有我的许可，也不许你们来往。"

三月道："我明白。公子不希望他人从我们身上，判断出大公子和公子关系亲密。我们和大公子身边的师兄妹私下并无往来。"

<hr />

第二日，孟珏依照约定，请求面见刘弗陵。

六顺领孟珏踏入宣室殿时，云歌笑意盈盈迎了出来，如待朋友、宾客。

行走间，衣袖中无意落下几朵合欢花，轻旋着散落在殿前的金石地上，云歌每走一步，都恰踩到花上，将花踏得粉碎。

云歌笑福了福身子，"孟大人，请随奴婢这边走。"

孟珏含笑，视线淡淡地扫过云歌脚下的碎花，"有劳姑娘。"

起先，在大殿上，在龙袍、龙冠的遮掩下，看不出来刘弗陵有什么不妥。可此时一袭便袍，刘弗陵放松了心神半靠在坐榻上，孟珏立即觉察出他眉目间强压着的病痛。

孟珏磕头行礼，刘弗陵抬手，让他起来，"多谢你肯给朕看病。"

刘弗陵语气真诚，孟珏道："是臣该做的。"

云歌搬了坐榻给孟珏，笑请他坐。

刘弗陵道："云歌和朕说了你的要求，虽然有些难，不过朕答应你。"

孟珏笑意变深，看向云歌，目中有讥嘲。

云歌眼中有了惊惶，笑容下藏了哀求。

孟珏目光一扫而过，笑给刘弗陵磕头："谢陛下。"

孟珏跪坐到刘弗陵身侧，"臣先替陛下把下脉。"

孟珏一边诊脉、察气色，一边细问于安，刘弗陵的日常作息、起居。

云歌安静地跪坐在刘弗陵另一侧，目不转睛地盯着孟珏的一举一动。

孟珏又询问张太医用什么药，用什么法子治疗。张太医一一回答。孟珏听到张太医描述的针法，眼内掠过一丝诧异。

医术上，很多东西都是"传子不传女"的秘密，张太医虽非心胸狭隘的人，可毕竟不了解孟珏，对针灸的具体方法，自不愿多说。只约略说明在哪些穴位用针，大概医理。

不想孟珏听后，说道："以水沟、内关、三阴交为主穴，辅以极泉、尺泽、委中、合谷通经络，治疗胸痹十分不错。不过，太医的治法是本着'正气补邪'的'补'法。为什么不试一试'启闭开窍'的'泻'法呢？用捻、转、提、插、泻法施术。先用雀啄手法，再用提插补法，最后在各个要穴施用提插泻法。"

张氏针灸闻名天下，孟珏却随意开口批评，张太医先有几分不悦，继而发呆、沉思，最后大喜，竟然不顾还在殿前，就手舞足蹈地想冲到孟珏身旁仔细求教。

于安连着咳嗽了几声，张太医才清醒，忙跪下请罪。

刘弗陵笑道："朕明白'上下求索，一无所得'，却'豁然开朗'的喜悦，朕该恭喜太医。"

张太医激动地说："臣也该恭喜陛下，恭喜陛下得遇绝代名医。这套针法乃家父的一位故友——孟公子传授给家父。当年，家父已经四十多岁，位列太医院翘楚，孟公子虽刚过弱冠之年，医术却高超得令家父惭愧。家父有缘得孟公子传授针灸，但因为当时孟公子还在研习中，针法并不齐全，后来他又突然离开长安，避世隐居，这套针法，家父只学了一半，经我们父子几十年努力，不断完善，竟然声传朝野，被众人称作'张氏针灸'。父亲规定，我族子弟习得此套针法者，施针治病分文不取，只收医药钱。既是感激孟公子毫不藏私的高风亮节，也代表父亲对针灸之术不敢居功。父亲离世前，仍念念不忘这套针法，直说'真想知道孟公子的全套针法是什么样子？若能再见孟公子一面，将针法补全，实乃世人之幸'。"他转身向孟珏行跪拜大礼，"在下代父亲恭谢孟大人高义，让张氏后人有机会得见针法全貌，在下也可家祭时告诉父亲，孟公子后继有人，家父定会九泉含笑。"

一套针法，竟无意牵扯出一段几十年前的故人情。此情还不仅仅是朋友相交的私情，而是恩惠世人的大义。教者自然胸襟过人，学者却也令人敬佩。在座各人都听得心神激荡。

看惯了朝堂的黑暗，人与人之间的算计，突然听到长安城还有这样一段光风霁月的往事，刘弗陵难得地大笑起来，对孟珏说："遥想令尊当年风采，真让人心想往之。"

义父一生，结交过的人，上至皇族贵胄，下至贩夫走卒，恩及的人更是不可胜数。这件事情在义父一生中，不过小浪一朵，孟珏并未听义父提过此事，刚才听到张太医论针，他也只是心疑。

提点对方针法，一则是他有意而为。二则因为义父从没有教过他去藏守医术。义父历来是，有人请教，只要不是心思不正之徒，都会倾囊相授，所以他也从未想过要对别人隐瞒更好的治疗方法。

云歌的心却是喜伤交杂。本来还在怀疑孟珏的医术，现在看到张太医对孟珏满脸尊敬的样子，怀疑尽释。

可是……

云歌看着展颜而笑的刘弗陵，心内伤痛难言。

孟珏诊脉后，垂目沉思，迟迟未说话。

众人大气都不敢喘一声，安静地等着孟珏说出诊断结果。

刘弗陵淡笑道："有什么话可直接说，不必为难。"

孟珏心内电转，前思后想，最后禀奏道："具体病症，臣现在也判断不出来，世间的病，并非都能在先人典籍上寻到，即使典籍记录了的病症，也会因人而异，因地而异。臣先给陛下施针一次，再配些汤药，看看疗效如何。"

云歌忙去准备清水、毛巾，请孟珏净手。

施针时，需褪去衣物，于安请云歌回避。

云歌看着孟珏，不放心离开，孟珏微笑着低声说："我治病要收诊金，你还怕我不尽心？"

云歌的手一抖，手里的盆子差点掉到地上。

刘弗陵不愿云歌看到他扎针时的痛苦，"云歌，今天晚上我在宣室殿和你一起用膳，想吃你做的鱼。"

云歌忙笑道："好，我这就去做。"

因刘弗陵自小爱吃鱼，御膳房常备各种活鱼。

御厨端了一盆鱼，让云歌挑选，"这是今日清晨送进宫的鲤鱼，已经换了十次净水。"

云歌挑了一条大小适中，活泼好动的鲤鱼。又命人去淋池采摘荷叶、荷花，准备做荷香鱼片。

忙了一个时辰左右，做了四菜一汤，云歌命人把菜肴放在蒸笼中温着，随时准备上菜。

回到宣室殿，七喜说："孟大人还在和陛下议事。"

云歌点点头。

又等了半个时辰左右，于安才送孟珏出来。

云歌匆匆迎上去，看到于安脸上的喜色，她心中一松，"陛下如何？"

孟珏几分疲惫地点了下头，"幸不辱命。"

于安喜滋滋地说："陛下说，觉得好多了，胸中的闷气好像一扫而空。"

孟珏道："五天后，我再来见陛下。"

云歌虽不懂医术，却也听闻过，针灸是在人的穴位上扎针，扎得好可以救人，扎不好却会轻则致残，重则要命。

看孟珏面色疲惫，云歌知他心力耗损不轻，低声说："多谢你。"

一个小宦官突然跑进宣室殿，气喘吁吁地说："于公公，霍大人求见陛下。"

于安皱眉，"你师傅是这般调教你的吗？掌嘴！"

小宦官左右开弓，连扇了自己几巴掌。转身退出宣室殿，袖着双手，躬着腰轻步从外面进来，行礼道："于公公，霍大人有要事求见陛下。"

"告诉霍大人，今日天色已晚，陛下累了一天，有什么话明日再说吧！"

小宦官偷瞄了眼孟珏，低声说："丞相田大人突然中风，只怕挨不过今夜了。"

"什么？"于安失声惊问。田千秋虽然年过半百，可身子一向康健，怎么突然就要死了？

孟珏眼中神色几变，向于安作揖道别。

于安没有时间再和他多说，"孟大人慢走。"赶忙转身去禀告刘弗陵。

不一会儿，刘弗陵穿戴整齐，匆匆从殿内出来，看到云歌，眼中全是歉意，"今夜我要晚些回来，不要等我吃饭了，你自己先吃。"

云歌笑着点点头，"没有关系。"

一瞬工夫，宣室殿就变得空荡荡，只剩云歌一人孤零零站在殿前。

她缓缓坐在了台阶上，静看着半天晚霞，一殿清凉。

孟珏出宫后，立即去找刘贺。

刘贺在落玉坊欣赏歌舞，孟珏刚进去，刘贺看了眼他的面色，立即命所有歌舞伎都退下。

孟珏笑嘲："刘大公子，还有工夫歌舞声喧？田千秋的事情，你可听闻了？"

刘贺道："刚刚知道。"

"此事是你办的？"

刘贺摇头否认。

孟珏眉头紧锁，"我让一月给你传的话，你没有收到吗？"

刘贺说："收到了。我已经安排妥当一切，就等收局了，不料这老头竟突然中风，枉费了我许多心血。"

孟珏撑着头，双目微合，"你本来打算怎么样？"

刘贺笑了下，"借鉴了一下三十多年前丞相李蔡的案子，田老头的儿子为了司天监的几句话，偷偷侵占了一块风水绝佳的王室墓地。"

孟珏边回忆边说："当年的李氏家族虽不可和卫氏比，但也权重位贵，丞相李蔡却因为几块地自尽在狱中。嗯……这的确是个神鬼不知的好主意，只是未免太慢，皇帝要你越快越好，你却用如此耗神的法子，更何况，田千秋和李蔡不同，即使把田千秋打进牢狱又如何？

霍光若想保他,他一定死不了。"

"小珏呀小珏!"刘贺笑着摇头,"谁说我打算要田千秋的命了?陛下只是说不想让他做丞相,我就给陛下一个强有力的理由不让他做丞相。既然已经达到目的,何必不留一点余地?田千秋虽是庸相,却绝非佞臣,纵是有罪,却罪不及死。"

孟珏看着刘贺,没有说话。

刘贺说:"你看上去很累,躺一会儿吧!"

孟珏靠着卧榻假寐,突然问道:"你觉得田千秋真的是中风吗?事情未免有些凑巧。"

刘贺思量了一瞬,"田千秋对霍光言听计从,不可能是霍光的人害他。其他大臣即使心里有想法,目前也没这个胆量动他,唯一想动又敢动田千秋的人就是陛下。陛下身边确有几个不惧霍光淫威的股肱臣子,不过,陛下不会命这些人干这种祸乱法典的事情,只会命……"

"如果我没有猜错,应该就你和刘询。"

刘贺发了会儿呆,说:"卫太子起兵失败自尽后,先帝余怒未消,下令诛杀所有卫太子的舍人,以及和卫太子交往过的官员。壶关三老上书给先帝,说太子是'受困于奸臣江充,不能自明,冤结在心,无处告诉,因此忿而发兵,诛杀江充;子盗父兵,并无他意'。当时的高庙令田千秋也上书,申讼太子冤枉。恰好先帝冷静下来后,已经明白太子是遭人陷害逼迫,遂接纳了田千秋的上书,赦免了太子的谋反大罪,又升田千秋为大鸿胪。不过,田千秋最擅长的就是见风使舵,也许他是看壶关三老没有获罪,所以揣摩圣意,见机行事,为自己博取了一个锦绣前程,可如果没有壶关三老和田千秋,刘询只怕连进天牢的机会都没有。刘询会是不念旧恩的人吗?"

孟珏淡淡道:"如你所说,壶关三老才是冒死进言的人,田千秋不过顺风使舵。刘询究竟有没有必要念这个'旧恩',全看他是何样的人。话又说回来,即使壶关三老又如何?这天下恩将仇报的人比比皆是。你们刘氏的半壁江山是'汉初三杰'打下,你家的老祖宗也没见感恩,还不是逼走了张良,计杀了韩信?到最后,'三杰'仅剩了个苟且偷生的萧何。"

刘贺苦笑着摆手："我们只说刘询,不谈其他。你觉得刘询是这样的人吗?"

孟珏道："不论田千秋是否于他有恩,如果这事情是他做的,那么,他行事的果断、狠辣非你能及,不过你计谋周全,心存仁念,这个又远胜过他,现在就看皇帝如何想了。"

刘贺默默沉思,很久后,问道："你为什么会突然让一月传话给我?"

孟珏闭着眼睛,没有回答。

刘贺以为他已经睡着,却突然听到他说："你若不想只做个普通的藩王,就准备好尽全力拼斗一场。有时间,不妨多琢磨琢磨皇帝为什么从年初就开始重用你和刘询,表面上像是让你们为他分忧,实际上却更像是历练、教导你们,再想想为什么皇帝把田千秋的事情单交给你和刘询办。"

刘贺皱眉不语。孟珏翻了身,面朝墙壁睡去。

刘贺的侍从在屋外禀道："王上,宫里来人传话。陛下要见王上。"
刘贺道："知道了,外面候着。"
"是。"
刘贺叫:"小珏?"
孟珏沉沉而睡,没有反应。
刘贺出了屋子。

孟珏听到关门的声音,坐了起来,默默思量了一会儿,叫道:"来人"。

进来的却非一般歌伎,而是落玉坊的坊主,很恭敬地向孟珏行礼:"公子有何吩咐?"

孟珏道:"帮我留意刘询的动静。"
"是。"
"再帮我查一下田千秋府上最近有什么异常,尤其是府中的仆役、丫鬟，越是出身贫贱的，有可能和江湖人有瓜葛的，越要仔细查。"

"是。"

孟珏慢步出了落玉坊。外面候着的小厮立即迎上来，孟珏道："我一个人走走，不用马车。"

孟珏安步当车，缓步而行。

长街宁静，只闻自己的脚步声。

走到一处分岔路口，他停了下来。

向左走？向右走？还是向前走？

———— ✦ ————

刘贺赶进宫时，刘询已在。

刘弗陵对刘贺说："正在等你。你看谁比较适合接任丞相之位？"

刘贺心中琢磨，不知道这个问题刘弗陵可问过刘询，刘询的答案又是什么。刘贺沉吟着未立即回答，却看刘弗陵眼内似闪过一丝笑意，听到他对刘询说："你也想想。"

刘贺心中暗嘲自己，赶紧专心思索，过了一会儿后说："这个位置，并非谁合适做，谁就能做，而是霍光接受的底线在哪里。"

刘询道："王叔说得十分有理。霍光绝对不会允许这么重要的位置落入陛下信赖的人手中，但今非昔比，陛下早已不是未亲政前的陛下，也绝不会让这个位置落入田千秋这样的人手中，所以只能选个中间派的墙头草了。"

刘弗陵点头，"这是霍光呈报的人选。"

七喜将奏折递给刘贺和刘询传阅。

两人看完后，都笑着摇头，"霍光这老儿倒是知情识趣。"奏折上罗列的五个人都是赤金级别的墙头草。

刘弗陵叹道："霍光智谋、能力、魄力兼备，最难得的是他身居高位，却一直不忘关心民生，体察民苦，朕几次削减赋税、减轻刑罚、打击豪族的改革，因为获益的只是普通百姓，受损的却是朝堂上的众多官员，所以遭到过激烈反对，可是却得到了霍光的全力支持。若没有他的支持，朕不可能成功。若有圣君驾驭，他肯定是治世栋梁、国之瑰宝，可惜朕登基时太年幼，未能制衡住他，让他一步步走到了今日。"

刘弗陵语重心长地对刘询和刘贺说："过于信赖良臣，让他的势力独大，野心膨胀，和疑心过重，使良臣心寒，甚至逼反良臣，是一样的罪过，都非明君所为。再神骏、忠心的马，都记得要用缰绳让它听话，用马鞍让自己舒服，这样才能跋涉远途，驰骋千里。"

刘贺和刘询默默沉思。

刘弗陵吩咐："你们将各自中意的人写给朕。"

刘贺和刘询忙提笔写好，交给七喜，七喜呈给刘弗陵。

刘弗陵看了一眼，两人竟都是"杨敞"，他将竹片递给于安，于安掌间用力，竹片立成碎末。

刘弗陵道："已是深夜，你们都回去吧！朕也要赶紧去祭朕的五脏庙。"

刘贺和刘询磕头告退。

刘询的府邸在宫外，自出宫回府。刘贺却因为刘弗陵破例让他住在昭阳殿，和宣室殿有一小段同路，所以两人同行。

刘询走出一段路后，突然想起一事，又匆匆返回去追刘弗陵。却看刘弗陵和刘贺两人坐在御花园中说话，白玉桌上放了几碟时鲜水果。

刘弗陵的神态不同于和他相处时的平静、淡漠，此时，和刘贺对面而坐的刘弗陵面容带笑，极为温和。

刘贺拿着个杏子在吃，不知道嘴里嘟囔了句什么，刘弗陵竟从桌上拿了个杏子，扔向刘贺，刘贺伸手接住，大咬了口，笑起来。刘弗陵也是笑意满面。

两个人看上去如兄弟、朋友般亲密。

想到刘贺未来前，他和刘弗陵关于田千秋的谈话场景。当时，他忐忑不安、小心翼翼，而刘弗陵自始至终面无表情，甚至近乎冷漠。

刘询静静站了一小会儿，并未上前，而是转身出了宫。

刘贺问："陛下不是说饿了吗？怎么不吃点儿？"

刘弗陵笑意很深："云歌做了晚饭。"

"哦——"刘贺拖着长音，笑着说："原来怕美人不开心，要留着胃口回去哄美人。"

"知道就好。所以言简意赅、老老实实告诉朕。朕交给你的事情，你究竟做了什么？"

"臣遵旨。"刘贺一声唱喏，将事情一一奏明。

刘弗陵边听边点头，最后笑道："你这个藩王毕竟没有白做，司天监都肯帮你说话。"

刘贺笑道："他说的话都是真话，那块墓地的确是难得的风水宝地，田老头的儿子请他去看风水，我只是请他在堪舆时，顺便谈谈他曾见过的风水宝地。"

刘弗陵道："人无欲则刚，有欲则有了弱点。不过，除非太上，否则没有人会无欲。"

刘贺笑嘻嘻地问："陛下的'欲'是什么？"

刘弗陵淡笑："你的是什么？"

刘弗陵和刘贺谈完话，已经过了二更，进宣室殿的第一句话就是："朕很饿，快去把云歌做的饭菜都拿来。"

云歌闻言，笑道："让御厨做新的吧！时间差不了多少。"

刘弗陵坐到云歌身侧，笑而未言。

云歌问："你感觉好些了吗？"

"孟珏的医术十分不凡，一直积在胸间的烦闷感一扫而空。如果病能治好，我们还是按原来的计划，不过我现在有个更好的主意。"刘弗陵眉目间的郁恺消散了很多，暗溢着喜悦。

云歌笑点点头，将脸埋在了刘弗陵胳膊间，不让他看见自己的神色，"什么好主意？"

"遁世有'隐遁'和'死遁',我之前一直想的是'隐遁',但终究拖泥带水,而且一直没有想好如何安置小妹。这次的病倒是个极好的时机,不妨借病死遁,小妹也就有了去处。如果她想要自由,我会下一道圣旨要她'陪葬',如果她想要尊荣,那她会成为皇太后或太皇太后。"

　　云歌只轻轻"嗯"了一声,再不敢多说。

　　刘弗陵笑道:"过两日就命太医院的那帮太医们都来会诊,让他们好好焦头烂额一番,也让他们各自的主子都彻底相信,更让全天下都无疑心。"

　　饭菜送来,于安和抹茶服侍刘弗陵、云歌用膳。

　　知道刘弗陵爱吃鱼,所以云歌先夹了块鱼给他。刘弗陵吃了一口,赞道:"真鲜美。"

　　云歌也夹了一块鱼肉,"鲜美什么?鱼肉最经不得冷了又热,肉质如木。"

　　抹茶笑道:"只要是姑娘做的,就算是块真木头,放水里煮煮,陛下也觉得鲜美。"

　　云歌指着抹茶,对于安说:"于安,这是你调教出来的丫头?还不管管?"

　　因为刘弗陵的病,于安心里一直很沉重,今日总算在黑暗中看到了一线光明,他心情难得的轻松,笑道:"奴才调教得十分好,都是被姑娘惯成了今日的德行,姑娘又有陛下撑腰,奴才哪里还敢教训抹茶?"

　　"陵哥哥?"

　　刘弗陵正容问:"于安说的哪里不对?我要办他,也总得有个错才能办。"

　　"哼!你们都是一伙的,欺负我是外来的!"云歌再不搭理他们,埋头吃饭。

　　于安和抹茶都偷着笑。

　　刘弗陵凝视着微有羞意的云歌想,这一生能日日吃着云歌做的菜，直到白头，就是他最大的"欲"了。

———— ❦ ————

这几日几乎所有的官员都没有睡安稳，先是丞相田千秋病逝，众人要忙着钻营，忙着吊唁。紧接着，御史大夫杨敞升为丞相，百官又要忙着恭贺，忙着巴结。气还没喘口，又听闻皇帝得病，太医院翘楚——张太医束手无策，无奈下，只能召集所有太医会诊。

张太医医术如何，众人都心中有数，让他束手无策的病？众人心里都是"咯噔"一下，提心吊胆地等着会诊结果。

大司马府，书房。

两位参与会诊的太医如约而来。看到霍成君也在座，微微愣了一下后，忙向霍光请安。

不论多大的官，对太医院的医者都存有一分敬意，因为没有人能逃脱生老病死。霍光本就待人宽和，此时更是客气，立即请两位太医坐。

两位太医一字不落地将会诊过程向霍光道明。

霍光只是静听，面上看不出任何反应。

两位太医看霍光没有话问，站起告辞："下官还要回去翻阅典籍，寻找医方，不敢久留，先行告退。"

太医走后，霍光凝视着窗外不说话，霍禹、霍山、霍云也都不敢吭声。

窗外不远处是一个小小的湖泊。

湖上几只白鹭，时飞时落。岸边几株柳树随风轻摆。黄莺婉转鸣唱，因为树荫浓密，只闻声，不见影。

霍光好像赏景赏得入了神，近半个时辰都一言不发，也一动未动。

霍禹和霍山频频给霍成君使眼色，霍成君却视而不见，也看着窗外发呆。

霍光终于将视线收回，目光淡淡从屋内几人面上扫过，"成君，陪爹去外面走走，你们三个，平日里干什么，就干什么去。你们若敢不经我许可做什么事，我绝不姑息容情。"

霍禹愣愣，着急地叫："爹……"

霍光盯向他，他立即闭嘴，随着两个弟弟退出了屋子。

霍成君挽着霍光胳膊，慢步朝湖边走去。湖风清凉，将盛夏的炎热吹走了许多。

霍光笑说："此湖是这个宅子最早开凿的一个湖。"

成君微笑："女儿知道，这个宅子，伯伯曾住过的，书房这一带是伯伯的旧宅，其余屋舍是父亲后来才慢慢加建的。"霍成君四处打量了一圈，"伯伯十八岁就封侯，其后又位居大司马，这个宅子和伯伯的身份实在不配。"

霍光笑道："太阳还需要借助他物的光辉吗？你若见过你伯伯，就会明白，他要的，只是个'家'。"霍光虽在笑，可眼中却别有情绪。

伯伯的死不管在史册记述，还是长安城的传闻中，都有很多疑点，和伯伯有关的话题也一直是家中的禁忌，霍成君不敢再提。

父女俩沿着湖边逛了一圈，随意找了块平整的石头，坐下休息。

一对野鸭缩躲在石块角落里打瞌睡，看到他们也不害怕，反以为有吃的，围着霍成君绕圈子，霍成君用手相嬉。

霍光看着霍成君，"成君，你有想嫁的人吗？"

霍成君的手僵住，野鸭游近，去叨她的手，霍成君手上一疼，突然挥手，用力打在了野鸭身上，两只野鸭"嘎嘎"几声惨叫，快速逃走。

"女儿说过愿意进宫。"

霍光叹息，"这条路，不能回头，你真想好了？你若想嫁别人，爹会给你备好嫁妆，让你风光出嫁。"

霍成君淡淡说："女儿想好了，与其嫁个一般人，不如嫁天下第一人。"

霍光道："这件事情一再耽搁，先被小妹的病耽误。没想到这丫头因病得福，一场病倒让皇帝动了心。皇帝和皇后圆房未久，我也不好立即送你进宫，只能再等等。现在想来，倒是好事一件。"

"爹，皇帝的病……"

"不知道，这是老天爷的权力。若皇帝病好，计划如旧；若不能……现在只能步步谨慎。"

霍成君点头。

霍光突然问："刘贺和刘询，你看哪个更好？"

霍成君一怔后才明白父亲话后的意思。毕竟是未出阁的姑娘，虽非寻常女子，却还是有了羞意，扭转了身子，低头望着水面。

霍光道："刘贺看着荒唐，刘询看着豪爽，这两人我都有点看不透。不管选谁，都各有利弊。"

霍成君脑中闪过刘贺的急色和无礼相，心里一阵厌烦，又回忆起上元节时的情景。

刘询为她猜谜，送她灯笼，那盏"嫦娥奔月"灯还挂在自己闺房中。

他带她去吃小馄饨、韭菜饼。

长安城的大街小巷好似他的家，他带着她在小巷子里左转右绕，很多店铺的老板都会和他笑打招呼，不起眼的小店里，藏着她从未品尝过的美食，她第一次发觉，自己竟好像从未在长安城真正生活过。

杂耍艺人，见了他，会特意叫住他们，单为她表演一段节目，分文不收。

横着走路的街霸、地痞，却是一见他，刹那就跑个没影儿。

他送她回府时，她左手拎着灯笼，右手提着一大包根本不知道叫什么名字的零食和小玩意儿，她这才知道，原来长了那么大，自己竟从未真正过过上元佳节。

……

霍成君怔怔出神。

霍光望着湖面，默默思索，好似自言自语地说："若从经历看人，刘询此人只怕心志坚忍，不易控制，刘贺却是富贵藩王，没经历过什么磨难，荒唐之名，举国皆知……不过，刘贺的正室是前大鸿胪的女儿，刘询的正室是罪夫之女。"

大鸿胪乃正一品，九卿之一，刘贺的这门婚事又是先帝亲指，王妃已生有一子，王氏家族还有不少人在朝中为官。想要绕过刘贺的正室立女儿为皇后，只怕十分难。刘询却不同，朝中无外戚，他即使有些能耐，也孤掌难鸣。

霍光笑说："这两人对我而言，各有利弊。刘贺、刘询，你选一个，毕竟是你的一生，你又是爹最疼的孩子。"

霍光嘴里虽然如此说，可心里却完全是另外一个决定。他期望听到的答案是，霍成君对两人根本没有偏倚，否则不管她选择谁，他都会挑另一个。

霍成君如梦初醒，愣了一会儿后，小心翼翼、字斟句酌地回答道："我的姓氏是'霍'；我绝不想给别的女人下跪，既然决定入宫，我就要做皇后。谁能让我做皇后，我选谁。"

霍光微笑着点头，心中却不无失望，成君的言语中已经透露了她的喜恶。他望着湖面，慢慢地说："你要记住，从你进宫起，他是什么样子的人根本不重要，他的名字只有两个字——皇帝。他不是你的夫君，更不会是你的依靠，甚至还会是你的敌人，你的依靠只有霍氏和你将来的孩子。"

霍成君默默点了点头。

霍光长吁了口气，"这些话不要告诉你哥哥们。"

"女儿明白。"霍成君望着湖对面。岸上柳树婀娜，水中倒影摇曳，究竟是风动，树动，才影动，还是风动，水动，才影动？她眼中有悲伤，有恨意，还有迷茫。

父女俩在湖边坐了会儿后，霍光说还有事要办，命下人备马车出府。

霍成君回自己住处。

刚进门，小青就神神秘秘地凑到她身旁，递给她一方绢帕，"小姐，奴婢本来不敢收的，可他说小姐一定会看，奴婢怕耽误了小姐的事，所以就还是收了。奴婢若收错了，请小姐责罚，下次绝不再犯。"

　　霍成君打开绢帕，默默读完，握着帕子，望着窗棂上挂着的一盏八角宫灯怔怔出神。

　　发了半日的呆，方说："点盏灯来。"

　　小青心里纳闷，大白天点灯？可知道自家的这位小姐，行事、说话极得老爷欢心，如今就是大少爷见了，都客客气气，她自不敢多问，匆匆去点了灯来。

　　霍成君将绢帕放在灯上烧了，淡声吩咐："吩咐人准备马车，我晚上要出趟门。"

　　小青忙应："是。"

━━━━━━━━━━ ∞ ━━━━━━━━━━

　　明处，众多太医忙忙碌碌地埋首典籍，查阅各种胸痹的记载，苦思治病良方。

　　暗中，孟珏每隔五日来给刘弗陵扎针一次，又配了汤药配合治疗。

　　云歌问过孟珏，刘弗陵究竟得的什么病？孟珏的回答极其干脆："不知道。"

　　云歌不满，一旁的张太医解释，"只有典籍上有记载的病才会有名字，还有很多病症，典籍上并无记载。可是没有名字，并不表示不可治。"

　　自从孟珏开始给刘弗陵治病，刘弗陵的病症开始缓解，心疼、胸痛都很久未犯过。有事实在眼前，云歌稍微安心了点。

　　孟珏拿出一根一尺长的银针，下尖上粗，与其说是针，不如说是一把长锥，于安吓了一跳，"孟大人，你要做什么？"

张太医忙做了噤声的手势，走到于安身边低声说："这应该是穿骨针，可吸人骨髓，传闻中黄帝用过，我也是第一次见。"

孟珏将一块软木递给刘弗陵，"陛下，恐怕会很疼。本该用点药让陛下失去痛觉，可我现在还未确诊，不敢随意用药，所以只能……"

刘弗陵接过软木，淡淡说："朕受得住。"

张太医说："陛下若疼，就叫出来，叫出来会好受一些。"

孟珏用力于腕，将针插入刘弗陵的股骨，刘弗陵面色刹那转白，额头的冷汗，颗颗都如黄豆般大小，涔涔而落，却紧咬牙关，一声未发。

于安眼见着银针没入刘弗陵体内，只觉得自己的骨头也透出寒意。

刘弗陵躺，孟珏站。

他居高临下地注视着刘弗陵，手中的针保持匀速，缓缓插入股骨。

趴在窗上偷看的云歌，感同身受，脸色煞白，咬着的嘴唇渐渐沁出了血丝。

人们形容极致的痛苦为刺骨之痛，这痛究竟有多痛？

听到窗外急促的呼吸声，孟珏眼中的墨色转深，手势越发地慢，将银针极其缓慢地推入骨头，刘弗陵仍然未呻吟，只脸色由白转青。

张太医看着孟珏的施针手法，眼中有困惑不解。

已经取到骨髓，孟珏不敢在骨内久留，迅速将针拔出，刘弗陵已经痛到神志恍惚，却仍是一声未发。

孟珏将针小心地收入水晶匣，示意于安可以上前了。

于安赶忙去探看刘弗陵，刘弗陵身上的衫子如被水浸，于安忙命七喜帮忙给刘弗陵换衣服，以防着凉。

孟珏磕头告退，刘弗陵喃喃说了句什么，他没有听清。于安道：

"孟大人上前听话。"

孟珏跪到了刘弗陵榻前。

刘弗陵声如蚊蚋："多谢！"

孟珏道："不敢，是臣的本分。"

刘弗陵轻扯了扯嘴角，似乎想笑，却实在没有任何力量，缓了半晌，才又说："你……你谁都不要帮。你想要的东西，朕定会给你。"

孟珏怔住。

"保存实力，置身事外。"刘弗陵闭上了眼睛，轻抬了抬食指。

于安立即做了个请的姿势，"孟大人，奴才送你一程。"

于安送孟珏出屋，孟珏将一个小檀木匣子递给于安，"烦劳公公了。"

于安含笑接过，"该奴才谢大人，云姑娘若没有大人的香，不知道要多受多少罪。"打开盒子检查了下，又凑到鼻端闻了闻，"和以前的香味道不太一样。"

孟珏淡笑道："药随症变，她的咳嗽比以前好一些了，用药也自然不一样。"

于安点头，将匣子收好，"奴才还要回去服侍陛下，就送到这里，大人慢走。"

孟珏向于安行礼作别。

孟珏出了殿门，看到坐在墙角处的云歌，淡淡说："我有话问你。"说完，脚步未停，仍向前行去。

云歌呆呆坐了会儿，跳起身，追了过去。

行到僻静处，孟珏停住了脚步，"你告诉皇帝我要的诊金是什么？"

"手握重权，官列三公九卿。"云歌的语气中满是嘲讽，"你既然不关心天下赋税，我若告诉陵哥哥，你不收诊金，更荒谬，想来这个倒是你很想要的。"

孟珏微笑："那我该谢谢你了，人还未过门，就懂得替夫君谋划前程了。"

云歌脸色蓦白，衬得唇畔的几丝血迹异样的艳丽。

孟珏笑如春风，转身离去。

孟珏前脚进家，刘贺后脚就冲了进来，"老三，你是不是在给陛下治病？"

孟珏半歪在榻上，翻着竹简，"是。"

"你早知道，却不告诉我……"刘贺指着孟珏，有气却不知怎么发，半晌后，放下手，问："陛下的病究竟如何？"

孟珏摇头："不知道。"

刘贺盯着他看了一瞬，看出他说的是实话，"能治还是不能治？"

孟珏看着手中的竹简说："找出病源就能治。"

"不是胸痹？"

孟珏不耐烦，"若是胸痹，我会说不知道？"

刘贺盯着他看了好一会儿，缓缓说："小珏，不要因为二弟曾给你说过的愿望做任何事情，二弟当年对你说那些话时，还只是一个心智未开的半大人，他日后的所思所想早已经变了。我知道你不会相信我说的话……"

刘贺不提月生还好，一提月生，孟珏蓦地将手中的竹简砸向刘贺，"滚出去！"

刘贺轻松地抓住了竹简，是一卷《起居注》，记录着刘弗陵每日的饮食起居。榻旁、案头都堆满了这样的竹简，还有不少孟珏做的笔记，刘贺心下歉然。

孟珏面上已平静，淡淡说："现在朝局隐患重重，一招不慎，满盘皆输，你多操心自己，别在我这里聒噪。"说完，再不理会刘贺。

刘贺思量着还想说话，却被闻声进屋的三月拖着向屋外行去。

三月一边拖着他往花圃走，一边不满地说："大公子怎的不分青红皂白就责备人？这段日子，三公子从未真正休息过，日日在屋里看陛下的《起居注》，十多年、四五千个日子的作息、饮食、起居、大小病，三公子都一一看过，还要配药，给陛下的药方翻来覆去地琢磨，唯恐一个不小心，引发陛下的并发症。你看……"三月指了指花房四周，全是一箩一箩的药，还有一盆盆活的药草，分门别类的摆着，整个花圃充满了浓重的药香，"你还说三公子不尽心？他就差心血耗尽了！"

刘贺沉默。

三月不依不饶地说："三公子好像中意云姑娘，是真是假，你肯定比我们清楚。如果是真的，你有没有想过三公子的感受？整日吃不好，睡不好，费尽心血救的是谁？三公子也是个人，你还不准他有个脾气？"

刘贺忙连连作揖："好姑娘，我错了，都是我错了。你们这几个丫头个个心向着老三，我被他骂的时候，也没有见你们帮过我。"

三月犹有不甘地闭上了嘴。

刘贺又四处打量了一番花圃，猛地转身，匆匆向书房行去。

三月急得大叫起来，追向刘贺，"大公子，你怎么又去了？"

刘贺回过头，挥手让她下去，一面温和地说："我去给老三个理由救人，让他救人救得好受一点。"

三月看到刘贺的神色，不敢再放肆，忙停了脚步，恭敬地说："是，奴婢告退。"

孟珏听到推门声，见又是他，几分疲惫地问："你还有什么事情？"

刘贺坐到他对面，敛了惯常的嬉笑之色，"我想告诉你件事情。"

孟珏仍研究着水晶匣子中的穿骨针，只点了点头。

"不知道月生有没有给你讲过他遇见你之前的一段经历？"

孟珏手下的动作停住，却仍然没有说话。

"先帝末年，因为吏治混乱，民不聊生，无数失去土地的流民被逼去抢夺官府粮仓，官府下令拘捕追杀这些'造反'乱民，月生就是他们中的一个。为了活命，月生的父亲想带着他逃出大汉疆域。在逃命的路上，他父亲被官兵杀了，而他却被一个少年和一个小女孩救了，救他的女孩子叫云歌……"

孟珏一下抬起了头，直盯着刘贺。

"月生的性格，你也知道，他愿意把兄弟的责任背负到自己身上，却不愿意让兄弟为他背负责任，所以，这些事情都是我和月生喝醉酒时，从他偶尔提到的片断中拼凑而成，甚至我根本不知道救他的女孩子叫什么名字，直到那一日……直到那日在甘泉山上，他因我而死。临死前，他断断续续地向我托付一些事情，我半猜着约略明白了救他的女孩子叫云歌，他还让我照顾他的亲人……当时，他有很多事情想嘱咐我，却都已经说不出来，我哭着对天发誓，一定会替他报恩，一定会替他照顾好他唯一的亲人，也就是你。"

　　说到这里，刘贺的声音有些沙哑，他平静了一会儿，才又说："后来你来找我，我才见到月生常常提起的弟弟。我想着，今生今世，不管你如何对我，我都一定会把你看作亲弟弟。为了完成月生的另一件心愿，我下了大功夫四处寻访云歌，却一直苦觅不得。没想到，最后得来全不费功夫，你竟然向一个叫云歌的女孩子求亲，又追着她从西域到了长安。我当时去长安的目的根本不是为了查探你的举动，而是为了见她。一见到她，不需要任何证据，我已知道这个云歌就是我要寻觅的'云歌'了。可是那个少年呢？根据月生的点滴描述，少年和云歌之间也应该刚认识不久，我以为是你，因为根据月生的描述，他被救的时间，似乎和你与云歌认识的时间一致，地点也一致。"

　　刘贺看着孟珏的视线十分复杂，"你对云歌的事情比我清楚，听到这里，你应该已经知道，救了月生的少年是谁了。我是最近才想明白这件事情，也才明白为什么月生在甘泉山上看到刘弗陵时，表情那么复杂。"

　　孟珏的声音冷如冰，"你既然决定隐瞒，为什么要现在告诉我？"

　　刘贺长吁了口气，"这是月生在临死前，对我说的话。我已经不能为他做任何事情，这是我唯一能为他做的。"他摊了摊手，苦笑着说，"是，我有私心，我只是想着让自己的良心能安稳些，所以不想你去为月生完成心愿。可是，现在发现，月生欠刘弗陵的，只有你能代他还上。"

　　孟珏的脸色有些发青，刘贺做了个害怕的表情，跳了起来，又变成了他一贯的意懒样子，一边匆匆往外跑，一边说："我走了！想打架去找六月他们！今日没有功夫奉陪。"

孟珏凝视着桌上的水晶匣，眼中是各种情绪都有。

屋外树上的知了拼了命地喊着"知——了——""知——了——"。

知了？知了！人生有些事情，不知道会更好。

"砰"地一声巨响，书房的门突然被人踢开。

难得动怒的孟珏，突然情绪失控，手在桌上拍了下，桌上一个石砚台呼啸着直击来人命穴。

孟珏将砚台击出后，才看到来人是云歌，大惊下，又忙飞身上前。

云歌一踢开门，就满腔怒气地往里冲，根本没有想到孟珏会拿砚台砸她，等看到时，脑袋有些发蒙，紧迫间冲势根本停不下来，而孟珏离砚台还有一段距离。

眼看着砚台要砸到云歌的脑袋上，孟珏急中生智，随手拎起架子上的一壶用来擦木器的桐油朝云歌脚下泼过去。

随着一股刺鼻的味道，云歌"啊"的一声尖叫，脚下打滑，重重摔到了水磨青石地上。

毫厘之差，砚台从她头顶飞过，砸到了院子中，将一株胳膊粗细的树当场砸断。

这一跤摔得着实不轻，云歌的手腿生生地疼，半边脸也立即肿了起来。身上、头发上全是黏糊糊、难闻的桐油，熏得人头晕。

孟珏忙去扶她，她用力打开了他的手，想自己起来，却手脚打滑，刚拱起身子，又摔了下去。

孟珏看到她的狼狈样子，又是心疼，又是好笑，忙说："先别发脾气了，我没想到是你。我让三月给你准备洗漱用具，等收拾干净了，我再好好给你赔礼道歉。"说着，用力握住了云歌的胳膊，想把她拎起来。

云歌用力去打他的手，一边嚷着："我不要你的假好心，我们不要你的假好心……我们不要……"嚷着嚷着眼泪扑簌簌直落了下来。

孟珏的手有些僵，云歌趁势挣脱了他，一边努力地起来，一边哭着说："我刚去石渠阁查了秘籍，书上说穿骨针要快进快出，快出是为了保住取得的骨髓，快进是因为穿骨之疼非人所能忍，你却慢慢地往里插……你说你是信守诺言的人，可你……"

云歌努力了好几次，终于站了起来，她的头发上、脸上全是油，半边脸又肿着，狼狈不堪，可她的神情却透着异样的倔强，"我不要你的假好心，不管你的医术有多高超，我都不会再让你去折磨他，以后你不用来给陵哥哥治病了！反正他生，我生；他死，我死。我总是陪着他的，我才不怕什么怪病！"

说完后，一边擦着眼泪，一边一瘸一拐地走出了屋子。

孟珏想叫她，张了张嘴，却喉咙干涩，发不出任何声音。

刘弗陵自八岁登基，到现在，有将近十四年的《起居注》。

孟珏在不到一个月的时间内，把近十四年的记录全部看过，并且仔细做了笔记。

一边翻着各年的笔记做对比，一边思索着刘弗陵的所有症状。

突然，他的视线停住，似有所悟，迅速将笔记从头到尾翻阅了一遍，扔下竹简，匆匆出门。

两个多时辰后，又匆匆返回，吩咐三月和六月陪他出城。

马车一路小跑，直出了长安城，行到一处荒无人迹的山下，孟珏命停车。

三月和六月面面相觑，不知道他想干什么。

孟珏笑道："都陪我去爬山。"

孟珏已经在屋子里闷了多日，难得肯出来散心，两人都笑着应好。

山脚附近没有人家，林木更比别处茂盛，充满野趣。山中水源也充沛，各处都有溪流、瀑布，或大或小，到山脚下汇成了一个大湖。

湖水清澄如镜，野鸭、野雁成群结队地在湖面上游过，冷不丁地还能看到几只仙鹤、天鹅翩跹飞翔。

阳光照耀处，偶尔会有鱼儿跳出水面，一身银甲，一个漂亮的摆尾，"扑通"一声又落入水中。

惹得三月一时大呼，一时小叫。

孟珏笑赏了会儿风景，沿着一条溪流，攀缘上山。

怪石嶙峋，植被密布，根本没有道路。不过三人武功很好，所以都不觉得难走，三月甚至认为比爬那些山道有意思。

山上多柏树、榆树，郁郁葱葱的枝叶将夏末的骄阳全数挡去。

岩壁上长满藤萝，随风轻荡。溪水从岩石上流过，将藤叶冲刷得翠绿欲滴。稍干处，开着紫色的小花，虽算不上好看，却十分清新可人。

三月从水里捞了几片紫色碎花，笑问："公子，这种藤叫什么名字？没有在别处见过。"

孟珏笑看着岩壁，淡淡说："野葛。"

待上到山顶，孟珏立在崖边，眺望四处。

阳光下，绿意一片，只看见盎然的生机，看不到任何阴暗下的腐叶。

三月在灌木中跳来跳去地四处乱转悠。不一会儿，人已经跑出了老远。突然，她惊叫了一声，吓得六月以为她遇见毒蛇猛兽，赶紧过去，却见三月呆呆看着前方，喃喃说："好美！"

高大的榆树下，一片了无边际的紫红花，绚烂、艳丽得如同晚霞落到了地上。

花朵大小不一，大的如海碗一般，小的只酒盅一般，但形状都如钟，微风过处，每一个"钟"都在轻颤。整片看去，又如仙女披着彩霞，曼妙起舞。

花丛旁的岩石上，时缓、时急流动着的溪水，好似乐神的伴奏。

为了几朵花，都能叫？六月好笑，"女人！"

三月恶狠狠地要打他，"难道不美吗？公子，你帮我评评理！"

孟珏静静立在他们身后，凝视着眼前的紫红晚霞，淡淡笑道："十分美丽。太阳快下山了，我们回去。"

依旧沿着溪流冲刷出的沟壑而行，下山比上山快许多，不大会儿工夫，他们已经回到湖畔。

回程的马车上，孟珏靠着软榻，沉沉睡去。

六月放慢了马速，三月小声对他说："公子很久没安稳睡过了。日后，我们该多叫公子出来转转。"

一夜无梦。

孟珏醒来时，未如往日一般立即起身，只望着窗外渐白的天色。

直到日过三竿，三月已经到门外偷偷听了好几趟动静，他才起来。

简单洗漱后，他就去求见刘弗陵。

刘弗陵有事耽搁，仍在前殿。七喜让他先去宣室殿等候。

日头刚过正午，本该十分炎热，可宣室殿内，花草藤木布局有致，枝繁叶密，把阳光和炎热都挡在了外面，殿内只余阵阵幽香，袭袭阴凉。

云歌坐在廊檐下，低着头，打穗子。打一会儿，拆了，重来，再打一会儿，拆了，又重来，笨手笨脚，却不见她不耐烦。

眉尖紧蹙，似凝着无数愁，目中却是柔情无限，带着甜意。

孟珏进了殿门，立在一角，静静看了她许久，她一无所觉，只一遍遍结着穗子。

抹茶从殿内出来，看到孟珏的视线，心中一惊，唬得话都说不出来。

孟珏的眼光从云歌身上转开，笑向抹茶问好，"七喜公公让下官在此等候陛下。"

抹茶看到孟珏惯常的温润儒雅，方释然，笑道："孟大人请到正殿内来等吧！"

云歌却站了起来，寒着脸说："孟大人，若有公事禀奏请进，若不是，请离开。”

孟珏道："我有几句紧要的话和你说。"

宫内的事情，历来是少问少做，孟珏最近进出宣室殿又都是云歌招呼，从不用别人，所以抹茶见状，忙蹑步退了下去。

云歌毫不为孟珏所动，冷斥，"出去！"

孟珏快步走到她身侧，云歌怒意满面，扬声叫人，想轰了他出去，"富裕！"

孟珏压低声音，快速地说："我已经知道皇帝得的是什么病，三个月内，我保证让他的病全好。"

富裕匆匆忙忙地从殿后跑出，却看云歌表情古怪地呆呆站着，有惊喜，有不能相信，还有悲伤和愤怒。"姑娘？"他试探地叫了一声。

云歌对富裕指了指殿外，富裕立即到外边守着。

云歌坐了下来，冷冷地说："你上次答应我，会给陵哥哥治病。可你是怎么治的？这次我为什么要相信你？"

孟珏坐到云歌身侧，看着她手中的穗子，淡淡笑着说："你既看过记录穿骨针的书籍，应该知道此针是用来查探疑难杂症的最好工具，只是使用太过凶险，所以渐渐失传。我用它，并非胡乱使用。何况我上次只答应你，会给皇帝治病，并没有答应你如何给他治，何来我不守诺之言？"

孟珏竟然振振有词，云歌气得手直发抖，可想到刘弗陵的病，那口气只能忍着，"那你这次会如何给陵哥哥治？"

"我会用最好的法子给他治病，有些痛苦是无法避免的，但我会想法尽力减少。"

云歌带着紧张，慢慢问道："你真的能治好陵哥哥的病？"

孟珏非常肯定地说："虽然要花点功夫，皇帝只怕也要吃些苦头，不过我能治好他。"

煎熬了这么多日，终于看见了肯定的希望。云歌眼中泪光隐隐，刹那间的狂喜，让她差点冲口而出"谢谢"，却又顿在了舌尖，变成了苦涩。

孟珏淡淡问："我的条件依旧，你愿意守约支付诊金吗？"

云歌僵了一会儿，默默点头。

"这是你自己的选择。"孟珏似有些疲惫，声音有些暗沉，"我会遵守今日的诺言，尽心为他治病，你也一定要守诺。"

云歌又默默点了点头，将手中刚结了一小半的同心结，当着孟珏的面，一点、一点地拆掉。

孟珏未再说话，只眼中黑影沉沉。

两人之间充溢着令人窒息的沉默。

富裕探着脑袋，悄声说："姑娘，陛下回来了。"

云歌走到殿门口，在富裕头上敲了一下，"回来就回来呗！你干吗这么鬼鬼祟祟的？"

富裕偷瞟了眼孟珏，挠着脑袋，呵呵笑着不说话。

孟珏有些诧异，这个宦官心中的主人不是皇帝，竟是云歌。

进入正殿后，孟珏向刘弗陵奏道："臣已经知道陛下得的什么病，也已经找到了根治的法子。

听到这个消息，即使一贯清淡的刘弗陵，在看向云歌时，眼中也有了抑制不住的喜悦。

他问孟珏："朕的病是未见过的胸痹吗？该如何治？大概需要多久能治好？"

孟珏请求道："臣想单独向陛下禀奏几件事情。"

云歌皱眉，盯向孟珏，孟珏的微笑下，却有不容置疑的坚持。

刘弗陵点了下头，准了他的要求。

云歌在殿外等了一个多时辰，站得腿都酸麻了，才听到刘弗陵宣人进去，她几步就冲进了大殿。

刘弗陵依旧清清淡淡，孟珏也依旧温雅和煦，看着好似和以前一样，但云歌觉得他们之间好似突然多了一种以前没有过的理解和信任，是一种只属于男人之间的东西，即使以她和刘弗陵的亲密，也不是她能分享的。

云歌心内的那点忐忑反倒放了下来，另有一种异样的情绪在流动，说不清是惊喜，抑或酸楚，但唯一肯定的就是，孟珏这次肯定会尽全力治好刘弗陵的病。

因为知道病可治，众人的心情都比往日轻松，说话也随便了很多。

孟珏对于安和云歌吩咐，"陛下的病虽非胸痹，却也算胸痹，症状之一就是血脉不畅，导致心痛。饮食清淡，会有助气血畅通。治疗期间，需要禁口，一切荤腥都不能吃，但每日可以多吃点豆类食物。"

于安忙应："是。"

孟珏又道："因为陛下不想让太医知道病情，所以明面上的饮食，依旧按照张太医开的方子执行，忌猪、羊，不忌鱼、鸡。"

云歌道："太医院的那帮庸医，刚开始还一窝蜂地议论病情，生怕别人抢功，后来看陛下的病迟迟不能治，个个心怯，唯恐日后掉脑袋，都开始彼此推脱，甚至有人装病，想避开给陛下诊病。陛下现在就留了两三个太医在看病，而正儿八经上心的也就张太医一人，别人都是一点风险不肯担，张太医说什么，就是什么。你的意思其实也就是让张太医在明处给陛下治病，你在暗处治，所以我依然需要给陛下做鱼，或者炖鸡，障人耳目。"

孟珏点头，"是，表面上一切都按照张太医的叮嘱。"

云歌问："你打算如何治？"

孟珏问于安："下官起先拜托总管准备的东西，可备好了？"

于安道："好了。"转身出去，不一会儿，捧着个木盒子进来，交给孟珏。

孟珏请刘弗陵脱去外衣，躺倒，笑道："陛下若不爱看，闭上眼睛，不要去想就好了。"

刘弗陵笑说："难得有机会见见从未见过的东西，闭上眼睛，未免可惜。"

云歌听他们说的有意思，凑到孟珏身旁，"上次是一柄长得像大锥子的针，这次是什么？"

孟珏将盒子放在她眼前，示意她自己揭开看。

云歌将盖子打开，太过出乎意料，一声惊叫，盖子掉到了地上，忍不住后退了好几步。

孟珏和刘弗陵都笑起来。

盒子里面全是灰褐色的虫子。这个虫子和别的虫子还不一样，一般的虫子是蠕蠕而动，而这个虫子一见人打开盒子，立即半支着身子，头在空中快速地四下摆动，一副饥不可耐、择人而噬的样子，看得人心里麻酥酥的。

云歌有些恼，"你们都知道里面是虫子，还故意让我去打开。这个虫子……这个虫子不是用来吃的吧？"几分同情地看向刘弗陵。

孟珏道："不是陛下吃虫子，是虫子吃陛下。"

他让于安帮刘弗陵把袖子挽起，袜子脱去，将手和脚裸露出来。

孟珏用竹镊子把虫子一只只夹起，挑放到刘弗陵的手指头、脚指头上。

虫子一见人体，头立即就贴了上去，身子开始慢慢胀大，颜色也开始变化，从灰褐色，渐渐变成了血红色。

云歌看得频频皱眉，"它们在吸血！疼吗？"

刘弗陵笑着摇摇头，"不疼。"

孟珏道："这东西叫水蛭，也叫蚂蟥，生在阴暗、潮湿的地方，以吸血为生，在吸血的同时，它会释放麻痹成分，让人感觉不到疼痛，若让它钻进体内，能致人死命。"

云歌忙说："于安，你盯着点。"

于安笑着应"好"。

说话的工夫，刘弗陵手上的蚂蟥个个都变成了大胖子，一个顶原来的四五个大，云歌看得直咋舌。

"这些虫子十分贪婪，一次吸血，最多的可以让身体变大十倍。"孟珏用酒浸过的竹镊子，把虫子一个个夹起，扔到空盒中，又夹了一批灰褐色的蚂蟥放到刘弗陵手指、脚趾上。

云歌问："为什么要让它们吸陛下的血？"

孟珏好似忙着手头的活，顾不上回答，一会儿后才说："十指连心，手部的血脉与心脉相通，通过蚂蟥吸血，可以帮陛下清理心脉，让血脉通畅。脚上的穴位对应了人的五脏，通过刺激脚上的血脉，对五脏都有好处。"

云歌似懂非懂地点头，这种治病方法，她闻所未闻，亏得孟珏能想出来。

"难道以后日日都要被蚂蟥吸血？"

孟珏道："每日早晚各一次，越快清除旧血，就越快生成新血，效果也就越好。"

云歌有些担心，"这样下去，还要忌荤腥，身体受得了吗？"

刘弗陵忙宽慰云歌："生病的人，身体本来就会变弱，只要病能好，日后慢慢调养就成了。"

孟珏说："我开的汤药方子会补气益血。十日后，依照治疗效果再定。我还会去挑选一批乌脚鸡，用特殊的药材喂养，必要时，可以适当炖些乌脚鸡吃。到时候要麻烦于总管想办法把乌脚鸡悄悄弄进宫中，云歌你亲手做，不要假手他人。"

于安和云歌都点头说："明白。"

———— ∞ ————

孟珏的治疗法子虽然恐怖，但是确有效果。一个多月后，不必依赖针灸，刘弗陵的胸闷、心痛已缓和，虽然还时有发作，可频率和疼痛程度都比先前大大降低。

病症好转，已经瞒不过张太医，可他完全想不明白，这病是如何好转的，惊疑不定中，不能确认是表象还是真相。

在刘弗陵的暗示下，张太医当着众人的面，仍将病情说得十分凶险。

云歌问孟珏，刘弗陵的病还有多久能彻底好。

孟珏说，三个月内就能疏通心脉，治好心痛，可这只是保命。因为此病由来已久，若想身体恢复如常人，需要长期调养，两年、三年，甚至更长都有可能。

病渐渐好转，时间有限，刘弗陵加快了计划的执行，希望在两三个月内布置好一切。

他对刘贺和刘询越发苛刻、严厉，将两人逼得连喝杯茶的工夫都没有。

朝堂上的官员眼看着皇帝的病情越发严重，正常的早朝都难继续，再想到皇帝没有子嗣，个个心头七上八下，眼睛都盯向了刘贺和刘询。

刘询府前，不断有人求见，他索性关了大门，连看门人都不用，任谁来都是闭门羹。

刘贺则依旧一副绕花蝴蝶的样子，和谁都嘻嘻哈哈，那些官员常常和刘贺哥俩好的说了半天，说得心头热乎乎的，但等刘贺走了，一回味，竟然一句重点没有。

众人都暗自琢磨着霍光的态度，可只看出他对皇帝的忠心耿耿。

霍光深居简出，寡言少语，只每日进宫和皇帝商议政事，将大小事情都一一禀奏，但凡皇帝交托的，都处理得有条有理。

霍氏子弟在他的约束下，也是各司其职，不理会任何其他事情。

很多官员想试探一下霍光的态度，可旁敲侧击、诱导激将，都不管用。霍光如一口深不见底的井，再大的石头砸下去，也见不到水花。

刘弗陵日渐恶化的病情，不仅影响着众多官员之间的关系，刘贺、刘询、孟珏三人之间也起了变化。

刘贺和刘询有意无意间，渐渐疏远。

以前两人常常一块儿商量如何办刘弗陵吩咐的差事，彼此帮助，彼此照应。你有想不到的，我补充；我有疏忽的，你提点。同心合力，斗霍光，斗贪官，斗权贵，两人斗得不亦乐乎！

处理完正事，刘询还常会带着刘贺，身着便服，在长安城内寻幽探秘，一个曾是长安城内的游侠客，三教九流都认识，为人豪爽大方，又讲义气；一个虽从小就尊贵无比，却跳脱不羁、不拘小节，一直向往着江湖生活。两人很多地方不谋而合，相处得十分愉快。

刘贺虽和孟珏早就认识，可孟珏为人，外温内冷，看着近，实则拒人千里之外，又心思深重，从不肯在杂事上浪费功夫，所以若只论性格相投的程度，刘贺倒是觉得刘询更让他愿意亲近。

可现在，两人偶在一起，说的都是和政事毫不相关的事情，也再没有一同出外游玩。

自书房谈话后，刘贺又找孟珏问过几次刘弗陵的病情，"陛下的病真的重到不能治了吗？"

孟珏从不正面回答，刘贺遂不再问，面上依旧"老三""小珏"地笑叫着，可逐渐将身边的四月师兄妹都调开，贴身服侍的人全换成了昌邑王府的旧人。

刘询对孟珏倒好似一如往常，时不时会让许平君下厨，做些家常菜，邀请孟珏过府饮酒、吃饭，孟珏有时间则去，没时间则推辞，刘询也不甚在意，反倒许平君日子长了见不到孟珏，会特意做些东西，送到孟珏府上，问一下三月，孟珏近日可好，还会抱怨几句，老是见不到面，虎儿都要不认识他了。

只是，以前刘询若在朝堂上碰到什么棘手的事情，尤其是在对待霍光的问题上，常会问一下孟珏的想法，现在却再不提及，好似对所有事情都游刃有余。

孟珏对这些纷纷扰扰好像一无所觉，对谁都是老样子，除了帮刘弗陵治病，就在府中种种花草，翻翻诗书，或者在长安城的市集上闲逛，可又不见他买什么东西，只是随意走着，偶尔问一下价格。

长安城内阴云密布，孟珏的日子却过得十分悠闲、平静。

光阴如水，无痕而过。

夏天不知不觉中离去，秋天将大地换了新颜。

一日，孟珏帮刘弗陵诊完脉后，微笑着对刘弗陵说："恭喜陛下，陛下的病已经大好，日后只需注意饮食，适量运动，悉心调理就可以了。"

一瞬间，云歌竟不敢相信。

好了？真的好了？！

从夏初知道陵哥哥得病到现在，这期间所经历的折磨、恐惧、绝望，非言语能述，一切的噩梦都已经过去了？

于安也是愣愣，问道："陛下的病真的全好了？"

孟珏请于安传张太医进来。

张太医替刘弗陵把脉，察舌，又用金针探穴，喜色越来越重，最后难以置信地笑给刘弗陵磕头："恭喜陛下，恭喜陛下！"

刘弗陵心头的巨石终于彻底落下，看向云歌，眼中有激动、欣喜、希冀，黑眸灿若星河。

云歌笑意满面，眼中却怔怔落下泪来。

刘弗陵第一次在人前露了情绪，眼中带怜，声音喑哑，"这段日子让你受苦了。"

云歌只定定看着他，不能作答。

孟珏淡淡扫了云歌一眼，垂目端坐。

于安将眼角的湿意，匆匆抹去，笑捧了绢帕给云歌，"虽然这是喜泪，可奴才还是巴望着姑娘笑口常开。"

云歌低着头，将眼泪擦去，心内百味杂陈，是真开心，可也是真苦涩，欢喜、痛苦竟能并聚。

好不容易收拢心神，将一切情绪都藏入心底，才敢抬头。听到孟珏正对张太医和于安说如何照顾刘弗陵的身子，忙凝神细听。

"……久病刚好的身子，内虚更胜病时，此时饮食一定要当心，起居也一定要当心，务必要一切都上心，万万不可大意。"

于安点头，"奴才明白，陛下此时就如，一个人刚用尽全力将敌人打跑，敌人虽然被打走了，可自己的力量也用尽了，正是旧劲全失，新劲还未生的时刻。"于安还有半句话未说，这种时候，全无反抗力，若有意外，凶险比先前和敌人搏斗时更可怕。

孟珏点头，"于总管心里明白就好。陛下的日常饮食，还是由下官拟定，于总管要亲自负责。"

刘弗陵却没有听他们说什么，他一直都盯着云歌，眼中有疑惑。

云歌侧眸间，对上他的视线，不敢面对，可更不敢逃避，只能用尽力气，盈盈而笑。

孟珏的视线从云歌脸上掠过，看向了刘弗陵，"陛下要注意休养，不要晚睡，也尽量不要太过操心劳神。"

刘弗陵将疑惑暂且按下，移开了视线，对孟珏说："朕一直都是个好病人，大夫吩咐什么，朕做什么。"

云歌身上的压迫感骤去，如果刘弗陵再多盯一瞬，她的笑只怕当场就会崩溃。

刘弗陵对张太医和孟珏道："朕还有些事情，要和二位商议。"

两人都说："不敢，请陛下吩咐。"

"关于朕的病，两位帮我想个法子，在外症上要瞒住……"

云歌疲惫不堪，再支撑不住，对于安打了个手势，悄悄退出了大殿。

回到自己的屋子，将孟珏给的香屑往熏炉里丢了一大把，把自己扔到了榻上。

孟珏是在知道刘弗陵病后，给她新配的香屑，所以特意加强了凝神安眠的作用，云歌虽思虑重重，但在熏香中，还是沉沉睡了过去。

刘弗陵安排妥当他"重病难起"的事情后，已到初更。

来寻云歌时，看到她和衣而睡，他自舍不得将她叫醒，只帮云歌披好被子，在榻边坐了会儿后悄悄离去。

刘弗陵虽知道云歌有事瞒着他，可朝堂上的计划正进行到最关键时刻，百事缠身，偶有时机，又不愿逼迫云歌，他更想等云歌自愿说出来。

刘弗陵的病真正好了，云歌心内却是一时喜，一时忧。

不知道孟珏究竟怎么想，又会要她什么时候兑现诺言。但想来，她和陵哥哥应该还会有一段日子，不管怎么样，至少要等"新劲"已生、心神俱坚时，她才敢把一切告诉陵哥哥。

"云歌，发什么呆呢？"许平君的手在云歌眼前上下晃。

云歌"呀"的一声惊呼，笑叫："姐姐，你怎么进宫了？"

"哼！我怎么进宫？几个月不见，你可有想过我一点半点？"

这几个月的日子……

云歌抱歉地苦笑，她的确从没有想过许平君，甚至可以说什么都没有想过，什么都不敢想。

许平君心头真生了几分怨怪，"枉我日日惦记着你，虎儿刚开始学说话，就教他叫'姑姑'，现在'姑姑'叫得已经十分溜，可姑姑却从来没想过这个侄儿。给你的！"许平君将一个香囊扔到云歌身上，转身想走。

云歌忙拽住她，"好姐姐，是我不好，从今日起，我每天想你和虎儿一百遍，把以前没想的都补上。"

许平君想到暗中传闻的皇帝的病，再看到云歌消瘦的样子，心里一酸，气也就全消了。

云歌手中的香囊，用了上等宫锦缝制，未绣花叶植物和小兽，却极具慧心地用金银双线绣了一首诗在上面。

清素景兮泛洪波，

挥纤手兮折芰荷。

凉风凄凄扬棹歌，

云光曙开月低河。

雄浑有力的小篆，配以女子多情温婉的绣工，风流有，婉约有，别致更有。

云歌喜欢得不得了，立即就系到了腰上，"大哥好字，姐姐好绣工，太漂亮了！"

许平君学着云歌的声音说话："最最重要的是有我'陵哥哥'的好诗！"

云歌哭笑不得，"天啊！你是做娘的人吗？怎么一点正经都没有？"

嘲笑归嘲笑，许平君看云歌如此喜欢她做的香囊，心里其实十分高兴，"去年七夕给你做了个荷包，当时觉得还不错，现在想来做得太粗糙了，今年这个香囊，我可是费了心思琢磨。这里面的香也是让你大哥特意去找人弄的，你闻闻！"

云歌点头，"嗯，真好闻！"

"本来想七夕的时候送给你的，可你大哥说，你不可能出宫来和我一块儿乞巧，所以直到现在才有机会送到你手里。"

云歌讨好地搂住许平君，"谢谢姐姐。唉！姐姐绣的东西太好看了，我都看不上别人绣的了，以后如何是好？"

许平君气笑："你个无赖！反正我如今整日闲着，你想要什么东西就让你大哥带话给我，我做给你就是了。"

云歌重重"嗯"了一声，摆弄着香囊，心头甜滋滋的。

许平君以前对她还有几分提防、怀疑，可自她重回长安，不知道为什么，一切就变了，许平君待她真的如同待亲妹子，只有疼和宠，没有丝毫不信任。

现在心头的这种快乐，不似男女之情浓烈醉人，却给人如沐季春阳光的温暖，淡然而悠长。

许平君陪云歌说了会儿话后，因为还要去拜见皇后，只能依依不舍地辞别。临走前，频频叮嘱云歌照顾好自己。

云歌用力点头。

晚上，刘弗陵一回来，云歌就在他面前转了一圈，得意地问："我的香囊好看吗？"

刘弗陵问："谁做给你的？"

云歌脖子一梗，大声说："我自己做给自己的，不行吗？"

云歌的女红？刘弗陵失笑，拿起细看了一眼，见到是自己的诗，有意外之喜，"这是刘询的字。你的许姐姐很为你花功夫，想把字的风骨绣出来，可比绣花草难。"

云歌泄气，安慰自己，"我菜做得很好吃，不会女红，也没有关系。"

刘弗陵笑说："我不会嫌弃你的。"

"哼！"云歌匆匆扭转了身子，眼中有湿意，语气却仍然是俏皮的，"谁怕你嫌弃？"

━━━━ ⟨⟩ ━━━━

三日后。

刘弗陵在正殿"勉力"接见朝臣，杨敞和杜延年不知为何事起了争执，当堂开吵，一个骂对方是"竖子"，一个骂对方是"竖儒"，一个骂"无知"，一个骂"酸腐"。

云歌在厢殿听到他们咋咋呼呼，引经据典，吵得不可开交，不禁跑出来，躲到门口去看热闹。

以前听闻高祖皇帝的朝堂上，大臣们经常吵架，一旦吵急了，大打出手都十分正常。都是开国的功臣，高祖皇帝也劝不住，只能由着他们去吵、去打，实在忍无可忍，顶多偷偷溜走。云歌曾经还觉得惊讶，如今看到杨敞和杜延年脸红脖子粗的样子，才真正明白了几分汉朝官员的"彪悍"风格。

嗯！难怪汉人看着斯文，却打得匈奴节节败退！

大殿内的官员都不为所动，有人嘻嘻笑着，有人闭目沉思，有人劝了几句，结果反被杨敞和杜延年齐齐开口唾骂，喝命他"闭嘴"，众人再不吭声，由着丞相大人和太仆右曹大人继续对骂。

刘弗陵侧躺在榻上，好似在倾听二人的骂语，实际全未在意，反倒在冷眼观察着霍光、刘询、刘贺三人的微妙反应。

可是不知道为什么，突然之间就觉得心里越来越烦躁，吵架的声音好似越变越大，就响在他的耳边，如雷鸣一般，震得他脑里嗡嗡轰鸣。

心头的一股气胀得胸间马上就要爆炸，他蓦地坐起，大叫了声，"闭嘴！"话刚说完，一口鲜血喷出，人直直向后倒去，摔在榻上。

大殿内迅即哑寂无声，针落可闻。

云歌呆了一瞬后想，陵哥哥在演戏？很逼真呀！不知道是孟珏想出来的法子，还是陵哥哥想出来的法子？

于安脸色煞白，跪在刘弗陵身边，高声叫："太医！太医！快传太医！"转而又对七喜低声吩咐了句话。

七喜脸色苍白地跑出来，云歌问："你去哪里？"

七喜说："去请孟大人。"

云歌脑袋"嗡"的一下炸开，不顾殿内还有朝臣，就冲到了榻旁，"陛下，陛下。"

刘弗陵脸色青紫，四肢痉挛，没有任何反应。

所有的朝臣都乱了套，又是哭，又是叫，又是四处观望，焦急地等着太医来判断吉凶。

霍光一声断喝，众人安静了下来，"陛下只是晕过去了，没什么大碍，你们都先回去，有什么事情以后再奏。"

还有不甘心，想凑到榻前探看的大臣，被霍光的眼锋一扫，又忙退了回去。

众人一步一回头地退出了大殿。

于安一边掐着刘弗陵的人中，一边对霍光道谢，"多谢大人！"

云歌手足冰凉，看到霍光的眼锋，想到他刚才一声断喝，无人不从的威严，更觉心头透凉。

知道霍光不听到太医的诊断，肯定不会离开，她蓦地开口，"陛下肯定希望有亲人陪伴，请王上和侯爷留步。"

刘贺和刘询都停了脚步。

于安朝云歌微微点了点头，赞她想得周到。

几个太医跌跌撞撞地跑了进来，有的刚探完脉，话还没有说，先哭了起来，别的也是面如死灰，声都不敢吭，只俯在榻前磕头。

霍光淡淡哼了一声，几个哭的太医立即收声，战战兢兢地又去给刘弗陵把脉。

云歌心若寒冰，却一遍遍告诉自己，不可能，绝对不可能，孟珏和张太医都说了，陵哥哥的病已好。

张太医因为人在药房，晚来了一步，此时才赶到。

众位太医看到他，如见救星，立即让了开去。

张太医诊完脉，整个人都在抖，喃喃对云歌和于安说："没有道理！没有道理！怎么会这样？怎么会这样？"

云歌知道此时不是哭泣的时刻，强压着心内各种情绪，对张太医说："太医需要施针吗？或者其他法子？要不要我们都退下去，让太医能专心诊治。"

张太医清醒过来，转身对霍光、刘贺、刘询说："求霍大人、王上、侯爷回避，下官要为陛下施针。"

几个太医如蒙大赦，纷纷说："对，对！施针要绝对安静，臣等告退。"

霍光已经得到自己想知道的结果，扫了眼云歌，对刘弗陵磕头："臣告退！"

屋内的所有人都退了出去。

张太医匆匆扎针，先护住刘弗陵的心脉。做完这些，他也不知道该怎么办，只能静等孟珏。

孟珏到时，身上的官袍都是歪歪斜斜的，可见匆匆披上，连整理的时间都没有。

"都让开！"

众人立即走开。

"金针！"

张太医立即递上。

一瞬间，孟珏就用去了七十二根金针，刘弗陵痉挛的四肢，慢慢平稳，脸上的青紫也渐渐褪去，虽然脸色仍然惨白，可至少比青紫看着好一些了。

云歌心头乱跳，不自觉地往榻边凑了凑，想看清楚陵哥哥有没有好一点。

孟珏眉头一皱，看向云歌，视线在她身上扫了一圈后，他的眼睛骤然黑沉，怒气凛凛，杀意森森，"滚出去！"

云歌往后退，"我……我……对不起！"

孟珏的声音如割骨的刀刃，"你知道不知道，我现在插的都是死穴？谁让你靠近？你又是他的什么人？龙榻旁有你站的地方吗？于安，立即让她出去！"

于安为难地不知道该说什么，云歌已经向大殿外急速退去，"我走多远都行，只要你能救他！"

孟珏盯着榻上的刘弗陵，一声不吭，常带的三分微笑，早已荡然无存，面色沉寂中带着透骨的寒意。

张太医期期艾艾地问："孟大人，为什么会这样？明明已经好了呀！"

刘弗陵此时缓缓睁开了眼睛，看到孟珏，竟是微微一笑，"我太无能！要让你的一番苦心全都白费了！"

孟珏淡淡笑开，温润下浮着浓浓的苦涩，"我会再想办法。"

刘弗陵对于安轻抬了抬手，于安立即和张太医退出了大殿。

孟珏将刘弗陵身上的针一根根拔去。

刘弗陵问："我还有多少时间？"

孟珏沉默了一会儿后，淡淡说："如果臣想不出别的法子，长则四五个月，短则随时。"

刘弗陵微微而笑："也就是说，下一次心痛时，也许就不会再醒来。"

孟珏没有吭声。

刘弗陵怔怔地看着天顶，神情中透出了难言的苦涩，这一生的愿望终是实现不了了。他忽地挣扎着想要坐起来，孟珏忙去按他，"陛下刚苏醒，还不方便行动，有什么事情，吩咐臣去做就可以了。"

刘弗陵不顾孟珏反对，硬是坐了起来，对着孟珏就要行礼，孟珏大惊，叫道："陛下！"话刚出口，心内突然反应过来刘弗陵如此做的原因。

他跪到了刘弗陵榻前，"陛下不必如此，若云歌日后问起，臣就说是臣医术低微，最终没有治好陛下的病。"

刘弗陵道："她是个执念很重的人，若让她知道事情真相，我……我实在不能放心离开，所以只能委屈你了，这就算是你替月生还的恩，从此后我们两不相欠。"

孟珏应道："好！我没有治好你的病，就用这件事情充数了，从此两不相欠。"

刘弗陵无力地抬了下手，让孟珏起来，指了指龙榻，示意他坐。

孟珏毫无惶恐之色地坐到了榻上。

刘弗陵问："我们已经小心谨慎到不可能再小心谨慎，这次他又是如何做到的？"

孟珏沉默着没有说话，好一会儿后，在刘弗陵掌上写了两个字，刘弗陵一下惨笑起来。

孟珏眼内寒意激激。

刘弗陵心智并非常人，一瞬后，初闻消息的震惊就全部消散，平静地对孟珏说："你我已经两不相欠，你的约束也已经全无，可以想怎么做就怎么做了，但是，作为一个普通朋友，我给你的建议是隔岸观火。不管谁登基，到时候都离不开你，如果参与，把你的家底都搭进去，也许还落个一败涂地。"

"陛下？"

他竟然还是这句话？孟珏眼内先是震惊，渐渐转成了理解，最后变得十分复杂，不知道是敬佩，还是怜悯。

"看上去你和刘贺要更近一些，其实，也不会比刘询更近。刘贺和你之间的芥蒂由来已久，月生的死，不管你是怎么想的，刘贺却一直认定你在介意，听闻他把四月支出了宫，看来他并不相信月生帮他训练的人。只是红衣怎么还在他身边？"

孟珏道："刘贺还不知道红衣是二哥的妹妹。"

月生为了寻找幼时被父母卖掉的妹妹，寻到了昌邑王府，却不料看到红衣变成了哑巴，他对王府的恨应该非同一般。怀着私心，他想方设法地进入了王府。从满腔恨意，到获得刘贺信任，帮王府训练刺客、侍卫，最后竟和刘贺成莫逆之交，这中间的是非曲直，惊心动魄，孟珏也不能尽知。

"听闻毒哑红衣的老王妃死得也很痛苦，二哥的恨估计全变成了无奈。再加上红衣她对刘贺……"孟珏轻叹了口气，"刘贺不是不相信二哥训练的人，他只是不相信我。不过，他的确不该相信我，如果必要，我确实会利用四月打探他的行动。"

刘弗陵对孟珏的"真小人"有几分欣赏，"在长安城这个朝堂上，没有任何人能相信任何人。霍光连他的亲儿子都不敢相信。"

孟珏笑说："这个'不相信'也十分正确，否则霍光的一举一动，刘贺早就探听清楚了，他自进长安城，在霍禹、霍山身上没少花功夫。"

刘弗陵道："我有些累了，你下去吧！先让于安进来，不要让云歌进来。"

孟珏猜到他心意，应了声"是"，退出了殿堂，对于安说："陛下已经醒了，召总管进去。"于安忙进了大殿。

云歌也想跟进去，被孟珏拦住。

云歌直盯着孟珏，眼内有溺水之人抓住木块的希冀。

可是现如今，我也只是一根稻草。孟珏垂目，淡淡地看着云歌身上挂着的香囊，虽然看不周全，可也能猜出上面绣了什么诗。

云歌看他盯着香囊，嗫嚅着说："不是我自己做的，我以后不会再戴了。"

孟珏淡淡一笑，没有说话。

云歌问："陛下的病不要紧吧？"

孟珏微笑着说："不要紧。"

云歌将信将疑，却又盼着孟珏说的话全是真的。

于安在殿内叫云歌，云歌拔脚就要走，不料孟珏抬臂一挡，她撞到孟珏身上，被孟珏半抱在了怀中。

云歌情急，却不敢说重话，软语问："你还有话要说吗？"

孟珏放开了她，"没有，你去吧！"

话音刚落，云歌人已经飘进大殿。

孟珏望着旋即而逝的罗裙，唇畔是若有若无的讥笑，眼内却藏着深重的哀悯。

宣室殿外一侧的青砖道旁，种植了不少枫槭。

已是深秋，一眼望去，只看半天红艳，芳华璀璨，再被夕阳的金辉渲染，更添了一分艳丽，三分喧闹，直压过二月的娇花。

孟珏一袭锦袍，徐徐而行。夕阳、枫叶、晚霞晕染得他身周也带上了温暖的层层红晕。

秋风吹过，枝头的叶子簌簌而落，脚踩到地面的落叶上，沙沙作响。

地上全枯、半枯、刚落的叶子铺叠一起，绚丽斑斓中透出了萧索、颓败。

刘弗陵命于安帮他换过衣服，又擦了把脸，将仪容收拾整齐。

云歌进去时，只看他坐在案后，除了面色有些苍白，看着反比前几日更精神。

云歌心中未有喜悦，反倒"咯噔"一下。本来想问的话，突然都不想再问了，如果这就是他想让她知道的，那么她就只知道这些吧。

她安静地坐到他身侧，抱住了他，头窝在他的颈窝。

刘弗陵轻抚着她的头发，微笑着说："等我把手头的事情处理一下，我们就去骊山。天寒地冻中泡温泉，别有一番滋味。去年你身上有伤，又在和我闹别扭，所以身在骊山，却没有带你去温泉宫住过。"

云歌笑："不说自己是个大骗子，反倒说我和你闹别扭。"

如果当年，他将身份、姓名直言相告，一切会如何？

他们是否就没有了那么多错过？只怕不是。

云歌会知道他在一年后，就违背了诺言，娶了上官小妹。她也许根本不会来长安，就不会遇见孟珏，她也许会认识草原上的鹰，两人结伴飞翔。

如果真是那样，肯定比现在好。

云歌看刘弗陵一直不说话，问道："陵哥哥，你在想什么？"

"我在想，人不能说假话。"

———— ✜ ————

张太医仍常常来探看刘弗陵病情，可刘弗陵并不怎么让他诊脉，有时，实在禁不住于安和张太医哀求，才会让他看一下。张太医诊断后，只有沉默。

孟珏来的次数不多，每次来都是给刘弗陵送药，查探完他的身体后，也是不发一言。

以前，刘弗陵常和云歌商量，等离开长安后会做什么，可现在，他再不提起。云歌也不说这些事情，他们之间最远的计划只是骊山之行。

刘弗陵不再上朝，每日只点名见几个官员，但仍然有忙不完的事情。

一日。

张太医给刘弗陵看完病出来，云歌请他停步，说几句话。

自从刘弗陵的病复发，云歌从未单独问过他刘弗陵的病情，张太医也很怕她会问，想寻借口逃避，云歌却紧追不舍，张太医只能停下脚步。不料云歌并没有问他刘弗陵的病情。

她表面看上去十分镇定，面颊却是晕红，"张太医，有一事相询。陛下他……他可能行房事？会影响病情吗？"

张太医呆了一呆，实话实说："可以。不会影响病情，不过不可频繁。适当的房事，阴阳调和，令人心神放松，也许还对陛下有好处。"

云歌轻轻说了声"谢谢"，转身离去。

张太医看着她的背影，长长叹了口气。

晚上。

刘弗陵已经睡着，忽觉得有人站在榻前。他睡眠本就浅，立即醒来。

"云歌，怎么了？"

"我睡不着。"

"用孟珏给你做的香了吗？"

深秋的夜晚，已经很凉，刘弗陵怕她冻着，匆匆把被子拉开，让了块地方给她。

云歌滑进了被窝，躺到了他身侧。

刘弗陵这才发觉她竟只穿了一件薄薄的绸衫，没好气地说："你就不能披件衣服再过来？"

云歌身子微微有些抖，刘弗陵以为她冷，忙把被子裹紧了些，拥着她，想用自己身上的暖意赶紧替她把寒意驱走。

云歌在他身侧躺了会儿，开始不安分起来，像拧麻花一样，不停地动来动去，刘弗陵头疼，"云歌，怎么了？你老是动来动去，当然睡不着。"

云歌不说话，只是挨着刘弗陵的身子蹭来蹭去，刘弗陵突然担心起来，半支起身子问："云歌，你是不是哪里不舒服？我让于安传太医。"

"啊！"

云歌突然大叫一声，一把推开了刘弗陵，似乎十分气恼，用力捶着榻。

刘弗陵一头雾水，脑子里面已经前前后后绕了十八道弯，就是面对霍光，只怕这会儿也绕明白了，却仍然没有明白云歌为何会这样，"云歌，发生了什么事？"

云歌用手掩面，长叹息！

刘弗陵不再说话，只静静看着她。

云歌挫败后的羞恼渐渐平息，她转身侧躺，和刘弗陵脸脸相对，"你真是个木头！"

"嗯？"

刘弗陵的疑惑未完，云歌的唇就落在了他的唇上。

他心中巨震，身子僵硬。

云歌的唇在他唇畔温柔地辗转，一点点诱惑着他。

他终于开始回应她的温柔，刚开始是小心翼翼的笨拙，只是在回应她，渐渐地，一切都成了本能，变成他在索取。

这本就是他等了多年的缠绵，一经释放，迅速燃烧。云歌不知道何时，早忘了初衷，脑中一片空白，身子绵软欲飞，只知道紧紧地抱着他。

刘弗陵的吻从云歌唇上缓缓下移，温柔地吻过她的脸颊、下巴，在她的颈边逗留，最后在她的锁骨上重重印了一吻后，蓦地停了下来。他将云歌紧紧抱在怀里，却只是抱着。

云歌茫然若失，轻声叫："陵哥哥？"

刘弗陵声音沙哑，"不许再闹了，好好睡觉。"

云歌不依，在他怀里扭来扭去。

已经明白云歌意思的刘弗陵只觉得如抱了块火炭。

薄薄的绸衣，未把诱惑隔开，反倒在蹭磨间，更添了一重若隐若现、若即若离的魅惑。

云歌却压根儿不知道自己的身子早已经将一切点燃，还一脸沮丧地不肯罢休，唇凑到他耳旁，轻轻去吻他的耳垂。

刘弗陵忽地坐起来，用被子把云歌一裹，抱着"被子卷"就向厢殿行去。

云歌一边挣扎，一边破口大骂："臭木头，放我下来，放我下来！"

刘弗陵把云歌扔到她的榻上，对闻声赶来的于安和抹茶说："看着她！天明前，不许她下榻！"说完，匆匆返身回寝宫。

云歌在他身后大叫："臭木头，这事没完！"

刘弗陵却理都不理她，扬长而去。

"啊——"云歌握着拳头大叫，满面涨红，泫然欲涕。

于安和抹茶面面相觑，不知道究竟发生了什么。

———— ❀ ————

云歌的确是个从不食言的人，她说没完，就肯定没完。

刘弗陵的头疼与日俱增。

云歌对男女之事半通半不通，也没有人请教，却深谙书中自有一切。宫中收录的秘书都被她翻了出来，今天羽衣，明天霓裳，一天一个花招，不达目的誓不罢休。

于安渐渐看出了名堂，差点笑破肚皮，于是更多了一个人添乱。于安总有意无意地帮云歌制造机会，乐见其成。

刘弗陵有一种很荒唐的感觉，觉得宣室殿的人看他像看一只白兔，人人都盼望着云歌这只狼赶紧把他吃了。

晚上，云歌刚一晃一晃地走进寝宫，刘弗陵就站了起来，"今天晚上秋高气爽，不如去太液池划船玩。"实际原因是，他实在不敢和云歌再在一个屋里待下去。

云歌斜睨着眼睛看他，考虑了一瞬，点点头，"好吧！"

刘弗陵只盼着游完船后，云歌能累得倒头就睡，不要再折腾了。

于安命人将木兰舟放入湖中。

云歌和刘弗陵一人拿着一根桨，把船荡了出去。

平常，云歌都会有很多话，刘弗陵若有时间陪她玩，兴奋之下，她的话就更多。可这会儿，不知道是不是因为脑子里琢磨一些别的事情，话反倒少了。

两个人安安静静地并肩坐在船上。

秋风拂面，夜色清凉，云歌想到这几日的行为，忽觉得有一种说不清楚的羞赧和难过。

两人一直划到了湖中心，云歌都只是默默划船，一句话不说。

时不时，会有几点萤光翩跹而来，绕着他们飞翔，闪烁几下后，又在桨声中离去。

萤光明灭中，垂首而坐的云歌，忽而清晰，忽而模糊，不见白日的嘻嘻哈哈，只觉她眼角、眉梢都是心事。

两人不知不觉地都停了桨，任由水流轻摇着船。

云歌仰躺在船板上，望着天上密布的星斗，呆呆出神。

刘弗陵躺到她身侧，也看向了天空。

夜幕四下笼罩，星辰低垂，有将人包裹其中的感觉。

水面如镜，映照着上方的苍穹，仿佛是另一个天幕，其上也有群星闪耀，与上方星辰交相辉映。

抬头，是星光灿烂；低头，还是星光灿烂；中间，还有无数萤火虫的荧荧光芒，也是星光灿烂。

迷离扑朔，让人生出置身碧空星河的感觉。

云歌喃喃说："我以为我已经看尽世间的星辰景色，没料到竟还有没赏过的景致。"

她不自觉地往刘弗陵身旁靠了下，刘弗陵退了退，云歌又靠了一点，刘弗陵又退了一点，身子紧贴在了船舷上。

云歌并无别的意思，见他如此，心内难受，"我是洪水猛兽吗？我只是想靠着你的肩膀。"一转身，背对着他，面朝船舷，静静而卧。

刘弗陵心内伤痛，去抱云歌，入怀的人儿，身子轻颤，"云歌，你不是洪水猛兽，是我不能……"刘弗陵语滞，是我不能要你，不敢要你，因为我不能许你将来。

云歌问："不能什么？"

好一会儿后，刘弗陵轻声说："现在不能，这件事情应该等到洞房花烛日。你的夫君会把你的红盖头挑落，他会陪着你走一生，照顾你一生。"

云歌眼中有了泪珠，"我的夫君不就是你吗？"

刘弗陵不能出声。

云歌擦干眼泪，转身盯着他，"你不肯娶我吗？"

"我当然肯。"

云歌拿起他的袍角，和自己的裙角绑到一起，又想把自己的一缕头发和刘弗陵的系到一起，"天为证，水为媒，星做盟，萤火虫是我们宾客。今夜起，你我就是结发夫妻。"

刘弗陵强笑着按住了云歌的手，"云歌，不要胡闹！"

"我哪里胡闹了？你刚说过你肯娶我，而我愿意嫁你，你情我愿，哪里有胡闹？再好的洞房，好得过今夜的天地、星河吗？再美的花烛，美得过今夜的萤光吗？"

刘弗陵去解两人绑在一起的衣袍，"夜已很深，我明日还有事情要做，该回去歇息了。"

云歌去拽他的胳膊，想阻止他解开两人的"纠结"，却扭不过他的力道，眼看着刘弗陵就要解开交缠的结，云歌急得索性整个人赖到他怀里，抱住了他，两人身子纠缠到一起。

一个用力推，一个拼命地抱，船剧烈地摇晃起来，刘弗陵说："快放手，你再胡闹，船要翻了。"

"翻就翻，大不了一块儿淹死。"云歌不但没有松力，反倒抱得更紧。

刘弗陵不敢再推她，只能由她去，船的晃动渐渐平息。

水天茫茫，竟是逃无可逃！刘弗陵这才知道，他提议来划船，绝对是个错误。

云歌很温柔地说："你叫我一声'娘子'，或者'夫人'，好不好？"

刘弗陵哭笑不得，云歌是变尽了法子，逼着他承认两人已经"成婚"，索性闭起了眼睛，不再理会云歌。她闹累了，自然会回去。

云歌趴在他身上，轻轻吻了下他的眼睛，他没有反应，又轻轻吻了下他的另一只眼睛，他仍没有反应。

她吻过他的每一个五官，最后在他唇畔流连不去，每一次的触碰都倾诉着爱恋，每一次的辗转也都诉说着爱恋。

他的身体渐渐在背叛他的理智，他努力去想着霍光、刘询、刘贺，可最终发现，他们在他脑海中渐渐模糊，最后只有一个绿衣女子，一笑一嗔，一怒一喜，在他心头越发分明。

云歌使尽花招，他却一无反应，不禁在他唇上重重咬了下，宣泄着恨意。

他无声地叹息，猛地伸臂，一个反身将她压在了身下，深深地吻住了她。

缠绵的亲吻，温柔的眷念，彼此的爱恋，在唇齿间交融。

他带着她飞翔，却在刚刚升起时，又停了下来。

他的吻落在她的锁骨处，不肯再前进。

云歌这几日看了不少"淫书艳图"，已非第一日的茫然不解，她能感觉到他身体的欲望。伸手去解他的衣袍，"陵哥哥，我已经是你的妻子。"

刘弗陵打开了她的手，"云歌，不行！"

云歌眼中有泪，开始解自己的衣衫，"刘弗陵，我就要做你的妻子，就要做！就要做！就要做！不管一年，一个月，还是就一天！你为什么不懂？我不要天长地久，我不要白头偕老，我只要我们在一起时，真正活过，真正彼此拥有过。你是不是怕你要了我后，将来就没有人要我了？你放心！我肯定能找到人娶我，他若因此看轻我，这种男人不要也罢！"云歌的泪珠簌簌而落，衣衫半褪，刘弗陵握住她的手，眼中有痛楚、有眷念，两人之间不敢面对的话题，被云歌摊在了眼前。

云歌，不是我不懂，是你不懂。我在你生命中留下的印记越少，你将来才会越容易遗忘。

刘弗陵帮云歌拉拢衣衫，淡淡说："男人不喜欢太主动的女人。"

云歌盯着他的眼睛，"你骗人！你在担心什么？你怕我忘不掉你？陵哥哥，身体的印记和灵魂的印记哪个更重？如果你希望我忘记你，我会忘记的。"云歌的泪滴在他手上，"有人活到九十，却没有快活过一日，有人只活到十九，却真正快活过，我宁愿要后者。"

云歌的泪珠若有千斤重，打得他的手再无力气。

云歌轻声说："陵哥哥，从我懂事起，我的心愿就是做你的妻子，你非要让我心愿成空吗？你老是想着明日的事情，却忘记了今日正在让我落泪，为什么不能让我现在幸福呢？你能给我现在的快乐，你还能给我很多、很多快乐，你为什么不愿意呢？"

刘弗陵心头一震，手缓缓松开。

云歌的泪珠沿着脸颊滑落，如同断线的珍珠，一颗颗，又密又急。他徐徐伸手接住，在云歌凄婉、哀求的眼神中，他眼中也有了湿意。

他低下头挽起云歌的一截衣裙，和自己的衣袍精心打了死结，牢牢系到了一起；又挽起云歌的一缕青丝，和自己的一缕黑发结到了一块儿。

抬头时，他微笑着握住了云歌的手，"天地为凭，星辰为媒，你是我今生今世唯一的妻。"

云歌破颜为笑，刹那间，令满天星辰失色。

罗带轻分，云裳暗解。

黑夜如酒，银河如洗。

空气清凉，但他们的相拥相抱，温暖异常。

他的进入，缓慢、笨拙，却轻柔、迷醉。

似水的年华在这一刻停滞。

天上星光璀璨，水中星光摇曳，半空萤光闪烁。

船儿摇晃，时缓时急，一圈圈的水晕荡开，光华氤氲，若水天同舞，星辰共醉。

图书在版编目（CIP）数据

云中歌.2，浮生梦 / 桐华著. — 长沙：湖南文艺
出版社，2014.4
ISBN 978-7-5404-6643-5

Ⅰ. ①云… Ⅱ. ①桐… Ⅲ. ①长篇小说–中国–当代
Ⅳ. ①I247.5

中国版本图书馆CIP数据核字（2014）第048339号

上架建议：长篇小说·言情

云中歌 .2，浮生梦

作　　者：桐 华
出 版 人：刘清华
责任编辑：薛 健 刘诗哲
整体监制：陈 江 毛闽峰
策划编辑：钟慧峥
营销编辑：刘碧思
封面设计：熊 琼
版式设计：崔振江
出版发行：湖南文艺出版社
　　　　　（长沙市雨花区东二环一段508号　邮编：410014）
网　　址：www.hnwy.net
印　　刷：三河市鑫金马印装有限公司
经　　销：新华书店
开　　本：787mm×1092mm　1/16
字　　数：324千字
印　　张：22.5
版　　次：2014年4月第1版
印　　次：2014年4月第1次印刷
书　　号：ISBN 978-7-5404-6643-5
定　　价：36.00元
（若有质量问题，请致电质量监督电话：010-84409925）